LE PIÈGE DE VERRE

LE PIÈGE DE VERRE

Éric Fouassier

ÉDITIONS DU MASQUE
17, rue Jacob 75006 Paris

Maquette de couverture : Raphaëlle Faguer
Photographie : © Kerry Norgard/Marcos Appelt/
Arcangel Images

ISBN : 978-2-7024-4881-6

Né en 1963, Éric Fouassier, membre de l'Académie nationale
de pharmacie, grand spécialiste de l'histoire de la pharmacie
qu'il enseigne en faculté depuis plus de vingt ans, est un
passionné de jeux de piste et d'énigmes. *Le Piège de Verre*
est le deuxième tome d'une série. Le premier tome, *Bayard
et le Crime d'Amboise* a été publié aux éditions du Masque
en 2017.

Prologue

La pièce en sous-sol rougeoyait. Une palpitation écarlate teignait les murs de reflets sanglants et semblait engendrée par les feux de l'enfer. Actionné en continu, le soufflet de cuir arrachait au foyer un sourd grondement qui n'était pas sans évoquer la respiration d'une bête tapie dans la pénombre.

Avec sa voûte basse et sa maçonnerie imbriquée dans la roche, le lieu ressemblait davantage à une tanière qu'au cabinet de travail d'un honnête artisan. L'attirail hétéroclite qui encombrait les rares meubles contribuait aussi à susciter un vague malaise. Des fioles, des cornues, des tubulures de verre, des ustensiles en cuivre et des mortiers de bronze. Toute une mystérieuse panoplie qui disputait la place à un amoncellement de grimoires aux pages recouvertes de signes cabalistiques et de dessins étranges. Mais le plus impressionnant dans ce singulier décor restait encore le fourneau central et son large foyer où s'entrelaçaient, dans un crépitement d'incendie, des serpents flexueux et des ombres maléfiques.

Quelque part dans les profondeurs de la maison, une cloche se fit entendre. L'adolescent qui activait les flammes abandonna sa besogne et se dirigea vers l'unique porte de la pièce. C'était un grand échalas au poil roux, à la démarche nonchalante et dont le visage fruste évoquait plus volontiers toute une jeunesse passée derrière le cul des vaches que de studieuses années consacrées à la lecture d'ouvrages savants. Il ouvrit le battant, tendit l'oreille et se retourna vers l'intérieur de la cave.

— Ce sont eux, maître. Tiphaine vient de leur ouvrir.

L'homme à qui il venait de s'adresser avec déférence sembla émerger d'un songe éveillé. Il étira son corps perclus de rhumatismes et quitta, comme à regret, le fauteuil où il avait attendu, autant que redouté, le moment présent. Enveloppé dans une houppelande bordée d'une fourrure d'agnelin, il arborait la longue barbe blanche des mages et faisait profession d'alchimiste. Mais ce qui allait se jouer ce soir-là, dans son laboratoire secret, n'avait que peu de choses à voir avec la recherche de la pierre philosophale et les arcanes du Grand Œuvre. S'il n'avait pas contracté autant de dettes auprès de ses fournisseurs, jamais sans doute il n'aurait consenti à prendre part à une si ténébreuse affaire.

Tandis qu'il ruminait ainsi son inquiétude, l'alchimiste entendit les pas de plusieurs personnes descendre l'escalier menant à son antre. Il fit signe à son apprenti d'ouvrir plus largement la porte. L'un derrière l'autre, trois hommes pénétrèrent dans l'atelier. Leurs vêtements étaient d'une coupe correcte mais simple. On aurait dit de modestes artisans venus à la ville pour solliciter une embauche. Si deux d'entre eux, les plus jeunes, demeurèrent près de la porte, le troisième en revanche s'avança à la rencontre du propriétaire des lieux. Le crâne chauve, les traits émaciés, l'homme arborait une mine austère et un air de commandement qui semblait chez lui une seconde nature.

— Le bonsoir, maître Barello, dit-il d'une voix dépourvue de chaleur. Nous avons reçu votre message. Êtes-vous certain d'avoir atteint le but que nous vous avions assigné?

— Je ne vous aurais point fait quérir si tel n'était pas le cas. Mais vous allez pouvoir en juger par vous-même.

L'alchimiste fit un signe à son apprenti. Aussitôt, le rouquin déplaça un paravent qui masquait la partie la plus sombre de la cave. Derrière l'écran de tissu, une table supportait un chandelier à cinq branches, un grand miroir ovale et un cadre de cuivre dans lequel se trouvait enchâssée une vitre colorée.

Maître Barello s'approcha du meuble et désigna la plaque de verre.

—Voici l'objet. Mais approchez, je vous en prie! Vous allez pouvoir l'observer tout à loisir et constater que rien ne le distingue d'un verre ordinaire, si ce n'est son incroyable pureté.

Tout en parlant, l'alchimiste avait enfilé avec grand soin une paire de gants en fin chevreau.

Ses visiteurs le rejoignirent autour de la table, les deux plus jeunes légèrement en retrait. L'homme aux traits creusés et autoritaires se pencha pour examiner de plus près le morceau de verre. La matière, d'un rouge incomparable, resplendissait de l'éclat des cinq chandelles allumées et semblait d'une limpidité parfaite, sans le moindre défaut.

— C'est là un ouvrage remarquable, reconnut le visiteur en se redressant à la fin de son examen attentif. Jamais verre teinté dans la masse n'a revêtu couleur aussi flamboyante. Qu'en pensez-vous, Jean?

L'un de ses deux compagnons s'inclina pour étudier à son tour la vitre écarlate de plus près. C'était un adolescent d'une quinzaine d'années. La blondeur de ses cheveux mi-longs et la finesse de ses traits lui conféraient une allure angélique. Après une courte observation, il hocha la tête.

— C'est la première fois que je contemple un rouge aussi profond et lumineux. L'effet final en sera saisissant!

— C'est bien mon avis, dit son aîné avant de reporter son regard sévère sur le vieil alchimiste. Mais, maître Barello, comment pouvons-nous avoir la certitude que vous êtes bien parvenu à enclore en cette sublime transparence toute la noirceur de votre art?

— Je me doutais que vous souhaiteriez juger sur place les pouvoirs de l'objet. Aussi ai-je prévu une petite démonstration. Guillaume? Il est temps d'aller le chercher!

L'apprenti aux cheveux roux s'inclina et disparut dans l'escalier. Il ne demeura absent qu'un court instant durant lequel les occupants de la pièce se tinrent immobiles et cois. Quand il revint, il tenait dans ses bras un chiot au poil jaunâtre et à la bonne gueule de bâtard joueur.

Sans attendre d'instruction et comme si la scène avait déjà été maintes fois répétée, le rouquin vint déposer l'animal près du verre coloré et lia prestement son collier à deux pieds opposés de la table. Croyant sans doute à un jeu, le petit animal frétillait de la queue et lançait de brefs jappements en sautillant sur place.

Maître Barello s'approcha et lui flatta doucement l'échine pour le calmer. Le chiot tira plusieurs fois sur la corde qui l'entravait, puis, résigné et confiant, il finit par s'allonger sur le plateau de bois, le museau entre les pattes.

— À présent, ouvrez grand vos yeux! prévint l'alchimiste en faisant pivoter le miroir ovale. Et contemplez la puissance de l'Œuvre qui n'a ni commencement ni fin...

Dans la pénombre de la cave, la face polie de l'ustensile sembla tout à coup capter la flamme des chandelles pour mieux la concentrer et la répercuter en direction du morceau de verre fixé à son cadre de cuivre. Une lumière d'un rouge intense et presque insoutenable darda alors son rayon droit sur le chiot allongé. L'animal ne sembla d'abord pas y prêter attention. Soudain, ses oreilles se dressèrent. Il se remit sur ses pattes et laissa entendre un couinement plaintif. L'instant d'après, écumant et roulant des yeux affolés, il se laissait choir sur le côté. Son corps était parcouru de longs frémissements et la langue lui sortait d'entre les crocs. Pendant quelques secondes encore, il parut se tenir en équilibre entre la vie et la mort, puis, brusquement, un râle plaintif lui retroussa les babines. Ses yeux se figèrent, son corps se raidit et il cessa de respirer.

— Magnifique! s'exclama le plus âgé des visiteurs. Maître Barello, on m'avait vanté vos qualités d'alchimiste, mais je dois reconnaître que la louange était encore en dessous de la vérité. Ce que vous avez réussi là tient du véritable prodige!

Le vieillard à barbe blanche baissa les paupières avec modestie, tout en esquissant un geste de protestation.

— Point de miracle en cette manifestation, croyez-le bien! Ce n'est là que l'effet d'une docte maîtrise des corps et des principes qui participent de l'Art véritable. La transformation de certains métaux puis leur incorporation en justes proportions dans le verre confèrent à la lumière un grand pouvoir mortifère.

— Et foudroyant! surenchérit l'homme chauve. Ce chien n'a même pas eu le temps de se débattre!

Maître Barello s'inclina en souriant.

— Si mes modestes facultés ont pu combler vos attentes, vous m'en voyez fort contenté.

Son interlocuteur tira de sous son manteau une bourse bien garnie qu'il soupesa un instant avant d'en faire sonner le contenu en la jetant sur la table.

14

— Par ma foi! s'exclama-t-il. Vous avez dûment rempli votre partie du contrat et je ne veux point différer plus longtemps de vous en accorder juste récompense.

Cependant, comme l'alchimiste tendait le bras pour s'emparer de la bourse en cuir, le visiteur plaqua sa main dessus. Son visage, un temps égayé par la démonstration à laquelle il venait d'assister, avait retrouvé sa sévérité.

— Toutefois, maître Barello, ajouta-t-il sur un ton où la menace perçait comme le soleil en un matin brumeux de printemps, je me permets de vous rappeler que la somme qui vous est remise aujourd'hui comprend le prix de votre silence. Rien de ce qui s'est passé ici ce soir ne doit transpirer au-dehors. C'est sur votre tête que vous et votre apprenti aurez à m'en répondre. Sommes-nous bien d'accord sur ce point?

Le propriétaire des lieux acquiesça avec docilité. Maintenant que l'épreuve tant redoutée s'était déroulée sans heurt, il lui tardait que ses visiteurs quittent son atelier. Et s'il tenait une chose pour assurée, c'était qu'une fois la porte refermée sur les trois hommes, il mettrait une grande promptitude et une grande application à oublier avoir jamais eu affaire à eux.

— Guillaume, dit-il en s'adressant à son apprenti, tu peux raccompagner nos visiteurs. Assure-toi ensuite que la porte est bien verrouillée et rejoins Tiphaine en la soupente. Je n'aurai plus besoin de tes services pour ce soir.

L'homme au visage hâve lâcha la bourse et entreprit d'envelopper avec précaution l'éclat de verre coloré dans un linge. Puis il le tendit à son jeune et blond compagnon qui l'enfourna dans une besace serrée contre son flanc. Les trois visiteurs emboîtèrent alors le pas au dénommé Guillaume, non sans avoir auparavant salué de la tête le vieil alchimiste.

En entendant décroître leurs pas dans l'escalier, celui-ci ne put réprimer un soupir de soulagement. Blême, les poings serrés dans ses gants de fin chevreau, il se dit qu'il avait passé l'âge de se commettre dans d'aussi méchantes affaires. Même s'il devait à l'avenir connaître de nouvelles difficultés financières, il lui faudrait songer à trouver d'autres expédients, disons... moins périlleux.

Il en était là de ses réflexions lorsqu'un bruit soudain dans son dos le fit sursauter.

C'était l'éclat sonore d'une série d'applaudissements allant crescendo.

Maître Barello se retourna et, bien qu'il sût à l'avance qui se tenait là, dans la pénombre de son atelier, il ne put s'empêcher de frémir en croisant la singulière figure de son nouveau visiteur.

Celui-ci se tenait tout au fond de la salle voûtée, près d'un rideau dont la teinte se confondait avec la roche et derrière lequel s'ouvrait un étroit passage donnant sur l'arrière de la maison. Malgré la grande cape noire qui l'enveloppait, on devinait un homme à la forte carrure, aux épaules puissantes, rompu sans doute à toutes formes de combats. Impression d'ailleurs confortée par la longue épée qu'il arborait au côté droit. Mais cette allure farouche n'était pas ce qui frappait d'emblée chez l'inconnu. Le regard de ceux qui le rencontraient était irrésistiblement attiré par la blancheur neigeuse des cheveux et des sourcils, la lividité de la peau et la rougeur larmoyante de ses yeux cruels. Il s'agissait là, à l'évidence, d'un fils de la lune. Car telle était alors l'appellation dont on désignait communément les rares personnes souffrant d'un complet défaut de pigmentation.

— Vous étiez là depuis longtemps ? questionna l'alchimiste en s'efforçant de réprimer l'indicible malaise qui s'emparait de lui chaque fois qu'il se trouvait en présence de l'albinos.

— Disons, un certain temps, grimaça l'autre en dévoilant deux rangs de dents gâtées et plantées de travers. Assez en tout cas pour jouir du spectacle dont vous avez régalé nos amis.

— Vous avez donc pu constater que tout a fonctionné comme prévu. Celui qui vous envoie devrait être satisfait.

Le mystérieux émissaire dégaina une courte dague et s'approcha de la table où gisait le cadavre du chien. De la pointe de son arme, il porta quelques coups au flanc de l'animal, comme s'il cherchait à s'assurer de son trépas.

— Il le sera, n'en doutez point, finit-il par admettre. Vous n'avez pas volé l'argent qui vous fut remis hier.

L'homme à la cape désigna du doigt la bourse qui traînait encore sur la table, à côté du chiot, et reprit :

— Ajouté au contenu de ceci, vous voilà presque riche. Toutefois, je ne saurais trop vous conseiller de ne point laisser cette bourse en évidence. Il y a là de quoi attiser bien des convoitises.

Maître Barello frissonna. Il ne savait d'où lui venait pareille impression, mais il lui semblait toujours que les paroles de l'autre celaient quelque double sens. Une sorte de menace voilée. C'était particulièrement désagréable.

Il avança jusqu'à la table et saisit le sac en cuir.

— Vous avez raison. Je vais ranger cela en une cachette de ma maison connue de moi seul.

Il était en train de se détourner lorsque, d'un bond, l'albinos se plaça dans son dos et lui bloqua les bras. Tandis que l'alchimiste, interloqué, tentait de se libérer de son étreinte, son agresseur le frappa entre les reins avec sa dague. Le vieil homme poussa un cri étranglé et s'affaissa lentement sur les genoux.

Sa voix brisée semblait déjà venir d'outre-tombe.

— Je... Je ne comprends pas...

— Et c'est très bien ainsi, railla l'albinos. Nous n'en attendions pas moins de vous. Vous aurez donc joué votre rôle à la perfection jusqu'au bout.

L'homme se pencha sur sa victime. Il agrippa le poignard, acheva de l'enfoncer jusqu'à la garde et le déplaça de droite à gauche. Maître Barello émit une sorte de gargouillis et son corps s'amollit brusquement. L'albinos eut un méchant sourire. Sans lâcher son arme, il poussa de la pointe de sa botte le corps de l'alchimiste qui roula sur le sol de terre battue.

Le meurtrier se redressa et demeura un court instant immobile et silencieux, guettant d'éventuels bruits à l'intérieur de la demeure. Quand il fut assuré que le calme régnait et que nul ne risquait de le déranger, il s'empara d'un torchon qui traînait parmi les fioles et les cornues du laboratoire. Revenant ensuite auprès du cadavre, il s'agenouilla et entreprit d'ôter les gants des mains de sa victime, en prenant bien soin de n'y point toucher directement. Puis il fit disparaître le tout, gants et chiffon, dans les flammes du fourneau central.

Empochant la bourse de cuir que maître Barello avait laissé échapper dans sa chute, il jeta un regard circulaire autour de lui et murmura entre ses dents pourries :

— Ma foi ! Le tableau me semble des plus réussis. N'y manque plus que la signature de l'artiste.

À nouveau, il sortit sa dague et fit basculer le cadavre de l'alchimiste sur le dos. Se servant de son arme comme d'un stylet, il entreprit alors d'inciser soigneusement la peau du front. À chaque nouvelle entaille, une fine rigole écarlate prenait naissance et venait s'écouler dans les yeux demeurés grands ouverts de l'alchimiste.

On aurait dit que le cadavre, en expiation de ses fautes, versait d'amères larmes de sang...

I

Un Galien en jupons

Dans le calme et la tiédeur de la pièce qui lui servait de préparatoire, Héloïse Sanglar s'employait à satisfaire la commande du monastère des Minimes. Six cierges de vingt livres chacun, destinés à éclairer la chapelle abbatiale pendant toute la durée de l'Avent.

La jeune femme commença par choisir avec soin les brins de coton qu'elle allait tresser ensemble car, contrairement à la plupart des apothicaires, elle préparait elle-même ses mèches. Ces dernières constituaient en effet une partie importante du luminaire. De leur qualité allaient dépendre la vivacité de la flamme et l'absence de fumée. Toujours soucieuse d'innover, Héloïse avait pris l'habitude d'imprégner le coton de sels comme le borax qui ralentissaient sa combustion et permettaient ainsi à la cire de brûler totalement. Cette astuce avait assuré la réputation de ses chandelles non seulement à Amboise même, mais dans tous les environs, à plus de dix lieues à la ronde.

Les mèches enfin prêtes, elle se dirigea vers un comptoir où une bassine de cuivre chauffait à petit feu sur un réchaud portatif. Une odeur douceâtre montait de la cire en fusion et imprégnait l'atmosphère d'un parfum subtil et délicat, quasi indéfinissable, et pourtant reconnaissable entre tous. Pour Héloïse, il évoquait les années d'enfance, tout ce temps passé au côté d'un père vénéré à s'initier aux arcanes de l'apothicairerie, alors même que sa nature femelle semblait devoir à jamais la priver de la possibilité d'exercer au grand jour.

Après avoir trempé une première fois ses mèches dans la cire liquide, la jeune femme les suspendit à un cercle relié à un tourniquet en bois. Celui-ci permettait de déplacer le cercle par rotation et de disposer l'une après l'autre chacune des ébauches de cierge au-dessus de la bassine. À l'aide d'une louche en cuivre, Héloïse faisait couler de la cire sur la mèche qui se chargeait progressivement. Ce travail nécessitait avant tout de la patience et de la précision. La qualité du produit utilisé faisait le reste. Fidèle en cela à la pratique de son père, la jeune femme achetait sa matière première à un marchand génois réputé qui lui-même la faisait venir de la ville de Bougie, située sur la côte d'Afrique.

Elle venait tout juste d'achever la préparation des six cierges lorsque son apprenti vint la prévenir qu'on avait besoin d'elle à la boutique. En dépit du temps maussade de ce début octobre, de nombreux clients avaient bravé le froid et l'humidité pour se presser dans l'apothicairerie. Héloïse remarqua en particulier deux hommes engagés dans une conversation animée, de part et d'autre du comptoir. Le premier était le compagnon qui l'aidait à tenir la boutique, Aurèle Coulon, un garçon compétent et ne rechignant point à la tâche. Le second, emmitouflé dans un lourd manteau doublé de fourrure, arborait des bajoues de notable et un air de suffisance confite. Il s'agissait du médecin personnel de sa seigneurie le bailli d'Amboise. Un praticien bouffi d'orgueil qui faisait si peu confiance aux façonneurs de remèdes qu'il se rendait plusieurs fois par mois dans les apothicaireries de la ville pour commenter ses ordonnances et s'assurer en personne de leur bonne exécution. Héloïse n'avait pas besoin de faire preuve d'une grande imagination pour deviner que le médicastre ne la portait pas en très haute estime.

À l'instant où la jeune femme fit son apparition à la porte du préparatoire, le médecin se pencha pour glisser à l'oreille d'Aurèle :

— Voilà votre patronne qui daigne se montrer. Si ce n'est pas malheureux de voir un honnête commerce, naguère réputé, choir entre les mains d'une novice en jupons !

— Maîtresse Sanglar a profité des leçons de son père ! protesta le garçon apothicaire. Sa connaissance des drogues et de la confection des remèdes m'étonne chaque jour davantage. Et je ne doute point qu'elle en remontrerait à bien des sommités de notre corporation !

Le médecin haussa dédaigneusement les épaules et sa voix se teinta d'un brin d'ironie.

— Est-ce vraiment la lumière de son savoir qui vous aveugle ou bien le feu de ses prunelles ? Quand on atteint mon âge et mon état, il faut plus qu'un joli minois pour perdre tout discernement.

— Que voulez-vous dire ?

— De par les statuts approuvés par la faculté de médecine, les seules femmes autorisées à posséder une apothicairerie sont les veuves des maîtres décédés sans enfant en capacité de leur succéder en leur ouvroir. Encore ne sont-elles pas autorisées à exercer elles-mêmes et sont-elles tenues d'employer du personnel dûment qualifié ! J'affirme qu'il n'est point souhaitable de déroger aux règlements dictés par le bon sens et la raison.

— On prétend que la reine elle-même est intervenue pour que maîtresse Sanglar puisse conserver possession et jouissance de l'officine de son père.

— Chansons ! Et pour quelle raison notre souveraine se serait-elle abaissée de la sorte à traiter d'affaires de bas commerce ?

Aurèle Coulon préféra ne pas relever ce que ces derniers mots pouvaient avoir de méprisant pour l'honorable profession qu'il entendait bien embrasser un jour.

— Je n'étais pas encore à Amboise à l'époque, mais certains clients m'ont rapporté qu'Étienne Sanglar, le père d'Héloïse, avait été victime d'une erreur judiciaire. Sa fille et lui se seraient trouvés mêlés aux mystérieux événements qui ont suivi la mort accidentelle de notre précédent souverain, Charles le huitième. Certains prétendent qu'Héloïse aurait prêté les ressources de sa sagacité au fameux chevalier Bayard pour faire éclater la vérité et que cela lui aurait valu de bénéficier des royales faveurs.

Par la pensée, le médecin revint cinq années en arrière. Il se souvenait qu'une certaine confusion avait régné à l'occasion du décès aussi brutal qu'inattendu de Charles VIII. L'entourage du souverain avait d'abord évoqué un malaise bénin, avant d'admettre la mort de celui-ci. Pendant quelques jours, une folle rumeur avait couru la ville selon laquelle le roi aurait été victime d'un envoûtement. Héloïse et son père avaient été suspectés, arrêtés et Étienne Sanglar était décédé en prison. Puis la fièvre était retombée. Officiellement, Charles VIII était mort d'un choc à la tête. Il avait succombé à un banal accident.

— Les gens parlent à tort et à travers de ce qu'ils ne connaissent pas ! grommela le praticien. Pour ma part, je me souviens fort bien que de graves soupçons de sorcellerie pesèrent sur votre maîtresse.

— Pures calomnies ! Elle en fut déclarée innocente ! protesta le jeune Aurèle.

Comme s'il se drapait dans sa dignité, le médecin resserra autour de son gros ventre les pans de son manteau et lança une dernière perfidie avant de tourner les talons :

— C'est possible, mais à en juger par la fougue que vous mettez à la défendre, on jurerait pourtant que la belle vous a tout de bon ensorcelé !

Le compagnon-apothicaire piqua un fard jusqu'aux oreilles. Son trouble n'échappa point à Héloïse qui se glissa dans son dos, au moment où le médecin quittait l'apothicairerie.

— Quelles sornettes cette maudite langue de vipère est-elle allée te conter? Tu as l'air tout retourné.

— Je n'aime pas ses façons insinuantes. Passe encore qu'il vienne sans cesse nous faire la leçon sur la manière d'exécuter ses prescriptions, mais le moindre de ses propos semble toujours cacher quelque mesquinerie! J'ai l'impression qu'il méprise notre art et qu'il supporte encore moins de devoir confier ses patients au savoir d'une femme.

Aurèle avait parlé avec une ardeur que le simple attachement d'un honnête artisan pour sa patronne ne suffisait pas à justifier. À vingt-deux ans, il était encore célibataire et on ne lui connaissait pas de bonne amie. Il n'était nul besoin d'être un fin connaisseur de l'âme humaine pour deviner que le jeune homme nourrissait de tendres sentiments pour la jolie Héloïse. Mais celle-ci avait toujours su garder ses distances, se montrant bienveillante tout en limitant leurs rapports au strict plan professionnel.

— Nombre de ces messieurs de la faculté sont conscients que, sans l'aide de nos potions, leur prétendu savoir ne serait d'aucune utilité pour guérir les malades, déclara Héloïse. Certains s'en accommodent fort bien, d'autres préfèrent nous accabler de leur suffisance. Les beaux discours en latin de ceux-là sont de piètres fards qui parviennent mal à masquer leur impuissance.

Durant le reste de la matinée, la jeune femme et Aurèle oublièrent leur contrariété pour se consacrer, avec l'aide de leur apprenti, au service de la nombreuse clientèle. Héloïse appréciait rien tant que ce contact avec une humanité souffrante qui savait pouvoir trouver en elle non seulement une oreille attentive mais une habile conseillère. Elle avait ainsi l'impression de rendre un hommage quotidien à son défunt père.

Durant plus de vingt ans, Étienne Sanglar avait été, à l'enseigne de la Vipère Couronnée, le plus fameux apothicaire de la ville d'Amboise. Rompant avec les préjugés de son temps, il avait mis un point d'honneur à transmettre à sa fille unique tous les secrets de sa pratique. Héloïse s'était montrée une élève studieuse et particulièrement douée. Tout, dans l'art de l'apothicairerie, lui plaisait. Elle aimait courir la campagne pour cueillir les plantes médicinales, s'enfermer dans le préparatoire pour améliorer la formule de remèdes complexes ou se livrer aux délicates opérations de la distillation. Elle était capable de s'absorber durant des heures dans l'étude des traités anciens. Contrairement à bien des jeunes femmes de son âge et de son milieu, ses livres de chevet n'étaient pas *les Lais* de Marie de France, le *Roman de la Rose* ou les *Ballades* de Charles d'Orléans, mais *L'Antidotaire* d'Arnaud de Villeneuve, les *Opera* du pseudo-Mésué et le *Corpus Hippocraticum*.

Cependant, ce n'était pas uniquement grâce au vaste savoir et au dévouement de la jeune femme que l'officine ne désemplissait pas. Les regards des hommes présents dans la boutique s'accrochaient souvent à sa silhouette et semblaient captifs de ses grands yeux verts. Car Héloïse alliait à une vive intelligence un naturel enjoué et une beauté lumineuse. Âgée de vingt-quatre ans, elle possédait tous les charmes auxquels les hommes, d'ordinaire, ne peuvent que succomber : un corps élancé, une taille fine, une poitrine plantureuse, de longs cheveux auburn dont les reflets de miel semblaient capter le moindre rayon de soleil. Quant à son visage si expressif, aux traits réguliers, il n'avait rien de mièvre ou d'affecté et témoignait à merveille d'un caractère bien trempé, habitué aux enthousiasmes les plus spontanés comme aux emportements les plus salutaires. Incapable de la moindre minauderie ou coquetterie, la jeune femme imposait en tous lieux une présence, un charme irrésistible qui faisait oublier jusqu'à la légère claudication dont l'affectait un pied-bot qu'aucun chirurgien n'avait jamais pu tout à fait guérir.

L'heure du grand mangé approchait quand un brouhaha sonore anima la rue de l'Herberie où se dressait l'apothicairerie de la Vipère Couronnée. Colin, le jeune apprenti, délaissa le seau avec lequel il s'apprêtait à laver à grande eau le sol de l'ouvroir, pour aller se planter sur le seuil.

— On dirait des soldats à cheval ! lança-t-il par-dessus son épaule. Ils ont une litière avec eux !

Effectivement, des tintements de fers heurtant le pavé de la rue ne tardèrent pas à retentir à proximité de la boutique. Aussitôt après, défilèrent devant la devanture plusieurs gamins excités, la morve au nez, et quelques animaux vagabonds échappés d'une cour mal close. Dans un joyeux chahut, tous fuyaient l'approche de la troupe qui, dans la rue encombrée par les marchands et leurs étals, devait engendrer un fameux embarras.

Intriguée, Héloïse abandonna le comptoir où Aurèle achevait de servir une dernière cliente et s'approcha de la porte. Comme elle l'atteignait, une demi-douzaine de cavaliers firent halte juste en face de l'apothicairerie. Ils portaient des tuniques et des cottes frappées aux lys de France et montaient des destriers à haute encolure, équipés d'une selle de parade. Derrière eux, une litière aux rideaux tirés, menée par deux chevaux massifs, occupait presque toute la largeur de la rue.

Le premier des cavaliers, qui arborait une longue cape et un chaperon de feutre, sauta prestement à terre et se dirigea, sans la moindre hésitation, droit sur la porte de l'apothicairerie. Écartant sans ménagement Colin, le petit apprenti qui s'était figé bouche bée dans le passage, il vint se camper en face d'Héloïse. Les bottes crottées par la boue des chemins, les yeux rougis par la poussière, il s'adressa à la jeune femme d'un ton qui n'admettait pas la réplique :

— Maîtresse Héloïse Sanglar ? Service de la Couronne ! J'ai ordre de vous emmener à Blois sans délai. Suivez-moi !

II

Le Perche aux Bretons

En cet automne 1503, Louis XII régnait sur la France. Ce monarque avait connu une jeunesse fantasque et dissolue. Seize ans plus tôt, il était même entré en rébellion ouverte contre le pouvoir en place, en contestant la régence d'Anne de Beaujeu, la fille aînée du défunt roi Louis XI. Cependant, dès son accession au trône, à la suite de son cousin Charles décédé sans héritier mâle, il avait fait montre d'une remarquable aptitude à gouverner.

Il avait tout d'abord épousé la veuve de son prédécesseur et conservé ainsi la Bretagne dans le giron du royaume. Pour ce faire, il n'avait pas hésité à commettre une vilenie conjugale et un affreux parjure. Louis XII était en effet déjà marié avec Jeanne de France, princesse contrefaite mais douce et aimante. En affirmant faussement que son mariage n'avait jamais été consommé, le nouveau roi avait pu obtenir son annulation par le pape et convoler en secondes noces avec Anne de Bretagne, de quatorze ans sa cadette. Cette manœuvre ne relevait d'ailleurs pas uniquement de la stratégie politique, car Louis avait toujours éprouvé en secret une attirance particulière pour les charmes replets de la reine Anne.

Durant les cinq années suivantes, le souverain s'était attaché avec bonheur à réformer le gouvernement du royaume et à prolonger les rêves d'Italie de son prédécesseur Charles VIII. Il avait ordonné de nouvelles expéditions transalpines, à la fois pour reconquérir le royaume de Naples, mais aussi pour revendiquer le duché de Milan au nom des droits hérités de sa grand-mère, la duchesse Valentina Visconti. Depuis quatre longues années, la fine fleur de la chevalerie française guerroyait donc sans relâche dans une bonne partie de la péninsule. Et ce conflit armé, qui évoluait au gré des alliances se nouant et se dénouant entre les belligérants, semblait ne jamais devoir finir...

Voilà ce qui occupait les pensées d'Héloïse, tandis que sa litière et son escorte se rapprochaient de la ville de Blois où Louis XII avait installé sa Cour. Elle se demandait qui l'avait fait mander et pour quelles raisons. L'officier qui s'était adressé à elle dans sa boutique avait refusé obstinément de lui fournir la moindre explication. Tant de mystère ne pouvait qu'intriguer la jeune femme qui sentait monter en elle une angoisse diffuse. Par le passé, les Sanglar avaient appris à leurs dépens que les gens du peuple ont tout à redouter quand ils se trouvent mêlés aux affaires des grands de ce monde. Et Héloïse ne pouvait s'empêcher de songer à la terrible cabale dont son père et elle avaient été naguère victimes. Tous deux avaient été accusés injustement d'avoir usé de sorcellerie sur la personne du roi Charles VIII. Sur ordre du lieutenant du prévôt, on les avait jetés en prison et affreusement torturés. Si le chevalier Bayard avait réussi à faire éclater en définitive leur innocence, son intervention n'avait toutefois pas permis de sauver Étienne Sanglar. Le cœur fatigué de l'apothicaire n'avait pas supporté les multiples tourments endurés.

Bayard... La seule évocation du nom du chevalier suffisait à faire tressaillir la jeune femme. Elle se souvenait des tendres sentiments qui étaient nés entre eux, du premier baiser furtif qu'ils avaient échangé dans les geôles du château d'Amboise. Elle ne comprenait toujours pas la soudaine froideur dont le chevalier avait fait preuve à son égard, une fois sa libération obtenue. Trop fière pour quémander la moindre explication, Héloïse s'était réfugiée dans le labeur pour oublier son chagrin et sa déception. Quand Bayard lui rendait visite, à intervalles d'ailleurs de plus en plus espacés, elle s'efforçait de lui faire bonne figure mais demeurait sur la réserve. Elle évitait soigneusement la moindre parole ou le moindre geste susceptible d'évoquer leur rapprochement passé. Cependant, elle souffrait de cette situation et c'est avec un certain soulagement qu'elle avait accueilli l'annonce du départ de l'armée royale pour l'Italie.

Au cours des cinq dernières années, elle n'avait revu le chevalier qu'une dizaine de fois et, à chaque occasion, elle avait senti se rouvrir la blessure de son cœur. Elle en était venue à se dire que son existence serait apaisée si, à l'avenir, il ne reparaissait plus devant elle. Cependant, en ce moment précis où le trot enlevé des chevaux l'entraînait vers l'inconnu, elle aurait aimé le savoir à proximité. Cela lui aurait donné un peu plus de courage pour affronter son destin.

Le soir tombait quand la litière et son escorte atteignirent les faubourgs de Blois. Sans ralentir l'allure, le convoi gravit la pente jusqu'aux jardins du château et fit halte à la hauteur d'une poterne. Deux soldats, enveloppés dans leur cape pour se protéger de la bruine vespérale, y montaient la garde. Un brasero à calotte rougeoyait dans l'ombre. Les charbons ardents crépitaient et sifflaient parfois quand des gouttes d'eau les éclaboussaient à travers la grille.

La litière s'immobilisa et les chevaux de trait renâclèrent. Avant qu'Héloïse ait esquissé un geste, le rideau s'écarta et l'officier lui offrit la main, l'invitant à descendre. Son visage aussi pâle qu'un linceul était toujours fermé. Mais la jeune femme ne put s'empêcher de faire une nouvelle tentative :

— Allez-vous me dire à la fin le motif de ma présence ici ? J'ai quand même le droit de savoir pourquoi vous m'avez arrachée à ma clientèle ! Et d'abord, à qui obéissez-vous au juste ?

Le soldat roula des yeux sévères. La tension qui se peignait sur le visage de la jeune femme ne sembla guère l'amadouer. Il se contenta de hausser les épaules.

— Je ne suis point autorisé à vous faire des confidences, grogna-t-il. Je vous ai dit « Service de la Couronne » et ces seuls mots, Madame, devraient vous inspirer la plus complète docilité.

Héloïse comprit qu'elle n'en tirerait décidément rien. L'homme était un simple exécutant et lui-même ignorait peut-être la raison exacte qui nécessitait sa présence à la Cour. De toute façon, maintenant qu'ils étaient parvenus au terme de leur trajet, elle ne tarderait pas à être fixée.

Comme s'il devinait ses pensées, l'officier lui désigna la poterne donnant sur les jardins royaux.

— Ne lambinons pas ! Quelqu'un nous attend, qui achèvera de vous conduire là où il convient.

Tout en parlant, l'officier couvrit de sa cape les épaules de la jeune femme pour la protéger de la pluie fine qui devenait plus insistante. Elle lui en sut gré. Sous des dehors un peu rudes, l'homme ne semblait pas avoir un mauvais fond. C'était un soldat et il obéissait aux ordres sans se poser de questions. Pouvait-on le lui reprocher ?

Abandonnant l'escorte de cavaliers devant la poterne, Héloïse et l'officier s'enfoncèrent dans l'ombre des jardins. Ces derniers couvraient entièrement le promontoire dominant le château royal. S'étageant en terrasses, ils étaient agrémentés de galeries couvertes et de charmants pavillons isolés. Le début de la mauvaise saison ne les mettait pas en valeur mais, au printemps et en été, la création des jardiniers italiens devait s'épanouir en une véritable splendeur.

Contournant les massifs de buis et leurs nombreux labyrinthes végétaux, Héloïse et son guide parvinrent à la galerie qui enjambait le vallon et permettait d'accéder à l'enceinte. Là encore, une poignée de soldats montaient la garde. Toutefois, à la simple vue de l'officier, ils s'effacèrent sans formuler la moindre demande. Héloïse sentit son cœur accélérer au moment où elle déboucha dans la cour d'honneur. Face à elle, se détachait, dans la pénombre, l'harmonieuse façade de brique et de pierre du logis récemment construit à la demande de Louis XII. Les fenêtres du premier étage étaient illuminées par des centaines de chandelles et d'élégantes silhouettes se découpaient en ombres chinoises derrière les vitres. La pensée que l'une d'entre elles pouvait être celle du roi fit tressaillir la jeune femme. Non pas qu'elle eût éprouvé quelque fascination béate pour le pouvoir, mais se savoir si proche du sommet de l'État la confortait dans la pensée qu'elle se trouvait mêlée à des événements qui dépassaient sa simple personne. Décidément, plus le temps s'écoulait, plus elle se persuadait qu'elle avait tout à redouter de cette mystérieuse équipée.

Délaissant l'aile principale, l'officier l'entraîna en direction d'une terrasse, sur la gauche, où s'élevait un élégant bâtiment adossé au rempart. Si elle avait été plus familière des lieux, Héloïse eût identifié *Le Perche aux Bretons*, ainsi nommé parce que affecté à la maison de la reine Anne de Bretagne. Son guide s'approcha d'une porte latérale et y frappa une séquence de coups rythmés.

Comme si on les avait guettés de l'intérieur et anticipé leur arrivée, le lourd battant de chêne s'entrouvrit aussitôt. Une noble dame richement vêtue d'une robe de Bruges fourrée de menu-vair projeta en avant sa main armée d'un chandelier.

—Vous voilà enfin! soupira-t-elle avec une moue chagrine. Nous commencions à nous impatienter. Vous êtes-vous au moins conformé aux instructions reçues? Vous deviez notamment vous assurer qu'elle ne parlerait à personne.

L'officier s'inclina avec une déférence marquée.

— Je l'ai amenée tout droit de sa boutique. Elle n'a eu le temps de converser avec aucun de ses employés. Et nous avons parcouru d'une seule traite le trajet depuis Amboise.

Le sang bouillant d'Héloïse ne fit qu'un tour. Passe encore qu'on lui impose sans la moindre explication le déplacement jusqu'à Blois, mais elle ne pouvait supporter que ces deux-là parlent d'elle comme si elle n'était point présente! Son père lui avait transmis non seulement les secrets de son métier, mais aussi et surtout le goût de la liberté. Quelles que soient les circonstances, elle entendait agir en femme indépendante et peu soucieuse des convenances.

— J'ignore tout des raisons qui vous ont incitée à me conduire céans, lâcha-t-elle, les joues empourprées par l'irritation. Mais je puis vous assurer que si vous continuez à parler de moi comme d'une enfant qu'on peut mener à sa guise, je m'en retourne aussitôt à Amboise! Si vous l'osez, il vous faudra user de la force pour me retenir!

Cet éclat inattendu parut désarçonner un instant la femme au chandelier. Mais celle-ci ne tarda pas à se reprendre et foudroya Héloïse du regard :

— Quelle insolence! Comment osez-vous, ma fille? Nul, que je sache, ne vous a autorisé à prendre la parole!

Héloïse s'apprêtait à répliquer de plus verte façon encore, lorsqu'une voix de femme, harmonieuse mais autoritaire, se fit entendre de l'intérieur du logis.

— Il suffit, dame Clémence! Laissez venir à moi cette personne et laissez-nous en tête à tête! Je vous appellerai quand nous en aurons terminé.

Ce ne fut pas tant l'intervention de ce tiers invisible qui imposa le silence à Héloïse que la réaction de l'inconnue hautaine faisant office de portière. En effet, celle-ci écarta plus largement le lourd battant de bois et fit signe à la jeune femme d'entrer, tout en annonçant humblement par-dessus son épaule :

— Qu'il en soit ainsi, puisque tel est le désir de Votre Majesté.

III

En lettres de sang

Votre Majesté! Les deux mots retentirent dans la tête d'Héloïse comme une sonnerie de trompettes. Sa stupeur était telle que la femme au chandelier dut renouveler son invitation d'une main pressante pour que la jeune femme osât enfin franchir le seuil de la mystérieuse bâtisse.

Héloïse sursauta en entendant la porte d'entrée claquer sur ses talons, laissant au-dehors l'officier qui l'avait accompagnée jusque-là. La flamme vacillante des bougies révélait un grand vestibule aux murs couverts de tapisseries. La jeune femme n'eut guère le loisir de détailler le lieu, car déjà la dame d'atour la précédait jusqu'à une porte ouverte sur une pièce vivement éclairée. Parvenue au seuil, elle s'effaça et laissa Héloïse pénétrer seule dans la nouvelle salle, d'un pas rien moins que résolu.

Il s'agissait d'une antichambre aux murs lambrissés d'un riche chêne sombre et pourvus d'épaisses tentures tissées de couleurs vives – rouge flamboyant, bleu profond et or resplendissant. Le plancher blond était ciré et, pour lutter contre le froid, on y avait jeté des peaux d'ours et de loup. Mais ce qui retint plutôt l'attention d'Héloïse, ce fut la cheminée en brique rouge et au manteau surmonté d'une hermine sculptée dans la pierre. Des branches de châtaignier s'y consumaient en crépitant agréablement. Une femme de petite taille se tenait là, les mains dirigées vers le foyer, le dos tourné à la porte.

Héloïse fit une dizaine de pas dans la pièce, puis d'instinct s'agenouilla et adopta une attitude d'humilité respectueuse. Comme si elle n'attendait que cela, l'occupante des lieux se retourna mais demeura silencieuse. Elle semblait prendre le temps de jauger en silence la nouvelle arrivante.

Tout en inclinant la tête, Héloïse se livrait, derrière sa frange rousse, à un semblable examen mais de façon plus discrète. La reine – puisque tout semblait indiquer qu'il s'agissait bien là d'Anne de Bretagne – était vêtue d'une simple robe de velours noir, fermée jusqu'au haut du col. Elle ne portait aucun bijou, si ce n'est un crucifix au bout d'une fine chaîne d'or, et affichait un visage préoccupé, aux yeux plissés et à la bouche pincée.

Le silence persistant, Héloïse commença à se sentir mal à l'aise. Même si elle était peu au fait de l'étiquette royale, elle se doutait qu'il ne lui appartenait pas de prendre la parole la première. Toutefois, elle se connaissait trop pour ne pas avoir conscience que si la situation s'éternisait, elle ne pourrait brider son caractère impétueux.

Fort heureusement, Anne de Bretagne parut s'arracher au songe dans lequel l'avait plongée la contemplation de sa visiteuse. Elle invita Héloïse à se relever d'un geste gracieux de la main, et esquissa un pâle sourire.

— Ainsi, voilà la personne dont notre loyal serviteur, messire Bayard, nous a si souventes fois vanté les grandes qualités ! dit-elle avec bienveillance. Le chevalier ne tarit pas d'éloges à votre endroit, savez-vous ? Il nous a confié combien votre finesse d'esprit et votre clairvoyance lui ont été utiles au moment du brutal décès de feu le roi Charles le huitième, notre malheureux époux.

— La modestie du chevalier l'a incité à embellir le portrait qu'il a peint de moi à Votre Majesté pour mieux masquer ses propres mérites. En cette affaire, je me suis contentée de lui apporter un fort mince concours.

La souveraine fit comme si elle n'avait pas entendu l'objection.

— Messire Bayard a aussi loué vos vastes connaissances dans la pratique de l'apothicairerie et dans l'art de la médecine. À l'entendre, vous auriez étudié les principaux ouvrages des Anciens et seriez capable de lire aussi bien le latin que le grec. La chose est peu courante pour une femme de votre condition.

— Mon défunt père a toujours voulu que sa fille unique possède les clés du monde dans lequel elle serait amenée à vivre. Il m'a instruite comme il l'aurait fait d'un fils appelé à lui succéder. Son enseignement ne s'est d'ailleurs pas limité aux sciences. Il m'a aussi donné le goût de la poésie et fait découvrir la pensée humaniste à travers les écrits d'hommes tels Érasme ou Marcile Ficin.

— Pour ce qui est de comprendre le monde et de savoir où est notre devoir, la lecture des Saintes Écritures me paraît amplement suffisante, fit remarquer Anne de Bretagne en portant instinctivement la main à la croix pendant sur sa poitrine. Mais je ne doute pas que votre père, en homme sage, a veillé aussi à cet aspect de votre instruction.

Consciente d'avoir pu heurter la reine, réputée pour sa grande piété, Héloïse baissa les paupières et résolut de se contenter de réponses simples et directes.

Un court silence s'ensuivit durant lequel Anne de Bretagne arpenta deux fois la largeur de la pièce en frottant l'une contre l'autre ses mains blanches et potelées. Aux profondes rides creusant son front, on la devinait soucieuse et quelque peu indécise.

— Ces remarquables connaissances s'étendent-elles aux arcanes de l'alchimie? questionna-t-elle enfin en fixant Héloïse droit dans les yeux.

— J'en connais les grands principes et les opérations les plus courantes. Toutefois, j'ai quelques doutes quant au bien-fondé des recherches auxquelles se livrent la plupart des alchimistes.

— Cela importe peu! enchaîna la reine en balayant l'air de la main pour chasser cette dernière opinion comme un moucheron importun.

L'alliance de vos remarquables facultés intellectuelles et de vos multiples connaissances fait de vous la personne idoine pour tenter d'élucider une bien mystérieuse affaire.

À cet instant, Anne de Bretagne observa un nouveau silence. Elle semblait hésiter à aller plus avant. Son regard inquisiteur pointa sur Héloïse, comme si elle espérait découvrir sur son visage la solution d'un douloureux dilemme.

— Il y a trois jours, reprit-elle d'une voix blanche, en notre bonne ville de Blois, un crime horrible a été commis. On a assassiné maître Barello, un fameux alchimiste, respecté de tous pour son habileté et sa sapience. Je compte sur vous pour découvrir l'identité de son meurtrier.

Héloïse sursauta. Elle s'était imaginé bien des choses, mais ne s'attendait certes pas à une telle déclaration.

— Pardonnez-moi, Majesté, mais je crains d'avoir mal compris. Comment pourrais-je élucider ce crime ? Et d'ailleurs pourquoi ne pas confier tout simplement l'enquête à la prévôté ?

— Il ne s'agit pas d'un meurtre ordinaire. Avant de quitter les lieux, l'assassin a pris la peine de graver au couteau deux lettres sur le front de sa victime. Un L et un D.

— Probablement ses initiales. Il doit s'agir d'un illuminé ou d'un provocateur. L'homme n'a plus tous ses sens ou bien alors il cherche à défier votre justice.

La souveraine fronça les sourcils et secoua énergiquement la tête.

42

— Non! Non! S'il ne s'agissait que de ça, je ne vous aurais pas fait quérir à Amboise. L'affaire est à la fois plus complexe et plus grave. Voyez-vous, il ne s'agit pas d'un assassinat isolé. Il y a environ trois semaines, à Vendôme, un autre alchimiste a été pareillement agressé dans son atelier. Lui aussi portait deux lettres sanglantes sur le front. Mais cette fois, il s'agissait d'un V et d'un L. Ce n'est pas tout. La funèbre série a commencé en fait un mois plus tôt, dans un faubourg de Tours. Les circonstances sont les mêmes. Un alchimiste poignardé chez lui, en l'absence de tout témoin. Mais les coupures de celui-ci formaient trois lettres au lieu de deux : O, E et C. Voilà, maîtresse Sanglar, vous en savez maintenant autant que nous!

Héloïse avait écouté ces dernières révélations avec circonspection. À présent, elle réfléchissait et s'efforçait d'agencer entre eux les différents éléments en sa possession. Mais quelque chose la perturbait, lui causant la même impression que si elle s'était efforcée de faire entrer la toile d'un tableau dans un cadre trop étroit.

— Que Votre Majesté veuille bien pardonner mon impertinence, finit-elle par déclarer, mais je ne vois point comment je pourrais lui apporter une aide quelconque, si elle me dissimule certaines informations d'importance!

— Que dites-vous là? protesta la reine. Je ne vois pas à quoi vous faites allusion!

Héloïse ne se laissa pas démonter et insista :

— Aussi mystérieuse soit-elle, cette succession d'assassinats relève des affaires de simple police.

Il n'existe apparemment aucune raison pour qu'une souveraine aussi noble et pieuse que Votre Majesté s'y intéresse d'aussi près. J'en déduis donc que vous m'avez tu certains détails pourtant primordiaux. Et, bien que je mesure combien mon audace peut apparaître déplacée, je me permets cependant de vous livrer à nouveau le fond de ma pensée. Je doute d'avoir les compétences que vous me prêtez si généreusement. Mais il y a au moins une chose dont je suis certaine. C'est de ne pouvoir être d'aucune utilité, si vous ne me dites pas de quelle façon vous vous trouvez personnellement impliquée dans cette effroyable affaire.

Héloïse redoutait de déclencher le courroux de sa souveraine en se montrant si franche et si directe. Mais il n'en fut rien ! Pour la première fois depuis le début de l'entrevue, une lueur réjouie s'alluma au fond des prunelles d'Anne de Bretagne.

— Messire Bayard n'avait point exagéré en se faisant le chantre de vos qualités ! s'exclama-t-elle avec un large sourire. Vous êtes d'une perspicacité redoutable et je me réjouis d'avoir fait appel à vous. Votre clairvoyance ne vous a pas trompée : ces meurtres affreux ne sont peut-être pas sans rapport avec la Couronne.

En prononçant ces derniers mots, la reine s'était détournée pour s'approcher d'un prie-Dieu en bois noir. Elle y ramassa un ouvrage de petite dimension, relié en cuir précieux.

— Ça s'est passé hier. Comme tous les matins, j'avais ouvert mon psautier afin de faire mes dévotions à la Vierge. Entre deux pages, j'ai découvert ce billet qu'une main inconnue y avait glissé.

Anne de Bretagne se retourna et tendit à Héloïse un parchemin plié en deux. Sa main tremblait légèrement. Sur son visage, le sourire s'était effacé aussi vite qu'il était apparu, remplacé par un rictus anxieux.

Héloïse franchit la distance qui la séparait de sa souveraine. Le cœur battant, elle se saisit du feuillet et le déplia. Une seule phrase, tracée à la plume, en occupait le centre. Une phrase qui fit courir un frisson glacé dans le dos de la jeune femme.

Qu'En Ce Vitrail Le Lys Défaille

IV

Entre deux portes

Après avoir laissé Héloïse à la porte du Perche-aux-Bretons, l'officier qui l'avait escortée depuis Amboise traversa la cour d'honneur d'un pas pressé et se glissa sous la galerie aux arcades en anses de panier. En quelques enjambées, il gagna la plus proche tour d'angle et, sans prendre le temps de rendre son salut au factionnaire qui se tenait là, debout, à l'amorce de l'escalier à vis, il gravit les marches quatre à quatre.

Au premier étage, les accords chauds et profonds d'un luth et d'une viole de gambe accompagnaient les voix de plusieurs chanteurs. L'homme reconnut les premières mesures d'un motet composé par Josquin des Prés et il sut où diriger ses pas. Le salon de musique aménagé sur ordre de Louis XII occupait une pièce qui jouxtait la salle de réception préférée du roi. On y pénétrait par une double porte ouvrant sur la grande galerie du premier étage. Mais l'officier dédaigna cet accès qui l'aurait contraint à croiser beaucoup trop de monde. Il préféra s'engager dans un étroit passage d'ordinaire utilisé par les valets et serviteurs. Déserté à cette heure tardive, le discret corridor permettait de desservir la plupart des pièces par le truchement de portes habilement dissimulées dans les boiseries.

Parvenu devant l'huis ouvrant sur le salon de musique, l'officier épousseta ses habits et secoua ses bottes pour les débarrasser des traces de boue séchée. Puis, profitant d'une envolée de la voix de haute-contre, il entrouvrit prudemment le battant de bois.

Les musiciens et les chanteurs se tenaient sur une estrade placée en face des fenêtres. Face à eux, assis sous de superbes lustres dont les cristaux reflétaient l'éclat des chandelles, le roi et sa Cour goûtaient au plaisir du spectacle. Au premier rang, vêtu d'une tunique de satin pourpre et d'un manteau de velours azur semé de lys d'or au col et fourré d'hermine, Louis XII écoutait, pensif, le menton posé sur le dos de sa main. Il était entouré de ses principaux conseillers : le cardinal Georges d'Amboise, son plus fidèle ami, légat des Gaules et ambassadeur plénipotentiaire, Florimont Robertet, le secrétaire des Finances, Louis de La Trémoïlle, le premier chambellan, enfin Pierre de Rohan, seigneur de Gié, maréchal de France à qui Louis avait confié le gouvernement de François d'Angoulême, un enfant alors à peine âgé de neuf ans, mais le premier dans l'ordre de succession au trône.

Cependant, l'officier n'arrêta pas son regard à ces illustres dignitaires. La personne dont il désirait attirer l'attention se tenait deux rangées en arrière, parmi les gentilshommes et dames de haut lignage. Celle-ci se distinguait par son allure altière et la teinte noire de ses vêtements qui tranchait sur la magnificence des tenues du reste de l'assistance. Elle devait être sur le qui-vive, car le soldat eut juste à agiter la main pour se faire reconnaître d'elle. Profitant de ce que les chanteurs en finissaient avec le motet de Josquin des Prés, elle se leva et prétexta une bouffée de chaleur pour déranger ses voisins. Ce fut seulement lorsque l'attention de ces derniers se porta à nouveau sur les musiciens en train d'attaquer un autre chant qu'elle se décida à rejoindre la porte dérobée.

— Te voilà enfin de retour, Malavoise! soupira la noble personne qui venait de quitter sa place naturelle au sein des familiers du souverain. Je commençais à trouver le temps horriblement long. Y a-t-il du nouveau?

— Comme vous le savez, la reine a pris très au sérieux l'avertissement trouvé dans son psautier. Vous aviez également raison en supposant qu'elle souhaiterait agir d'abord dans la discrétion. Sur son ordre, je viens de conduire céans une certaine Héloïse Sanglar. Il s'agit d'une jeune femme qui fait profession d'apothicaire à Amboise. On la dit experte en bien des domaines, et notamment pour tout ce qui touche à l'alchimie.

— Une femme apothicaire, dis-tu? Voilà qui n'est point banal! Tout semble laisser croire que la reine Anne compte sur cette inconnue pour découvrir ce qui se trame derrière la mort de nos trois alchimistes.

— C'est la conclusion à laquelle j'étais moi-même arrivé.

— Eh bien, il faudra te renseigner davantage sur cette jeune personne! Nous aurions tout intérêt à savoir qui elle est exactement et pour quelles raisons Anne s'est résolue à faire appel à elle.

— J'ai laissé un de mes hommes à Amboise, signala le soldat. Il est chargé de glaner le plus d'informations possibles sur cette maîtresse Sanglar.

— Excellente initiative, je t'en félicite! Autre chose à présent : il serait par trop décevant que les investigations ordonnées par notre avisée souveraine demeurent infructueuses. Tu veilleras donc à exécuter scrupuleusement la suite du plan convenu et à ce que cette Héloïse Sanglar justifie la confiance placée en elle.

Le dénommé Malavoise inclina la tête avec respect.

— Il sera fait selon vos ordres.

— J'y compte bien! N'oublie pas que tu réponds sur ta tête du succès de notre entreprise.

Sur ces dernières paroles, la silhouette aux sombres habits regagna sa place parmi l'assistance et l'officier rebroussa chemin afin de retrouver ses quartiers. Une fois quitté le logis royal, celui-ci sentit la fatigue accumulée au cours des derniers jours lui tomber dessus comme une masse. Il n'aspirait pour l'heure qu'à deux choses : vider une jacqueline[1] de bon vin d'Anjou et se vautrer sur sa paillasse pour un long somme récupérateur.

Une fois refermée la porte de son modeste logement, à l'intérieur du casernement de la garde royale, il se délesta de ses bottes et ôta son chaperon de feutre. Dans le miroir tacheté qui faisait face à la porte, il esquissa un sourire cruel en apercevant son visage blafard et ses cheveux d'une blancheur neigeuse. Plus jeune, son teint d'albinos lui avait valu bien des quolibets, mais cela faisait beau temps que les moqueurs s'étaient tus... ramenés à davantage de réserve par sa redoutable dextérité et son inquiétante promptitude à manier toutes sortes d'armes soigneusement fourbies et prodigieusement fatales.

---

1. Bouteille de vin.

V

L'Angelot

Une humidité pénétrante semblait sourdre des murs épais. Héloïse frissonna et jeta un regard navré en direction du fourneau central. L'épaisse couche de cendres tapissant le foyer témoignait des belles flambées qui avaient naguère réchauffé les lieux, mais celles-ci n'étaient pas près d'être ranimées. Sous les voûtes de pierre, régnait un froid glacial. La grande salle arquée s'apparentait désormais plus à un tombeau qu'à un endroit voué à l'étude et à l'expérimentation.

Cela faisait plus de deux heures que la jeune femme se livrait à un examen détaillé du contenu composite de l'atelier de feu maître Barello. Elle avait notamment passé en revue les nombreux grimoires de sa bibliothèque. Certains correspondaient aux traductions latines d'écrits persans, œuvres confuses, encombrées de signes cabalistiques. D'autres étaient des ouvrages plus récents, directement publiés en latin ou en langue vernaculaire. Mais ceux-là aussi comportaient de curieuses gravures, figures symboliques parfois fort complexes, qui résumaient toute une théorie, rassemblant dans une même image les éléments les plus divers.

Héloïse s'attarda à lire plusieurs pages des *Douze Clefs* de Basile Valentin, de la *Tabula smaragdina* et du *Rosier des philosophes* d'Arnauld de Villeneuve. Mais ce qui la retint encore plus longuement, ce furent les notes manuscrites du défunt, compilées en plusieurs volumes soigneusement rangés sur une étagère de l'atelier. Tout n'était pas accessible à un profane. Loin s'en faut ! Mais les connaissances d'Héloïse étaient suffisantes pour lui permettre d'apprécier le sérieux des travaux de maître Barello. Celui-ci ne s'apparentait en rien à la clique des hallucinés, des magiciens, des charlatans, parfois même des scélérats, qui cherchaient uniquement, sous prétexte d'alchimie, à obtenir de l'or ou à passer pour en obtenir aux yeux de badauds trop crédules. Ceux-là usaient avec malice de tours de passe-passe, d'invocations aux Enfers et de procédés des plus hétéroclites. Et beaucoup achevaient leur carrière comme escrocs ou faux monnayeurs.

Non, maître Barello n'avait rien de commun avec une telle engeance. Il était de l'espèce des savants. Il connaissait manifestement les théories qui fondaient son art et en cultivait la dimension mystique. À en croire ses notes de travail, la pierre philosophale ne représentait pas une fin en soi, mais un simple moyen. Les deux pouvoirs essentiels qu'elle conférait à celui qui la possédait, à savoir la transmutation des métaux et la médecine universelle, visaient la perfection de l'âme. Car l'homme était la matière même du Grand Œuvre, et le but ultime poursuivi par tout alchimiste digne de ce nom était de lui faire retrouver sa pureté originelle.

Même si elle était loin de partager de telles idées, Héloïse ne pouvait que s'incliner devant l'abnégation et l'obstination dont témoignait toute une existence vouée à la recherche. Dès lors, au fur et à mesure de son examen, une question s'était imposée avec force à son esprit : qui avait pu nourrir à l'encontre du vieux sage une haine farouche au point de l'assassiner d'une aussi horrible façon ?

Quand elle entendit des bruits de pas dans l'escalier, accompagnés d'un cliquetis de métal, elle se prit à espérer obtenir enfin une amorce de réponse.

Ce matin-là, après avoir passé la nuit aux frais de la Couronne dans la meilleure auberge de Blois, elle avait gagné la demeure de maître Barello, accompagnée de deux hommes d'armes que lui avait adjoints Anne de Bretagne. Sur place, elle avait pu interroger la servante du défunt. Il s'agissait d'une femme d'une quarantaine d'années prénommée Tiphaine. Une paysanne à l'aspect pataud, totalement illettrée, que la mort de son époux et les disettes avaient contrainte, quelques années plus tôt, à trouver un engagement en ville.

Questionnée une première fois par les hommes du prévôt, la servante avait simplement indiqué que, le soir où son maître avait été tué, celui-ci avait fixé rendez-vous à un mystérieux client qui s'était présenté, accompagné de deux amis, à la nuit tombée. Mais elle avait été incapable de préciser l'objet de cette rencontre, ni de donner une description précise des trois hommes. À l'en croire, ils portaient des capuches rabattues sur leurs yeux, qui dissimulaient presque entièrement leur visage. « Qu'on aurait dit des moinillons tout honteux de se rendre au bordeau ! »

Face à Héloïse, la prénommée Tiphaine avait répété la même phrase en rougissant tout de même un peu. L'émissaire de la reine avait cherché à en savoir plus. Si c'était l'habitude de maître Barello de recevoir des visites à une heure aussi tardive ? La servante avait soutenu que non. À quelle heure les étrangers étaient-ils repartis ? Elle l'ignorait, maître Barello lui ayant fait savoir qu'il n'aurait plus besoin de ses services, une fois ses visiteurs introduits auprès de lui. Logeait-elle dans la maison ? Oui, elle disposait d'une paillasse dans la soupente. Avait-elle entendu un bruit suspect émanant de l'atelier ? Non, mais elle avait le sommeil lourd et s'était assoupie rapidement après l'arrivée des visiteurs énigmatiques.

Devant la mine désappointée d'Héloïse, la servante avait marqué une courte hésitation puis elle s'était risquée à lui faire une confidence :

— Vous, vous êtes intelligente, ça se voit. Je suis peut-être qu'une simple servante, mais je sais reconnaître une personne de confiance. Alors à vous je peux bien révéler ce que j'ai préféré taire aux hommes du prévôt. Il y a quelqu'un qui pourrait vous en dire beaucoup plus sur cette fameuse nuit. Quelqu'un qui se trouvait dans l'atelier avec le maître et ses visiteurs.

— Qui donc? l'avait pressée une Héloïse avide de recueillir enfin une information utile.

— Je vous le dirai, mais d'abord il faut me promettre qu'il ne lui sera fait aucun mal. Cette personne n'est pour rien dans le malheur qui a frappé maître Barello. Mais c'est la peur d'être à tort inquiétée qui l'a incitée à se cacher.

— Si la personne dont tu parles n'a aucun crime sur la conscience, elle n'a rien à redouter de la justice royale. Je te jure qu'il ne lui sera fait aucun mal.

— Le grand âge venant, maître Barello ne pouvait plus réaliser seul certaines expériences. Depuis quelques mois, il avait recours aux services d'un garçon nommé Guillaume. L'autre nuit, celui-ci est resté avec le maître jusqu'au départ des visiteurs.

— Comment le sais-tu? Ne m'as-tu pas dit que tu t'étais endormie tôt, ce soir-là?

La question n'avait pas paru embarrasser la servante.

— Ce grand dadais de Guillaume a heurté un tabouret en venant se coucher à son tour dans la soupente. C'est là qu'il m'a appris que les étrangers étaient partis. Il avait une drôle de voix, mais sur le coup je n'y ai pas prêté attention.

— Que veux-tu dire par «une drôle de voix»?

— Je ne sais pas... On aurait dit qu'il était troublé... Comme s'il avait vu ou entendu quelque chose de pas ordinaire. Mais il était tard. Comme je vous l'ai dit, cela ne m'a pas frappée plus que ça. C'est seulement après la découverte du corps que ça m'est revenu à l'esprit.

— Quand exactement?

— Un peu avant l'aube, le lendemain matin. Depuis des années, j'ai pris l'habitude de faire le tour de l'atelier pour tout remettre en ordre. Maître Barello était du genre distrait et il aurait été tout à fait capable d'oublier d'éteindre son fourneau. J'avais pour instruction de vérifier ce genre de choses.

— C'est donc toi qui as découvert le cadavre de ton maître?

— Un horrible spectacle! s'était exclamée Tiphaine en se signant d'une main tremblante. Vous pouvez m'en croire, ma bonne dame, seule une sorte de démon a pu s'acharner ainsi sur le corps d'un homme!

— Comment a réagi Guillaume quand il a appris la nouvelle?

— Fort mal! Il semblait bouleversé, mais pas seulement à cause de la mort du maître. Je n'ai pas tout saisi de ce qu'il a tenté de me dire. Il était dans tous ses états et les mots se bousculaient dans sa bouche. J'ai juste compris qu'il avait assisté à quelque chose de terrible, la veille, dans l'atelier. Il ne cessait de répéter que c'était de la sorcellerie et que maître Barello avait été puni pour avoir vendu son âme au diable. J'ai bien tenté de le raisonner, mais il m'a repoussée et a disparu.

— Vous avez une idée de l'endroit où il a pu se réfugier?

— C'est possible. Je crois savoir que sa tante travaille comme lingère à l'Hôtel-Dieu. C'est sa seule famille, ici, à Blois.

Héloïse avait aussitôt envoyé les deux soldats qui l'accompagnaient à l'adresse indiquée. Et c'est en attendant leur retour qu'elle avait commencé à fouiller l'atelier du défunt.

À présent, tandis qu'elle écoutait les pas se rapprocher dans l'escalier, elle ne pouvait s'empêcher de repenser aux confidences de la servante et aux accusations qu'avait proférées le dénommé Guillaume avant de s'évaporer dans la nature. Cette affirmation selon laquelle le vieil alchimiste aurait vendu son âme au diable la tracassait. Elle qu'on avait naguère accusée de sorcellerie se voyait mal revenir vers la reine avec, pour tout résultat, une vague évocation de puissances démoniaques. Découvrir quelque chose de plus concret était impératif. Et pour cela, il fallait espérer non seulement que les soldats aient pu mettre la main sur ce Guillaume, mais aussi que celui-ci puisse livrer des informations susceptibles de la mettre sur la piste du ou des meurtriers.

Elle en était là de ses pensées, lorsque la porte de l'atelier fut repoussée avec vigueur. C'étaient bien les deux hommes d'armes qui revenaient de leur expédition à l'Hôtel-Dieu. Et ils ne rentraient pas bredouilles, puisqu'ils encadraient étroitement un adolescent malingre, aux cheveux rouges et ébouriffés.

— Voilà donc notre fugitif ! s'exclama Héloïse en sentant sa poitrine s'alléger d'un poids. Tu es bien le dénommé Guillaume, n'est-ce pas ?

Le visage du rouquin reflétait une intense frayeur. Ses lèvres tremblaient. Des gouttes de sueur perlaient sur son front et s'accrochaient à ses sourcils épais. Il y avait dans ce visage luisant quelque chose de cadenassé. Comme Héloïse le fixait en attendant une réponse, il bredouilla :

— C'est pas moi... j'ai rien fait... je dormais là-haut avec la Tiphaine... c'est pas moi...

Sa voix étranglée semblait rouler des glaires. Un des soldats lui flanqua une méchante bourrade et dit à l'attention d'Héloïse :

— Le coquin se dissimulait dans les combles de l'hôpital. Quand il nous a vus, il a tenté de s'enfuir par les toits. Faut pas avoir la conscience tranquille pour se défiler ainsi comme un rat !

L'adolescent sembla se recroqueviller sur lui-même. Il renifla bruyamment et sa voix se fit encore plus larmoyante.

— C'est à cause de maître Barello... oui, c'est de sa faute s'il est arrivé ce grand malheur... moi, j'ai rien fait... tout est de sa faute... ne me faites pas de mal...

— Il n'est pas question de te faire le moindre mal, le rassura Héloïse avant de s'adresser aux soldats. Vous autres, laissez-nous à présent. Vous attendrez là-haut. J'appellerai si j'ai besoin de vous.

Une fois les hommes d'armes sortis, Héloïse s'approcha de l'apprenti et lui posa doucement la main sur l'épaule.

— Personne ne t'accuse de quoi que ce soit, Guillaume. Seulement, j'ai besoin de comprendre ce qui s'est passé ici, la nuit où l'on a assassiné ton maître. Si tu acceptes de parler sans détour, tu seras libre d'aller à ta guise. Tu as compris ?

Le rouquin semblait ne pas avoir entendu. Il conservait son attitude prostrée et baissait les yeux en marmonnant des bribes de mots incompréhensibles.

— Tu ne voudrais pas que le meurtre de maître Barello demeure impuni, n'est-ce pas ? Alors raconte-moi ce qui s'est passé, cette nuit-là, dans l'atelier. Parle-moi des trois hommes qui sont venus rendre visite à ton maître.

Lentement, Guillaume releva la tête et son regard croisa celui de la jeune femme. À cet instant précis, il oublia la peur qui lui nouait les entrailles depuis trois jours. Ce n'étaient pas les paroles prononcées par Héloïse qui étaient cause d'un tel soulagement, non, ce qui le rassurait, c'était ce regard clair, à la fois bienveillant et plein d'autorité. Il ne comprenait pas ce qui lui arrivait. Il s'était juré de ne plus jamais remettre les pieds dans cet endroit maudit, tout en lui aspirait à la fuite, et voilà que ce regard l'empoignait, lui ôtait la volonté de décamper, l'obligeait à se confier.

Et il parla. Longuement.

Quand il eut fini, Héloïse le fixa d'un air incrédule.

— Tu prétends que ce chiot est mort comme ça, foudroyé par un rayon de lumière ? Juste un simple rayon passé à travers un éclat de verre coloré !

— Je le jure devant Dieu ! Ça s'est passé sous mes yeux !

— Et tu dis que les trois hommes ont échangé le morceau de verre contre une bourse bien remplie ? Mais alors, où est-elle passée ? Elle avait disparu de l'atelier quand les hommes du prévôt sont venus examiner le cadavre.

— Je l'ignore, fit le garçon en se mouchant dans ses doigts. Mais elle était encore là, sur la table, quand je suis sorti pour raccompagner les visiteurs.

— Parlons-en, justement, de ces fameux visiteurs ! Un homme au crâne dégarni et à la mine sévère. Un adolescent qui se prénomme Jean et arbore un visage d'ange. Et un troisième personnage dont tu n'as ni vu le visage, ni entendu la voix. C'est bien cela ?

Le rouquin approuva d'un hochement de tête.

— Ils étaient vêtus comme de simples artisans, mais il y avait je ne sais quoi d'étrange dans leur mise. On aurait dit qu'ils tenaient absolument à passer inaperçus.

— C'est tout ? insista Héloïse. Tu es certain de n'avoir rien d'autre à me confier ? C'est important, concentre-toi ! M'as-tu bien tout dit au sujet de ces trois hommes ?

L'apprenti fronça les sourcils et fit un effort sur lui-même afin de rassembler ses souvenirs. Les yeux verts d'Héloïse ne le lâchaient pas et l'adolescent se sentait prisonnier de cette force. Au bout d'une intense réflexion, ses traits se détendirent et il balbutia d'une voix hésitante :

— À bien y songer, il y aurait peut-être... mais, non !... c'est sans doute sans intérêt...

— Parle, te dis-je ! insista la jeune femme. Même le plus petit détail peut avoir son importance !

— C'est juste qu'à la porte, le plus âgé des trois a recommandé au blondinet de bien enfouir le morceau de verre au fond de sa besace. Mais il ne l'a pas appelé Jean, comme il l'avait fait un peu plus tôt dans l'atelier. Il... il a utilisé une sorte de... de surnom.

Héloïse tressaillit et darda le feu de ses prunelles sur l'apprenti.

— Quel était ce surnom ?

— L'Angelot... oui, c'est ça. Il s'est adressé à lui en l'appelant l'Angelot.

VI

Une mauvaise rencontre

Héloïse tint sa promesse et laissa Guillaume aller librement. Puis, après avoir fouillé quelque temps encore mais sans succès l'atelier de maître Barello, elle quitta l'endroit en fin de matinée. Elle renvoya aussitôt les deux hommes d'armes munis d'un billet à l'intention d'Anne de Bretagne. Il fallait bien sûr tenir la reine informée des progrès de son enquête mais, surtout, cette escorte lui paraissait trop voyante. Elle avait besoin de discrétion pour poursuivre ses investigations. Une idée lui était en effet venue tandis qu'elle interrogeait l'apprenti du vieil alchimiste. Il lui fallait à présent en vérifier le bien-fondé. Si elle avait vu juste, peut-être pourrait-elle en apprendre davantage sur l'Angelot et ses deux compagnons.

Certes, à en croire Guillaume et Tiphaine, les trois hommes avaient quitté le lieu du crime avant que celui-ci ne soit commis. Mais cela ne les disculpait en rien. L'un d'entre eux avait pu revenir sur place, une fois les domestiques endormis. Et puis il y avait ce morceau de verre aux propriétés apparemment si terrifiantes. Comment ne pas faire le rapprochement avec les lettres gravées sur le front des trois alchimistes assassinés ? Des lettres qui, à en croire le billet glissé dans le psautier de la reine, faisaient allusion à un vitrail funeste pour le royaume ou son souverain...

Après avoir avalé à la hâte un fondant de courges au safran acheté à un étal, Héloïse partit chez un confrère apothicaire qui avait été jadis en relation d'affaires avec son père. L'homme la reçut avec une émotion visible et s'efforça de répondre au mieux à ses demandes. Grâce à lui, elle apprit qu'un corps de compagnons travaillait à la rénovation de l'église abbatiale Saint-Laumer. Plusieurs d'entre eux s'occupaient plus spécifiquement de la réfection des vitraux du chœur et de la chapelle Notre-Dame de la Piété.

La jeune femme se rendit sans tarder sur place, dans le faubourg du Foix, le long de la rive nord de la Loire. Sous prétexte d'avoir un pli urgent à remettre à l'intéressé, elle interrogea les maîtres-verriers au sujet d'un adolescent blond prénommé Jean, affublé du surnom l'Angelot et susceptible d'appartenir à leur confrérie. D'abord méfiants, les artisans s'amadouèrent lorsqu'elle laissa entendre que sa demande cachait une affaire de cœur et qu'il s'agissait d'aider deux tourtereaux à braver l'interdit du père de la jeune fille. Un verrier originaire de Besançon, la peau brune et des boucles noires sortant de dessous un large béret vert, se décida à lui confier qu'il connaissait l'Angelot en question. L'adolescent se nommait Jean Cousin. Il était l'élève prometteur d'un certain Mathurin Loiseul, lequel cumulait les états d'artisan-verrier et de frère convers bénédictin. Quand ils n'étaient pas occupés sur un chantier d'église ou à l'embellissement d'un château, les deux hommes vivaient au sein d'une abbaye isolée, sur les contreforts du Jura, à Baume-les-Moines.

Héloïse insista encore un peu pour savoir si le maître et son disciple pouvaient avoir trouvé à s'employer dans les environs de Blois, mais son interlocuteur ne put lui en dire davantage. Craignant d'attirer par trop l'attention si elle insistait, la jeune femme préféra rompre là et quitter l'église abbatiale. Après tout, elle avait rempli avec une rare efficacité la mission qui lui avait été confiée. Anne de Bretagne ne pourrait qu'être satisfaite. Il n'était point douteux en effet qu'en faisant promptement rechercher puis interroger ce Jean Cousin, la reine apprendrait le fin mot de cette ténébreuse histoire.

Héloïse, pour sa part, n'aspirait qu'à une chose : retrouver au plus vite ses drogues et ses traités de matière médicale. Elle n'avait accepté cette mission d'enquêtrice qu'à contrecœur et, même si elle s'était prise au jeu, piquée par la curiosité et intriguée par l'aura mystérieuse entourant les meurtres des trois alchimistes, elle n'avait nulle envie d'être mêlée à une affaire dont les tenants et les aboutissants lui échappaient en totalité. Oui, il lui tardait de regagner son apothicairerie et de retrouver la sérénité que procure l'exercice quotidien d'un honnête labeur!

Refrénant toutefois son impatience, la jeune femme se conforta aux instructions reçues et attendit la tombée du jour pour gagner discrètement les jardins royaux. Comme la veille, lors de son arrivée à Blois, le piquet de garde la laissa franchir les grilles sans s'interposer, ni même lui poser la moindre question. Une remarque égrillarde prononcée à mi-voix et un rire gras saluèrent simplement son passage. Sans prendre la peine de s'en offusquer, Héloïse s'enfonça entre les massifs que le crépuscule nimbait d'ombres bleutées.

Peu après, elle se trouvait déjà au milieu des jardins, en train de remonter une petite allée aménagée en tonnelle, quand une voix moqueuse s'éleva dans son dos:

— Halte-là, ma mignonne! Où crois-tu donc aller comme ça? Depuis quand les servantes sont-elles autorisées à flâner à la brune dans les jardins de Sa Majesté?

Héloïse se retourna d'un bloc, resserrant d'instinct autour d'elle les pans de sa pèlerine.

Adossé à une colonne d'inspiration antique, les bras négligemment croisés sur le torse, un gentilhomme la contemplait d'un air ironique. Il portait une courte cape de velours, un plastron de cuir fauve patiné, un haut-de-chausses marron, orné d'aiguillettes et de canons de rubans paille, et de hautes bottes aux agrafes d'acier bruni. Tout en lui, à commencer par son visage plein de morgue, trahissait le courtisan veule et vaniteux, prompt à considérer, en chaque jolie femme croisée, une conquête d'avance acquise.

— Adonc, la belle! insista-t-il en abandonnant son appui pour se camper, mains sur les hanches, au milieu de l'allée. Tu as perdu ta langue ou tu t'imagines que je gaspille mon temps à m'adresser aux corneilles ou aux musaraignes?

Le tutoiement mais aussi le ton suffisant firent monter une bouffée de colère au visage d'Héloïse. Si elle n'avait écouté que son sang, la jeune femme aurait volontiers mouché l'impertinent, mais l'heure du rendez-vous convenu avec la reine approchait. Il y avait plus urgent que de perdre son temps en remettant à sa place ce détestable personnage,

— Je crains que vous ne vous mépreniez, messire. Je ne suis point domestique, mais porteuse de nouvelles urgentes pour Sa Majesté la Reine.

L'inconnu laissa entendre un rire sarcastique.

— Voyez-vous ça! Vous entendez, mes amis? La drôlesse a ses entrées chez la bancale de Bretagne[1]!

— Pour sûr qu'on a odi la sornette, d'Entraygues! Pour ma part, je suis attendu chez le pape! Il souhaite me présenter à sa dernière maîtresse! Paraît qu'il ne suffit plus à la tâche!

La repartie, lancée d'une voix gouailleuse et vulgaire, avait de nouveau pris Héloïse à revers. Un frisson d'angoisse lui picota la nuque. Sans oser

---

1. Anne de Bretagne souffrait en effet d'une légère claudication.

lâcher trop longtemps des yeux le premier homme, elle risqua un rapide regard en arrière, par-dessus son épaule.

Au débouché de la tonnelle, l'allée dans laquelle elle s'était engagée longeait un joli pavillon d'agrément. Deux inconnus venaient d'apparaître sur le seuil. Un colosse brun, aux joues pâles grêlées par la petite vérole, et un blondinet aux traits efféminés et cruels. Tous deux portaient de riches vêtements aux tissus chatoyants et ornés de nombreux rubans. Mais le plus frappant dans leur mise, c'étaient les longues rapières qu'ils arboraient au côté. Ce détail, ajouté au fait qu'ils barraient à Héloïse toute possibilité d'accès à l'enceinte du château royal, fit monter d'un cran la tension de celle-ci.

S'efforçant de masquer son émotion, la jeune femme décida de s'adresser à nouveau à l'homme qu'un de ses compagnons avait appelé d'Entraygues.

— Messire, à ouïr votre nom, je ne doute point que vous soyez gentilhomme et vous conjure de me laisser aller! supplia-t-elle. Je vous ai dit la vérité : la reine m'attend. J'ai une communication d'importance à lui faire.

Tandis qu'elle prononçait ces mots, l'homme à la cape de velours s'était rapproché d'elle. Il souriait mais quelque chose de fourbe dans son regard ne laissait pas d'inquiéter Héloïse.

— J'entends bien, reprit-il avec désinvolture, mais la chose ne peut être urgente au point de nous empêcher de faire connaissance. Je me targue de pouvoir mettre un nom sur tous les jolis minois du château, mais le tien m'est inconnu. C'est un manque que je ne saurais supporter et qu'il convient de combler sans délai.

— Puisqu'il faut satisfaire votre curiosité, je me nomme Héloïse Sanglar. Et je n'habite point céans. Il n'y a donc rien d'étonnant à ce que vous ne me connaissiez pas. Puis-je continuer mon chemin à présent?

— Mon dieu! Mais quelle impatience! N'as-tu donc point appris, charmante Héloïse, qu'il est fort inconvenant de battre froid les gentils-hommes qui te marquent de l'intérêt? Mes amis et moi sommes-nous à ce point repoussants qu'il te serait impossible de nous accorder la faveur d'un sourire?

— Point du tout, mais je vous l'ai dit : je suis pressée.

Le dénommé d'Entraygues hocha la tête comme s'il lui fallait peser l'argument. Il finit par pousser un soupir contrarié avant de s'adresser à ses deux compagnons :

— Qu'en dites-vous, les amis? Sommes-nous enclins à passer outre l'affront et à nous montrer magnanimes envers cette jolie inconnue qui fait si peu de cas de nos personnes?

Le petit blond au faciès méchant ricana avant de donner un coup de coude à son acolyte qui le dépassait d'une bonne tête.

— La fille est plaisante mais elle est par trop ignorante des bonnes manières. Je suis d'avis de la laisser aller... mais seulement après qu'elle s'est acquittée d'un juste gage. Que diriez-vous d'un baiser pour chacun d'entre nous?

— Excellent! s'exclama d'Entraygues en laissant ses yeux s'attarder sur le corsage de la jeune femme et le nid de cotonnade où palpitait la gorge en partie découverte. Je souscris à la proposition sans réserve.

Héloïse resserra contre sa poitrine les pans de sa pèlerine et toisa son vis-à-vis de son regard le plus glacial.

— Mais enfin, messire, vous ne parlez pas sérieusement!

— Et pourquoi pas? Le prix me paraît des plus raisonnables. Peut-on imaginer plus modeste écot qu'un baiser? J'ajoute que vous ayant remarqué le premier, je me réserve la primeur de goûter à vos lèvres.

Sûr de son fait, il s'avançait déjà pour cueillir ce qu'il prétendait être son dû. Héloïse fit d'abord mine de se résigner. Puis au dernier moment, elle se déroba, pivota et s'élança aussi vite que le lui permettait son léger pied-bot en espérant prendre les deux autres par surprise.

— La peste soit de la diablesse! Voilà qu'elle cherche à nous fausser compagnie! Barrez-lui la route, vous autres!

Obéissant au cri d'alarme de d'Entraygues, les deux hommes écartèrent vivement les bras et se positionnèrent de façon à bloquer toute la largeur de l'allée. Comprenant qu'elle ne pourrait franchir l'obstacle, Héloïse opéra un prompt demi-tour. Si elle parvenait à revenir suffisamment sur ses pas, elle pourrait tenter d'appeler à la rescousse les gardes de la poterne. Mais d'Entraygues ne lui en laissa pas le loisir. Comme elle cherchait à le contourner en se glissant le long de la haie, il la saisit au passage et lui tordit violemment le bras.

— En voilà des façons ! grogna-t-il en lui soufflant au visage une haleine avinée. Ne sais-tu pas, mignonne, qu'il est malséant de s'ensauver avant d'avoir reçu congé ?

Surmontant sa crainte et la douleur que lui infligeait son agresseur, la jeune femme décida de faire front. Elle releva le menton et afficha un air bravache qui était loin de refléter son émoi.

— Est-ce donc ainsi que les gentilshommes ont coutume de se comporter à la Cour de France ? Je doute que Sa Majesté la Reine apprécie la manière dont on moleste les dames à son service. Je vous répète qu'elle m'attend et ce serait grande témérité que de me retenir davantage.

— Peste ! Mais c'est qu'elle nous menacerait la mauvaise fille ! Eh bien, puisque tu ne veux pas nous embrasser, au moins ne nous refuseras-tu pas une danse !

Tout en parlant, d'Entraygues accentua sa prise, obligeant Héloïse à tourner sur elle-même pour éviter une luxation du coude. Quand elle se retrouva dos à lui, il lui assena une violente poussée dans le bas des reins. Prise au dépourvu, Héloïse sentit qu'elle perdait l'équilibre et battit désespérément des mains. C'est alors qu'une poigne vigoureuse la retint. En riant, le grand brun s'était précipité vers elle, l'avait ceinturée et la soulevait du sol en la faisant tourbillonner. Elle se débattit, rua des bras et des jambes, mais la prise était trop bien assurée et rien n'y fit. Elle ne parvint pas à se dégager. Le souffle coupé, désorientée, elle perdit le compte des tours et réalisa à peine quand le gaillard au visage grêlé la reposa à terre.

Vacillant sur ses jambes, elle cherchait encore à retrouver ses esprits quand une nouvelle bourrade l'envoya valser cette fois dans les bras du blondinet. Celui-ci affecta une moue dégoûtée :

— Quelle piètre cavalière! La voilà déjà toute amollie. Je te la rends, d'Entraygues. Pour ma part, je les préfère autrement plus vaillantes.

Joignant le geste à la parole, il la projeta à nouveau en direction de son compère. Mais cette fois, étourdie par la folle ronde qu'on lui imposait et saoulée par les rires gras des trois hommes, Héloïse trébucha. Ses jambes se dérobèrent et les mains de d'Entraygues, au lieu de la rattraper, ne purent qu'amortir sa chute en crochant son corsage à la volée.

Le tissu se déchira brusquement et les beaux seins blancs d'Héloïse jaillirent, semblant un instant capter toute la pâle clarté de la lune. Instantanément les rires s'éteignirent et les regards des trois hommes se fixèrent sur la tendre chair ainsi découverte.

VII

Les ennemis du royaume

— L'hypothèse du complot ne fait guère de doute. Qu'en pensez-vous, messire de Comballec?

Anne de Bretagne tenait à la main le billet qu'Héloïse lui avait fait parvenir en début d'après-midi. Aussitôt qu'elle avait pris connaissance des premiers résultats de l'enquête, la reine avait convoqué dans son antichambre l'un de ses familiers. Elle ne doutait pas que des dispositions fermes et rapides devraient être prises dans le courant de la soirée.

— Cette histoire de verre qui donne la mort ne me dit rien qui vaille, Votre Majesté. Il importe rapidement de savoir pour qui ce Barello travaillait et quels desseins se trament à l'ombre du trône.

L'homme qui venait de parler était un gentilhomme à la noble prestance. Les cheveux drus et noirs, les traits rudes mais bien dessinés, le regard résolu. Il était natif de Bretagne, comme sa souveraine à laquelle l'attachait un dévouement sans faille. Âgé de bientôt trente ans, Henri de Comballec, baron de Conches, était le capitaine des archers en charge de la protection personnelle de la reine. Cette dernière savait pouvoir trouver en lui non seulement un garde du corps efficace, mais aussi un conseiller avisé.

— Je vous avouerais que ce qui me trouble le plus pour l'heure, déclara la reine, c'est ce billet qu'on a réussi à placer dans mon psautier. Comment appréhender la chose? S'agit-il d'une menace ou a-t-on voulu m'inciter à me tenir sur mes gardes?

Parcourant à nouveau la lettre d'Héloïse, Anne de Bretagne marchait de long en large devant la monumentale cheminée. Elle portait une petite coiffe en velours noir brodé qui rehaussait délicatement la blancheur de son teint. Sa robe jaune, au sage décolleté carré et aux parements sombres, était serrée à la taille par un fin cordon noué en guise de ceinture. Il s'agissait là d'un discret rappel de la fameuse cordelière introduite sur les armoiries de Bretagne par son père, le duc François, en hommage à son saint patron le pauvre d'Assise.

Ce détail émouvant, qui évoquait leur commune patrie d'origine et peut-être une nostalgie partagée, rendit encore plus insupportable au baron l'anxiété qu'il lisait sur le visage de sa souveraine. Il s'efforça d'adopter un ton rassurant :

— Quelles que soient les motivations de celui ou de celle qui a cru pouvoir agir de la sorte, je suis certain que nous les percerons rapidement à jour.

— Je vous fais toute confiance, messire, mais comment comptez-vous vous y prendre?

— Eh bien, pour commencer, il convient de mettre la main sur la dernière personne à avoir eu en sa possession le verre maléfique, ce mystérieux adolescent surnommé l'Angelot!

— L'Angelot! soupira la reine en nouant ses poings serrés sur sa poitrine. Quel doux surnom et si aimable pour une âme probablement bien noire!

— Celui-là, reprit le sire de Conches, de même que ses deux acolytes, n'est à l'évidence qu'un simple comparse. C'est la tête pensante qui dicte leurs actions qu'il nous faut débusquer.

Anne de Bretagne poussa un profond soupir et vint s'asseoir dans l'embrasure d'une fenêtre agrémentée de coussièges de pierre. Son regard flotta un instant, par-delà les carreaux, sur le promontoire où les jardins semblaient se noyer dans les ombres du crépuscule.

— Malheureusement, les ennemis ne nous manquent pas et nombreux sont ceux qui auraient intérêt à affaiblir le royaume en frappant à sa tête. «Que le lys défaille!», plusieurs partis, à n'en point douter, formulent un tel souhait. Certains au grand jour, d'autres dissimulés derrière une neutralité de façade ou de fallacieuses protestations d'amitié.

— Vous pensez à un adversaire particulier?

— Comment ne pas songer à Ferdinand d'Aragon? Ce serait assez dans ses manières retorses. N'avait-il pas signé, il y a trois ans de cela, un traité d'entente avec notre sire et noble époux, afin de se partager le royaume de Sicile? À Louis, les villes de Naples et de Gaète, les provinces du Labour et des Abruzzes, ainsi que les titres de roi de Naples et de roi de Jérusalem. À Ferdinand, le duché de Calabre, la Pouille et l'Apulie, de même que le titre de roi de Sicile. Cela n'a pas empêché l'Espagnol de revendiquer ensuite la Capitanate et la Basilicate, détachées des Abruzzes, au mépris de la parole engagée !

Henri de Comballec hocha la tête et approuva d'une voix chargée d'amertume :

— Quand je pense qu'il y a un an à peine, la victoire nous tendait les bras ! L'armée espagnole commandée par Gonzalve de Cordoue n'occupait plus que quelques villes et nous avions l'appui du pape Alexandre VI. Je n'arrive toujours pas à comprendre ce qui a pu tout gâcher !

La reine laissa entrevoir un mince sourire, comme si elle s'amusait du caractère fougueux de son favori et de sa naïveté en matière de diplomatie souterraine.

— En cette affaire, les Vénitiens ont fait montre d'une rare duplicité, rappela-t-elle. Ils nous avaient assuré de leur soutien, mais nos espions nous ont fait savoir qu'ils ravitaillaient en secret les Espagnols. Sans cette aide inespérée, jamais Gonzalve de Cordoue n'aurait pu tenir les dernières places que nous lui disputions. D'ailleurs, à défaut de l'Aragonais, c'est peut-être la République Sérénissime[1] qui cherche aujourd'hui encore à nous affaiblir.

---

1. Venise.

Anne de Bretagne marqua une pause. L'humidité de ce mois d'octobre maussade traversait la croisée et lui glaçait les extrémités. Elle se leva et s'approcha d'un brasero couvert, dont le charbon rougeoyant, parsemé d'herbes, répandait un parfum délicieusement réconfortant. Elle étendit ses paumes au-dessus du foyer et frissonna longuement.

En son for intérieur, elle se remémorait la suite d'événements néfastes qui avait ruiné les ambitions françaises dans le royaume de Naples. Certes, le double jeu des Vénitiens avait évité la famine à l'armée espagnole, mais la souveraine savait bien que cela n'expliquait pas tout. Les troupes françaises avaient souffert des dissensions existant entre ses capitaines. En particulier, les hésitations du général en chef, le duc de Nemours, à faire le siège de Barletta, la dernière grande place forte tenue par Gonzalve de Cordoue, avait permis à celui-ci de se renforcer. Par la suite, le mauvais sort s'en était mêlé. Les Français s'étaient trouvés affaiblis par les assauts conjugués du choléra, de la syphilis et de la malnutrition. Les revers avaient succédé aux revers. En mai 1503, les Espagnols occupaient toute la Capitanate et la Basilicate et avaient conquis la ville de Naples, obligeant les débris de l'armée française à se réfugier dans Gaète. Pour couronner le tout, le pape Alexandre VI, fidèle allié de Louis XII en Italie, avait rendu son âme à Dieu à la mi-août. Réuni afin d'élire son successeur, le conclave, sous l'influence de l'Espagne, du Saint-Empire romain germanique et de la République de Venise, avait donné sa préférence à un prélat italien décati plutôt qu'à l'ambitieux candidat français, Georges d'Amboise.

— Il est possible aussi, reprit la reine, songeuse, que nous ayons affaire à une tentative de déstabilisation. Semer le trouble en France, en ce moment, pourrait une nouvelle fois priver Georges d'Amboise de la tiare pontificale. Élu le mois dernier, le vieux cardinal Piccolomini n'aura régné que trois semaines sous le nom de Pie III. Ses obsèques sont prévues à la fin du mois. Et cette fois, on voit mal comment d'Amboise pourrait laisser échapper à nouveau le trône de Saint-Pierre. Il est le grand favori. Sauf bien sûr... sauf si de graves incidents nous contraignaient à détourner notre attention de Rome et de nos intérêts en Italie.

— Si je comprends bien, gronda Henri de Comballec, cela voudrait dire que le coup vient à nouveau de Venise ou des Espagnols !

— C'est possible, mais d'autres pourraient aussi y trouver leur compte. Je pense à ceux que nos récents revers seraient susceptibles d'inspirer et qui voudraient nous chasser de Milan comme les Espagnols l'ont fait à Naples.

— Sauf que la population locale nous y est davantage favorable. De plus, nous tenons l'ancien duc, Ludovic Sforza, bien serré dans les geôles du château de Loches.

— Certes, je vous concède que le More[1] ne représente plus un danger depuis que nous lui avons

---

1. Surnom de Ludovic Sforza.

rogné les crocs. Mais n'oubliez pas que son fils a trouvé refuge à la Cour d'Autriche. De là, il peut travailler à sa revanche et – qui sait? – préparer l'évasion de son père...

Le sire de Conches opina gravement de la tête. La froide lucidité d'Anne de Bretagne et son sens aiguisé de la politique ne cessaient de l'étonner. Jamais il n'aurait songé que le royaume des lys eût tant d'ennemis. L'image d'un colosse aux pieds d'argile s'imposa à son esprit et lui fit tordre le nez.

— Et puis, continuait la souveraine, je ne perds pas de vue que le billet portant cette étrange inscription peut avoir une signification plus personnelle.

Le baron sursauta.

— Que voulez-vous dire, Votre Majesté?

— Ce n'est peut-être pas le royaume ni même mon époux qui sont visés, articula lentement Anne de Bretagne, mais ma propre personne. Cela expliquerait pourquoi c'est à moi que l'on a adressé ce sinistre avertissement.

— Comment pourrait-on s'en prendre à une aussi noble dame que vous? s'offusqua l'ardent Breton.

La reine sourit de nouveau et vint tapoter la manche de son capitaine des gardes. Ce geste familier, si peu en accord avec sa royale personne tant elle respirait la distinction et la majesté, suffisait à lui seul à témoigner de la haute considération qu'elle portait au baron.

— Allons! Allons! Je vous sais tout entier acquis à ma cause. Mais votre dévouement ne va pas – du moins je l'espère! – jusqu'à l'aveuglement. Vous n'êtes pas sans savoir que j'ai des opposants ici même, à la Cour. Certains me reprochent les termes de mon second contrat de mariage qui exclut le duché de Bretagne de l'héritage du futur roi de France et ménage ainsi la possibilité de le détacher des domaines de la Couronne. Les mêmes contestent le rôle que j'ai pu jouer dans la conclusion du fameux accord de 1501.

— Celui par lequel votre époux a consenti au mariage de votre fille Claude avec l'archiduc Charles de Luxembourg[1], le petit-fils de Maximilien de Habsbourg, roi des Romains et prochain empereur germanique?

— Celui-là même! Ma bien-aimée fille apportera en dot à son futur conjoint non seulement la Bretagne mais aussi la Bourgogne et le comté de Blois. On m'accuse d'avoir ainsi favorisé le découpage du royaume en deux. Oh, bien sûr, pas ouvertement, mais on fait courir des rumeurs. Et quand je dis « on », je vise en premier lieu cette intrigante bouffie d'orgueil qui se morfond à Amboise et se verrait bien jouer les premiers rôles à la Cour.

Henri de Comballec comprit qu'elle faisait allusion à Louise de Savoie, la mère du petit François d'Angoulême, l'héritier présomptif du trône, en l'absence de dauphin.

— Croyez-vous cette... cette personne capable de se compromettre dans un complot et de fomenter un crime de lèse-majesté?

---

1. Qui deviendra Charles Quint.

— S'il fallait en passer par là pour atteindre son but, je crois hélas qu'elle n'hésiterait pas ! Depuis qu'un saint ermite lui a prédit que son rejeton serait roi, elle est littéralement dévorée d'ambition. Je sais qu'elle consulte régulièrement mages et astrologues. De là à s'acoquiner avec un alchimiste dans quelque funeste dessein, il n'y a qu'un pas...

Le baron préféra ne pas faire de commentaires. Pour n'être pas fin politique, il n'en connaissait pas moins les travers de l'âme féminine et sentait percer une pointe de jalousie sous de telles accusations. Il savait qu'Anne de Bretagne enviait l'éclatante santé du jeune François qui lui rappelait cruellement l'échec de ses propres maternités. Il se doutait qu'elle haïssait sa mère, l'ambitieuse Louise de Savoie qui, depuis son veuvage, reportait sur son fils tous ses désirs de grandeur.

Intelligente et dotée d'une remarquable vivacité d'esprit, Anne dut percevoir le léger trouble qu'avaient engendré ses dernières paroles. Elle fit un geste de la main, comme pour effacer les mots prononcés.

— Il est certain toutefois que la thèse de comploteurs à la solde de l'étranger est plus vraisemblable. C'est la sécurité du royaume tout entier qui se trouve, dès lors, en jeu.

Henri de Comballec fut soulagé de voir leur échange retrouver un terrain moins mouvant. Il enchaîna vivement :

— Vos propos, Votre Majesté, achèvent de me convaincre qu'il faut agir avec une grande promptitude et moult fermeté. Et je ne vous cache pas que j'ai une grande hâte de connaître les résultats des dernières investigations menées par cette femme apothicaire dont vous m'avez entretenu tantôt.

Anne de Bretagne fronça les sourcils et promena un regard plein d'expectative tout autour de la pièce, comme si elle cherchait tout à coup quelqu'un.

— J'avoue partager votre impatience. Voilà beau temps que la cloche de la chapelle a sonné complies. Maîtresse Sanglar devrait être déjà là !

VIII

Monseigneur de Clèves

— Corps Dieu! Que voilà de splendides tétins! C'est donc une nourrice que la Reine attendait! Moi qui croyais que son avorton de dauphin avait passé l'autre hiver!

Tout en lorgnant la poitrine d'Héloïse, le blond aux allures d'inverti ricanait bêtement de sa propre saillie. Agenouillée sur la terre battue de l'allée, la jeune femme releva la tête et le foudroya du regard. D'un seul coup, la peur en elle avait cédé toute la place à une colère froide. Faisant fi des risques encourus, elle défia ses agresseurs d'un air farouche.

— Quel genre d'hommes êtes-vous pour vous liguer à trois contre une femme sans défense? Vous n'êtes que des pleutres!

Le dénommé d'Entraygues sembla réaliser brusquement que ses compagnons et lui avaient sans doute passé la mesure. Il adressa au blondinet un geste impérieux pour faire cesser ses couinements et tendit la main à Héloïse pour l'aider à se relever.

— Allons, la belle! Tu ne peux nous reprocher d'avoir été sensibles à tes charmes. Oublions ce fâcheux incident. Après tout, mes amis et moi voulions simplement plaisanter.

La jeune femme écarta son bras d'un revers dédaigneux. Elle se releva seule en prenant appui des deux mains sur le sol, puis ramena contre sa gorge les lambeaux de son corsage déchiré. Son pied déformé l'élançait. Des palpitations douloureuses martelaient ses tempes. Elle trouva néanmoins l'énergie de cracher son mépris à la face de son adversaire.

— Un incident! Une simple plaisanterie! C'est donc ainsi que vous considérez la chose! Jamais on ne vit gentilshommes dignes de ce nom se comporter aussi bassement. De vulgaires soudards, voilà tout ce que vous êtes! La honte devrait vous ronger la face!

— Tout doux, la mignotte! reprit d'Entraygues que les reproches piquaient au vif. J'admets que notre empressement nous a conduits à quelque débordement mais je te conseille de tempérer tes paroles. Il ferait beau voir qu'un d'Entraygues se fasse tancer par une fille de ta condition. Après tout, le mal n'est pas bien grand et peut être facilement réparé. Vois comme je puis me montrer grand prince. Voilà de quoi t'offrir des atours autrement plus seyants que les hardes dont nous t'avons dépouillée.

Joignant le geste à la parole, il tira de la bourse qu'il portait au côté trois pièces d'argent. Héloïse ressentit l'offre comme une ultime humiliation

Elle s'apprêtait à la rejeter avec rage lorsqu'une voix ferme retentit dans l'allée :

— Il suffit, d'Entraygues ! Je ne vous savais pas enclin à pratiquer si promptement l'aumône. Il faudra m'en faire souvenance si, par extraordinaire, l'envie vous prenait un jour prochain de venir vous agenouiller en la chapelle royale.

L'interpellé fit un tel saut de carpe qu'il se prit les pieds dans la pèlerine d'Héloïse, trébucha et se retrouva à son tour les deux genoux à terre. Dans le même temps, ses comparses avaient pivoté dans la direction d'où venait la voix et aussitôt adopté une attitude contrite.

Un homme de haute stature venait d'apparaître au coin du pavillon d'agrément. Il portait une houppelande violine fourrée de martre, une tunique sombre rehaussée d'une splendide croix pectorale en or. Ses cheveux grisonnants et l'expression glaçante de son visage lui conféraient une incontestable aura d'autorité.

— Ne... ne vous méprenez pas, monseigneur, balbutia d'Entraygues soudain ravalé au rang d'un méchant drôle tancé par son précepteur. Nous... nous nous amusions, voilà tout... oui, c'est cela, un simple amusement... rien de plus... la fille se sera simplement méprise sur nos intentions.

Le nouveau venu posa tour à tour sur les trois hommes un regard dédaigneux. Son ton se fit faussement doucereux :

— Mais je n'en doute pas un seul instant, monsieur le vicomte. Cette belle enfant semble d'ailleurs goûter vivement votre compagnie ! Il n'empêche, il me plairait de vous entendre en confession ce dimanche, après l'office. En attendant, vous et vos gens, videz les lieux et laissez-moi seul avec cette malheureuse !

Les trois ignobles individus ne se le firent pas dire deux fois. N'accordant pas le moindre regard à leur victime, ils déguerpirent sans demander leur reste et se fondirent dans la pénombre des jardins.

Aussitôt, le prélat se précipita avec une bienveillante sollicitude pour réconforter Héloïse. Encore sous le coup de l'émotion, la jeune femme eut du mal à réaliser qu'elle était tirée d'affaire. Il lui fallut plusieurs minutes pour retrouver pleinement ses esprits. Elle prit conscience alors de sa semi-nudité et, rougissant de confusion, tâcha de dissimuler du mieux possible sa poitrine derrière l'amas de ses vêtements déchirés.

— Ma pauvre enfant ! s'apitoya son sauveur. Je suis navré de ne pas être passé par là quelques instants plus tôt. Cela vous aurait évité d'avoir à subir la bestialité de ces brutes qui déshonorent le nom et les titres qu'ils portent.

— Ah, monseigneur, dit Héloïse en reprenant le terme qu'elle avait entendu prononcer par d'Entraygues, je ne sais comment vous témoigner ma gratitude. Sans votre arrivée si opportune, qui sait comment les choses auraient tourné. Mais... qui dois-je remercier ?

Le visage de l'homme s'éclaira d'un large sourire. Il s'inclina avec élégance. Sa voix était pleine de distinction.

— Je suis monseigneur Philippe de Clèves, évêque de Nevers et protonotaire apostolique. Mais vous-même, ma belle enfant, comment vous appelez-vous ? Je me targue de connaître à peu près tout le monde à la Cour et si je vous y avais déjà croisée, le souvenir ne pourrait m'en faire défaut.

Héloïse baissa pudiquement les paupières. Il lui en coûtait d'avoir à se présenter à cet homme d'Église, alors qu'elle se trouvait si peu à son avantage. Mais elle n'avait guère le choix et se devait de témoigner sa gratitude à celui qui venait de la sortir d'un bien mauvais pas.

— Je me nomme Héloïse Sanglar. Je me rendais au château où je suis attendue pour une affaire de la plus haute importance.

— N'en dites pas plus ! l'interrompit le prélat. Je ne voudrais pas que, par reconnaissance, vous vous sentiez obligée de me confier ce que vous n'êtes sans doute pas autorisée à divulguer. Je sais trop bien, par expérience, que nombre d'affaires traitées à la Cour exigent une absolue discrétion... Toutefois, je doute que vous puissiez vous présenter au château dans cette tenue.

Héloïse fit une moue contrariée en contemplant sa pèlerine souillée de terre et les pans de sa robe dont elle continuait à se servir comme d'un bouclier pour protéger ses seins. Il était évidemment impossible de rendre visite à la reine ainsi accoutrée.

L'évêque dut être sensible au désarroi qui se peignait sur le visage de son interlocutrice, car il détacha sa houppelande, en recouvrit ses épaules dénudées et s'efforça de la réconforter :

— Ne vous inquiétez pas, nous allons remédier à cela. Vous allez me suivre dans mes appartements et je vais donner des instructions pour que vous puissiez retrouver une meilleure apparence. Quoique je puis vous assurer que, même ainsi mise à mal, votre beauté demeure un éclatant hommage à l'auteur de toute création sur cette terre.

Héloïse rougit à nouveau en entendant ces paroles. Elle réalisa alors seulement qu'en dépit de ses cheveux poivre et sel monseigneur de Clèves était un homme encore jeune. Elle ne lui donnait guère plus de trente-cinq ans ou trente-six ans. Un regard vif et clair, une silhouette fine, une élégance dénuée d'affectation. Il possédait, c'était indéniable, un charme naturel et une distinction qui en imposaient. Ce qu'elle ignorait, en revanche, c'était l'intense pouvoir de séduction qui se dégageait d'elle en l'instant présent. Avec ses cheveux en broussaille, ses prunelles dont la colère attisait le feu, ses lèvres gonflées et sa gorge palpitante, elle offrait aux regards une beauté troublante, mélange fascinant de sauvagerie et de sensualité.

— Je vous remercie, monseigneur. Vos paroles me sont un doux réconfort. Et je rends grâce à la Providence de vous avoir placé sur mon chemin.

— Réservez vos actions de grâce à Notre Seigneur, ma chère, suggéra Philippe de Clèves en offrant son bras à Héloïse. Car lui seul décide ici-bas de nos destinées.

Au sortir de l'allée, comme le couple quittait l'abri des buis, la jeune femme fut saisie par le froid et l'humidité de la nuit tombante. Un léger tremblement la parcourut.

— N'ayez aucune crainte, dit l'évêque qui se méprit sur l'origine du frisson et crut devoir la rassurer. Du moment que vous êtes avec moi, vous ne courez plus aucun risque.

— Je n'en doute point. Devant votre sainte autorité, l'arrogance de ces misérables a fondu comme neige au soleil.

Le prélat poussa un soupir désabusé.

— Vous surestimez la piété de ces coquins, madame. C'est moins devant l'évêque qu'ils se sont soumis, que devant le cousin du roi.

Prenant la juste mesure du haut personnage au bras duquel elle s'appuyait, Héloïse se sentit gagner par un brusque sentiment de honte. Ses jambes se mirent à flageoler.

— Monseigneur ! Si j'avais pu deviner... je suis navrée de vous causer, bien malgré moi...

Philippe de Clèves l'interrompit d'un franc éclat de rire :

— Surtout ne vous excusez pas ! Jamais je n'aurais pu imaginer devoir un jour me muer en chevalier servant. Et cette nouveauté ajoutée au plaisir d'achever ma promenade en si agréable compagnie fait de moi votre obligé.

IX

Deux âmes en peine

En retrouvant dès le lendemain soir le décor familier de son apothicairerie, Héloïse éprouva une désagréable sensation de vertige. Son absence avait duré à peine trois jours. Mais il lui semblait que tout était changé. Ce lieu où elle avait passé toute sa jeunesse ne lui offrait pas le réconfort auquel elle aspirait tant, après la mésaventure vécue dans les jardins de Blois. Pourtant, le fidèle Aurèle avait veillé à ce que tout fût en ordre pour son retour. La boutique et le préparatoire étaient rangés avec soin. Une jonchée fraîche recouvrait le dallage. Le comptoir, les tables et les chaises de bois, comme les ustensiles de cuivre suspendus au mur, avaient été polis et luisaient dans la lumière grise qui filtrait par les fenêtres. Tout avait été lessivé, récuré. Il en allait de même pour le couloir et l'escalier embaumés d'herbes aromatiques. D'où venait alors ce malaise? Pourquoi sentait-elle confusément qu'elle ne pourrait plus jamais reprendre le cours normal de son existence?

Pour dissiper cette impression désagréable, la jeune femme entreprit de combler le retard pris dans l'activité du préparatoire. Aurèle avait notamment laissé en évidence une courte note relative à une commande passée le matin même par l'épouse du bailli d'Amboise. Faisant fi des règles édictées par la faculté, cette noble personne avait préféré s'adresser directement à l'apothicairerie plutôt que de passer par le médecin de son époux. En lisant la note, Héloïse comprit rapidement ce souci de discrétion. La femme du bailli avait contracté une teigne rebelle qui avait envahi par plaques son cuir chevelu. Elle comptait sur la science d'Héloïse pour éradiquer le mal avant que ses progrès ne deviennent trop voyants en entraînant la chute irrémédiable des cheveux.

La consultation du *Compendium aromatariorum* du médecin italien Saladin d'Ascoli guida la jeune femme dans la multitude des drogues à sa disposition et le choix des préparations à élaborer. Il est vrai que la pharmacie possédait alors d'innombrables remèdes empruntés aux trois règnes. Le règne végétal fournissait à foison des racines, des feuilles, des fleurs, des fruits mais aussi des résines, des gommes et des baumes. Du règne animal, on tirait profit de la bête entière conservée par séchage ou d'une partie seulement, os, chair, griffes, corne, ou bien encore des substances excrétées comme les calculs, l'ambre ou le musc. Le corps humain était lui aussi mis à profit et constituait une ressource précieuse. Ne trouvait-on pas répétée, sous la plume des meilleurs auteurs, l'affirmation selon laquelle l'homme que Dieu a fait à son image disposait de vingt-quatre parties prêtes à l'usage? Entre toutes, l'axonge humaine que les apothicaires se procuraient auprès des bourreaux était la plus utilisée. Le règne minéral, pour sa part, était représenté par des *metallica* tels l'alun, l'arsenic, le borax, le cinabre et la litharge, des *terra*, comme le talc et l'albâtre, ainsi que des *preciosa*, ces saphirs, rubis, perles et coraux dont l'administration exigeait une pulvérisation minutieuse.

Héloïse entreprit de confectionner en premier lieu une solution aux vertus antiseptiques et propres à lutter contre les démangeaisons. Pour ce faire, elle réalisa une infusion de capitules de camomille et de feuilles de laurier. Puis elle broya des racines de bardane dans un petit moulin afin d'obtenir une farine grossière dont elle réalisa la finition au mortier. Dans un second temps, elle s'attaqua au traitement proprement dit en élaborant un onguent pour le cuir chevelu, à base de scille et de poix claire diluées dans de l'huile d'amande douce. Tout en travaillant à la juste composition de cette préparation, elle ne put s'empêcher de sourire en songeant que l'épouse du bailli, une matrone aux manières affectées, ferait sans doute grise mine quand Aurèle devrait lui annoncer que la cure complète nécessitait également l'application quotidienne, sur les cheveux, d'une poudre de crottes de chèvre calcinées.

Tandis qu'elle s'affairait ainsi dans l'apothicairerie silencieuse, bien malgré elle, ses pensées finirent par la ramener aux événements de la veille.

Ayant pu retrouver une tenue décente grâce à la sollicitude de monseigneur de Clèves, elle s'était présentée en retard à son rendez-vous avec la reine. Celle-ci en avait fait la remarque, mais sans sembler lui en tenir rigueur, tant elle était pressée d'entendre les nouvelles révélations d'Héloïse.

Soulagée de ne pas avoir à évoquer l'odieuse agression dont elle venait d'être victime, la jeune femme avait conté par le menu sa visite au chantier de l'église abbatiale. En apprenant qu'elle avait déjà identifié l'un des visiteurs nocturnes de maître Barello – celui que ses compagnons surnommaient l'Angelot – Anne de Bretagne avait manifesté un vif contentement. Celui-ci s'était mué en véritable enthousiasme quand Héloïse avait fait allusion à l'abbaye de Baume-les-Moines. Avec un peu de chance, l'Angelot avait regagné son refuge et il suffisait d'envoyer là-bas quelqu'un pour le soumettre à un interrogatoire serré. L'énigme des lettres écarlates et de l'assassinat des alchimistes serait peut-être du même coup résolue.

Anne de Bretagne avait félicité Héloïse d'avoir abouti aussi rapidement dans ses recherches. Puis, alors que celle-ci s'attendait à être rapidement congédiée, la reine était allée ouvrir une porte et avait introduit dans la pièce un homme à l'allure martiale. L'ayant présenté comme le capitaine de sa garde et l'un des membres les plus dévoués de sa suite, elle avait informé Héloïse qu'elle entendait leur confier à tous deux une mission de la plus haute importance. Ils devaient prendre, dès le lendemain et dans le plus grand secret, la route du Jura pour gagner Baume-les-Moines. Anne de Bretagne était convaincue que la piste de l'Angelot les mènerait tout droit aux instigateurs du complot ourdi contre la Couronne. Mais elle ne voulait prendre aucun risque. Moins il y aurait de personnes mises dans la confidence, plus grandes seraient les chances de succès.

Prise au dépourvu, Héloïse n'avait pas su comment réagir. Elle n'avait aucun désir de continuer à jouer les enquêtrices, mais n'imaginait pas un seul instant pouvoir aller à l'encontre des volontés de sa souveraine. Ce n'était pas seulement le fait de se voir confier un rôle aussi inattendu qui la déconcertait, mais aussi de devoir partager cette aventure avec un parfait inconnu. La façon inquisitrice dont le baron de Conches l'avait examinée pendant tout le temps que la reine leur donnait ses instructions, n'avait guère contribué à la rassurer. Elle s'était sentie jaugée et son intuition lui soufflait que l'homme appréciait sans doute peu de devoir s'encombrer, en cette essoinne[1], d'une représentante du sexe réputé faible.

Les ayant informés de sa décision, Anne de Bretagne leur avait demandé s'ils avaient des questions ou des remarques à formuler. Étonnée de sa propre audace, Héloïse avait émis le souhait de pouvoir différer leur départ d'une journée. Elle désirait retourner à Amboise afin de mettre ses

---

1. Affaire.

affaires en ordre. Saisissant l'occasion qui lui était offerte de se dérober à une compagnie jugée inopportune, Henri de Comballec était alors intervenu. Il comprenait fort bien que maîtresse Sanglar éprouvât quelques réticences à délaisser son commerce et sa clientèle. En outre, la traque des comploteurs pouvait impliquer quelque péril qu'il se voyait mal faire courir à une femme. Comme l'affaire ne pouvait souffrir le moindre retard, il proposait de prendre seul et sans délai la route de la Franche-Comté.

Cependant, Anne de Bretagne n'avait pas cédé. Tout en accordant à Héloïse la faveur demandée, elle avait insisté pour que celle-ci fût du voyage. Après tout, sans sa sagacité et son sens de l'initiative, ils auraient ignoré jusqu'à l'existence même du fameux Angelot ! Sur place, son intuition et ses remarquables facultés de déduction pourraient se révéler encore fort utiles. La reine avait appuyé sa résolution d'une telle fermeté qu'Henri de Comballec s'était bien gardé d'insister.

Comme à l'aller, Héloïse avait effectué le trajet de retour en litière, mais cette fois sans escorte. Arrivée à Amboise en fin de journée, elle ne devait y passer qu'une seule nuit et repartir dès le lendemain matin, en compagnie du baron de Conches.

C'était la perspective de ce départ si proche qui empêchait, ce soir-là, la jeune femme de goûter pleinement son retour au foyer. Après avoir nettoyé et rangé les instruments de son art, elle quitta le préparatoire et gagna la principale pièce d'habitation. Pour dissiper son inquiétude et se distraire de ses pensées moroses, elle résolut de se réfugier dans l'accomplissement de tâches domestiques. Elle alluma un bon feu de branchages dans la cheminée et entreprit de tirer un seau d'eau claire au puits de la cour. De retour dans la maison, elle jeta sur les premières braises des pommes de pin qui s'enflammèrent aussitôt en crépitant, et elle accrocha à la crémaillère une marmite où elle versa une mesure de blé et plusieurs tranches de lard. La bonne odeur de la soupe mêlée à celle du feu ne tarda pas à emplir la demeure. Héloïse s'était assise sur une chaise tirée devant l'âtre, offrant ses pieds et ses mains à la chaleur. Ce fut là, alors que le sommeil commençait à la gagner, que le visage de Bayard lui apparut comme au milieu d'un rêve.

Il était en tout point semblable à celui du flamboyant joueur de paume qui avait su capter, quelques années plus tôt, son regard dans les fossés du château d'Amboise. «Tout roc et tout panache», avait-elle pensé alors. Elle reconnut ses yeux charbonneux, ses traits volontaires, son allure irrésistible. Une pointe douloureuse la saisit sous le sein gauche. Un hoquet lui noua la gorge. Elle sentit le souffle lui manquer et il lui fallut se recroqueviller sur son siège pour dominer sa soudaine émotion.

Quand elle eut recouvré son calme, elle parvint à se lever et monta lentement jusqu'à sa chambre. Dans le coffre où elle tenait serré son trousseau, entre deux jupons, elle s'empara d'une cocarde nouée d'un ruban de soie bleue. Elle se revit, cinq ans plus tôt, recevant ce trophée des mains du chevalier. Le papier épais avait jauni, la couleur du ruban était un peu passée, mais le souvenir dans son cœur demeurait toujours aussi vivace. Elle porta l'objet à ses lèvres. Il lui suffisait de fermer les yeux pour tout retrouver. La chaleur du soleil sur ses joues, la danse dans la lumière de la poussière soulevée par les adversaires, les clameurs de la foule, le beau visage de Bayard couvert de sueur et cependant rayonnant. Elle sut alors, de cette certitude calme qui préside aux grandes résolutions, qu'il était l'amour de sa vie. Et que jamais elle n'aurait dû le laisser repartir pour les champs de bataille d'Italie sans le lui avoir avoué.

Suspendue à l'encoignure de la fenêtre, il y avait une petite cage en osier. Un couple de pigeons noirs s'y ébattait dans la lumière dansante des chandelles. Héloïse se remémorait les mots précis du chevalier lorsqu'il lui avait confié les oiseaux : « Si vous étiez un jour dans la nécessité de me joindre, il vous suffirait de libérer l'un de ces messagers. Il filera droit au manoir familial, à Pontcharra. De là, votre appel me sera répercuté. Où que je me trouve, quelles que soient mes obligations du moment, j'accourrai aussitôt. »

Quand elle s'installa à la table, devant son écritoire, Héloïse n'était pas encore certaine qu'elle laisserait l'un des volatiles prendre son envol. Elle éprouvait juste le besoin d'exorciser son angoisse en confiant au papier les craintes suscitées par la mission secrète dont la reine l'avait chargée. Et, plus que tout, elle désirait traduire par des mots ce qu'elle ressentait au plus profond de son cœur pour celui qui s'était éloigné d'elle mais auquel – elle en prenait conscience seulement maintenant – un fil invisible la tenait pour toujours attachée.

*

Cette même nuit, à plus de quatre cents lieues de là, une autre âme solitaire songeait aux cruels tourments auxquels expose le mal d'amour.

Évitant l'enfermement des troupes françaises dans Gaète, Pierre Terrail, seigneur de Bayard, avait accompagné son capitaine Louis d'Ars en Pouilles pour y défendre les possessions du comte de Ligny. Depuis plus d'une semaine, la petite troupe suivait à la trace un fort parti de lansquenets à la solde du roi d'Aragon et attendait le moment favorable pour livrer bataille. Ce soir-là, ils avaient fini par rejoindre l'ennemi aux abords de Barcetto, un village fortifié, niché au sommet d'une colline. Résolus à surprendre les mercenaires allemands à l'aube, quand ils quitteraient leur refuge, les Français avaient établi leur campement dans une clairière, à l'abri d'un petit bois de fayards.

Tandis que ses compagnons fourbissaient leurs épées ou célébraient la veillée d'armes en vidant quelques bouteilles de vin, Bayard s'était retiré sous sa tente. Là, comme presque tous les soirs depuis qu'il était entré en campagne, le chevalier s'abandonnait à une sombre mélancolie. Il songeait avec amertume à sa chère Héloïse, à cet amour qui lui était désormais interdit. Comment aurait-il pu prétendre encore au cœur de sa belle, après avoir manqué à sa parole de châtier les responsables du décès de maître Sanglar? Sa droiture, sa fierté et sa conception de l'honneur l'en empêchaient. Et c'était pour lui une cruelle meurtrissure, bien plus douloureuse que toutes les blessures récoltées au hasard des combats. Toutefois, ce qui le mettait réellement au supplice, c'était de n'avoir pu expliquer à Héloïse les motifs de son brusque changement de comportement. La raison d'État s'y opposait. Il était à jamais prisonnier du serment auquel l'avait contraint Anne de Bretagne. Par dévouement pour sa souveraine et par fidélité envers la Couronne, il avait juré de garder le silence sur les circonstances ayant entouré la mort du roi Charles VIII. Mais il avait ainsi renoncé à ce que justice fût rendue et, du même coup, pour son malheur, à tenir la promesse faite à Héloïse.

La jeune femme n'avait pas compris pourquoi le lien qui les unissait si étroitement s'était distendu sans raison apparente. Elle avait souffert de constater la soudaine froideur du chevalier. Comment eût-il pu en être autrement d'ailleurs, alors que, blessée dans sa chair, rendue vulnérable par la brutale disparition de son père, elle avait tant besoin de réconfort? Jamais Bayard ne pourrait se pardonner d'avoir été la cause d'un si profond chagrin. Même s'il n'avait pas eu le choix, écartelé entre son devoir, son honneur et sa passion, il ne cesserait de se reprocher les larmes qu'il avait

maintes fois aperçues au fond des yeux d'Héloïse. La guerre fort heureusement l'avait sous-
trait à cette torture qui l'accablait à chacune de
ses visites à Amboise. Désormais, inconsolable et
désespéré, il n'aspirait plus qu'à trouver une mort
rapide sur le champ de bataille. C'était à ses yeux
la seule façon de gagner enfin le repos.

Le chevalier ressassait comme à son habitude
des pensées morbides, quand la bise nocturne
agita longuement le feuillage des arbres. À travers
la toile de la tente lui parvint le proche grondement d'un orage, vers l'ouest. Il s'ébroua et quitta
son abri. Telles des cavales en furie, de sombres
nuages caracolaient dans le ciel, masquant par
intermittence la pâle clarté de la lune. Une odeur
de soufre et de pierre à fusil peuplait le sous-bois.
La nuit ne passerait pas sans que des trombes
d'eau ne s'abattent sur le camp.

Bayard maugréa en arrachant ses bottes à la
fange du sous-bois. Cette année-là, l'automne
était particulièrement rigoureux et la pluie, la
compagne la plus fidèle des troupes engagées
dans cette partie de la péninsule. La piétaille
pataugeait dans la boue à longueur de journée.
Les destriers les plus vaillants peinaient à avancer. Quant à mener une belle charge de cavalerie,
il n'y fallait même pas songer! On aurait dit que
ce maudit pays se diluait pour mieux résister à
ses envahisseurs. Il engluait les troupes, soldats,
écuyers et chevaliers, les suçotait et les aspirait,
pour mieux les digérer puis les recracher ensuite
avec dédain sur les champs de bataille. Pareils à

des rats crevés ou à des noyés dérivant au fil d'une onde malsaine.

Entre les tentes, de place en place, des feux avaient été allumés. Des hommes s'agglutinaient autour, dont on n'apercevait au passage qu'un fragment de visage, une trogne farouche et rougie par le reflet des flammes. Perdu dans ses pensées, Bayard parcourait le campement au hasard, sans prêter attention à ceux qui l'entouraient. Il entendait seulement, semblable à l'entêtant ressac de la mer sur une grève lointaine, s'élever un murmure confus de voix sur ses pas.

Moins indifférent à ce qui n'était pas son intime souffrance, il aurait perçu que cette rumeur se teintait d'allégresse et qu'il en était la source unique. Les voix chuchotaient qu'avec lui les bannières à fleur de lys se couvriraient bientôt de gloire, qu'il lui suffisait de paraître pour mettre l'ennemi en déroute, qu'il était Pierre Terrail, le champion de toute l'armée, le chevalier sans peur et sans reproche.

Mais il n'écoutait pas. Il allait parmi les ombres, condamné au silence et à la solitude, à la fois gigantesque et pathétique. Et la nuit se refermait sur lui comme un voile de deuil.

X

Le départ

Héloïse s'éveilla bien avant l'aube. Il pleuvait fort sur Amboise. Une pluie drue et obstinée, qui martelait les ardoises des toits sur un rythme lancinant, une pluie de mauvaise saison, porteuse d'ennui, de miasmes, et annonciatrice du trop long cortège des maladies qui affligent d'ordinaire hommes et bêtes au cœur de l'hiver.

La jeune femme s'arracha à la chaleur de sa couche, non sans regret. Elle s'immergea dans un cuveau d'eau, à peine tiède, le feu ranimé dans la cheminée n'ayant pas encore eu le temps de développer toute sa vigueur. Mais elle surmonta vite ce désagrément. Elle avait besoin d'avoir les idées claires pour boucler ses préparatifs de départ et son père lui avait toujours vivement recommandé l'effet tonifiant des bains pris à basse température.

Trop heureuse de se décrasser après ce qu'elle avait vécu les jours précédents, elle barbota avec délices, s'ébroua comme une jeune pouliche et se frotta la peau sans ménagement. Une fois séchée, elle revêtit une robe de drap vert, d'une grande simplicité mais apte à supporter les rigueurs d'un long voyage. Puis elle natta sa chevelure indocile, appliqua sur ses pommettes de l'eau de rose pour en estomper les taches de rousseur et acheva sa toilette en se nettoyant la bouche avec un mélange de sa composition à base de miel, benjoin, cannelle et romarin.

Quand Héloïse quitta sa chambre, un jour grisâtre commençait à peine à diffuser sa lumière à travers le papier huilé de la fenêtre.

Elle dégringola l'escalier pour rejoindre les locaux de l'apothicairerie. Elle avait consacré une partie de sa soirée, la veille, à constituer son bagage, mais il lui restait une tâche importante à accomplir : rassembler les drogues et préparations indispensables à une expédition qui s'annonçait aventureuse. Elle y mit un temps infini, qui tenait moins à sa méticulosité qu'à la mélancolie engendrée par ce voyage non désiré. Ne pas pouvoir prévoir la durée de son absence et encore moins les risques encourus ajoutait à son trouble. La même prémonition que la veille l'assaillait. En son for intérieur, une petite voix venue on ne sait d'où lui soufflait qu'elle s'apprêtait à tourner une page du livre de sa vie. C'était la dernière fois qu'elle vaquait en toute quiétude à ses occupations dans cette maison qui l'avait vue naître. La chose lui apparaissait avec une telle évidence qu'elle en avait le feu aux joues et que le souffle venait par moments à lui manquer.

Quand elle eut achevé de ranger plantes et onguents dans le volumineux coffre aux remèdes légué par son père, elle laissa monter en elle le flot des souvenirs. Telle odeur d'herbes séchées flottant dans la resserre lui rappelait les exercices de reconnaissance auxquels l'apothicaire l'avait très tôt soumise. C'était le parfum de son enfance et elle ferma les yeux pour mieux s'en imprégner et retrouver, miraculeusement intacte, la bienveillante figure paternelle. Telle paire de vieux sabots lui faisait songer à la douce Ermeline, son ancienne nourrice. Telles encoches dans le montant d'une porte constituaient autant de repères qui avaient accompagné sa croissance et ses multiples métamorphoses. Elle passait ainsi d'une pièce à l'autre, effleurant du bout des doigts les bocaux, les fioles, les murs et les meubles. On aurait dit qu'avant de partir, elle tenait à dire adieu aux objets et aux fantômes des proches qui l'avaient accompagnée pendant toutes ces années. Et elle avait grand-peine à retenir ses larmes face à la sensation d'arrachement qui, peu à peu, la submergeait.

Fort heureusement, l'arrivée d'Aurèle Coulon, le compagnon qui l'épaulait à la boutique, vint la distraire de sa langueur. Bien qu'on fût un dimanche, jour de fermeture de l'apothicairerie, Héloïse lui avait fait porter un billet, la veille, pour lui demander de passer. Elle devait lui donner ses instructions, afin qu'il s'occupât au mieux de l'ouvroir tant que durerait son absence.

L'annonce de ce départ inattendu sembla contrarier le jeune homme au-delà de ce qu'avait imaginé Héloïse. Il ne s'autorisa aucune remarque particulière, mais on voyait bien à son front plissé, à sa mine soudain soucieuse que la perspective de voir la jeune femme s'éloigner à nouveau, et pour une durée prolongée, le chagrinait. D'abord encline à penser qu'il appréhendait les responsabilités à venir, elle changea d'opinion lorsqu'elle constata qu'il écoutait ses consignes d'une oreille distraite. Pour la première fois depuis qu'Aurèle travaillait à ses côtés, elle réalisa qu'à deux ans près, ils avaient le même âge et que le dévouement dont il avait toujours fait preuve à son égard n'était peut-être pas seulement le fruit d'une louable conscience professionnelle.

Cette révélation l'agaça. D'ordinaire si sensible aux états d'âme de ceux qui lui étaient chers, elle se sentait elle-même trop perturbée, ce matin-là, pour s'embarrasser des atermoiements d'un autre. Elle préféra donc écourter leur entretien :

— Oh, et puis à quoi bon toutes ces recommandations ? Je gage que tu sauras fort bien te débrouiller. La boutique de mon père ne pouvait échoir en de meilleures mains.

— Je ferai de mon mieux, soupira le garçon-apothicaire. Mais sans vous, ce ne sera pas tout à fait la même chose.

Héloïse fit mine de ne pas remarquer la pointe de reproche qui accompagnait ces derniers mots. Elle prit un air faussement dégagé, haussa les

épaules et se dirigea d'un pas résolu vers le préparatoire.

— Plutôt que de rester planté là avec des yeux
de chien battu, lança-t-elle par-dessus son épaule,
tu pourrais m'aider en portant ce coffre et mon
baluchon jusqu'au seuil de la boutique. J'ai cru
entendre les cloches sonner Prime. On ne va tarder
à venir me...

La fin de sa phrase lui resta dans la gorge. Il y
avait quelqu'un dans la boutique !

En dépit des volets clos et de la pénombre qui
régnait dans la pièce, elle distingua une silhouette
grande et robuste, un manteau ruisselant de pluie,
une capuche rabattue.

— Qui êtes-vous ? demanda la jeune femme, une
fois remise de sa surprise. Que faites-vous là ? Et
qui vous a permis d'entrer, d'abord ?

— Voilà bien trop de questions à la fois pour que
j'y puisse répondre à votre convenance ! répliqua une
voix forte et bien timbrée. Aussi je me contenterais
de faire remarquer que la porte n'était point fermée
et que je me suis contenté de la pousser. J'aurais
pu, certes je vous l'accorde, cogner du heurtoir et
attendre votre bon plaisir, mais il pleut des cordes,
là dehors. Et c'est déjà bien assez que mon écuyer
risque la malemort pour garder nos montures !

Comme il prononçait ces derniers mots, le visiteur rejeta en arrière la capuche de son manteau et
Héloïse reconnut les traits virils d'Henri de Comballec.

— Ah, c'est vous, messire ! Je ne vous attendais
point si tôt !

105

Le baron de Conches ôta ses gants et écarta les pans de son manteau pour se camper droit sur ses jambes écartées, les mains aux hanches.

— Par la vertu Dieu! Auriez-vous oublié, madame, que la reine nous a confié une mission qui ne souffre point de retard? Si Sa Majesté m'avait écouté, nous serions déjà sur les routes depuis hier. J'espère à tout le moins que vous avez mis à profit ce délai trop généreusement accordé pour régler vos petites affaires et ne comptez point me faire lanterner céans.

L'hostilité du baron était évidente, mais Héloïse eut la sagesse de ne pas s'en offusquer. Puisqu'ils étaient contraints de passer les prochains jours en la compagnie l'un de l'autre, autant s'en accommoder et faire contre mauvaise fortune bon cœur.

— Mes bagages sont prêts, dit-elle en désignant Aurèle qui passait la porte du préparatoire, chargé comme un baudet. Nous partirons quand il vous plaira.

Le seigneur breton fronça les sourcils et pointa un doigt sur l'imposant coffre que le compagnon venait de déposer devant le comptoir.

— Qu'est-ce donc que cela? demanda-t-il sèchement.

— Il y a dans ce coffre toutes les drogues et tous les remèdes dont nous pourrions avoir besoin en route. De quoi soigner plaies et brûlures et combattre les mauvaises fièvres. J'y ai ajouté quelques ouvrages de médecine que je compte bien étudier en chemin. Ils m'aideront à passer le temps dans ma litière.

Henri de Comballec eut l'air sincèrement sur-pris.

— Vous n'y songez point, madame ! Une litière ! Mais il nous faudrait plus de dix jours pour atteindre l'abbaye de Baume ! Si vous ne pouvez monter à cheval, c'est à dos de mule que vous devrez effectuer le voyage. Nous devons être sur place dans une semaine tout au plus !

Héloïse marqua une courte hésitation. Toute-fois, la conscience d'être jaugée par le baron lui dicta sa conduite. Il n'était pas question de laisser entrevoir la moindre faiblesse à ce soldat aux si méchantes manières.

— Je comprends votre décision, messire, et je me range à vos raisons. Souffrez cependant que je conserve par-devers moi les drogues les plus indis-pensables. Elles pourront nous être fort utiles, à nous ou à nos montures, puisqu'il paraît que vous n'entendez ménager ni les uns ni les autres.

La jeune femme n'attendit pas de réponse et s'en alla quérir une besace derrière le comptoir. Puis, sans souci des convenances, elle s'agenouilla à même le sol, ouvrit le coffre et enfourna dans son sac une douzaine de fioles et de pots en bois. Décontenancé, Henri de Comballec la regarda faire sans prononcer une parole. Jamais encore il n'avait rencontré femelle aussi effrontée. Ni parée – il devait bien l'admettre – d'une si trou-blante beauté.

Une fois effectué son tri, Héloïse se redressa et récupéra son manteau des mains prévenantes d'Aurèle. Elle lui sourit et, réalisant qu'elle ignorait quand elle le reverrait, lui déposa un affectueux baiser sur la joue. Le rouge monta aussitôt au front du jeune homme. Mais, déjà, Héloïse se retournait vers Henri de Comballec.

— Je vous suis, messire. Ayant consacré le plus clair de ma jeunesse aux études dans le but de secourir mes semblables, je n'ai guère eu le loisir d'apprendre à monter. Mais la mule me conviendra parfaitement.

Ils s'apprêtaient à passer le seuil de la boutique, lorsque soudain la jeune femme se frappa le front.

— Quelle idiote, je fais ! s'exclama-t-elle en laissant choir besace et baluchon. J'allais oublier l'essentiel ! Accordez-moi juste un instant, je reviens !

Elle s'élança en direction de l'arrière-boutique. Tandis que ses pas résonnaient dans l'escalier, Aurèle Coulon et Henri de Comballec échangèrent un long regard circonspect. Un silence hostile s'installa entre les deux hommes. Toutefois, il ne dura guère, car déjà Héloïse, essoufflée mais rayonnante, revenait auprès d'eux.

Elle brandissait triomphalement une cage en osier, à l'intérieur de laquelle voletait en tous sens un unique pigeon affolé.

XI

L'embuscade

Le premier cavalier apparut au sommet d'une butte plantée de vignes. C'était un rude gaillard aux cheveux longs et à la barbe épaisse. Il portait une tenue hétéroclite et bariolée : des chausses moulantes parées de nombreux rubans, un justaucorps tailladé et un chapeau garni de plumes chatoyantes. Il montait un destrier alezan, haut sur jambes et doté d'un poitrail puissant. L'animal était harnaché comme pour une parade, les cuirs ornés de plaques rutilantes et les rênes gainées de velours pourpre.

— Ces maudits lansquenets sont plus apprêtés que des puterelles en chasse ! Qu'ils y viennent ! Je m'en vais les déplumer à la pointe de ma dague !

— Combien sont-ils ?

— Je dirais trois cents à vue de nez. Moitié cavaliers, moitié piétaille. À un contre trois en notre défaveur, voilà ce que j'appelle une heureuse rencontre. S'ils étaient moins lourdauds, la partie serait presque égale !

— La paix, la Ficelle ! Tes vantardises pèsent plus lourd que tes prétendues prouesses !

— Est-ce ma faute si je suis toujours tenu à l'écart des combats ?

— Silence, maraud ! Voilà le reste de la compagnie qui amorce la descente. Tiens-toi prêt à faire signe aux nôtres !

Les deux hommes qui venaient d'échanger ces quelques mots étaient allongés à plat ventre sur un talus. De leur position, ils dominaient l'enroulement des vignes, la route sinueuse et le vallon boisé en direction duquel avançait la troupe des mercenaires allemands. Le dénommé la Ficelle était valet d'armée. Il venait d'atteindre sa quatorzième année et, depuis son arrivée en Italie, se gargarisait de rêves de gloire et d'aventure. Mais il était le plus souvent relégué aux fonctions les plus ingrates d'une compagnie en campagne, tour à tour palefrenier, éclaireur, messager, guetteur ou détrousseur de cadavres. Son compagnon était d'une tout autre trempe. Pierre de Tardes, surnommé le Basco, appartenait à la maison du Roi. Combattant chevronné, redoutable bretteur, il enrageait ce matin-là d'avoir été dépêché en avant-poste avec ce béjaune[1] trop bavard. Et son humeur chagrine n'avait d'égale que sa frustration de ne pas être convié à la joyeuse fête qui s'annonçait.

Dès que la troupe de lansquenets eut dépassé leur poste de guet, le gentilhomme balança une rude bourrade dans les côtes de son acolyte.

_____

1. Jeunot.

— Qu'est-ce que tu attends, la Ficelle? Que ces suppôts du diable soient rendus à Rome? Envoie donc le signal!

En grommelant, l'adolescent se redressa et entreprit d'escalader les branches d'une énorme yeuse située à proximité. Agile comme un singe, il ne tarda pas à atteindre le sommet de l'arbre où il déroula la longue pièce de tissu lui tenant lieu de ceinture.

À sept arpents de là, en contrebas, le signal fut repéré par les soldats de Louis d'Ars. Depuis l'aurore, ces derniers s'étaient postés dans un fossé, à l'orée du bois où ils avaient passé la nuit. L'orage qui avait éclaté peu avant les premières lueurs, avait transformé le moindre creux de terrain en un véritable bourbier. Les Français étaient crottés et transis de froid. Cela faisait trois bonnes heures qu'ils patientaient au milieu de la gadoue, ankylosés dans leurs vêtements trempés. À présent, il leur tardait d'en découdre pour échapper à l'haleine humide des taillis et se réchauffer par le sang et le feu. Des ordres coururent à voix basse parmi les rangs. Chacun gagna le poste qui lui avait été assigné, les arquebusiers en première ligne.

Sans se douter du danger qui la menaçait, la troupe de mercenaires continuait de descendre la colline. Les piques des hallebardiers pointaient vers le ciel bas. Elles étaient si hautes et si nombreuses qu'on eût dit une futaie en marche au milieu des vignes. En arrière, deux litières et trois chariots chargés de butin contraignaient la troupe à progresser lentement. Piétons et cavaliers pataugeaient dans la boue. Mais le souvenir de la nuit qu'ils venaient de passer en franches ripailles, après avoir pillé Barcetto, mis en perce quelques tonneaux, croché de gras bourgeois aux enseignes des boutiques et violé leurs garces de femmes, soutenait leur moral et les aidait à envisager l'existence avec une douce euphorie.

La troupe à présent atteignait le fond de la vallée et s'engageait dans un chemin encaissé. Quelques nuages couraient encore dans le ciel qui nimbait la terre d'une lumière grise. Bousculés par le vent, les arbres tout proches gémissaient en se dépouillant des rares feuilles mortes à avoir résisté jusque-là au mauvais temps. L'appel d'une corneille s'éleva quelque part dans les taillis…

Soudain, un craquement prolongé retentit à l'avant de la colonne. Un grand hêtre s'effondra, écrasant le géant barbu et son cheval de tournoi. Dans les secondes qui suivirent, un feu roulant de mousqueterie partit du sous-bois dans un formidable nuage de fumée. De très nombreux soldats, touchés par la décharge ou incapables de maîtriser leur monture affolée, vidèrent les étriers et hurlèrent, piétinés dans l'affolement général. Une centaine d'hommes jaillirent des fourrés et se ruèrent sur les lansquenets encore mal remis de leur surprise. Les assaillants armés uniquement d'épées, de haches et de poignards s'en donnaient à cœur joie contre des adversaires désorganisés et incapables de faire usage de leurs longues piques dans un espace aussi réduit. Plusieurs mercenaires menés par un officier s'efforcèrent pourtant de se regrouper pour organiser la résistance, mais leurs mouvements étaient contrariés par leurs compagnons déjà tombés à terre et par les voltes imprévisibles des chevaux paniqués. Ils furent promptement taillés en pièces.

À l'arrière, bloqués par un second arbre abattu en travers du chemin et incapables de se mêler au combat, des cavaliers au nombre de cinquante prirent le parti de tourner bride pour tenter de se retrancher à l'abri des remparts de Barcetto. Avant de s'exécuter, nombre d'entre eux plongèrent en catastrophe dans les chariots pour tenter de sauver ce qu'ils pouvaient du butin.

C'était le moment qu'attendait la Ficelle, toujours perché sur son arbre, pour déployer une nouvelle fois sa ceinture dans le vent. Dans une clameur sauvage, Bayard, qu'on avait tenu jusque-là en réserve et qui rongeait difficilement son frein, éperonna son destrier. À la tête de quatre lances[1] demeurées embusquées dans le sous-bois, le chevalier se jeta à la poursuite des fuyards.

Ce fut un jeu d'enfant. Les chevaux des mercenaires alourdis par les sacs d'or, de vaisselle et d'objets précieux, peinaient à remonter la pente, trébuchant dans la fange, chopant sur la rocaille. Les chevaliers français les atteignaient l'un après l'autre, les embrochaient à la pointe de leurs lances et les jetaient à bas de leurs montures. Bientôt, les vignes furent jonchées de corps désarticulés et sanglants.

---

1. Troupe de six cavaliers dont quatre combattants.

Bayard avait déjà pourfendu trois ennemis lorsqu'il repéra un capitaine allemand qui caracolait, le visage protégé d'un heaume empanaché et l'épée au poing, sans se retourner, comme s'il faisait abstraction de la Mort lancée à ses trousses, concentré uniquement sur les remparts du village proche dont il espérait le salut.

Courroucé par l'attitude vile du chef des mercenaires qui préférait comme ses hommes la fuite à l'affrontement, le chevalier piqua des deux et se courba encore davantage sur l'encolure de sa monture. Il était prêt à crever celle-ci sous lui plutôt que de laisser son adversaire lui échapper.

Prémonition ou pas, le capitaine des lansquenets risqua un coup d'œil par-dessus la croupe de son destrier. Il vit Bayard qui fondait sur lui, la lance pointée, tel un archange vengeur. Le sang se glaça dans ses veines tandis que de sa gorge jaillissait un cri de rage. Conscient qu'il lui fallait choisir entre l'or ou la vie, il se débarrassa vivement des deux sacs qu'il avait jetés en travers de sa selle et encouragea son cheval de la voix et du plat de l'épée.

Bayard étouffa un juron. La distance était encore trop grande et, même s'il gagnait du terrain, il ne pourrait plus rattraper son adversaire avant le village. Trop fier cependant pour renoncer, il continua sa folle poursuite.

Le fugitif n'était plus qu'à quelques toises de la porte fortifiée du village, quand les habitants, alertés par les clameurs montant du vallon, s'empressèrent de fermer les lourds vantaux bardés de fer. Comprenant avec horreur qu'il se trouvait contraint au combat, le mercenaire tira sur sa bride pour faire exécuter une volte-face à sa monture. Mais le changement de direction fut trop brutal pour la pauvre bête qui avait atteint la limite de ses forces. Les naseaux couverts d'écume, elle fléchit des jambes antérieures et bascula en avant, projetant son cavalier par-dessus ses oreilles. Le soldat roula sur lui-même et se releva péniblement, couvert de boue de la tête au pied, son épée toujours à la main.

Il eût été facile pour Bayard de vaincre un adversaire dans une telle position de faiblesse. Mais le chevalier ne l'entendait pas de cette oreille. Parvenu à son tour devant la porte, il abandonna sa lance et mit pied à terre, sous les vivats des villageois perchés sur les remparts pour mieux jouir du spectacle.

L'Allemand, qui s'était un temps crispé comme pour mieux encaisser le choc inévitable de la charge, sembla respirer plus largement. Il se redressa de toute sa hauteur et marcha droit sur Bayard. Parvenu à une dizaine de pas de celui-ci, il demanda d'une voix marquée par un fort accent germanique :

— Êtes-vous pressé de mourir, messire, pour vous priver d'un tel avantage? Ou bien avez-vous perdu la raison?

— Il y a aussi peu de gloire à vaincre sans péril qu'à déserter le champ de bataille! répliqua Bayard avec mépris. Mais je gage que vous n'êtes point coutumier de ces questions d'honneur.

— Comment vous appelle-t-on, monsieur le donneur de leçon? Il me plaît de pouvoir nommer les hommes que je tue.

— Je suis Pierre Terrail, seigneur de Bayard, dit le chevalier en s'inclinant. Quant à me tuer, l'affaire n'est point encore faite!

Cherchant à profiter de la position désavantageuse de son adversaire, le lansquenet se rua aussitôt à l'assaut, la lame pointée. Mais Bayard s'attendait à quelque traîtrise et était demeuré sur le qui-vive. Il se redressa prestement, para juste à temps un coup d'estoc, puis effaça le corps et, saisissant au passage la manche de son assaillant, le déséquilibra en avant. L'Allemand, emporté par son élan, dérapa sur le sol détrempé et ne dut qu'à son extrême agilité de ne pas s'étaler de tout son long. Il se retourna aussi vite qu'il put, sans toutefois parvenir à se remettre immédiatement en garde. S'engouffrant dans l'ouverture, Bayard lui enfonça au moins dix pouces d'acier au travers du ventre.

— *Mein Gott!*

L'homme poussa un cri de bête et lâcha son épée. Tout en titubant, il arracha son heaume. C'était un blond aux traits étonnamment juvéniles. Bayard le vit ouvrir de grands yeux effarés, tandis qu'il recueillait dans ses deux mains les boyaux qui lui sortaient du ventre. Les lèvres du blessé s'écartèrent comme pour boire à une coupe invisible et des larmes coulèrent sur ses joues.

Ce fut à ce moment-là que les portes de Barcetto se rouvrirent. Un groupe de femmes armées de pierres et de bâtons se précipita en hurlant sur le lansquenet. Ce dernier n'esquissa pas le moindre geste pour se défendre et fut rapidement submergé par le nombre. Dans un déferlement de violence, les femmes le précipitèrent au sol et s'acharnèrent sur son corps jusqu'à le transformer en une bouillie sanglante.

Bayard n'assista pas au carnage. Il avait déjà repris sa monture pour rejoindre les siens. Cependant il lui sembla que les vociférations de ces femmes transformées en furies par leur soif de vengeance l'accompagnaient tout au long de sa descente parmi les vignes. Et il eut la certitude que ces cris de haine ne s'éteindraient jamais tout à fait en lui.

XII

La conjuration de la lumière

— J'aperçois d'ici les murs de la ville. Les bonnes auberges n'y manquent pas et vous pourrez vous y reposer, madame. Je dois reconnaître qu'un feu bien nourri nous fera à tous le plus grand bien. J'ai l'impression d'être transformé en triton et ne serais pas plus étonné que ça s'il me poussait soudain des nageoires dans le dos !

Le soir commençait à tomber et les voyageurs pouvaient distinguer au loin, bien abritée dans un méandre de la Loire, la belle ville fortifiée de Châtillon où Henri de Comballec avait prévu qu'ils dormiraient. Depuis deux jours qu'ils avaient pris la route, la pluie ne leur avait pas laissé le moindre répit. Une pluie drue, accablante. À vous pénétrer les os jusqu'à la moelle.

À intervalles plus ou moins réguliers, le gentilhomme breton observait Héloïse du coin de l'œil. La jeune femme forçait son admiration. Pas une fois durant ces deux jours si pénibles, elle n'avait ouvert la bouche pour se plaindre. Et pourtant il avait pris un malin plaisir à écourter les haltes, certain qu'elle ne tarderait pas à demander grâce. Mais elle l'avait surpris par ses capacités de résistance. Bien campée sur le dos de sa mule, enveloppée dans une épaisse pelisse, elle ne desserrait quasiment jamais les lèvres. Quand beaucoup d'autres à sa place auraient réclamé de pouvoir prendre du repos ou de manger au sec, elle s'était contentée sans sourciller de frugaux repas avalés à la va-vite, sous un abri précaire, le feuillage d'un chêne ou le toit défoncé d'une grange à l'abandon.

Au matin du deuxième jour, admiratif d'un comportement si hardi il lui avait demandé comment elle pouvait supporter aussi stoïquement leurs harassantes conditions de voyage.

— Il en faudrait beaucoup plus pour m'accabler, avait répondu Héloïse. D'ailleurs, quiconque a eu le bonheur d'étudier en les livres trouve en soi-même moult façons de distraire son esprit. Tenez, au moment présent, je me récitais les principales propriétés spécifiques secondaires décrites par des auteurs comme Galien et Avicenne. Nous avons les maturatifs comme la farine de froment, la poix et la résine, qui visent la purification de l'organisme. Les émollients ou rémollitifs qui drainent la lymphe. Les induratifs, quant à eux, durcissent les tissus. Tel est le cas du pourpier, du psyllium et de la lentille d'eau. Viennent ensuite les opilatifs. En bouchant les pores internes comme cutanés, ils freinent les flux humoraux. On en distingue deux catégories : les drogues terreuses comme l'amidon et le bol d'Arménie, les drogues visqueuses comme le lait caillé et le blanc d'œuf. Si je ne craignais de

vous lasser, je pourrais citer encore les mondifica-
tifs, les résolutifs ou raréfiants, les apéritifs, les
putréfactifs, les cathéritiques...

Henri de Comballec avait hoché la tête sans se
risquer à faire le moindre commentaire. En son
for intérieur, il se disait que cette femme était
différente de toutes celles qu'il avait connues
jusqu'alors. Il la savait non seulement savante et
lettrée, mais aussi astucieuse comme le démon-
traient les résultats qu'elle avait obtenus en
enquêtant sur la mort de maître Barello. Voilà
qu'il la découvrait apparemment insensible au
froid et à l'humidité, résistante à la fatigue. Le
capitaine se fit en lui-même la réflexion qu'elle en
aurait remontré à bien des hommes et il comprenait mieux pourquoi Anne de Bretagne avait tant
insisté pour qu'il se l'adjoigne.

Une fois passée l'enceinte de Châtillon, ils
s'enquirent auprès d'un moine bossu de la plus
confortable auberge de la ville. Le bonhomme
leur conseilla de suivre la rue principale jusqu'à
l'église Sainte-Claire, puis de bifurquer à main
gauche. Là, ils trouveraient leur bonheur à l'enseigne de la Licorne-d'Argent.

Le renseignement était bon. L'hostellerie occupait un bâtiment accueillant avec une cour intérieure et une écurie bien tenue. Tandis que l'écuyer
du baron, un grand échalas noiraud répondant
au nom de Robin, s'occupait de leurs montures,
Héloïse et Henri de Comballec gagnèrent la salle
commune. Appâté par la bourse bien ferrée que
ce dernier lui agita sous le nez, l'aubergiste les

installa à sa meilleure table, tout près de la grande cheminée où ronflait un bon feu de châtaignier.

Ils dînèrent tous les trois d'un pâté aux anguilles, d'une carpe aux herbes et d'un fromage de brie. Le tout servi avec un pain bourgeois mêlé de son et d'un vin de Touraine gouleyant à souhait. À la fin du repas, tandis qu'ils se partageaient quelques noix, l'aubergiste vint leur annoncer qu'il avait fait changer la literie dans leur chambre et que, s'il ne leur déplaisait pas d'attendre encore un peu, sa servante se mettrait en devoir de bassiner les draps.

Henri de Comballec répondit qu'ils étaient fort las et tenaient à se coucher tôt. Cependant la pluie les avait tellement transis qu'ils apprécieraient de gagner un lit bien chaud. Aussitôt, l'aubergiste raviva le feu en y jetant quelques branchages bien secs et monta à l'étage pour activer son monde.

Le baron rapprocha sa chaise ainsi que celle d'Héloïse du foyer puis, comme Robin s'apprêtait à faire de même, il envoya son écuyer vérifier que le garçon d'écurie s'était correctement acquitté de sa tâche. Il était, certes, important que leurs montures fussent nourries et pansées, mais la vérité était qu'il cherchait déjà depuis un petit moment un prétexte pour se retrouver seul à seul avec la jeune femme.

Cette dernière avait penché son buste en avant et se frictionnait les bras au-dessus des flammes. Après ces deux jours de pluie continuelle, il lui semblait qu'aucun feu ne pourrait totalement la réchauffer. Les longues heures passées sur le dos de sa mule l'avaient mise au supplice. Elle était endolorie de partout. Le moindre de ses muscles la faisait souffrir, comme si on l'avait rouée de coups. Sa fatigue était telle qu'elle se demandait si elle pourrait donner le change longtemps encore à ceux qui l'accompagnaient. Pourtant, fière comme elle était, elle n'aurait voulu pour rien au monde offrir au capitaine breton le spectacle de sa défaillance.

Pour l'heure – et bien qu'elle n'en eût point conscience – c'était un tout autre tableau qu'elle offrait à Henri de Comballec. Celui-ci, installé en léger retrait, contemplait avec ravissement sa belle chevelure auburn que les flammes animaient de somptueux reflets. Il était fasciné par son profil envoûtant, ce nez fin et très légèrement retroussé, cette bouche parfaitement dessinée et la douceur de miel de sa peau. Oui, il était attiré par elle et, dans le même temps, ce constat l'irritait sans qu'il sût très bien pourquoi.

— Je me demande si nous ne courons pas après une illusion.

Henri de Comballec sursauta. La jeune femme, apparemment impassible, continuait à fixer les brandons enflammés. Ses lèvres avaient à peine remué et, s'il ne l'avait pas entendue prononcer cette phrase si distinctement, le baron eût pu se croire victime de sa propre imagination.

— Une illusion, répéta-t-il. Que voulez-vous dire par là ?

Héloïse tourna vers lui son visage pensif, que la proximité du foyer avait joliment coloré.

— Je songeais à l'Angelot. Après tout, nous ne savons quasiment rien de lui. Je me demandais comment un adolescent éduqué par un moine bénédictin et faisant profession d'honnête artisan pourrait, d'une quelconque manière, tremper dans un complot dirigé contre la Couronne de France. Peut-être sommes-nous allés un peu trop vite en besogne. Qui nous assure que nous ne faisons pas fausse route?

— C'est justement pour tirer cela au clair que nous devons mettre la main sur ce garçon. S'il est coupable, croyez-moi, il finira par tout avouer. Et s'il est innocent, eh bien ma foi, je ne voudrais quand même pas être à sa place...

La soudaine dureté dans la voix du baron fit se retourner Héloïse. Elle le dévisagea de ses beaux yeux verts, semblant vouloir lire en lui.

— Pourquoi dites-vous cela?

— Sa Majesté Anne de Bretagne a perdu le sommeil depuis la découverte de ce mystérieux billet dans son bréviaire. Elle est convaincue qu'il faut agir promptement et se montrer implacable. J'ai ordre de soumettre l'Angelot à la question aussitôt que nous l'aurons capturé

*

Celui qui alimentait ainsi la conversation d'Héloïse et du baron de Conches aurait été abasourdi d'apprendre qu'il était responsable des insomnies de sa souveraine. Pour l'heure, accompagné de son mentor, le frère bénédictin Mathurin Loiseul, il cherchait son chemin dans un lacis de ruelles malcommodes. Le rideau de pluie qui accentuait l'obscurité nocturne ne lui facilitait guère les choses.

— Es-tu certain de ne pas nous avoir égarés? demanda le moine convers d'un ton irrité. J'ai l'impression que nous sommes déjà passés par ici.

L'adolescent au visage de séraphin marqua un temps d'arrêt et plissa les yeux pour mieux percer les ténèbres.

— La nuit, rien ne ressemble plus à une venelle qu'une autre venelle. La seule chose dont je sois sûr, c'est d'avoir suivi à la lettre les indications reçues. Nous ne devrions plus être très loin du but.

— Je l'espère. Nous sommes déjà en retard et je crains que nos compagnons ne finissent par s'inquiéter.

Les deux silhouettes marchèrent encore pendant dix bonnes minutes, puis elles bifurquèrent en direction d'une halle couverte. Soudain, Jean Cousin dit l'Angelot tendit sa main vers l'avant, l'index pointé.

— Que vous disais-je, maître? Voilà le poteau cornier. La maison est bien telle qu'on nous l'a décrite. Nous y sommes!

Ils s'approchèrent. Un heurtoir de bronze en forme de patte de griffon ornait la porte. Mathurin Loiseul s'en empara et frappa trois coups rapides suivis de deux autres plus espacés. La minute d'après, l'huis s'ouvrit sur un domestique porteur d'un flambeau.

—Vous voici enfin! Les autres sont déjà tous arrivés. Ils vous attendaient avec impatience.

Le regard sombre, Loiseul fit signe d'un geste agacé de la main qu'il souhaitait être introduit sans délai auprès des occupants de la demeure.

Le serviteur s'inclina et les conduisit au premier étage. Là, il écarta un lourd rideau de velours et invita de la main les deux arrivants à pénétrer dans un salon agréablement meublé. L'endroit était éclairé par des chandelles en pure cire d'abeille dont le vif éclat se reflétait dans deux miroirs vénitiens. Les chaises, la table et les armoires reluisaient de vernis.

Loiseul éprouva une exaltation passagère proche de l'ivresse en apercevant les visages graves des six hommes présents, qui avaient suspendu leur conversation et s'étaient levés à leur entrée. «De grands artistes, songea-t-il en gagnant la place d'honneur, au bout de la table. Des maîtres-verriers dirigeant quelques-uns des ateliers les plus prestigieux, à Bourges, à Troyes, à Rouen, à Tréguier, au Mans et en Avignon.»

Tous portaient en travers de leur poitrine une écharpe de soie sur laquelle se trouvaient brodés au fil d'argent les principaux instruments de leur art : le couteau en forme de serpe indispensable au travail du plomb, le diamant si utile pour tailler le verre et le marteau destiné à tasser les composants du vitrail après sertissage.

— Mes frères, je suis heureux de vous revoir et vous demande mille pardons pour notre retard. Nous avons fait longue route depuis Blois. Qui plus est, nous devions nous assurer de ne pas être suivis.

Les membres de la petite assemblée acquiescèrent d'un même mouvement de tête. Loiseul leur fit signe de s'asseoir puis, ôtant son manteau trempé, il prit place à son tour à la table. Il caressa alors machinalement son crâne chauve en promenant sur ses compagnons un regard où brillait une lueur fiévreuse. Quand il eut achevé de scruter chacun d'entre eux, ses traits austères s'éclairèrent d'un singulier sourire.

— Ce jour est à marquer d'une pierre blanche, mes amis ! s'exclama-t-il. Grâce aux efforts que vous avez consentis et à l'argent que vous m'avez confié, je puis vous annoncer que nous touchons enfin au but !

L'un des participants leva la main pour demander la parole. Loiseul y consentit d'un geste.

— Pouvons-nous espérer savoir précisément comment vous comptez agir ? Votre souci du secret est louable et nul ici ne songerait à le contester, mais le temps me paraît venu de nous dévoiler tous les détails du plan.

Loiseul opina du chef.

— Je comprends votre impatience, mais je ne pouvais rien dire tant que les moindres détails de notre action n'étaient point encore arrêtés. C'est chose faite. Aussi, mes frères, je puis vous assurer que dans quelques semaines, nous aurons atteint notre objectif. Notre noble cause triomphera. Voilà presque dix ans que nos rois inconséquents ont les yeux tournés vers l'Italie. Dix années qui ont marqué le déclin de notre art. Charles VIII et maintenant Louis XII ont donné la préférence aux peintres de la péninsule. Pour orner basiliques et cathédrales, mais aussi châteaux et palais, la mode est à la fresque et les commandes de vitraux commencent à se raréfier. Au sein même de notre corporation, certains ont déjà renoncé aux anciennes traditions. Par application des émaux sur le verre, ils dévoient notre art. Ils le ravalent à un rang inférieur, en font une simple branche de la peinture. Certains commandent même à des artistes italiens des cartons qu'ils se contentent ensuite de copier servilement. Cela nous ne pouvons l'accepter !

Au fur et à mesure qu'il parlait, Loiseul semblait se griser de son propre discours. Sa physionomie changeait. Son visage s'animait, frémissait comme sous l'effet de forces intérieures. Ses prunelles gagnaient en fixité et brûlaient d'un feu étrange.

En retrait, dans l'ombre où il se tenait depuis leur arrivée, l'Angelot observait non sans crainte la transformation de son maître. Il avait déjà eu l'occasion maintes fois d'assister à cette troublante métamorphose. Elle le fascinait, mais l'effrayait aussi.

— Les maîtres de la peinture à l'huile s'évertuent à singer la réalité, continuait Loiseul d'une voix vibrante. Ils n'ont rien compris et leur prétention est sans limite. Alors que nous, nous mes frères, nous touchons à la perfection divine ! L'art du vitrail prédomine sur tout autre, car il n'est rien sans la lumière des cieux. C'est elle qui éclaire les croyants, réchauffent les cœurs en prière et nous illumine de la vérité du Dieu tout puissant. La lumière qui traverse nos vitraux est don du ciel. Pure merveille !

Les membres de l'assistance paraissaient partager la vision extasiée de Loiseul. Leurs regards se portaient sur le plafond comme s'ils pouvaient y capter un peu de la féerie évoquée par l'orateur. Cependant, l'un d'eux faisait exception. Il s'agissait d'un gros homme rubicond qui s'agitait sur son siège. Il finit par prendre la parole avec un fort accent méridional :

— Nous savons tout cela, Loiseul. Si nous n'en étions pas convaincus, nous ne serions pas là, autour de cette table. Vous disiez que le temps était venu de dévoiler votre plan...

Le moine bénédictin se leva en soupirant. Il fit signe à l'Angelot d'approcher.

— Vous connaissez tous Jean, le plus doué de mes élèves. C'est à lui que j'ai confié le soin de réaliser le chef-d'œuvre qui nous rendra justice.

Tout en prononçant ces mots, il tendit la main. L'Angelot écarta un pan de son manteau et tira de sa ceinture une feuille de parchemin épais qu'il remit à son mentor. Loiseul écarta alors un chandelier et déplia le document sur la table. Le dessin d'un vitrail apparut, qui représentait un évêque tenant dans ses bras un agneau au cœur sanglant. Le moine pointa son doigt sur l'organe écarlate.

— Voici où sera inséré le verre miraculeux. Celui qui se tiendra suffisamment longtemps dans son rayon sera foudroyé. Ainsi c'est par la lumière que nous triompherons !

— Quand procéderez-vous à l'installation du vitrail ? demanda le gros homme.

— Nous ne pouvons agir hélas qu'au dernier moment. Maître Barello a bien insisté sur ce point, car le pouvoir du verre diminue rapidement une fois exposé à la clarté du jour.

Loiseul se rassit sur son fauteuil, puis tira une mine de plomb de sous sa robe. En même temps, il scrutait les visages tournés vers lui pour les lier au feu dévorant de ses prunelles.

— Et maintenant, mes frères, voici venu le moment de vous révéler le nom de celui qui doit disparaître. Mais d'abord jurez à nouveau, que quoi qu'il en coûte, vous resterez fidèles à notre cause.

Subjugués par le ton illuminé de Loiseul, les participants prêtèrent serment. Le moine traça alors neuf lettres au bas du parchemin L, V, D, O, V, I, C, V, S.

Un silence de mort s'abattit sur la petite assemblée. Puis quelqu'un se risqua à murmurer d'une voix blanche :

— *Ludovicus*, le nom latin du roi.

Loiseul avança son visage dans la lueur mouvante du chandelier. Ses traits émaciés en furent transfigurés. On eût dit un prophète des temps anciens et ses yeux semblaient deux charbons ardents.

— Exact ! Le nom du roi ! répéta-t-il sur un ton propre à galvaniser l'assistance. Neuf lettres dont on peut ôter le O et le S. Ces deux-là forment le mot « os », c'est-à-dire la bouche qui parle. Et que révèle-t-elle, cette bouche ? L'insoutenable vérité ! L'horreur à laquelle il nous est donné de mettre fin ! La voyez-vous, mes frères ?

Une expression mêlée de crainte et d'expectative se peignit sur les faces des maîtres-verriers. Loiseul barra alors le O et le S sur le parchemin, puis il ordonna les lettres restantes sur une seconde ligne. Cela donnait trois groupes distincts : DC, LVV et VI.

— Sept lettres numérales ! reprit le moine halluciné. Sept lettres qui donnent 666 ! Le chiffre du faux prophète de l'Apocalypse de Jean ! Le chiffre de la bête ! Ce n'est pas un souverain que nous allons abattre, mes frères, c'est l'Antéchrist !

XIII

Les yeux du brouillard

La pluie avait cessé pour faire place à une bise glaciale. Le ciel couvert pesait bas et son aspect floconneux semblait annoncer les premières neiges de l'année. Englué dans ces nuées que le vent pétrissait, l'horizon se limitait à une grisaille informe. Il était impossible de distinguer les grandes forêts du Morvan dont, pourtant, les trois voyageurs étaient censés se rapprocher.

Ils avaient quitté les bords de Loire la veille, laissant derrière eux la belle ville de Nevers. Malgré les conditions difficiles, ils continuaient d'abattre avec constance leurs quinze lieues quotidiennes. Héloïse ne souffrait plus autant que les premiers jours. Peu à peu, son corps s'était habitué à l'inconfort de ce long trajet à dos de mule. Le soir, une fois atteint le lieu prévu pour faire halte, elle soignait ses courbatures en se frictionnant tout le corps avec un liniment composé d'huile, d'eau de chaux et de cerfeuil infusé. Ainsi apaisées, ses douleurs ne l'empêchaient plus de sombrer dans un profond sommeil récupérateur. En outre, elle avait trouvé en Robin un compagnon moins taciturne que le sire de Comballec. Le jeune écuyer, âgé d'une vingtaine d'années, était sorti de sa prime réserve. Il la distrayait à présent en lui narrant nombre d'anecdotes étonnantes sur la Cour et en décrivant, avec force détails, l'existence dans les demeures royales. D'un caractère enjoué, il possédait un réel talent de conteur et le moindre de ses récits prenait des allures de fable cocasse. En échange, Héloïse lui enseignait les vers de *L'Hortulus*, célèbre poème didactique inventé par les moines bénédictins afin d'inculquer au peuple les rudiments de la médecine par les plantes.

— Il nous faut presser nos montures, dit Henri de Comballec après avoir humé l'atmosphère, dressé sur ses étriers. L'air s'est encore refroidi. Ça annonce du brouillard ou de la neige.

— Peut-être serait-il plus prudent de faire halte avant d'atteindre les bois, suggéra Robin en portant son palefroi à la hauteur de son maître. Nous avons croisé une ferme il y a moins d'une demi-lieue. Ça sentait bon la soupe et le feu de genévrier. Je gage qu'ils nous feraient bon accueil.

— Il n'en est pas question ! Dans moins de trois jours, à condition de ne pas ralentir l'allure, nous serons à Baume. Si l'Angelot s'y trouve et si nous parvenons à le faire parler, nous aurons alors tout le temps de prendre du repos.

Le croassement grave de corbeaux invisibles auquel répondit, à distance, le cri plus aigu de quelque choucas vint ponctuer les paroles du baron. Lentement, dans une sorte de reptation

132

sournoise, des lambeaux de brume dérivaient en direction des trois voyageurs. Il s'en dégageait une sorte d'haleine humide et terreuse qui glaçait la poitrine aussitôt qu'on la respirait.

— Je me demande si Robin n'a pas raison, risqua Héloïse. Nous allons attraper la mort à chevaucher par un temps pareil ! Mieux valait encore la pluie que cette brume malsaine !

Henri de Comballec se retourna à demi, la main posée sur la croupe de son destrier, et adressa à la jeune femme un sourire teinté d'ironie.

— Notre amazone montrerait-elle enfin une faille dans sa belle cuirasse ? Quoi, vous demanderiez grâce, ma chère ? Je commençais à croire que vous n'aviez hérité d'aucune des faiblesses de votre sexe !

Héloïse décocha au baron un regard aussi acéré qu'une flèche.

— Je m'inquiétais uniquement pour vous, répliqua-t-elle. Si vous veniez à prendre mal, je serais bien en peine de vous soigner. Je vous rappelle que vous m'avez contrainte à laisser à Amboise la plupart de mes drogues.

— Si ce n'est que ça, vous pouvez aller sans crainte, madame ! Je n'ai nulle intention de recourir aux services d'un Hippocrate en jupons !

Devant la mine vexée d'Héloïse, Henri de Comballec partit d'un grand éclat de rire et donna des éperons pour relancer son cheval en avant.

Une heure plus tard, ils atteignirent la forêt. La bise se brisait net contre le premier rideau d'arbres. Au-delà, le brouillard se faisait plus épais. Il ne venait plus du ciel, mais montait des taillis, se coulait entre les branches et recouvrait progressivement tout le bois d'un linceul grisâtre.

Héloïse sentit monter en elle un mauvais pressentiment. Ce temps maussade augurait bien mal de la suite de leur mission. C'était un peu comme si les éléments se liguaient contre eux. Comme s'ils s'opposaient à leur progression ou cherchaient à les dissuader d'aller plus avant. Ce constat ne la chagrina pas plus que ça. Depuis qu'elle avait appris le sort réservé à l'Angelot par la reine, ses réticences ne cessaient de croître. Passe encore qu'on lui impose un rôle d'enquêtrice, mais elle ne se sentait pas l'âme d'un bourreau ! Le souvenir des tourments que son père et elle avaient endurés cinq ans plus tôt était encore trop présent à son esprit. Sous aucun prétexte ni d'aucune façon, elle ne voulait se rendre complice d'une telle barbarie. Mais comment pouvait-elle espérer se dérober à la volonté de la reine Anne ?

— Pressez un peu votre mule, madame ! Ou nous allons finir par vous semer en route !

L'avertissement d'Henri de Comballec l'arracha à ses pensées. Sans y prendre garde, elle avait laissé la distance se creuser entre elle et les deux cavaliers. Une toise[1] les séparait et, déjà, elle ne distinguait plus d'eux que de vagues formes mouvantes.

Autour, le brouillard stagnait à mi-hauteur, laissant apparaître fugitivement de maigres

---

1. Une toise vaut deux mètres.

haillons de fourrés ou des troncs pareils à de hautes silhouettes faméliques. Ces derniers donnaient une fausse impression de mouvement. On eût dit des êtres fantomatiques agitant leurs longs membres en tous sens. Les montures avançaient pesamment dans les flaques d'eau du chemin creux. Héloïse frissonna et remonta sur sa nuque le col de son manteau. Cette forêt noyée de brume composait un singulier décor et, même si elle s'efforçait de n'en rien laisser paraître, il lui tardait d'en sortir.

Elle venait tout juste de recoller à la croupe du cheval de Robin, lorsqu'un hurlement plaintif retentit quelque part sous les frondaisons. Le baron porta la main à la garde de son épée.

— Il ne manquait plus que les loups, grommela-t-il en étouffant un juron. Robin ! Place-toi en queue et ouvre l'œil ! Il est peu probable qu'une de ces méchantes bêtes se risque à nous attaquer, mais je ne veux prendre aucun risque.

Ils chevauchèrent comme ça pendant plus d'une heure, le temps de dévier insensiblement du chemin et de s'égarer au milieu de nulle part. Comme ils étaient dans l'incapacité de s'orienter, ils n'avaient pas d'autre alternative que de continuer d'aller de l'avant en s'efforçant de conserver la même direction. Le silence les environnait. Un silence tout de blancheur, resserré autour de bruits menus : le froissement des feuilles sur leur passage, le pas lourd et fatigué des montures, les cliquetis des harnais, les soupirs irrités du sire de Comballec... C'était comme si la vie n'était plus qu'un rêve mort, une vaste étendue désespérante qu'ils étaient condamnés à arpenter sans fin.

— Vous avez entendu ? murmura soudain Robin. L'écho d'un ruissellement, là, sur notre gauche !

Henri de Comballec tendit l'oreille.

— C'est ma foi vrai. On dirait le bruit d'un cours d'eau. Si c'est bien cela, nous sommes tirés d'affaire. Il suffit de le suivre dans le sens du courant et nous finirons bien par sortir de ce maudit bois !

Il s'agissait bien d'un ruisseau encaissé au fond d'un ravin. Contraints de longer la faille, car engager leurs montures à l'aveugle dans la pente abrupte eût été pure folie, ils progressèrent en file indienne, tout en se guidant au seul bruit de l'eau courant sur les rochers.

Tout à coup, Héloïse qui venait en second crut percevoir un mouvement sur leur droite, entre les arbres. La brume se déchira un instant et, émergeant d'un fourré, elle vit deux yeux jaunes qui la fixaient. Elle n'eut pas le temps de donner l'alerte. Sentant le danger, sa mule fit un brusque écart et enchaîna par une violente ruade. Déséquilibrée, Héloïse battit inutilement des bras et partit à la renverse.

Son cri se confondit avec le bruit de sa chute amortie par les feuilles mortes. Elle crut qu'elle allait s'en tirer à moindre mal, mais le sol se déroba brusquement sous elle. Elle bascula dans le ravin sans vraiment comprendre ce qui lui arrivait. Roulant sur elle-même, elle prit de la vitesse. Son corps heurta la rocaille, ses jambes et ses bras s'écorchèrent aux ronces acérées. Elle eut conscience que l'eau se rapprochait. Le faible clapotis enfla, devint grondement de torrent. Soudain, sa tête percuta violemment le tronc d'un arbre. Elle crut que le monde explosait et elle s'immobilisa.

Elle gisait inerte sur le dos, les yeux clos. Malgré la douleur irradiante dans son crâne, elle fit l'effort de se redresser sur un coude et d'ouvrir les paupières. Elle vit les grands arbres noirs, les sous-bois glacés et livides, perdus dans la brume... et les prunelles jaunes qui se rapprochaient d'elle. Il n'y en avait plus seulement deux mais quatre paires qui semblaient tourner autour d'elle en cercles de plus en plus serrés. Luttant contre la tentation de refermer les yeux pour apaiser ses souffrances et effacer la vision de cauchemar, elle mobilisa toute son énergie afin de demeurer consciente. C'est ainsi qu'elle vit émerger des vapeurs glacées la silhouette d'un grand loup gris. Il avançait vers elle à pas comptés, méfiant, sa gueule retroussée laissant échapper un sourd grognement.

Héloïse poussa un cri, blêmit et se laissa retomber en arrière. Elle eut à peine le temps de voir les branches dénudées des arbres s'agiter au-dessus d'elle. Un voile rougeâtre les recouvrit et elle sombra dans le néant.

XIV

Un fleuve en Italie

— Oh, la Ficelle, damné piaffard, répète voir ce qu'a dit le capitaine !

— Il a comparé le seigneur Bayard à un loup affamé, beaucoup de mordant, peu de cervelle ! Par le sang de la Vierge, voilà ce qu'il a dit !

— Tu entends ça, Pierre ? Ton duel sous les remparts de Barcetto lui est resté en travers de la gorge, à notre bon Louis d'Ars. Il n'a pas tort ! Il aurait pu rester des mercenaires dans le village. Un méchant coup d'arquebuse et il pouvait perdre son meilleur chevalier !

Les voix enflaient, cherchant à dominer le tumulte de l'orage. La pluie battante crépitait sur le sol gorgé d'eau. Le tonnerre claquait comme une salve d'artillerie, se répercutait contre le flanc de la colline proche, refluait dans une charge furieuse imitant le choc de troupes affrontées. Il faisait aussi sombre qu'au crépuscule. L'ombre humide enveloppait la colonne en marche, transformait le chemin encadré de cyprès en un long tunnel où disparaissaient les hommes et les chevaux.

— Allons la Ficelle ! Remembre-nous[1] ce qu'il a ajouté, notre sourcilleux capitaine d'ordinaire si avare en compliments !

— Qu'avec dix loups comme celui-là, il se faisait fort de bouter l'Espagnol hors de la péninsule !

— Que dis-tu de ça, Pierre ! Dix comme toi seulement, c'est la gloire ! Que tu le veuilles ou non, ta légende est en marche !

L'interpellé qui écoutait d'une oreille distraite haussa les épaules. Il se retourna sur son palefroi et grommela :

— Tais-toi donc, Bellabre ! En fait de légende en marche, nous pataugeons tous dans cette saleté de bouillasse. Moi comme vous autres !

La compagnie de Louis d'Ars avait quitté les terres du comte de Ligny et rallié l'armée française reconstituée sous le commandement du marquis de Mantoue. Le rassemblement s'était effectué à la limite des États pontificaux et les troupes, à marche forcée, regagnaient à présent le royaume de Naples. La nouvelle campagne avait naturellement pour but la reconquête de celui-ci.

Bayard chevauchait à l'avant-garde, en compagnie de ses frères d'armes : Pierre de Tardes dit le Basco, François d'Urfé et Pierre de Pocquière, seigneur de Bellabre. C'était ce dernier, un gai compagnon originaire du Berry, qui cherchait à le dérider en évoquant les commentaires élogieux de Louis d'Ars à son sujet. Bellabre s'inquiétait en effet du caractère de plus en plus taciturne

_____

1. Rappelle-nous.

de celui dont les exploits étaient pourtant sur toutes les lèvres. Pour ce chevalier à l'âme simple et au sang généreux, faire la guerre en arborant aussi triste figure, c'était comme préparer ses épousailles avec le malheur. Arracher à Bayard ne serait-ce qu'un sourire aurait eu le mérite de conjurer le mauvais sort.

— Mordiable ! jura le Basco en s'épongeant le front de sa main gantée. C'est ma foi vrai qu'il flotte dans ce fichu pays comme enfançon s'en va pissant !

Bellabre ne laissa pas passer si belle occasion de moquerie.

— C'est ce blanc-bec de la Ficelle qui s'est encore oublié ! Il fait sur ses chausses depuis qu'on nous a annoncé la proximité des premiers bataillons espagnols.

— Prends garde, l'ancêtre ! Plus grande est la gueule, plus laide est la grimace du trépassé !

— Écoutez-le, vous autres ! C'est que ce morveux me voudrait déjà voir roide mort ! Ce n'est pas le respect qui t'étouffe, la Ficelle !

— Ce ne seront pas non plus les Espagnols. Quand l'heure sera venue, je les frapperai si bellement que la cervelle leur coulera par les narines !

— Bien envoyé, fils !

Des rires fusèrent de la colonne. Bayard déjà n'écoutait plus. Le chemin amorçait une montée et il en profitait pour contempler le défilé des soldats qui les précédaient. Les chevaliers et leurs écuyers montaient de solides destriers caparaçonnés de lames de cuir. Ils avaient fière allure, même sous l'orage, arborant sur leurs pennons les couleurs des plus nobles maisons de France. Les fantassins portaient une demi-cuirasse de fer battu ou bien une simple brogne, armure formée de plaquettes de métal cousues sur une étoffe. Ils étaient armés d'une épée, d'un couteau et d'une pique ou d'une hallebarde. Les archers et les arbalétriers qui avaient besoin d'être plus mobiles, se contentaient d'un justaucorps rembourré, recouvert d'un simple baudrier en cuir de buffle. Venaient enfin les arquebusiers avec leur arme à mèche si redoutable. Bayard s'était fait expliquer le fonctionnement de l'engin. Sur une plaque d'acier, la platine, se trouvait un mécanisme indépendant du reste de l'arme. Le serpentin qui tenait la mèche portait à sa partie inférieure une biellette pour transmettre l'action de la main du tireur par une sorte de détente appelée clé. Les derniers modèles comportaient en outre un couvre-bassinet qui glissait simultanément avec le mouvement du serpentin. Au moyen d'une arquebuse, le plus poltron des soldats pouvait abattre un chevalier à plus de cinquante toises. Depuis le début de la guerre, nombre de gentilshommes étaient morts de la main de lâches qui n'auraient osé regarder au visage ceux que de loin ils renversaient de leurs balles. C'est pourquoi Bayard ne ressentait que mépris pour ces innovations fâcheuses. S'il n'avait tenu qu'à lui, on aurait banni l'arquebuse des armées royales et, en dépit de sa réputation de mansuétude, il faisait pendre tout soldat ennemi porteur d'une telle arme. «Au moins par un pareil déluge, songeait-il, ces bouches à feu resteront pour la plupart muettes. C'est une petite consolation. »

Le chemin allait s'élargissant tandis qu'ils montaient toujours. À leur flanc gauche, un plissement de terrain surmonté de gros rochers élevait une sorte de rempart naturel. Il s'achevait en un doux vallonnement dont l'avant-garde entamait le franchissement. Au moment où Bayard et ses compagnons atteignirent le point culminant, un éclair fendit le ciel en deux, illuminant toute la vallée. Au milieu de champs d'oliviers et d'amandiers apparut un large fleuve qui serpentait avec de sinistres reflets de métal froid.

— Quelqu'un sait comment s'appelle ce méchant cours d'eau ? demanda le chevalier.

La Ficelle, monté en croupe derrière le Basco, fut tout heureux de pouvoir éclairer le champion auquel il rêvait secrètement de ressembler :

— J'ai entendu le capitaine y faire allusion ce matin au moment où il dressait ses plans. Ce fleuve marque la frontière avec le royaume de Naples. De son franchissement dépend le succès de la campagne. On l'appelle le Garigliano.

XV

Où Héloïse vient en aide
à plus mal en point qu'elle

Héloïse revint à elle par paliers. Elle entendit d'abord une vague rumeur qui se précisa et devint le crépitement d'un feu nourri. L'instant d'après, l'odeur du bois brûlé lui parvint, puis celle encore plus caractéristique du chou et des navets. Elle se sentait vaguement nauséeuse. Son crâne la faisait toujours souffrir, mais la douleur était supportable. Elle ouvrit les yeux.

Elle se trouvait dans une cabane de rondins et reposait sur une mince paillasse installée sur une claie de branchage. Le sol de terre battue était recouvert de feuilles de fougère pour protéger du froid et de l'humidité. Au centre de l'unique pièce se dressait une table faite de troncs refendus et posés sur des pieux fichés en terre. De belles flammes orangées dansaient dans l'âtre bâti de larges pierres.

Elle était en train de se demander comment elle avait pu échapper aux loups et arriver là, lorsque la porte s'ouvrit en grinçant. Les bras chargés de fagots, un garçon d'une quinzaine d'années fit son entrée. Il était courtaud et massif. Sa grosse figure affichait une expression bonasse. Il sourit en constatant qu'Héloïse s'était adossée à la paroi grossière.

— Vous voilà enfin réveillée! Vous êtes restée inconsciente tout l'après-midi. Je commençais à croire que vous ne profiteriez pas de la soupe que j'ai préparée à votre intention.

— Où suis-je? Qui es-tu?

— Je me nomme Étienne. Je suis le fils du charbonnier et tire ma pitance de mon activité de boisilleur[1]. Quant à cette cabane, c'est ma modeste demeure.

— Comment suis-je arrivée ici?

— C'est moi qui vous ai portée. Une chance que je sois passé par la ravine juste au moment où les loups s'apprêtaient à faire ripaille à vos dépens! Ma torche et mon bâton ont suffi à les faire s'ensauver!

— Tu n'as vu personne dans la forêt? Un chevalier et son écuyer? Je voyageais en leur compagnie.

L'adolescent secoua la tête en signe de dénégation.

— Il n'y avait pas âme qui vive près de la rivière. Mais si vous êtes tombée du haut du ravin, il leur était impossible de vous rejoindre. La pente est beaucoup trop escarpée pour s'y risquer dans ce fichu brouillard!

1. Bûcheron.

— Ça ne fait rien, je te baille la grand merci, Étienne. Sans ton intervention, j'étais perdue. Mais je me sens rompue de partout! Corbleu, quelle chute!

Le dénommé Étienne déposa son fardeau près du foyer. Ses gestes étaient lents et patauds, comme empreints d'une pesanteur animale.

— Vous avez un bel hématome à la tempe droite et de vilaines éraflures sur les bras. Mais rien qui ne puisse disparaître après quelques jours de repos. Et pour commencer, vous allez manger quelque chose. Rien de tel qu'un repas chaud pour reprendre des forces!

Tandis que la jeune femme prenait place à table, le garçon puisa une écuelle de soupe dans la marmite à pieds qu'il tenait près des flammes. Il revint la déposer devant Héloïse ainsi qu'un morceau de pain noir.

— Je suis désolé d'avoir si peu à vous offrir. Mais nous n'avons guère l'habitude de recevoir des hôtes céans.

— Nous?

Une ombre voila le regard d'Étienne. L'adolescent désigna du menton l'angle opposé de la cabane. Dans le recoin obscur se trouvait un galetas identique à celui qui avait accueilli Héloïse. À bien y regarder, on pouvait y distinguer une forme humaine recroquevillée sous une mauvaise couverture.

— Ma mère, fit Étienne pour répondre à l'interrogation muette d'Héloïse. Elle vit avec moi depuis la mort du père. Ça fait deux jours qu'elle est prise de fièvres. Je ne sais pas ce qu'elle a, mais j'ai grande peur qu'il s'agisse de la pestilence.

Malgré la faim qui la tenaillait, Héloïse délaissa sa soupe fumante et se leva pour s'approcher de la paillasse. La gisante laissait échapper un faible gémissement continu. C'était une femme aux cheveux gris et aux traits incroyablement creusés. Son front était tout ridé et couvert de sueur. Il eût été difficile de lui donner un âge précis, car son aspect décharné et douloureux devait la vieillir grandement.

— Tu dis que c'est survenu il y a deux jours ?

— C'est cela. Elle a été prise d'une faiblesse subite au moment de se lever. Depuis, la fièvre n'a pas cessé de monter et elle s'est mise à délirer durant les rares moments où elle reprenait conscience.

— Quels soins lui as-tu apportés ?

— Je lui ai préparé des tisanes de valériane. C'est tout ce que j'avais à ma disposition. Dans les bois, nous sommes loin de tout et coupés des autres. Il y a bien un rebouteux qui fait office de guérisseur mais sa cabane se trouve à près d'une journée de marche.

L'adolescent répondait aux questions d'Héloïse avec fatalisme. Comme si, en dépit de son jeune âge, il était déjà résigné à considérer le malheur et la misère comme de fidèles compagnons.

— Me permets-tu de l'examiner ? J'ai quelques connaissances en médecine. Je pourrai peut-être déterminer de quel mal elle est atteinte et quels remèdes seront les plus appropriés.

Étienne acquiesça, non sans avoir adressé à son interlocutrice un regard où se lisaient l'étonnement et quelque chose d'autre qui ressemblait à une vague méfiance.

Héloïse écarta avec délicatesse la couverture déchirée en maints endroits. La malade était repliée en position fœtale, les muscles crispés. Elle continuait de gémir mais paraissait plongée dans une profonde léthargie. La jeune femme posa sa main sur son front. Comme elle le redoutait, la peau était brûlante. D'un geste à la fois doux et précis, elle palpa son cou et ses aisselles. Les ganglions étaient enflés, mais elle ne repéra pas de bubons.

— Je ne crois pas que ce soit la peste, déclara-t-elle à la fin de son examen. Du reste, je n'ai pas entendu parler d'épidémie dans la région ces derniers temps. Ta mère peut avoir été contaminée par d'autres miasmes. Ce ne serait guère étonnant avec cet automne humide et ces brumes malsaines.

— Elle ne va pas mourir alors ?

— Pas si elle est soignée correctement. Il faudrait d'abord faire tomber cette fièvre. C'est elle qui la plonge dans cette torpeur pernicieuse et l'empêche de se nourrir. Ah, si seulement j'avais encore mes drogues avec moi !

Elle marqua un temps de réflexion et reprit :

— Mais dis-moi, Étienne, n'y aurait-il pas dans les environs un endroit où poussent des saules ?

— Si fait ! Et pas très éloigné du coin où je vous ai trouvée, le long du ruisseau. Cela pourrait être utile ?

— Absolument! Les anciens Grecs recommandaient, il y a deux mille ans déjà, d'utiliser une décoction d'écorces de saule pour apaiser la fièvre et combattre les rhumatismes.

Ils furent soudain interrompus par un bruit de cavalcade, des bruits de fer heurté, et puis le fracas de tonnerre de la porte qu'un coup de pied enfonçait violemment. Dans l'ouverture, apparurent Henri de Comballec et Robin, l'épée à la main, le visage farouche et l'attitude menaçante.

— Maîtresse Sanglar, enfin! Nous vous avons retrouvée! Et vous êtes saine et sauve, Dieu soit loué!

La jolie rousse foudroya du regard le baron de Conches.

— Oui, saine et sauve! Et grâce à ce brave garçon dont vous venez de forcer le logis à la manière de vulgaires soudards! Qu'est-ce qui vous prend d'entrer ici comme on enlève d'assaut une place forte?

Le chevalier breton abaissa son épée et resta un instant interdit devant la colère inattendue de la jeune femme.

— Voilà des heures que nous sommes à votre recherche, se justifia-t-il. C'est Robin qui a fini par découvrir vos traces dans le sous-bois, au bord du ruisseau. Les feuilles mortes étaient brassées comme s'il y avait eu lutte. Nous avons suivi les empreintes d'un homme jusqu'ici. Nous pensions que vous aviez été enlevée et craignions pour votre vie.

— Étienne m'a tirée des griffes d'une meute de loups. Sans lui, je serais morte à l'heure qu'il est !

— Ces sales bêtes ne voulaient pas abandonner leur proie, ajouta timidement l'adolescent impressionné par la vue des épées. J'ai dû frapper dans le tas à grands coups de mon bâton ferré. C'est ce qui explique sans doute les traces de lutte que vous avez remarquées.

Henri de Comballec remit sa lame au fourreau et fit signe à Robin de l'imiter. Il sortit une bourse de son pourpoint et déposa plusieurs pièces d'or sur le coin de la table.

— Tu as été courageux et je t'en félicite, mon garçon. Voilà de quoi récompenser ta vaillance et te payer des dommages occasionnés à la porte de ta cabane. À présent, nous allons pouvoir reprendre notre route.

Héloïse nota avec irritation que le baron ne s'était même pas enquis de son état de santé. Il lui suffisait de la voir sur pied pour ne plus penser qu'à poursuivre leur voyage. Ce fut non sans une certaine malice qu'elle se plut donc à le contredire :

— Il n'en est point question ! Il y a céans une femme dont l'état nécessite des soins urgents. Puisque vous arrivez à point nommé pour me prêter assistance, je vous serais obligée de bien vouloir m'apporter la besace qui se trouve accrochée au bât de ma mule.

— Mais enfin, vous n'y pensez pas, maîtresse Sanglar ! Nous avons déjà perdu un temps précieux. Pendant que nous vous cherchions, nous avons retrouvé le chemin de Château-Chinon. Il nous faut partir immédiatement si nous voulons y être avant la complète tombée de la nuit.

— Libre à vous de partir, messire ! Moi, je reste ! Il ne sera pas dit qu'une Sanglar aura croisé une malade dévorée par les fièvres sans rien tenter pour lui venir en aide.

— Les fièvres ! s'exclama Henri de Comballec avec un mouvement instinctif de recul. Mais qui vous dit que cette femme n'est pas contagieuse ?

— Personne ! Je suis même convaincue du contraire ! C'est pourquoi je ne peux l'abandonner à son sort. Mais comme je le disais à l'instant, vous pouvez me laisser seule. Je vous rejoindrai à Château-Chinon quand j'en aurai fini ici.

— Vous êtes totalement inconsciente ! Comment ferez-vous pour accomplir votre part de notre mission si vous tombez malade à votre tour ?

— Pour être franche avec vous, je suis de moins en moins convaincue d'avoir un rôle à jouer à vos côtés. Ce dont je suis certaine en revanche, c'est de pouvoir soulager cette pauvre femme. Je ne bougerai donc pas d'ici !

Héloïse avait parlé d'une voix calme mais ses yeux verts brillaient du feu de toute sa détermination. Pendant une longue minute, les deux protagonistes se défièrent du regard. De voir son autorité bafouée, le baron sentait le sang bouillir dans ses veines. Cependant il ne pouvait s'empêcher aussi d'admirer la fermeté de caractère de cette femme ni de ressentir d'intenses sentiments contradictoires devant sa troublante beauté.

Ce fut lui qui baissa le premier pavillon. Il se retourna vers son écuyer et lui adressa un geste résigné de la main.

— C'est bon, Robin, dit-il sans desserrer les dents. Va lui quérir sa besace ! Et que Dieu nous ait en Sa miséricorde !

XVI

L'abbaye de Baume-les-Moines

Les trois envoyés de la reine Anne demeurèrent toute la nuit et le début de la matinée du lendemain en compagnie d'Étienne et de sa mère. Héloïse fit boire à cette dernière une infusion d'ulmaire et de petite centaurée pour combattre l'accès fébrile. Puis elle élabora un cataplasme à base de moutarde noire, de thym et d'huile de concombre. Appliqué au niveau des ganglions enflammés, celui-ci permettrait de réduire et d'éliminer les mauvaises humeurs. Enfin, elle confia à Étienne un flacon renfermant un élixir à base de graines de pavot et de jusquiame. Quelques gouttes dans l'eau de boisson suffiraient à lutter contre la douleur et favoriseraient le sommeil.

— Dans deux ou trois jours, dit-elle au jeune boisilleur, ta mère devrait retrouver suffisamment de forces pour s'alimenter normalement. Si par malheur les ganglions demeuraient gonflés, il faudrait la conduire en ville pour la faire examiner par un médecin. Mais j'ai bon espoir que cela ne soit pas nécessaire.

Étienne se confondit en remerciements, mais Héloïse lui fit remarquer qu'elle n'avait fait que s'acquitter de sa dette envers lui. Après tout, les loups quand ils étaient affamés n'étaient pas moins redoutables que les fièvres.

De Château-Chinon qu'ils atteignirent ce même jour, peu avant l'heure du déjeuner, les voyageurs mirent encore deux journées entières pour rejoindre les marches du duché de Bourgogne. Héloïse avait redouté de devoir affronter en cours de route les reproches du baron de Conches, mais il n'en fut rien. Henri de Comballec ne revint pas une seule fois sur le différend qui les avait opposés dans la cabane du boisilleur. Il semblait s'être fait à l'idée qu'Héloïse n'était pas une personne que l'on pouvait commander ou soumettre à sa guise.

Huit jours s'étaient écoulés depuis leur départ d'Amboise lorsque les premiers flocons firent leur apparition. À mesure qu'ils approchaient des contreforts avancés du massif jurassien, les chutes de neige redoublèrent d'intensité. Engoncés dans d'épaisses pelisses, ils poursuivirent leur chemin comme si de rien n'était. Bientôt apparut sur leur droite le village de Château-Chalon qui dominait fièrement sur son promontoire des guirlandes de vignes. La fumée des cheminées montait en sinuant dans le ciel laiteux et dessinait comme des chevelures hirsutes aux toits des maisons. Une agréable odeur de feu de bois leur parvint, qui suggérait une halte possible et quelque promesse de réconfort. Mais ce fut à peine s'ils ralentirent le pas de leurs montures. Déjà, ils s'engageaient dans la vallée encaissée, le long de la Seille, et la neige effaçait au sol les traces éphémères de leur passage.

Ils arrivèrent en vue de l'abbaye de Baume au déclin du jour, le premier jeudi de novembre.

Ils avaient suivi le cours de la rivière, puis remonté le ruisseau du Dard, s'enfonçant toujours plus loin entre les hautes falaises de calcaire. Dans leur dos, le soleil déclinait lentement en dardant ses derniers rayons sur les crêtes. Ils avançaient, obstinés, comme s'il leur fallait à tout prix rejoindre ces sommets nimbés de lumière. S'arracher à l'opacité qui noyait la vallée. De temps à autre, leur revenait en écho, l'envol lourd d'un corbeau, le souffle ronflant des chevaux ou le cliquetis des harnachements de métal, mais c'est à peine s'ils y prêtaient attention. Solitaires et muets, ils progressaient à la limite de l'ombre et de la clarté, comme portés par cette onde obscure qui venait de derrière eux et déferlait entre les vertigineux à-pic.

Ils arrivèrent à l'heure brune, entre chien et loup. Par cette première journée neigeuse de novembre.

Au début, ils n'étaient que des silhouettes indistinctes, prisonnières de la brume du ruisseau. Les poils de leurs pelisses retenaient les flocons, les transformant en spectres de blancheur. Entre leurs cols relevés et leurs bonnets de feutre, leurs bouches exhalaient une buée épaisse qui se mêlait à la respiration des montures. Dissimulés derrière le poudroiement neigeux levé par les sabots, ils formaient une seule masse en mouvement. Un bloc boursouflé de silence et de détermination qui se déplaçait dans le secret du sous-bois.

Ils surgirent à découvert non loin de l'abbaye. Malgré son dénuement et son caractère isolé, le site ne manquait pas de charme. Les bâtiments semblaient se pelotonner autour de l'église romane, au fond du cirque calcaire qui les dominait de ses falaises de plus de deux cents mètres. Ils firent irruption dans ce paysage glacé comme la préfiguration d'une menace incongrue. En ce lieu voué à la prière, ils apportaient le désordre du monde, l'horreur de crimes inexpliqués et l'angoisse sourde d'une reine cernée par bien trop d'ennemis.

Ils arrivaient. Ils étaient là. Lourds de fatigue, traqués par les ombres du soir. Et pourtant résolus à faire surgir la lumière du plus profond des ténèbres.

Tandis qu'ils franchissaient les dernières toises les séparant de l'enceinte de l'abbaye, Héloïse et ses compagnons étaient loin de se douter que deux hommes, postés derrière l'une des fenêtres du bâtiment principal, les observaient avec attention depuis qu'ils avaient quitté le couvert des arbres.

— Ce sont eux ?

— Sans l'ombre d'un doute ! Voyez la femme qui voyage à dos de mule. Du diable si je m'attendais à les voir si tôt ! Je ne les ai finalement devancés que de trois petits jours !

— À les voir ainsi en si simple équipage, ils ne paraissent guère impressionnants. N'auriez-vous pas quelque peu exagéré en prétendant que nous avions affaire à forte partie ?

Malavoise toisa son interlocuteur de son déroutant regard d'albinos.

— Ne vous fiez pas aux apparences ! Le sire de Comballec est un seigneur valeureux et son dévouement à la reine Anne est total. Quant à maîtresse Sanglar, je me suis renseigné à son sujet. C'est une personne pleine de ressources et d'une vive intelligence. Croyez-moi, pour parvenir à berner ces deux-là, vous seriez bien avisé de respecter strictement les instructions reçues.

L'assassin de maître Barello se tourna de nouveau vers la fenêtre. Un sourire mauvais étira ses lèvres.

— Bienvenue, mes chers amis ! murmura-t-il tout bas, comme pour lui-même. Vous l'ignorez encore, mais cette abbaye n'est que la première étape d'un long, très long périple qui vous conduira tout droit... en enfer !

XVII

Sous la protection de la Vierge

Les voyageurs se présentèrent sous une fausse identité au père abbé, Guillaume Saquenay. Ignorant les liens exacts que celui-ci entretenait avec les conspirateurs, ils préféraient, au moins dans un premier temps, garder secrète leur qualité d'enquêteurs royaux. Tant qu'ils n'y verraient pas plus clair, ils devaient passer pour de riches mécènes cherchant à passer commande de vitraux pour une basilique du val de Loire.

Le prélat, un homme tout en rondeurs et en onctuosité, les accueillit avec bienveillance. Cependant il déçut immédiatement leur attente en leur apprenant que le frère convers Mathurin Loiseul et son jeune disciple Jean Cousin avaient quitté l'abbaye depuis plusieurs semaines et qu'il ignorait la date de leur retour.

— Cela est chose fréquente, dit l'abbé non sans un certain orgueil. La réputation de frère Mathurin a depuis longtemps franchi l'enceinte de notre abbaye. Il est demandé sur de nombreux chantiers, en Bourgogne comme en dehors du duché.

Henri de Comballec s'efforça de masquer ses sentiments, mais sa voix trahissait à la fois sa fatigue et son désappointement :

— Voilà qui est plutôt contrariant. Nous avons fait une longue route pour le rencontrer. Pouvez-vous au moins nous indiquer en quel lieu il nous faudra nous rendre pour pouvoir lui parler ?

— Hélas, mon fils ! Comme je vous l'ai dit, les commandes sont nombreuses. Je fais toute confiance à frère Mathurin pour organiser son travail et ne me tiens nullement informé de son itinéraire précis lorsqu'il quitte l'abbaye.

— Ne me dites pas, mon père, que nous avons entrepris cet éprouvant voyage en pure perte !

Guillaume Saquenay se frotta pensivement le menton.

— Laissez-moi réfléchir. Il y a dans nos murs quelqu'un qui pourrait peut-être vous renseigner. Et même s'il ne peut vous dire avec certitude où se trouvent frère Mathurin et son apprenti, il sera à même de vous donner son avis éclairé sur les vitraux dont vous projetez la commande.

— De qui s'agit-il ?

— D'un vieux moine qui a longtemps secondé notre maître-verrier avant de céder la place à des apprentis plus jeunes et mieux formés. Je vais vous faire conduire auprès de lui. Vous verrez, frère Justin est un véritable puit de sciences. Mais vous devrez un peu forcer la voix pour vous faire entendre de lui. Le grand âge l'a rendu presque sourd.

Joignant le geste à la parole, l'abbé se dirigea vers la porte de son bureau. Toutefois, avant de l'ouvrir, il posa sur Héloïse un regard où se lisait sinon de la méfiance du moins de la curiosité.

— Il est pour le moins étonnant de voir une jeune femme prendre la route à la mauvaise saison pour venir jusqu'ici. La chose est encore plus surprenante quand le but d'un tel voyage est la simple commande d'un vitrail...

Depuis leur arrivée à l'abbaye, Héloïse s'était placée en retrait pour ne pas attirer l'attention sur elle. La question de Guillaume Saquenay la prit d'autant plus au dépourvu qu'il n'avait pas paru lui accorder, jusque-là, une attention particulière. Fort heureusement, Henri de Comballec vint la tirer d'embarras avec un bel esprit d'à-propos :

— Mon épouse et moi-même avons profité de l'occasion pour effectuer une sorte de pèlerinage. Nous comptons entendre messe, demain, en votre église et nous recueillir devant cette statue de la Vierge que l'on dit fort belle. Nous prierons Marie de nous accorder la descendance qui nous a été jusqu'alors refusée.

Héloïse ne s'attendait certes pas à une telle réplique. L'espace d'un instant, la surprise put se lire sur ses traits. Elle venait seulement de prendre conscience qu'une poignée d'années la séparait du baron. Qu'ils pussent passer pour mari et femme était finalement assez naturel.

Guillaume Saquenay parut en tout cas de cet avis, car il sourit benoîtement et les bénit de sa main aux doigts boudinés.

— Votre démarche témoigne d'une foi belle et sincère. Je ne doute pas que la Mère du Seigneur exaucera votre demande. Soyez assurés que je joindrai mes prières aux vôtres.

Sur ces mots, l'abbé les raccompagna jusqu'à la porte de ses appartements et les confia au frère tourier. Armé d'une lanterne sourde, celui-ci les guida hors du logis abbatial, dans la première cour de l'enceinte. La nuit était tombée et les imposants bâtiments de l'abbaye, dont la noirceur tranchait sur la neige, évoquaient une assemblée de géants silencieux. À la lueur des torches fichées dans les murs, on distinguait l'hôtellerie où Robin devait être en train d'achever leur installation, la tour de justice et surtout la haute église romane. L'ensemble dégageait une impression de résistance obtuse. Comme si les vieux murs se dressaient à la manière d'un rempart infranchissable entre les envoyés de la reine Anne et une vérité bien cachée.

Le moine à la lanterne les précéda dans un étroit escalier aux parois couvertes de salpêtre. Ils débouchèrent dans une sorte de cellier au plafond voûté. Un homme vêtu d'une bure brune se tenait là, assis devant un pupitre qu'éclairait la flamme fuligineuse d'une lampe à huile. Le frère tourier les annonça, mais l'occupant de la pièce paraissait absorbé par une tâche minutieuse. Il ne tourna même pas la tête. Son coreligionnaire s'approcha et lui secoua l'épaule.

— Frère Justin, vous avez des visiteurs. Notre père l'abbé souhaite que vous leur fassiez bon accueil.

L'homme se redressa en poussant un soupir fatigué. C'était un vieillard cacochyme, les yeux chassieux et couverts de taies. Une barbe hirsute lui mangeait les joues et le menton.

— Soyez les bienvenus en cette enceinte vouée aux louanges du Seigneur. Que peut faire pour vous un vieux moine que le poids des ans accable ?

La voix était chevrotante mais pleine de bonté. Henri de Comballec fit un pas en avant de façon à se placer dans le halo de la lampe.

— Mon nom est Fleuremange. Mon épouse et moi souhaitons commander plusieurs vitraux pour orner une chapelle que nous faisons construire en la basilique de notre cité. Malheureusement, votre abbé nous a appris l'absence céans de Mathurin Loiseul.

— C'est exact. Voilà bien deux lunes qu'il a quitté l'abbaye.

— Vous ne sauriez pas où nous aurions quelque chance de le joindre ?

Le vieillard sourit avec malice :

— Ici ou là. Qui peut savoir ? Partout où l'exaltation de notre Seigneur Jésus-Christ réclame la virtuosité d'un habile artisan.

— Nous avons entendu dire le plus grand bien du travail de frère Mathurin. On prétend que ses vitraux rivalisent en beauté avec les œuvres d'art les plus remarquables. C'est pourquoi nous aurions tant aimé le rencontrer !

Le vieillard saisit la lampe posée sur son pupitre et se dirigea, à pas traînants, vers une bibliothèque aux rayons couverts d'antiques grimoires.

Sans hésiter, il saisit l'un d'entre eux et revint vers ses visiteurs.

— Peut-être l'ignorez-vous, mais ce fut déjà un moine nommé Théophile qui coucha par écrit, au XIᵉ siècle, l'ensemble de la théorie relative à l'art du vitrail. Voici le manuscrit de son œuvre. Il y a maintenant plus de vingt ans, c'est moi qui ai fait découvrir ce texte à frère Mathurin. Mais l'élève a vite dépassé le maître ! Le travail du verre est devenu pour lui davantage qu'une passion, un véritable sacerdoce !

— Nous croyons savoir que Mathurin Loiseul a formé lui-même de remarquables apprentis, intervint Héloïse. On nous a parlé d'un adolescent surnommé l'Angelot.

— Le plus doué des disciples de Mathurin ! s'exclama frère Justin qui sembla retrouver à cette seule évocation un regain de vie. De son vrai nom, Jean Cousin. Le cher enfant a de l'or entre les doigts. Si vous voulez mon avis, il est même encore plus doué que Mathurin au même âge. Si je vous disais que quand il séjourne à l'abbaye, il passe la plupart de ses nuits dans l'atelier ! Tenez ! Sa paillasse se trouve juste ici, dans ce coin-là !

De son bras armé de la lampe, il désigna un angle de la pièce plongé dans la pénombre.

— Vous pouvez nous laisser, mon brave, dit le baron de Conches en s'adressant au frère tourier. Mais je vous serai gré de nous confier votre lanterne. On n'y voit goutte en cette salle !

Demeurés seuls avec l'ancien verrier, Héloïse et Henri de Comballec s'approchèrent du recoin désigné par celui-ci. À la lueur vacillante de la lanterne, ils distinguèrent une paillasse surmontée d'une icône de la Vierge et un établi encombré de croquis.

— Vous pouvez les examiner à loisir, dit frère Justin dans leur dos. Ce sont des tracés exécutés par l'Angelot. Ce garçon a non seulement une main très sûre, mais aussi une imagination débordante. À défaut de le rencontrer, vous pourrez ainsi vous familiariser avec son art. Qui sait? Cela guidera peut-être votre choix pour ces vitraux dont vous souhaiteriez passer commande...

Henri de Comballec se retourna vers le vieil homme. Sa voix restait calme, mais Héloïse qui commençait à le connaître devinait qu'il bouillait intérieurement :

— Je vous suis reconnaissant de vos conseils, mon frère, mais je vous assure qu'il est de la toute première importance que nous puissions échanger de vive voix avec Mathurin Loiseul et son élève. Et puisque vous travaillez avec eux, vous êtes sans doute la personne la mieux placée en cette abbaye pour nous venir en aide. Voyons! Cherchez bien dans vos souvenirs! L'un ou l'autre n'a-t-il pas laissé échapper, au détour d'une phrase, quelque indice au sujet du lieu d'un de leurs futurs chantiers?

Le moine secoua la tête négativement.

— Je vous ai dit qu'ils étaient partis il y a plusieurs semaines. Même s'ils avaient évoqué la chose en ma présence, comment m'en souviendrais-je? Je suis si vieux et si las!

— Je vous en prie, faites un effort ! Il est absolument vital que nous les retrouvions au plus vite !

Le baron avait prononcé ces derniers mots en désespoir de cause, sans se faire d'illusion quant à leurs possibles effets sur la mémoire défaillante du vieillard. Pourtant, ce dernier changea brusquement de physionomie. La peau fripée de son visage devint blême. Il se mit à transpirer et ses yeux papillotèrent comme des insectes affolés.

— Se peut-il..., murmura-t-il comme si les mots lui échappaient. Se... seriez-vous ceux que j'attendais ?

— Que dites-vous ? sursauta Henri de Comballec. Qui attendez-vous ?

Mais le moine ne parut pas l'entendre. Il porta les mains à ses tempes. Assailli de pensées aussi soudaines que contradictoires, il s'efforçait de faire le vide dans sa tête.

— La phrase... si vous êtes bien ceux que je crois, vous... vous devez connaître la phrase...

— Quelle phrase ? gronda le baron qui commençait à perdre patience.

Il se retourna vers Héloïse comme pour la prendre à témoin :

— Du diable si je comprends quoi que ce soit à ce que marmonne ce bonhomme à moitié sénile !

— La phrase de Mathurin... il a dit que si d'aventure des voyageurs le réclamaient, il faudrait leur demander de répéter la phrase... alors seulement je pourrai les mettre sur la voie...

C'était plus que n'en pouvait supporter le fougueux baron. Oubliant qu'il s'était délesté de ses armes à l'approche de l'abbaye, il porta la main à son côté, bien résolu à extirper par le fer les précieuses informations.

— Tudieu ! Si tu sais quelque chose, vieux fou, je te conseille de passer à confesse sur l'heure ou il pourrait bien t'en cuire !

Consciente que la méthode forte n'était sans doute pas la bonne, Héloïse s'interposa :

— Du calme, voyons ! Je suis certaine que frère Justin ne demande pas mieux que de nous aider, mais il ne peut trahir la confiance que son ami Mathurin a placée en lui. Vous dites qu'une certaine phrase a été convenue entre vous deux. Une sorte de mot de passe, c'est bien cela ?

Le vieux moine hocha la tête, tout en coulant un regard craintif en direction d'Henri de Comballec.

— Si vous avez la phrase, je vous répéterai, mot pour mot, l'indication que frère Mathurin m'a confiée. J'ignore moi-même ce qu'elle signifie, mais il m'a affirmé que ceux qui viendraient le demander sauraient comment en tirer parti.

Héloïse réfléchissait à toute vitesse. Il y avait bien une possibilité mais ce serait un vrai coup de chance si cela marchait.

— Cette phrase la voici, risqua-t-elle en affichant une fausse assurance. Puis détachant lentement chaque syllabe : Qu'en ce vitrail, le lys défaille !

Un sourire de soulagement étira les traits émaciés de frère Justin.

— Tels sont en effet les mots que j'attendais ! Vous m'avez fait peur. Un instant, j'ai cru avoir affaire à des imposteurs. Mais si vous connaissez la phrase, c'est que vous êtes bel et bien des amis de Mathurin.

— Assez perdu de temps! le coupa Henri de Comballec. Confiez-nous cette fameuse indication sans délayer plus outre!

Le vieillard, que cette brutale intervention avait désarçonné, marqua un court instant de flottement avant de reprendre de sa voix hésitante :

— L'indication... Oui bien sûr. L'indication... Voilà... voilà donc les propres mots de Mathurin. Tu diras à ceux qui chercheront après moi de me rejoindre sous la protection de la Vierge.

— C'est tout? s'exclama le baron en ouvrant des yeux éberlués. Mais que diantre voulez-vous que nous fassions d'un tel...

Il s'interrompit net. Dans le dos du bénédictin, Héloïse lui désignait quelque chose du menton. Henri de Comballec suivit du regard l'indication et il comprit aussitôt le sens du singulier message laissé par Mathurin Loiseul.

XVIII

Tourments intérieurs

Le roi Louis XII s'avança à pas lents dans la nef remplie par les plus hauts personnages de la Cour. Au même instant, des cloches se mirent à sonner à toute volée. Leur vacarme atteignait son paroxysme quand s'y mêla un son nouveau, une mélodie allant s'amplifiant. C'était un chœur de religieuses qui entonnait un cantique. Leurs voix cristallines montaient le long des piliers, semblant peupler la large voûte du chant de mille séraphins.

Pendant ce temps-là, le roi avait continué d'avancer. Parvenu devant l'autel, il s'agenouilla et inclina sa tête alourdie par la couronne de France. Perdu dans la foule qui se pressait à l'entrée de la cathédrale dont on avait ouvert en grand le portail, Jean Cousin sentit son cœur battre à se rompre. Sautillant sur la pointe des pieds et jouant des coudes, il s'efforçait de ne rien perdre de la scène. De ce point de vue rien ne le distinguait de ceux qui l'entouraient. Mais lui savait que le clou du spectacle ne serait pas celui que tous attendaient.

Son regard fiévreux abandonna le dos du monarque pour se focaliser sur un vitrail placé en hauteur, quasiment à la croisée du transept. À mesure que la cérémonie se déroulait, les rayons du soleil gagnaient sur la surface de verre coloré. Dans moins d'une minute, ils atteindraient le cœur sanglant de l'agneau. Mathurin Loiseul avait refait maintes et maintes fois ses calculs. Il était certain du résultat.

Dans la cathédrale fleurie comme pour la Pâque, un évêque aux vêtements sacerdotaux brodés de fil d'or se positionna devant le roi et lui présenta l'hostie consacrée. L'Angelot tressaillit. Il était trop tard à présent pour arrêter le cours des choses. Le sort du royaume était consommé !

La lumière vive du soleil atteignit le centre du vitrail. Tout d'abord, il ne se passa rien, puis, malgré la distance, le garçon eut la nette impression que le cœur de verre se mettait à bouillonner. On eût dit la lave d'un volcan en fusion. L'instant d'après, une flèche de feu darda sa pointe en direction de Louis XII. La lumière rouge frappa le souverain en pleine poitrine. L'Angelot retint son souffle, tandis qu'une rumeur de stupéfaction parcourait l'assemblée. Cependant, contrairement à ce qui était prévu, le rayon écarlate ne se fixa pas sur la personne du roi. Il se déplaça, courut sur le dallage et perfora la foule qu'un cordon de soldats contenait avec difficulté.

L'Angelot sentit son sang se glacer dans ses veines. Au milieu de toute la populace assemblée, le rayon s'était frayé un chemin jusqu'à lui. Il remontait le long de sa jambe, de son ventre, de son torse. Il le désignait tel un doigt accusateur. Alors, de toutes ses forces, de tout son désespoir, à s'en faire éclater la poitrine, le garçon se mit à hurler !

*

Jean Cousin dit l'Angelot s'éveilla en sursaut. Depuis la fameuse nuit de la révélation, il était rongé par l'angoisse et le même cauchemar revenait sans répit hanter ses nuits. Assassiner le roi ! C'était pure folie ! Seul un esprit dérangé avait pu concevoir un projet aussi délirant !

Peu désireux de s'abandonner à nouveau au sommeil, l'apprenti verrier délaissa sa paillasse et, s'enveloppant dans un long manteau de laine, quitta la petite chambre aveugle qu'il occupait dans les combles de la maison. Lui et Mathurin Loiseul logeaient dans la demeure où s'était tenue la réunion des conspirateurs de la lumière. Ils étaient les seuls à être restés sur place. Les autres maîtres étaient repartis dès le lendemain, chacun trouvant refuge chez des sympathisants des environs, afin de ne pas attirer l'attention.

Le garçon tendit l'oreille. Toute la maisonnée semblait endormie. On n'entendait que le tambourinement obsédant de la pluie contre les tuiles du toit et les volets de bois. Dans le noir, il descendit à tâtons l'escalier et gagna la porte donnant sur l'arrière-cour. Une fois ouverte, celle-ci laissa passer un air froid et humide qui fit frissonner l'apprenti. Il avança cependant d'un pas, s'exposant aux rafales de pluie. Il avait besoin de ce traitement de choc pour apaiser la fièvre ardente qui le consumait.

Depuis qu'il avait été recueilli, orphelin, à l'abbaye de Baume et confié, eu égard à ses talents artistiques, aux bons soins de frère Mathurin, il avait eu maintes fois l'occasion de constater que le moine convers ne ressemblait guère aux autres bénédictins. Il bénéficiait, au sein de la communauté, d'un statut particulier le dispensant de respecter la règle à la lettre. L'abbé, pourtant prompt à imposer son autorité, lui passait bien des excentricités. Très vite, le petit Jean avait dû s'habituer aux tirades enflammées de son maître, à ses périodes d'enthousiasme, d'excitation créatrice, auxquelles succédaient, sans motif apparent, de sinistres épisodes d'abattement. Il s'était fait une raison en grandissant, imaginant que tout artiste développait nécessairement un caractère exalté.

Les choses avaient commencé à vraiment se gâter environ un an plus tôt. Frère Mathurin s'était montré contrarié d'apprendre l'annulation d'une commande de vitraux pour la chapelle du château de Blois. Contre l'avis du père Guillaume Saquenay, il avait expédié une lettre de protestation à l'archevêché de Besançon. Jean Cousin ignorait s'il avait reçu une réponse, mais l'humeur de son maître s'en était trouvée depuis fort assombrie.

Par la suite, il y avait eu ces transactions occultes avec cet alchimiste de Blois. Ce n'était pas sans frayeur que l'Angelot se remémorait la scène nocturne qu'il avait vécue dans l'atelier de ce sinistre sorcier à barbe blanche. Le morceau de verre, la lumière des bougies, le rayon mystérieux, la mort du chien. Tout s'était inscrit avec une rare netteté dans son esprit. Il en était comme marqué au fer rouge.

Encore à ce moment-là pouvait-il confier ses craintes à Barthélemy, un novice également élève de frère Mathurin, de trois ans son aîné. Celui-ci les avait accompagnés jusqu'à Blois. Il avait été témoin lui aussi des effets dévastateurs du pouvoir surnaturel enclos dans le verre. Mais avant de prendre la route pour se rendre à l'assemblée secrète des maîtres verriers, le moine avait renvoyé Barthélemy. Quand Jean s'était hasardé à lui demander l'explication d'un tel éloignement, frère Mathurin s'était contenté d'une réponse sibylline. À l'entendre, ils avaient de nombreux ennemis dont il fallait prévenir et contrecarrer les actions. Ses yeux tandis qu'il prononçait ces mots brûlaient d'une flamme ardente. Il semblait littéralement possédé et cet aspect effrayant avait dissuadé l'Angelot d'insister davantage.

Et puis il y avait eu cette réunion secrète, la prestation de serment et l'incroyable révélation du but ultime poursuivi par frère Mathurin. Un régicide! L'un des crimes les plus monstrueux qui puisse être commis sur cette terre. Pire que d'attenter à la vie de ses propres parents. Assassiner le roi! Oui, il fallait avoir perdu tout sens commun pour fomenter pareil complot!

Cette nuit-là, l'Angelot avait cru que l'un ou l'autre des maîtres-verriers présents autour de la table allait protester. Mais personne ne s'était levé pour dénoncer la folie de son maître. Tout s'était passé comme s'il était le seul à en avoir conscience. Et cette pensée, plus encore que tout le reste, ne laissait pas de lui torturer le cerveau.

XIX

Fiat lux!

Entre matines et laudes[1], deux silhouettes furtives se glissèrent hors du bâtiment abritant l'hôtellerie. Elles longèrent l'édifice sur la gauche en prenant garde de rester dans l'ombre du toit projetée sur le sol. La nuit était d'une pureté de diamant. Un vent glacial soufflait sur les vieilles pierres, agitant les fenêtres et les ardoises en une rumeur continue. Tout à coup, un choc assourdi fit se retourner la silhouette qui venait en second.

— Écoutez ! Ne serions-nous pas suivis ?

Celui qui menait la marche, haussa ses larges épaules.

— Ah non, je vous en prie, ne commencez pas à sursauter au moindre bruit ! L'abbaye tout entière est plongée dans les bras de Morphée. Ce que vous avez entendu n'est rien d'autre qu'un paquet de neige tombant d'une corniche.

Les deux formes reprirent leur prudente progression et firent halte, une dizaine de toises plus

---

1. Entre 3 et 6 heures du matin environ.

loin, devant la porte défendant l'accès à la forge et à l'atelier des verriers. Comme on pouvait s'y attendre, l'huis n'était pas verrouillé et pivota sur ses gonds avec un léger grincement. Une fois entrés à l'intérieur du bâtiment, les deux visiteurs nocturnes observèrent quelques instants d'immobilité silencieuse. Rassuré sur le fait que le lieu était bien désert, le premier d'entre eux battit un briquet et alluma une chandelle tirée de son pourpoint. La faible clarté éclaira par en dessous les visages d'Héloïse et d'Henri de Comballec.

— Nous y sommes ! chuchota le baron avec une pointe d'excitation dans la voix. J'ai hâte de vérifier si votre intuition vous a permis une nouvelle fois de faire mouche.

— Intuition vite partagée ! Je n'ai guère eu besoin d'argumenter pour vous rallier à mon point de vue.

Le fier Breton se fendit d'un sourire conciliant.

— C'est ma foi vrai ! Il a suffi que vous attiriez mon attention sur Elle pour qu'aussitôt je comprenne l'astucieuse devinette de ce damné Loiseul... du moins, c'est ce que je croyais encore, il y a une heure à peine. Mais plus le moment fatidique approche, plus le doute m'envahit. Si nous faisions fausse route, comment retrouver la trace de Loiseul et de l'Angelot ? Car je suis convaincu, comme vous, que frère Justin nous a révélé le peu qu'il savait.

— Inutile de vous ronger les sangs. Nous allons être bientôt fixés. Les confidences du vieux moine nous auront au moins appris une ou deux choses précieuses.

— Lesquelles?

— Premièrement, nos verriers n'ont guère la conscience tranquille. Sinon, pourquoi auraient-ils éprouvé le besoin de coder les informations permettant de les retrouver? Deuxièmement, ils n'agissent pas seuls mais au sein d'une fraternité secrète. Comment expliquer autrement les instructions laissées à frère Justin? Elles ont manifestement pour but de permettre à leurs complices de les joindre à tout moment.

Henri de Comballec dut admettre en son for intérieur que le raisonnement de la jeune femme se tenait. Restait maintenant à vérifier si elle avait deviné juste et si la protection de la Vierge leur livrerait le secret des conspirateurs.

L'un derrière l'autre, ils descendirent l'escalier de pierre, prenant garde à ne pas glisser sur les marches irrégulières. En bas, l'atelier des verriers était tel qu'ils l'avaient laissé quelques heures plus tôt. Sans perdre de temps, ils dirigèrent leurs pas vers l'angle où se trouvaient le galetas et l'établi de l'Angelot.

La flamme de la bougie accrocha les dorures et les couleurs à demi éteintes de l'icône pendue au mur. C'était un panneau en bois de forme carrée. Chaque côté comptant une quinzaine de pouces.

— Marie, mère de Dieu, murmura le baron avec recueillement, comme s'il s'apprêtait à réciter une prière. Cela paraît tellement évident. C'est presque trop simple!

Héloïse s'approcha résolument du tableau.

— Les cachettes les meilleures ne sont pas toujours les plus compliquées. Allons, éclairez-moi bien ! Nous allons tout de suite savoir...

Le capitaine leva haut son bras muni de la bougie. Déjà Héloïse empoignait l'icône à deux mains et la décrochait du mur. Une terrible déception se peignit sur le visage du soldat.

— Pas la moindre cache ! Évidemment cela aurait été trop beau !

Saisissant une dague qu'il avait eu la précaution d'emporter pour cette équipée nocturne, il entreprit de sonder la paroi à l'emplacement du tableau.

— Peine perdue ! grommela-t-il. Le mortier de jointure est intact et aucune pierre ne semble avoir été descellée. Nous avons fait fausse route. Sous la protection de la Vierge... C'était pourtant si tentant d'imaginer tenir la solution !

— Et nous n'avions peut-être pas tort, mais vous êtes aussi prompt à vous désillusionner qu'à vous enflammer. En parlant de la protection offerte par la Mère de Dieu, Mathurin Loiseul ne voulait pas dire « sous » le tableau » mais « derrière » celui-ci.

Tout en parlant, Héloïse avait retourné le cadre qu'elle tenait toujours en main. Au verso, au lieu du bois brut qu'on se serait attendu à voir, le panneau était tendu d'une matière d'apparence duveteuse.

— Du papier de drap ! s'exclama Héloïse avec un accent de triomphe. Et le papier étant fait pour y écrire des mots, voyons un peu ce que celui-ci va nous dire !

Elle déposa l'icône sur l'établi, face peinte en dessous, et emprunta la dague de son compagnon. De la pointe, elle découpa soigneusement la feuille de papier sur tout son pourtour et la retourna. La surface était vierge, excepté quelques signes tracés juste sous le bord supérieur :

Gn 1,3

— La récolte est bien maigre, soupira Henri de Comballec.

— Homme de peu de foi ! répliqua Héloïse, moqueuse. L'indication est d'une telle orthodoxie qu'elle en est lumineuse. Livre de la Genèse, chapitre 1, verset 3 ! Regardez donc un peu sur les rayons de la bibliothèque derrière vous. En un lieu tel que celui-ci, il ne devrait pas être trop difficile de mettre la main sur une Bible !

Effectivement, il ne fallut guère plus d'une poignée de secondes au baron pour dénicher une version imprimée de la Vulgate[1] . Il tourna à la hâte quelques pages et lut à haute voix :

— «*Dixitque Deus : fiat lux ! Et facta est lux.*»

— Alors Dieu dit : que la lumière soit ! Et la lumière fut, traduisit Héloïse. Décidément, ce Mathurin Loiseul aime les énigmes !

— La peste soit de ce maudit moine ! Nous voilà bien avancés ! Comment pourrions-nous retrouver sa trace à partir de ces quelques mots ? Bien qu'il

1. Désigne la version latine de la Bible, traduite par saint Jérôme, entre la fin du ɪᴠᵉ et le début du vᵉ siècle.

m'en coûte de devoir le reconnaître, je crois bien que notre mission va tourner court avant même d'avoir réellement commencé!

Loin de céder au même découragement, Héloïse réfléchissait. Il était évident que Mathurin Loiseul avait concocté une énigme à double détente. Partant de là, il fallait tenter de deviner le sens caché de cette citation biblique. En invoquant la « protection » de la Vierge, le maître-verrier avait montré un certain penchant à jouer avec les mots et c'était assurément un homme qui avait de la suite dans les idées... Soudain, la jeune femme crut avoir compris. Elle porta la feuille de papier à son nez et la huma comme l'aurait fait un chien de chasse. Un sourire triomphal éclaira son visage.

— Tenez! dit-elle en tendant le parchemin au baron. Vous ne sentez rien?

Décontenancé, Henri de Comballec renifla avec un air circonspect.

— Si, peut-être... une vague odeur d'oignon... mais je ne vois pas en quoi cela...

— La lumière, l'interrompit Héloïse, cela évoque ce qui éclaire. C'est la raison pour laquelle, de tout temps, les hommes y ont vu le symbole de la vérité. Mais c'est aussi une source de chaleur! Eh bien, que la lumière soit donc!

Ayant prononcé ces mots, elle saisit la chandelle que le baron avait déposée sur l'établi et en promena lentement la flamme sous la feuille de papier.

— Le jus de certains végétaux présente la particularité de pouvoir être utilisé pour écrire des correspondances secrètes. Une fois séché, il est absolument indétectable et seule une source de chaleur permet de révéler les lettres tracées. On trouve de nombreuses recettes de ces encres invisibles dans les ouvrages anciens.

Sous l'effet de la flamme, des lettres noirâtres apparaissaient peu à peu et formaient de nombreuses phrases à la suite de la référence biblique :

Pour progresser sur la voie de lumière,
Il te faudra quitter tes père et mère
Et n'écouter pendant que tu chemines
Que le seul battement de ta poitrine.
Dos au Levant, remonte à l'origine,
Et puisque ici-bas rien n'est impossible,
En la chapelle, sous la fleur des rois
Fais retentir, de cet ange, la voix.
Tln esorl nncuoh nloei
Oes tusae tesmme eevim

— C'est... c'est extraordinaire ! s'extasia Henri de Comballec. Je vous fais compliment, Héloïse. Vous êtes la personne la plus... ingénieuse qu'il m'ait été donné de rencontrer !

— Comme je le disais, poursuivit la jolie rousse d'un ton docte, sans paraître remarquer que le baron venait pour la première fois de l'appeler par son prénom, on peut avoir recours à divers sucs. Le jus de citron soumis à la flamme donnera une couleur brune, celui de cerise une couleur verdâtre. Mais ainsi que le laissait prévoir la faible odeur dont le papier était encore imprégné, ici, c'est le jus d'un oignon qui a été utilisé.

Après un espace, les lignes d'écriture reprenaient :

Afin d'être assuré que ton pas ne s'égare,
Repère aux confins la pyramide isolée
Où repose l'ami du premier des Césars
Et le champ qu'aucun soc ne creusera jamais.
Si la camarde maintenant te fait escorte,
Ce n'est point fortuit mais pour te prêter main-forte.
Le nom de son vainqueur, il te faudra rallier
Pour nommer le sculpteur du Christ en Majesté.
Uzyel uahjg jmufj kh

— Nous ne sommes pas au bout des difficultés, fit remarquer le baron qui lisait par-dessus l'épaule de sa compagne. Je ne comprends absolument rien à tout ce galimatias !

— À chaque moment suffit sa peine ! Nous avons mis assurément la main sur un document d'importance. Pour cette nuit, nous nous en contenterons. Après un bon sommeil, il sera bien temps de voir comment en tirer le meilleur parti.

La chaleur dégagée par la chandelle menaçait à présent à chaque instant d'enflammer le parchemin. En plusieurs endroits, celui-ci avait roussi et il avait fallu toute la dextérité d'Héloïse pour éviter de réduire en cendres leur précieuse découverte. En prenant mille précautions, la jeune femme parvint à faire apparaître une douzaine de lignes supplémentaires :

Si tu as suffisamment de bon sens, crois-moi,
Tu en trouveras sept formant son ancien nom.

Alors, sans perdre le nord, quitte ta maison
Et poursuis ta route entre les fous et les rois.
À partir de là, ne te soucie plus
Du sens mais remets ton destin à la
Seule rose des quatre vents. Trouve le symbole
Perdu de Sa maison. Là, le précieux sang
Attend son maître. Va à la source divine
Et bois le calice qui redonne la vie
En faisant cela tu te montreras digne de
Ceux qui t'ont précédé dans la voie.

Le parchemin était désormais bien rempli. Seul le dernier tiers inférieur n'avait pas encore était soumis à l'épreuve de la flamme.

— Mieux vaut en rester là, décréta Héloïse en essuyant la sueur qui perlait à son front. Le papier est brûlant et il serait imprudent de vouloir dévoiler tout de suite le reste du message. Je vous propose d'emporter ceci dans notre chambre et d'en recopier le contenu.

— C'est plus raisonnable en effet, concéda Henri de Comballec. Et puis je gage que nous aurons besoin d'être au mieux de nos capacités pour décrypter ces vers abscons. Nous avons beau être en un lieu voué au Très-Haut, cette littérature ne sent pas seulement l'oignon, elle dégage aussi une détestable odeur de soufre !

Comme pour conjurer ces dernières paroles, Héloïse se signa devant l'icône de la Vierge avant de la raccrocher à son emplacement initial.

XX

Le chariot d'Éros

Allongé sous un chariot stationné entre deux tentes, la Ficelle se trouvait aux premières loges pour apprécier à leur juste valeur les dernières prouesses des plus fidèles lieutenants de Louis d'Ars. Mais l'ennemi, cette fois-ci, n'était ni espagnol ni allemand et portait, pour toute cuirasse, moult jupons et corsets. C'était une pleine charretée de ribaudes, esgambilleuses[1] et fessues à souhait, qui venait d'investir le campement de la compagnie. Elles étaient arrivées au milieu de l'après-midi, montées sur un charroi ouvert et pavané de faveurs multicolores. La mère maquerelle qui menait l'équipage, chairs flasques et rides colmatées au blanc de céruse, avait distribué des baisers à la ronde tout en vantant d'une voix de stentor les charmes de ses filles. La bougresse ne manquait ni d'imagination ni de bagout. À l'entendre, ses protégées n'étaient pas de vulgaires bordelières mais d'habiles courtisanes qui avaient

---

1. Lubriques. Littéralement, promptes à écarter les cuisses.

mignonné les plus grands noms d'Italie. Et la maquerelle d'évoquer dans un joyeux désordre les délices de Capoue, les débauches du *Décaméron*, les muses cachées de Boccace et les nuits licencieuses de la Rome papale.

Rongés par l'inaction et délavés par les pluies incessantes, les chevaliers de France se seraient enflammés pour moins que ça. Cela faisait près de quatre jours qu'ils campaient sur les rives fangeuses du Garigliano. Dans l'incapacité d'en franchir le cours tumultueux, ils en étaient réduits à suivre, impuissants, les mouvements de l'armée espagnole sur la rive opposée. Autant dire que la perspective de trousser quelque donzelle point trop farouche s'était offerte à eux comme un excellent exutoire et qu'ils n'avaient point boudé leur plaisir. Ils s'étaient jetés sur la carriole enrubannée avec toute la fougue qu'ils déployaient d'ordinaire pour investir une place ennemie.

En cet assaut, comme en d'autres plus périlleux, Pierre de Tardes dit le Basco s'était montré le plus impétueux. Le joyeux compagnon avait jeté son dévolu sur deux donzelles qu'il avait saisies à bras-le-corps, une sous chaque épaule, pour les emporter jusqu'à un chariot de l'intendance. Ce même chariot sous lequel la Ficelle, présentement aux anges, pouvait juger de l'enthousiasme et de la vigueur de son mentor aux grincements des essieux et rebonds désordonnés de la caisse suspendue. À ces manifestations évidentes de la furia française s'ajoutait un concert éloquent de gémissements et de râles qui commençait à échauffer bougrement les sens de l'adolescent.

La Ficelle se tortilla pour soulager la tension qu'il sentait naître au niveau de son bas-ventre. Se contenter du son sans pouvoir jouir du spectacle était en définitive par trop frustrant. Il entama donc une rapide reptation pour atteindre le flanc droit du chariot et se hissa sur le moyeu de la roue arrière. Une fois bien installé, il entreprit de découper à l'aide de sa dague l'épaisse toile huilée. Le spectacle qu'il découvrit en glissant un œil par la fente ainsi ménagée le fit hoqueter d'excitation.

Se détachant en gros plan, à moins de quatre pieds de son propre visage, le cul poilu du Basco montait et descendait entre deux colonnes de chair blanche. La Ficelle mit quelques secondes à réaliser qu'il s'agissait des longues jambes dressées en l'air d'une fille brune que culbutait son hardi compagnon. Il n'en prit vraiment conscience qu'en apercevant, derrière le rempart de la robe remontée autour de la taille, le visage énamouré de la belle. Celle-ci regardait son amant avec passion, la bouche entrouverte, tour à tour haletant ou lâchant des bordées de mots crus. De l'autre côté, une blonde bien en chair, le visage poupin mais plutôt agréable, tendait à pleines mains ses mamelles imposantes au jouteur infatigable. Pourtant déjà bien occupé par ailleurs, ce dernier ne se privait pas de gober chaque mamelon l'un après l'autre, pareil à un nourrisson jamais rassasié.

À la vue de ce délicieux tableau, la gorge de la Ficelle s'assécha d'un coup et il eut la sensation que ses hauts-de-chausses devenaient subitement trop étroits. Bien sûr, à quatorze ans révolus, élevé de surcroît à la campagne, il avait déjà eu l'occasion de voir des femmes nues. Dans son Poitou natal, il avait embrassé sur la bouche nombre de ses petites camarades de jeu. L'une d'entre elles lui avait même permis une fois de caresser sa poitrine qu'elle avait menue et haut perchée. Il gardait en mémoire le souvenir d'une douceur ineffable et l'incroyable sensation des tétons durcissant sous ses doigts. Mais jamais – au grand jamais ! – il n'avait eu l'opportunité d'observer un couple en train de forniquer. Ici, la présence d'une seconde femme ajoutait à la scène un parfum d'interdit qui pimentait la chose et lui fouettait les sangs. Tout à sa contemplation, l'adolescent ne put retenir une plainte qui était à la fois de désir et de contrariété.

Alertée par le bruit, la putain blonde tourna la tête en direction de la Ficelle. Découvrant le visage juvénile et la fente dans la toile du chariot, elle pouffa et agita ses seins dans un geste d'invite obscène

— Eh bien, mon mignon ! Toi aussi, tu veux ta part de paradis ! Rejoins-nous donc au lieu de te destourber les mirettes, je te promets que tu auras ton content !

Pris au dépourvu, la Ficelle n'eut pas la présence d'esprit de s'escamoter. Déjà le Basco avait roulé sur le côté, brandissait le poing dans sa direction et poussait un rugissement hargneux :

— La Ficelle! Maudit fils à putain! Si je t'attrape, je te grollerai tellement le croupion que la merde te sortira par les yeux!

Peu désireux d'éprouver la capacité du rude gaillard à joindre le geste à la parole, la Ficelle dégringola de son perchoir et déguerpit sans demander son reste.

Les trombes d'eau qui s'étaient abattues sur le camp ces quatre derniers jours avaient fait place à de courtes averses. Cependant, les allées entre les tentes étaient toujours de véritables bourbiers, auxquels s'ajoutaient toutes sortes de déjections animales, de nourritures avariées et d'ordures jetées par les fourriers des différentes compagnies. L'adolescent n'avait pas parcouru dix toises dans ce cloaque répugnant qu'il tomba sur une autre occasion de jouer les espions, occupation dont il ne se lassait somme toute jamais. Deux voix familières lui parvinrent en effet de sous l'auvent d'une tente dressée au sommet d'un petit tertre. Il reconnut sans peine l'accent rocailleux de Bellabre et le timbre à la fois doux et déterminé du chevalier Bayard.

Incapable de résister à la tentation, l'adolescent s'approcha et, dissimulé derrière l'affût d'une couleuvrine, se mit sans vergogne à épier la conversation des deux amis.

— Je ne te comprends pas, disait Bellabre. Pourquoi ne prends-tu pas un peu de bon temps comme les autres camarades? La vie est courte, surtout quand on la passe à guerroyer! Il faut profiter des belles occasions quand elles se présentent! Qui sait si demain, nous ne répandrons pas nos entrailles fumantes sur le champ de bataille!

— Ta sollicitude me touche, Bellabre. Mais j'accorde trop de prix à l'acte de chair pour le commettre avec une dame à laquelle ne m'attacherait pas un doux sentiment.

— La peste m'étouffe! Mais à t'écouter, il faudrait attendre d'avoir trouvé chaussure à son pied pour se divertir au bal! Qui te parle d'amour, grand sot? C'est pure hygiène que de dégorger ses humeurs avant qu'elles ne vous amollissent. Tous les médecins te le diront!

— J'ai souventes fois observé que ces demi-savants s'y entendent fort mal à démêler des choses du corps.

— Si encore, ton cœur était engagé, je voudrais bien admettre que tu ne te joignes pas à nos franches ripailles. Mais tel n'est pas le cas!

— Qu'en sais-tu, Bellabre?

Un court silence s'installa entre les deux hommes. Bellabre le rompit en balbutiant. Il donnait l'impression de ne pas oser poser la question qui lui brûlait les lèvres.

— Tu... tu veux dire... enfin, tu prétends que... que tu serais amoureux? Et peut-on savoir le nom de l'heureuse élue?

— Sais-tu garder un secret, mon ami?

Le ton solennel sur lequel Bayard formula sa question fit frétiller d'aise la Ficelle. Il avait rudement bien fait de s'embusquer et de tendre l'oreille. Il allait avoir de l'inédit à dévoiler à ses

compagnons, de quoi distraire le Basco de ses vel-
léités de bastonnade.

— Je serai muet comme une carpe, rétorquait
Bellabre en adoptant la même gravité que le chevalier. Que je sois damné si je manque, ne serait-ce
qu'une seule fois, à ma parole !

— Elle s'appelle Héloïse et habite Amboise où
elle tient commerce d'apothicairerie.

— Une femme apothicaire ? Mais cela ne s'est
jamais vu !

— Elle est d'une beauté sans pareille et ses yeux
pétillent d'intelligence, continuait Bayard d'une
voix songeuse, sans même prendre garde à l'in-
terruption de son compagnon. Ses lèvres sont des
coquelicots épanouis, ses cheveux ont la rousseur
des blés dans les lueurs du couchant, son rire ressemble au ruissellement cristallin d'une cascade.

— Rien que ça ! s'exclama Bellabre, ironique. Je
te le confirme, mon Pierre : cette belle a trouvé le
défaut de ta cuirasse. Te voilà captif comme l'oi-
sillon en la glu ! À quand les accordailles ?

Bayard répondit par un gémissement douloureux :

— Hélas ! Cela ne se peut !

— Comment donc ?

— Ce serait trop long à t'expliquer et le vou-
drais-je que je ne pourrais te livrer tous les détails,
qui touchent à la sécurité du royaume. Sache simplement qu'un serment m'interdit pour toujours
de déclarer ma flamme à Héloïse.

— Un serment fait... à une autre femme ?

— Oui.

— Mais pourquoi t'es-tu engagé auprès d'une autre si c'est cette Héloïse que tu aimes?

— Je n'avais pas le choix. Pourtant je savais qu'en faisant cela, j'allais perdre la seule dame qui fait battre mon cœur.

— Bast! Qu'importe la parole engagée à la légère auprès d'une donzelle! Ces foutues femelles s'y entendent pour vous tournebouler la tête! Si tu m'en crois, oublie cette autre fille et cours, à la première occasion, rejoindre ton Héloïse!

— C'est impossible! se lamenta Bayard.

— Et pourquoi donc?

— Parce qu'il ne s'agit pas d'un serment d'amour et que c'est auprès de la reine que j'ai engagé ma parole!

Il y avait un tel désespoir dans ces dernières paroles que Bellabre ne sut comment réagir et que la Ficelle, toujours dissimulé derrière sa couleuvrine, se sentit tout honteux d'avoir surpris pareil désarroi.

XXI

À cœur vaillant...

Ajoute à ton tracé, de l'arbre, les grands rois
Et rends à César ce qui lui revient de droit.
Kitdca.uwva
Souviens-toi de qui t'a conduit céans
Et trouve dans la pierre son pendant.
Dans la tourelle ajourée
Élève-toi de trente degrés
Et vise droit pour aller de l'image sainte
Au lieu où, depuis, la couronne fut ceinte.

Entre troisième et quatrième, place tes pas
Et suis les noires pierres.
Des quatre, délaisse la corde et l'équerre,
Alors au centre de l'O, tu trouveras

Héloïse reposa sa plume après avoir recopié
les dernières phrases du parchemin trouvé dans
l'atelier de frère Mathurin. L'ensemble formait un
long poème hermétique dont, pour l'heure, pas
un seul vers ne lui apparaissait compréhensible.
Elle se retourna vers l'intérieur de la pièce éclairé
par le pâle soleil du matin. Henri de Comballec et

son écuyer Robin étaient penchés sur la première partie du texte. Depuis plus d'une heure, ils s'efforçaient de trouver un sens au message laissé derrière lui par Mathurin Loiseul. À en juger par leur mine déconfite, ils n'avaient guère progressé dans leur tentative de décryptage.

— Je renonce, soupira le gentilhomme breton en tapant du poing sur la table. Ce satané moine a l'esprit bien trop tordu pour moi !

— Pas la moindre piste ? interrogea Héloïse.

Ce fut Robin, le nez toujours sur le parchemin, qui répondit :

— Le premier quatrain encore, ça va. Le texte dit : « Pour progresser sur la voie de lumière, il te faudra quitter tes père et mère. » Si on part du principe qu'il s'agit d'un itinéraire codé permettant de rejoindre les conjurés, l'interprétation coule de source. La voie de la lumière, c'est bien sûr celle suivie par Loiseul lui-même, un maître-verrier ! Pour un moine, le substitut d'une mère est son abbaye et l'autorité paternelle représentée par l'abbé. Conclusion : si nous voulons mettre la main sur frère Mathurin et sur l'Angelot, il faut quitter Baume-les-Moines. Nous avons la confirmation qu'ils ne se trouvent plus ici. Et dans quelle direction chercher ? La suite du poème nous éclaire. N'écouter que « le seul battement de ta poitrine ». Cela ne peut signifier qu'une chose : choisir le côté du cœur. Il faut donc suivre le ruisseau du Dard qui s'écoule à main gauche en quittant l'abbaye. Indication confirmée par le vers suivant qui nous invite à tourner le « dos au Levant », c'est-à-dire à nous diriger vers l'ouest. Évidemment, ensuite, ça se complique quelque peu...

Héloïse battit des mains.

— Félicitations, Robin! C'est un excellent début! En unissant nos efforts, nous devrions pouvoir décoder la suite.

— Désolé, intervint Henri de Comballec, mais je crains fort de ne vous être d'aucun secours en la matière. Ces devinettes mettent ma patience à bout. J'ai bien envie de tenter autre chose...

— À quoi pensez-vous?

— La cloche vient de sonner pour l'office de tierce. Je vais me rendre à l'église. Là, je devrais trouver sans mal frère Justin. Je lui montrerai discrètement la copie du poème, évidemment sans lui dire comment je me la suis procurée. Il est possible que certains vers évoquent quelque chose pour lui et qu'il puisse ainsi nous mettre sur la voie.

— Comme vous voudrez, répliqua la jeune femme. Les chances que ce vieux moine puisse nous être d'une aide quelconque me semblent, à vrai dire, minimes. Mais l'expérience mérite d'être tentée.

Le baron éprouva un vif soulagement à pouvoir remuer sa grande carcasse. Habitué à la vie en plein air et aux exercices guerriers, il avait horreur de demeurer trop longtemps cloîtré dans une chambre à faire fonctionner ses méninges. L'action lui convenait davantage.

Il quitta donc la pièce d'un pas alerte et dévala quatre à quatre les marches desservant l'étage de l'hôtellerie réservé aux visiteurs de marque. Dans la cour, l'air frais du matin lui procura une sorte de griserie et il envisagea l'avenir sous un jour plus favorable. Ce Justin parlerait, d'une façon ou d'une autre, et il pourrait ainsi démontrer à Héloïse qu'il était lui aussi capable de faire progresser leur enquête.

L'esprit léger, il dirigea ses pas vers le portail sculpté de l'église et admira au passage le délicat bas-relief représentant Dieu le Père encadré des statues de saint Paul et saint Pierre, les patrons de l'ordre clunisien. L'édifice religieux de style roman avait été construit au xie siècle mais avait bénéficié, quelques décennies auparavant, d'importants embellissements. Le portail magnifique en était un des exemples les plus remarquables. L'ensemble témoignait de la richesse et de la puissance de l'abbaye. Celle-ci contrôlait plusieurs prieurés et des dizaines de paroisses. Elle possédait des vignes sur les coteaux du Jura, des exploitations de sel à Lons-le-Saunier et une douzaine de moulins sur les rivières des environs. En dépit de son tempérament impétueux, Henri de Comballec avait passé trop d'années à la Cour, dans la suite de la reine, pour ne pas être rompu aux subtilités de la diplomatie. Sa détermination à tirer les vers du nez de frère Justin devait prendre en compte le pouvoir temporel du père abbé. Bien qu'il lui en coûtât, il allait devoir avancer ses pions avec circonspection.

À l'intérieur de l'église, il faisait encore très sombre. Les quelques cierges allumés ne suffisaient pas à compléter les maigres rais de lumière hivernale qui tombaient des étroites fenêtres en ogive. Le baron s'avança dans la pénombre d'un bas-côté, tout en observant, entre les massifs piliers de pierre brute, l'importante assemblée des fidèles qui se tenaient dans la nef. Il y avait là essentiellement les serviteurs de l'abbaye, mais aussi quelques pèlerins hébergés à l'hôtellerie et de nombreux paysans des environs venus en famille.

Sans s'attarder, Henri de Comballec se rapprocha de la croisée du transept. Officiant devant l'autel, il reconnut le père Guillaume Saquenay revêtu de ses ornements sacerdotaux. Les autres moines se tenaient assis dans leurs stèles, disposées de part et d'autre du chœur. Il les scruta un à un. Le manque de clarté l'obligea à consacrer de longues minutes à ce patient examen. Mais au bout du compte, il avait acquis la certitude que frère Justin ne se trouvait pas parmi les membres de la communauté. Où pouvait-il bien être ? Selon la règle de saint Benoît, la présence aux offices était obligatoire. Seuls pouvaient en être dispensés les moines malades ou ceux qui s'étaient vu confier une tâche précise. Ou bien encore ceux que leur fonction appelait ailleurs, comme le frère tourier ou celui chargé des cuisines. Cela n'était manifestement pas le cas de frère Justin. Il aurait dû être là.

Cette pensée tourmenta le baron pendant tout l'office. Et s'il mêla sa voix aux prières et aux répons de l'assistance, ce fut de façon automatique.

Sans vraiment avoir conscience de ce qui se passait autour de lui.

Le service à présent touchait à sa fin. Henri de Comballec sortit de son état méditatif. Il patienta néanmoins jusqu'à ce que l'église soit quasiment vidée de toute présence, puis s'approcha d'une porte latérale située juste à l'amorce du transept sud. Dans une petite salle voûtée tenant lieu de sacristie, le père abbé se défaisait de son étole et de son aube immaculée, aidé par un jeune novice.

— Je vous souhaite une bonne journée, mon père, dit-il en affectant un air de ravissement un peu niais. Quel cadre splendide pour faire résonner la parole divine ! On m'avait vanté la beauté de votre église, mais j'avoue que je ne m'attendais pas à un tel déploiement de merveilles !

— Ah ! C'est vous, messire Fleuremange ! Oui, nous bénéficions des largesses d'un de mes prédécesseurs. C'est l'abbé Aime de Chalon qui a passé commande de la plupart des statues que vous pouvez admirer dans l'église. Elles ont été exécutées par les plus habiles sculpteurs bourguignons.

— En revanche, je suis étonné de ne presque pas y voir de vitraux. Vous qui abritez l'un des ateliers les plus réputés en la matière !

Le père abbé désigna de la main la porte ouverte par laquelle se distinguait une partie de la nef.

— Cela tient à l'époque de construction de notre église, expliqua-t-il. Il était alors impossible d'ouvrir de larges fenêtres dans les murs, sous peine de fragiliser la solidité de tout l'édifice. Comme vous avez pu sans doute le constater, ici, les parois sont très épaisses et la lumière du jour pénètre mal. Obscurcir les rares fenêtres avec des vitraux plongerait ce lieu sacré dans une pénombre perpétuelle. Cela ne se peut envisager. À propos, avez-vous pu vous entendre avec frère Justin au sujet de votre commande?

En son for intérieur, Henri de Comballec jubila. Il n'avait évoqué l'absence de vitraux dans l'église que dans l'espoir de voir l'abbé mentionner de lui-même le nom du vieux moine.

— Disons que nous avons arrêté les éléments essentiels du projet. Toutefois, je m'interrogeais encore sur certains détails techniques et souhaitais consulter frère Justin à ce sujet. Je pensais le voir durant l'office mais il m'a semblé qu'il n'était pas là...

Le regard de l'abbé s'assombrit.

— Hélas! Notre malheureux frère a été victime d'un grave malaise durant la nuit. Nous avons été contraints de le transporter dans le local qui nous sert d'infirmerie.

— Je suis navré de l'apprendre, enchaîna le baron en s'efforçant de masquer sa contrariété. J'espère du moins qu'il se remettra rapidement.

— Le Seigneur seul peut en décider! Nous allons tous prier pour lui. Mais frère Justin a atteint un âge où la vie est assez semblable à la faible clarté d'une bougie. Le moindre courant d'air peut suffire à en souffler la flamme.

— Pensez-vous qu'il me soit possible de lui parler un bref instant?

— Je crains que cela ne puisse se faire. Frère Justin a craché du sang une bonne partie de la nuit. Il est terriblement affaibli et notre moine médecin a recommandé pour lui le repos le plus absolu.

— Ce ne sera pas long. Juste quelques mots. Mon épouse et moi ne pouvons séjourner plus de quelques jours parmi vous. Nous sommes déjà si déçus de n'avoir pu rencontrer Mathurin Loiseul !

L'ecclésiastique sursauta et fronça les sourcils. Il semblait choqué par l'insistance de son interlocuteur.

— Vous n'y pensez pas ! Je viens de vous dire que notre frère se trouvait au plus mal. Qui plus est, l'infirmerie se trouve dans la partie de l'enceinte qui est rigoureusement interdite aux laïcs !

Le ton employé n'admettait pas la moindre réplique. Henri de Comballec se mordit les lèvres et battit en retraite. « La malemort emporte ces moines obtus, leur abbaye et tous les vitraux de la terre ! » songea-t-il en regagnant l'hôtellerie, vert de rage et de dépit.

Il venait à peine de franchir le seuil de la chambre qui leur avait été assignée que Robin se jetait sur lui dans un état d'excitation extrême.

— Ça y est ! s'exclama l'écuyer. Maîtresse Sanglar a réussi à décoder le début du texte ! Nous savons où trouver Mathurin Loiseul et l'Angelot !

L'annonce était si inattendue que le baron oublia sur l'instant sa récente déconvenue. Il se tourna en direction d'Héloïse.

— C'est vrai? Vous y êtes parvenue? Mais comment diable avez-vous fait?

— Tout le mérite en revient à Robin, répondit la jeune femme avec modestie. C'est lui qui m'a orientée dans la bonne direction, tout à l'heure, en parlant du cœur. Mais prenez le temps de vous asseoir. Je vais vous expliquer.

Brûlant d'impatience d'en savoir plus, le baron s'installa à la table, devant le parchemin roussi par les flammes. Héloïse se pencha à côté de lui et pointa du doigt la première strophe du poème.

Pour progresser sur la voie de lumière,
Il te faudra quitter tes père et mère
Et n'écouter pendant que tu chemines
Que le seul battement de ta poitrine.
Dos au Levant, remonte à l'origine,
Et puisque ici-bas rien n'est impossible,
En la chapelle, sous la fleur des rois
Fais retentir, de cet ange, la voix.
Tln esorl nncuoh nloei
Oes tusae tesmme aevim

— Je ne reviens pas sur la signification des deux premiers vers. Robin nous en a donné ce matin une explication tout à fait convaincante. Il nous a aussi orienté avec pertinence sur le cœur à partir de la référence aux «battements de la poitrine», d'où sa conclusion que nous devions quitter l'abbaye en nous orientant vers l'ouest. Mais je me suis dit que Loiseul ne pouvait s'être contenté d'une vague direction. L'indication était nécessairement plus précise.

— Peut-être dans le reste du poème..., hasarda Henri de Comballec.

— Je ne le pense pas. Le texte est beaucoup trop long pour désigner un seul endroit. De plus, Loiseul ne pouvait savoir avec certitude à quel moment ses complices chercheraient à le joindre. Ceci me conduit à penser que chaque strophe du poème désigne l'une des étapes d'un itinéraire suivi par notre maître-verrier.

— Pourquoi alors ne pas nous occuper directement de la dernière strophe et cueillir Loiseul à la fin de son périple?

— Il y a au moins deux bonnes raisons à cela. Premièrement, les desseins précis du moine nous demeurent inconnus. Comment être certains, dès lors, qu'il n'aura pas commis l'essentiel de ses crimes durant son parcours? Deuxièmement, même si nous ignorons encore le sens de la plupart des vers, il semble bien qu'à chaque étape nous ayons besoin d'effectuer des recherches sur place pour pouvoir poursuivre. Ainsi, à lire la première strophe, une fois atteinte une certaine chapelle, nous devrons faire retentir la voix d'un ange.

— Cela se tient, acquiesça le capitaine breton en se frottant pensivement le menton, même si je ne vois pas comment nous pourrions accomplir un tel prodige. Mais admettons! Restons-en donc au début du poème.

— Comme je le disais à l'instant, la suite de la première strophe laisse supposer que le lieu à trouver est une chapelle. Pour découvrir laquelle avec certitude, il faut que le texte nous y mène tout droit. Je me suis donc dit que, de nouveau, ce roué bénédictin avait dû jouer avec le sens des mots.

— Comment cela?

— Le mot cœur peut désigner la direction gauche, c'est entendu. Mais quelle autre signification pourrait-il avoir? Voilà la question que je me suis posée. Plusieurs idées me sont venues à l'esprit mais rien de concluant. Et puis, tout à coup, un autre groupe de mots a retenu mon attention.

— Lequel?

— «… ici-bas rien n'est impossible». Je me suis souvenue que c'était une partie de la devise d'un homme illustre.

— Cœur! Jacques Cœur! s'exclama Henri de Comballec avec enthousiasme. Le grand argentier de feu le roi Charles VII! Sa maxime était : «À cœur vaillant, rien d'impossible!»

— Exactement! confirma Héloïse qui s'amusait de voir le fier capitaine se prendre au jeu. Un homme du peuple qui, par la seule force de son talent, se hissa jusqu'au sommet de l'État avant de succomber aux calomnies et de tomber en disgrâce. Mon père me l'a souvent cité en exemple. Jacques Cœur fit fortune en développant de fructueuses activités commerciales et fonda le comptoir du Levant. Dès lors, comme vous le voyez, tout se tient.

— Mais bien sûr! «Dos au Levant, remonte à l'origine» signifie non seulement que nous devons partir vers l'ouest, mais remonter à l'origine de la fortune de Jacques Cœur, là où il a établi sa première compagnie, là où il est né, c'est-à-dire...

— En la bonne ville de Bourges! compléta Héloïse sans pouvoir réprimer un sourire triomphal.

À la suite de cette discussion, Henri de Comballec résolut de prendre la route le jour même. Cette décision tempéra quelque peu l'enthousiasme d'Héloïse. Si la jeune femme s'était prise au jeu du décryptage du parchemin, elle n'avait pas vraiment envisagé les conséquences de leur découverte. À présent, elle réalisait que la traque des verriers ne faisait que commencer et qu'il était impossible d'en prévoir la fin. La pensée qu'elle pouvait rester encore longtemps éloignée d'Amboise et de sa chère apothicairerie la contrariait. Et puis, si elle voulait être tout à fait honnête avec elle-même, la crainte de s'engager dans une partie dangereuse nourrissait aussi ses réticences. Elle n'avait pas oublié les circonstances dramatiques ayant accompagné le meurtre de maître Barello. Les hommes dont ils suivaient la trace étaient capables du pire. Cependant, malgré ses doutes et ses inquiétudes, elle ne tenta pas de résister à la volonté de Comballec. Elle était assez fine mouche pour comprendre que cela aurait été inutile.

Le reste de la matinée fut donc consacré à boucler leurs bagages, réunir des provisions de bouche et prendre congé du père Saquenay. Celui-ci fut sans doute surpris de les voir quitter l'abbaye de façon si impromptue, mais il n'en laissa rien voir. Les ayant bénis, il leur souhaita un bon voyage de retour et les assura qu'il recommanderait à Mathurin Loiseul de prendre contact avec eux aussitôt que ce dernier serait de retour parmi les siens.

S'il se fût trouvé, ce jour-là, un homme assez fou pour arpenter la campagne aux abords de l'abbaye tandis que se déchaînait une nouvelle tempête de neige, il n'eût pas manqué d'être intrigué par ces trois voyageurs franchissant l'enceinte en un moment si peu favorable. Pour peu qu'il fût demeuré sur place un quart d'heure de plus, le temps pour le trio de gagner le couvert des arbres, sa surprise eût augmenté en constatant que l'imposant portail s'ouvrait à nouveau pour laisser passer, cette fois, un cavalier solitaire. Son étonnement eût confiné enfin à la stupéfaction en voyant cette même scène se répéter à quelques minutes d'intervalle. Un second cavalier franchit en effet à son tour l'enceinte de l'abbaye et se lança sans hésiter sur la piste de ceux qui l'avaient précédé dans la vallée encaissée de la Seille.

XXII

Un raid nocturne

— Elle m'a écrit, Bellabre! Son mot est arrivé tantôt avec le courrier en provenance de France.

— Qui ça? Cette belle apothicaire dont tu es épris?

— Évidemment! Qui d'autre? Elle m'informe que la reine lui a confié une mission de la plus haute importance. Elle ajoute qu'elle espère se montrer à la hauteur pour que je n'aie pas à rougir d'elle.

— C'est tout? Elle ne te donne pas davantage de précisions sur ce que la reine attend d'elle?

— Le billet a d'abord voyagé par pigeon. Il se résume à trois petites phrases... Je me demande moi aussi quelle est la nature de cette fameuse mission. Fasse le ciel que mon Héloïse ne se trouve pas exposée à quelque danger!

— Allons donc! Il doit s'agir d'une tâche en rapport avec ses compétences, comme la préparation d'une potion ou l'élaboration d'un clystère à destination du royal fondement!

Bayard et Bellabre déambulaient à l'écart du campement, près de l'enclos où avaient été regroupées les montures de la cavalerie. Depuis que le chevalier s'était laissé aller aux confidences auprès de son ami, les deux hommes ne s'étaient quasiment pas quittés. Bayard appréciait le caractère franc et enjoué du Berrichon. Quant à Bellabre, il s'efforçait plus que jamais d'arracher son compagnon d'armes à ses pensées moroses. Maintenant qu'il savait que Bayard souffrait d'un profond mal d'amour, il considérait d'un œil neuf les exploits guerriers de celui-ci.

Tout au long de cette deuxième campagne d'Italie, le chevalier sans peur et sans reproche avait fait preuve en effet d'une bravoure qui justifiait amplement son glorieux surnom. Trois ans plus tôt, lors des combats pour la conquête du duché de Milan, il avait chargé un parti de Lombards avec une telle fougue qu'il était entré pêle-mêle avec eux dans la cité. Fait prisonnier, il avait été libéré par Ludovic Sforza lui-même. Le duc, séduit par tant de témérité, l'avait renvoyé aux siens sans même exiger de rançon. Quelques semaines plus tard, Bayard triomphait en combat singulier d'un gentilhomme milanais, Hyacinthe Simonetta, redoutable escrimeur, qui avait commis l'imprudence de le provoquer. Au siège de Canosa, en juillet 1502, il s'était encore distingué en étant de tous les assauts et le premier à se précipiter sur la moindre brèche ouverte dans les remparts. Durant le même été, il avait volé au secours de son capitaine, Louis d'Ars, coincé devant la citadelle de Biseglia. Son héroïsme avait permis non seulement de débloquer une situation désespérée, mais aussi de bouter les Espagnols hors du château.

Dans les premiers mois de l'année 1503, deux nouveaux faits d'armes avaient achevé de marquer tous les esprits. Il y avait d'abord eu son duel contre un terrible capitaine espagnol nommé Soto-Mayor qui lui avait cherché mauvaise querelle. Affaibli par un accès de fièvre, Bayard avait néanmoins accepté de combattre à pied, selon les exigences de son adversaire. Malgré ce lourd handicap, le chevalier l'avait emporté, pour la plus grande joie de Bellabre qui lui servait de témoin. Par la suite, à l'occasion d'une trêve conclue entre les Français et les troupes de Gonzalve de Cordoue, Bayard avait participé à un combat d'honneur opposant onze chevaliers de chaque armée. L'affrontement avait duré près de six heures, durant lesquelles Bayard, bien secondé par François d'Urfé, était parvenu à tenir tête à neuf cavaliers espagnols. La journée s'était ainsi achevée sans vainqueur ni vaincu, mais la réputation du chevalier s'en était trouvée décuplée.

Toutes ces prouesses, Bellabre, aujourd'hui, les voyait sous leur véritable jour. La force de Bayard venait de ce qu'il ne craignait pas la mort. Bien au contraire ! Il la recherchait délibérément ! C'était ce qui l'avait rendu jusqu'alors irrésistible. Mais cela ne pourrait durer indéfiniment. Un jour ou l'autre, à force de défier le danger et de provoquer le destin, sa chance finirait par tourner. En songeant à cela, le généreux seigneur berrichon regretta d'avoir rassuré son compagnon sur le sort de sa bien-aimée. Si le chevalier avait craint pour la sécurité de celle-ci, peut-être aurait-il renoncé à ses périlleuses entreprises et tout fait pour obtenir l'autorisation de rentrer en France.

Bellabre en était là de ses réflexions lorsqu'une remarque de Bayard le tira de ses pensées :

— Les chevaux ont l'air bien nerveux ce soir. Il est vrai que l'orage menace. Entends-tu le tonnerre gronder dans le lointain ?

Depuis leur arrivée sur la rive du Garigliano, le temps était constamment resté à la pluie. Mais ce soir-là, en effet, l'air semblait en outre chargé d'électricité. D'épais nuages stagnaient au-dessus de leurs têtes. Dans leur enclos, les destriers s'agitaient. Plusieurs d'entre eux piaffaient ou se frottaient contre le flanc de leurs congénères.

— Si tu veux mon avis, dit Bellabre. Nous ferions bien de gagner rapidement un abri. J'ai l'impression qu'un véritable déluge va bientôt s'abattre sur nous.

Il n'avait pas plus tôt prononcé ces mots qu'un éclair fendit le ciel en deux. L'espace d'une fraction de seconde, la lumière blanche tira de la pénombre tout un fouillis de bosquets et de buissons.

— Là ! s'exclama tout à coup Bayard. As-tu vu la même chose que moi, Bellabre ?

— Quoi donc ? Qu'as-tu aperçu ?

— La silhouette d'un homme embusqué ! Près de ces fourrés ! À l'autre extrémité de l'enclos !

— Il fait beaucoup trop sombre et nous sommes trop loin. Es-tu certain de ne pas t'être trompé ?

— Le meilleur moyen de le savoir, rétorqua le chevalier, c'est d'y aller voir ! Mais soyons sur nos gardes ! On ne sait jamais !

L'un derrière l'autre, les deux amis se glissèrent le long d'une épaisse futaie. Ils n'étaient plus qu'à quelques toises de l'endroit où Bayard avait cru distinguer une ombre suspecte, lorsque ce dernier fit signe à son compagnon de se baisser. Un nouvel éclair venait de lui révéler la présence, dans le sous-bois, d'une demi-douzaine de silhouettes.

— Des Espagnols ! Ils sont probablement là pour les chevaux. Je crains qu'ils ne cherchent à les disperser afin de nous affaiblir.

— Vite ! Il nous faut quérir des renforts pour les neutraliser !

— Impossible ! souffla Bayard. Nous perdrions un temps précieux et ils auraient tout le loisir de mener à bien leur méchante entreprise. Nous devons intervenir sans délai !

— Tu as sans doute raison. Quel est ton plan d'attaque ?

L'intrépide chevalier dégaina son épée et sa dague et adressa un sourire ironique à son camarade.

— Une tactique ? Eh bien ! Que dirais-tu de foncer dans le tas ?

Et sans attendre la réaction de Bellabre, Bayard se rua en avant en lâchant un cri rageur. Pris de court, son ami haussa les épaules, saisit ses armes et se lança à son tour dans la mêlée.

Les espions espagnols, qui avaient réussi à franchir les premières lignes françaises sans se faire repérer, ne s'attendaient certes pas à se faire charger par deux forcenés déchaînés. L'effet de surprise joua à plein. Le temps qu'ils réalisent ce qu'il leur arrivait, deux d'entre eux gisaient au sol, frappés à mort par les Français. Mais déjà les quatre survivants se reprenaient et croisaient le fer avec leurs assaillants.

Apparemment, la lutte était encore inégale. À deux contre un, Bayard et Bellabre n'avaient en théorie que peu de chances de sortir vainqueurs de l'affrontement. Oui mais voilà, ils comptaient tous les deux parmi les plus redoutables bretteurs de l'armée française ! Et si leurs ennemis avaient, un temps, espéré se défaire rapidement d'eux pour mener à bien leur mission, ils comprirent très vite qu'ils allaient devoir déployer toute leur énergie pour sauver leur peau.

Les deux hommes qui faisaient face à Bayard adoptèrent d'instinct la seule tactique leur permettant de profiter à plein de leur avantage numérique. Tandis que l'un multipliait les feintes et les fausses attaques dans le but de garder l'épée du Français dans l'axe de l'assaut, l'autre le harcelait de biais, en quête de la moindre ouverture pour placer une botte fatale.

Sans se démonter, le chevalier les laissa prendre confiance en se contentant de parer leurs attaques les plus pressantes, sans tenter aucune riposte. Peu à peu, les deux Espagnols s'enhardirent. Celui qui faisait face à Bayard oublia que son rôle se limitait à fixer l'adversaire. Il lança une de ses attaques à fond. Le chevalier qui n'attendait que cela dévia le fer ennemi sur le côté et opéra un brusque retrait du buste. Déséquilibré, le spadassin dut exécuter deux pas en avant pour ne pas tomber. Ce faisant, il se retrouva quasiment à la hauteur du Français. Celui-ci lâcha alors sa dague et agrippa de sa main gauche le pourpoint de son opposant.

Surpris par la rapidité du mouvement qu'il n'avait pu anticiper, l'Espagnol bascula contre le flanc de Bayard à l'instant précis où son compatriote lançait une estocade. Le dos transpercé à hauteur du poumon, le premier soldat s'affaissa sur les genoux en poussant un râle d'agonie.

À un contre un, Bayard ne mit que quelques minutes à se débarrasser de son second adversaire. Du tranchant de l'épée, il finit par lui porter à la gorge un coup si violent que la lame sectionna les vertèbres. Un geyser de sang gicla du cou de l'Espagnol. Sa tête ne tenait plus au tronc que par un lambeau de chair.

Essoufflé mais toujours vaillant, le chevalier se retourna vivement pour prêter main-forte à Bellabre. Mais ce n'était pas nécessaire. Le capitaine berrichon avait déjà occis l'un de ses assaillants et il menait la vie rude au second. En quelques mouvements habiles, l'affaire fut vite expédiée et l'Espagnol convié à rôtir en enfer avec ses frères d'armes.

Remisant l'épée au fourreau, Bayard salua la dernière botte de Bellabre en applaudissant des deux mains :

— Félicitations, camarade ! Cette ultime pique était splendide, mais Dieu, que tu fus long pour en arriver là ! J'ai failli m'ennuyer !

— Corbleu ! Tu t'étais réservé les plus maigri-
chons !

Les deux amis partirent d'un grand éclat de rire.
Puis, après avoir dépouillé les cadavres ennemis
de leurs armes afin de les exhiber comme trophées, ils prirent, bras dessus, bras dessous, la
direction du camp en sifflotant.

XXIII

L'Annonciation

Il fallut cinq jours d'un nouveau voyage harassant à Héloïse, Robin et Henri de Comballec pour gagner la ville de Bourges. Sitôt installés dans une auberge près des remparts, ils se rendirent au fastueux palais que Jacques Cœur avait fait construire, cinquante ans plus tôt, dans la capitale du Berry. Là, l'intendant du nouveau propriétaire accepta de les recevoir et leur apprit qu'il existait en ville au moins deux chapelles bâties sur ordre du grand argentier de Charles VII. La première se situait dans le palais lui-même. Cependant, en l'absence de son maître, l'homme ne pouvait leur en autoriser l'accès. La seconde se trouvait à l'intérieur de la cathédrale Saint-Étienne. Avant de tomber en disgrâce, le riche marchand, comme d'ailleurs de nombreux autres notables de la ville par le passé, s'y était fait édifier un oratoire afin de témoigner de sa réussite et d'assurer la postérité de son nom.

Une chapelle Jacques Cœur! C'était à l'évidence le lieu désigné par Mathurin Loiseul dans son poème!

Ce fut donc vibrant d'excitation et persuadé de toucher au but que le trio traversa les rues commerçantes du centre de la cité pour rejoindre le splendide édifice religieux.

L'intérieur de la cathédrale baignait dans une lumière pâle qui mettait en valeur ses harmonieuses proportions. Le double déambulatoire, l'absence de transept et l'alternance de piles fortes et de piles faibles dans la nef centrale renforçaient l'impression d'élévation et donnaient presque le vertige. En raison de l'heure avancée, il n'y avait quasiment personne dans le bâtiment. Seules trois religieuses s'affairaient en silence à disposer des bouquets de fleurs fraîches autour de l'autel.

Faisant abstraction de sa fatigue, Héloïse remonta les travées en prenant sur elle pour ne pas céder à la tentation de courir. Conformément aux indications fournies par l'intendant, la chapelle bâtie sur ordre du puissant ministre se situait au bout du collatéral nord, à la limite du chevet.

Au tympan de la porte, une Vierge en majesté était surmontée des armes de France, du Dauphiné et du Berry. «En la chapelle, sous la fleur des rois, fais retentir, de cet ange, la voix», récita intérieurement Héloïse. Tels étaient les ultimes mots intelligibles de la première strophe du poème de Loiseul. Que signifiaient-ils exactement? Quel nouveau mystère recelait cette énigmatique injonction? Le cœur battant, la jeune femme poussa la porte en bois, se demandant ce qu'elle allait trouver derrière.

Elle n'eut pas à s'interroger plus longtemps car, soudain, tout fut là sous ses yeux. Évident. Lumineux. Pour une fois, Mathurin Loiseul n'avait pas multiplié les chausse-trappes. Dans le dos d'Héloïse, Robin et Henri de Comballec poussèrent une exclamation ravie qui suffisait à montrer qu'ils partageaient son sentiment.

Le plafond de la petite chapelle déroulait, sur un champ d'azur lumineux, un magnifique semis de fleurs de lys dorées. Mais ce qui attirait surtout le regard, c'était un admirable vitrail représentant la scène de l'Annonciation. Son auteur avait figuré la Vierge Marie debout face à l'ange Gabriel agenouillé, dans une grande salle dont la voûte reproduisait celle de la chapelle. Ce ciel aux attributs royaux était peuplé de prophètes et montrait Adam et Ève, cachant leur honte après le péché originel, devant saint Jacques le Majeur et sainte Catherine, les patrons du commanditaire et de son épouse. Divisé en quatre compartiments par des meneaux, le vitrail se prolongeait en sa partie supérieure par une grande fleur de lys en verre coloré.

Retenant sa respiration, Héloïse s'approcha pour en examiner les détails. L'ange Gabriel tenait à la main un phylactère[1] sur lequel on pouvait lire en lettres grises : «*Ave Maria gratia plena*».

— La voix de l'ange! s'extasia la jolie rousse en se retournant, radieuse, vers ses compagnons.

---

1. Dans l'art sacré, banderole sur laquelle se déploient les paroles prononcées par un personnage représenté.

Nous sommes tout près de la solution ! Ces mots latins sont probablement une clé pour décrypter le premier code du poème !

— Cela ne fait aucun doute, approuva Henri de Comballec. Et je crois pouvoir m'atteler à cette tâche avec quelque chance de succès. Il se trouve que mes activités à la Cour m'ont conduit à fréquenter un expert en écritures secrètes. Il s'appelle Philibert Babou et c'est probablement l'un des meilleurs spécialistes du Royaume.

— Ne perdons point de temps alors ! dit Héloïse en tirant de son corsage la copie du parchemin trouvé à Baume. Mettons-nous à l'œuvre sur-le-champ !

— Vous n'y songez pas ! C'est impossible ici. Une telle entreprise nécessite de pouvoir réfléchir et écrire à son aise. Il faut être en mesure de multiplier les essais. Non ! Le mieux, c'est de rentrer sans tarder à l'auberge.

Malgré son impatience, Héloïse fut bien forcée de s'en remettre aux préconisations du baron. Ils refirent donc en sens inverse le chemin parcouru un peu plus tôt dans les rues bourdonnantes d'activité de la grande ville. Tous ces bruits, tous ces mouvements donnaient le tournis à la jeune femme. Depuis leur départ d'Amboise, douze jours plus tôt, elle ne comptait plus les heures qu'elle avait passées en la seule compagnie du baron et de son écuyer. Elle avait fini par s'habituer à leurs longues périodes de chevauchée silencieuse, au bercement de ses pensées qui se déployaient sans contrainte au rythme du pas de sa mule. Leur course soudaine à travers Bourges, l'excitation de leur quête et l'effervescence des habitants autour d'eux lui procuraient au contraire une sensation d'ivresse nauséeuse. Elle était tout simplement épuisée.

À la taverne, ils s'installèrent au fond de la salle commune. L'après-midi touchait à sa fin et les seuls clients présents étaient quelques marchands qui se réchauffaient près du feu et s'abreuvaient d'une chopine avant de retourner vaquer à leurs affaires. D'une voix autoritaire, Henri de Comballec commanda une cruche de vin et une écritoire. Puis s'étant assuré que personne n'était en mesure d'entendre leur conversation, il se lança dans une savante explication :

— Pour faire simple, il existe deux principales méthodes pour dissimuler la teneur d'un message. La première, et sans doute la plus ancienne, consiste en une transposition. Cela revient à conserver l'identité des lettres du billet initial, mais à en intervertir les places. En gros, il s'agit de concevoir une anagramme du message. Bien entendu, il ne suffit pas de mêler les lettres au hasard car, en pareille hypothèse, le destinataire serait incapable de déchiffrer le code. Il faut donc décider à l'avance d'une clef qui permettra à celui-ci de retrouver le bon ordre des lettres.

— Jusque-là, je vous suis, dit Héloïse qui écoutait docilement, le menton calé dans les paumes de ses mains. Quelle est la seconde méthode ?

— Elle se nomme substitution. Cette fois, les lettres du message conservent leur position initiale mais sont remplacées par des symboles. On peut utiliser à cette fin des lettres, des chiffres, des dessins, n'importe quels signes en fait...

Héloïse étala sur la table la feuille où était copié l'étrange poème conçu par Mathurin Loiseul et souligna de son index les deux lignes qui les intéressaient :

Tln esorl nncuoh nloei
Oes tusae tesmme aevìm

— S'il s'agit d'une substitution, remarqua-t-elle, c'est qu'on aura remplacé les lettres par d'autres lettres.

— Je vois que vous avez compris, dit le baron en se grattant le nez, ce qui était toujours chez lui le signe d'une intense réflexion. Toutefois, je ne crois pas qu'il s'agisse de cela. En première approche, je pencherais plutôt pour un chiffre de transposition.

— Qu'est-ce qui vous fait dire cela ?

— Dans une substitution, lorsque les symboles utilisés sont ceux de l'alphabet commun, il n'est pas rare de voir apparaître dans le message codé des lettres inusitées. Par exemple des x, des y, des j, des q. Et parfois avec des répétitions tout à fait étonnantes. Or, ici, rien de tout ça ! Les mots ne veulent rien dire mais les lettres sont banales, parmi les plus fréquentes de la langue. Ce n'est pas une preuve, bien sûr, mais cela nous permet de pencher en première analyse pour la transposition.

— Reste donc à agencer correctement toutes ces lettres. J'imagine qu'il convient pour ce faire d'utiliser les mots latins du vitrail.

— Exact! Mais c'est là aussi que les choses se compliquent. Les possibilités sont multiples. Nous n'avons pas d'autres choix que de procéder par tâtonnements successifs.

Joignant le geste à la parole, Henri de Comballec trempa sa plume dans l'encrier et se mit à griffonner sur une feuille de papier vierge. Robin et Héloïse le regardèrent faire sans oser l'interrompre. À plusieurs reprises, le baron leva sa plume pour juger du résultat obtenu. Mais invariablement il biffa son travail à grands traits rageurs. Les minutes passèrent. À la façon dont la mine du gentilhomme s'assombrissait à vue d'œil, la jeune femme se mit à douter qu'ils puissent parvenir à leurs fins avant la tombée du jour.

Rattrapée par la fatigue, elle allait proposer de remettre ce laborieux décryptage au lendemain, lorsque Henri de Comballec se frappa le front en s'exclamant :

— Quel idiot je fais! Comment n'ai-je pas vu cela plus tôt?

— Quoi donc? marmonna Robin en étouffant un bâillement.

— Les deux lignes du message font chacune exactement le même nombre de lettres que les mots du phylactère!

— Et c'est important? questionna naïvement Héloïse.

— Comment si c'est important? Mais c'est primordial! Cela nous permet de comprendre comment utiliser la fameuse clef! Mais regardez plutôt!

Le baron écrivit de nouveau sur le papier. Mais avec une détermination retrouvée. Il recopia en fait les lettres du message en les alignant avec celles des mots latins. Cela donnait les trois lignes suivantes :

```
t l n e s o r l n n c u o h n l o e i
o e s t u s a e t e s m m e a e v i m
a v e m a r i a g r a t i a p l e n a
```

— Sans vouloir jouer les esprits chagrins, dit Héloïse, je ne vois toujours pas où cela nous mène.

Henri de Comballec plissa les paupières de satisfaction. Cela ne lui déplaisait pas d'en remontrer enfin à cette jolie fille à l'esprit d'ordinaire si aiguisé.

— Patience! Je n'ai pas encore fini. Nous avons juste obtenu ainsi dix-neuf triplets de lettres. Il suffit ensuite de les organiser différemment. Pour cela, occupons-nous uniquement des lettres de la clef et regroupons-les en respectant l'ordre alphabétique.

Sous la plume du baron, trois nouvelles lignes apparurent :

```
t s l c h i n o n r o l e e n o n u l
o u e s e m s v t a m e t i a s e m e
a a a a a a e e g i i l m n p r r t v
```

— Je dois être particulièrement rétive à ce genre d'exercice, observa Héloïse. Le message reste pour moi toujours aussi hermétique.

— Focalisez-vous à présent sur les deux premières lignes. On appelle cette sorte d'écriture « le code du serpent ». Le message en clair s'obtient en effet en serpentant, lettre après lettre, d'une ligne à l'autre. Là ! Je vois que vous y êtes !

La jeune femme ouvrait en effet de grands yeux émerveillés.

— Ça alors ! s'écria-t-elle. C'est pourtant vrai : les lettres s'enchaînent ainsi parfaitement. Voyons un peu... cela donne la phrase suivante...

Et elle ânonna :

— « Tous les chemins vont à Rome, le tien à son émule ».

— Exactement ! Autant dire que nous n'en avons pas fini avec les devinettes de Loiseul !

XXIV

Le pigeonnier mystérieux

En attendant l'heure du souper, Héloïse regagna sa chambre, au premier étage de l'auberge.
Faute de feu dans la cheminée, il y régnait un froid
humide. La jeune femme résista cependant à la
tentation de s'envelopper dans les couvertures du
lit. Sa fatigue était telle qu'une fois allongée, elle
se serait bien vite assoupie. Or elle avait résolu
d'écrire une missive au brave Aurèle demeuré à
Amboise. Son assistant devait trouver le temps
bien long et il convenait tout à la fois de le rassurer et de lui transmettre des instructions pour la
bonne marche de la boutique.

Après lui avoir narré ses pérégrinations sans
toutefois lui donner aucune précision sur l'objet de sa quête, elle entreprit de coucher sur le
papier toutes les consignes auxquelles elle avait
largement eu le temps de penser durant le voyage
jusqu'à Bourges. Elle commença par recommander
à Aurèle de ne point négliger les tâches annexes
mais fort lucratives de l'apothicairerie. Le garçon
était à ce point passionné par les choses de son art

qu'il avait tendance à mépriser les activités jugées plus bassement commerciales. Elle lui enjoignit donc de veiller à l'approvisionnement en cierges et en chandelles et de fabriquer une quantité suffisante d'ex-voto en cire. Pareillement, il devait poursuivre la vente de tissu et de drap, celle des dragées et autres confiseries, tout en continuant d'assurer la fourniture de papier de qualité aux lettrés de la cité.

La jeune femme en vint ensuite aux tâches purement pharmaceutiques. Son absence risquait d'entraîner une moindre fréquentation de la boutique, du moins en ce qui concernait la demande de remèdes. Il fallait donc mettre à profit cette période de calme relatif pour renouveler le stock des huiles médicinales. Dans ce but, Aurèle n'aurait qu'à emprunter le pressoir à vis d'un ancien élève de son père, installé dans la même rue. Il devait aussi préparer diverses eaux distillées végétales et préférer, pour ce faire, l'alambic en cuivre à son homologue en plomb. Ne pas oublier non plus de nourrir le bouc du jardin avec du persil, de la livèche et de la sauge, car on devait le mettre à mort le mois suivant et ce régime était indispensable si on voulait que le sang tiré de la bête possédât toutes les propriétés attendues.

Pour finir, Héloïse conseilla à Aurèle de visiter les gardes jurés de la corporation afin que les autorités professionnelles soient averties de son absence et puissent garder un œil vigilant sur l'activité de la Vipère Couronnée. Elle se doutait que

le jeune homme n'apprécierait guère ce chaperon-
nage à peine déguisé mais, compte tenu du privilège dont elle bénéficiait, elle ne pouvait prendre
le risque de mécontenter les autres apothicaires.
Afin de rendre la pilule moins amère, elle acheva
sa lettre en assurant son assistant qu'elle avait
toute confiance en lui pour conduire ses affaires
et qu'il lui tardait de le retrouver pour faire sur
place le constat de son dévouement et de ses capacités.

Une fois les dernières lignes tracées sur le
papier, Héloïse demeura songeuse. Avoir retrouvé,
l'espace d'un instant, des préoccupations plus
en rapport avec sa pratique habituelle lui faisait
mesurer combien sa vie avait été bouleversée en
si peu de temps. Elle songeait que les caprices du
destin étaient décidément imprévisibles et elle
ne pouvait s'empêcher de se demander jusqu'où
celui-ci jugerait bon de la mener. Une bonne heure
s'était écoulée depuis qu'elle était montée à l'étage
lorsqu'elle fut rappelée à la réalité par des coups
frappés à la porte.

Elle sursauta et, le temps de reprendre ses
esprits, invita celui ou celle qui patientait dans le
couloir à entrer. Henri de Comballec pénétra dans
la pièce d'un pas hésitant.

— Je suis navré de vous déranger, dit-il en
constatant qu'elle avait sorti son écritoire. Peut-
être… peut-être vaut-il mieux que je repasse à un
autre moment…

Comme il esquissait un mouvement de retrait,
elle l'invita au contraire à approcher. Il referma la

porte et avança de quelques pas, tout en prenant soin de demeurer à distance

— Que se passe-t-il? Auriez-vous du nouveau à m'annoncer?

— Hélas non! Je n'ai aucune idée de ce que peut être l'émule de Rome. Une personne? Un lieu? J'ai interrogé l'aubergiste à ce sujet, mais il est tout aussi ignorant.

— La deuxième strophe du poème renferme à coup sûr de précieuses indications. Je me proposais de l'étudier à tête reposée.

— Sans doute...

Le baron marqua une pause.

Héloïse était assise à une petite table, éclairée par une unique chandelle. Elle avait défait la longue tresse qui retenait ses cheveux depuis Amboise. C'était donc la première fois qu'il la contemplait ainsi, ses boucles cuivrées jouant librement sur ses épaules, et il la trouvait belle à ravir, d'une beauté voluptueuse propre à séduire le plus exigeant des hommes.

Comme il demeurait silencieux, planté au beau milieu de la pièce, ne sachant trop quoi faire de sa grande carcasse, elle l'encouragea à parler :

— S'il n'y a rien de nouveau concernant les énigmes, de quoi souhaitiez-vous m'entretenir?

Henri de Comballec se balança d'un pied sur l'autre. Il baissa les yeux pour ne plus avoir à affronter son regard.

— Je... je ne suis qu'un soldat... je n'ai jamais été très à l'aise pour faire de beaux discours. Mais...

— Mais?

— Je tenais à vous dire... je... je voulais m'excuser pour la façon détestable dont je me suis comporté avec vous au début de cette aventure... J'étais persuadé que vous seriez un poids mort et je dois admettre... Enfin! Je me suis trompé... Voilà, c'est dit!... Je suis très heureux de vous avoir à mes côtés, Héloïse.

C'était la deuxième fois seulement qu'il l'appelait par son prénom et elle nota qu'il avait prononcé celui-ci avec une douceur inaccoutumée. Troublée, elle l'examina comme si c'était la première fois qu'elle le voyait. Il avait une trentaine d'années, soit six ans de plus qu'elle et trois de plus que Bayard. Comme ce dernier, c'était un homme grand et robuste, mais ses cheveux étaient plus foncés, son teint plus mat et ses traits plus durs. Il n'en était pas moins séduisant. Son visage énergique possédait ce genre de beauté virile à laquelle nombre de femmes sont sensibles, et plus d'une se serait volontiers blottie entre ses bras puissants.

Cette pensée à peine formée, Héloïse la rejeta au fond de son cerveau. Avoir osé établir une comparaison entre Bayard et le capitaine breton lui apparut tout à coup inconvenant, presque sacrilège. Pressée de dissiper son propre malaise, elle s'adressa au baron avec davantage de froideur qu'elle ne l'aurait souhaité :

— La reine Anne m'a confié une mission. Je fais de mon mieux pour l'accomplir. Tout le reste est de bien peu d'importance.

Sur ces entrefaites, on frappa de nouveau à la porte. Répondant à l'invitation d'Héloïse, l'aubergiste passa la tête à travers l'embrasure.

— Pardonnez-moi, mais il y a là un jeune garçon qui prétend être porteur d'un message pour la dame. Dois-je le faire monter?

Héloïse et Henri de Comballec échangèrent un regard circonspect. A *priori*, nul n'était avisé de leur présence en ville. Qui pouvait donc chercher à entrer en contact avec l'un ou l'une d'entre eux?

Ce fut le baron qui réagit le premier :

— Un garçon, tu dis? Et de quoi a-t-il l'air?

— Comme messager, j'ai déjà vu mieux, laissa tomber le tenancier en grimaçant. M'est avis qu'on l'a ramassé dans le ruisseau pour venir vous trouver chez moi.

— Un gamin accosté dans la rue? C'est bon, tu peux nous l'envoyer!

Un instant plus tard, le jeune messager pénétrait dans la chambre. Il ne payait effectivement guère de mine. C'était un garçon d'une douzaine d'années, vêtu de mauvais habits rapiécés, les cheveux en broussaille et la morve lui coulant du nez.

— Approche, le drôle! ordonna Henri de Comballec avec un geste impérieux de la main. Il paraît que tu as un message à délivrer.

— Un message pour la dame, précisa le nouveau venu sans paraître impressionné outre mesure par l'autorité du baron. On m'a bien précisé de ne le délivrer qu'à elle.

— Tu ne manques pas d'audace pour un gamin de ton âge! Puis-je savoir au moins à quoi ressemblait celui qui t'a confié cette mission de confiance?

Le garçon haussa les épaules.

— Il ne s'agissait pas d'un homme mais d'une femme. Plutôt jeune et bien nourrie. Quant à la décrire avec précision, cela me serait difficile. Elle portait une grande pèlerine avec un capuchon rabattu.

— Tu as quand même bien vu son visage?

— Entraperçu, plutôt! La femme se tenait sous un porche quand elle m'a interpellé et j'ai bien noté, pendant que nous causions, qu'elle prenait garde à demeurer dans l'ombre.

— Et si nous en revenions à ce fameux message, dit Héloïse quelque peu agacée de voir le baron mener son interrogatoire comme si elle n'existait pas.

Le gamin se tourna vers elle, essuya son nez du revers de sa manche et prit une grande inspiration avant de réciter sa leçon :

— La commission tient en peu de mots : si vous voulez apprendre un grand secret au sujet du chevalier Bayard, soyez ce soir, à huit heures de relevée, dans les jardins de l'évêché. Il y a un ancien pigeonnier isolé. On vous y attendra mais vous devez venir seule. La femme a bien insisté sur ce point.

Une fois le garçon remercié, Héloïse et Henri de Comballec demeurèrent en tête à tête. Le soldat semblait préoccupé.

— Avez-vous une idée de la personne qui a pu vous adresser si singulier message?

— Pas la moindre, répondit la jeune femme. Qui peut savoir d'ailleurs que je suis ici ? Nous sommes arrivés il y a à peine quelques heures !

— C'est bien ce qui m'inquiète. Cela semblerait vouloir dire que nous sommes surveillés. Dans ce cas, ce pourrait être Mathurin Loiseul ou l'un de ses comparses, puisque nous sommes à peu près certains qu'il n'agit pas seul.

— Il ne servirait donc à rien de résoudre le reste de l'énigme, nous l'aurions rejoint dès la première étape !

— C'est pourtant vrai ! Je n'avais même pas songé à cela !

— Une seule chose me chiffonne. Comment Loiseul pourrait-il savoir que je connais le chevalier Bayard ? Et se douter qu'à ce seul nom, je serais tentée d'accourir ?

Henri de Comballec posa sur Héloïse un regard contrarié. Il brûlait de l'interroger sur la nature exacte des relations l'unissant au chevalier, mais il parvint à se retenir. Et quand il reprit la parole, ce fut avant tout en capitaine avisé :

— Vous ne comptez tout de même pas vous rendre à ce rendez-vous ! Les risques sont beaucoup trop grands ! Nous ignorons tout de cette femme mystérieuse et de ses véritables intentions !

— Pourtant, l'unique moyen d'en apprendre davantage, c'est de se présenter à l'heure dite dans les jardins de l'archevêché.

— Je vous l'accorde, mais il est hors de question que vous y alliez seule. Robin et moi, nous vous accompagnerons !

Héloïse secoua la tête énergiquement. À ses sourcils froncés, à son front buté, il était facile de deviner que la proposition du baron ne recueillait pas ses faveurs.

— La chose est impossible. Comme vous l'avez dit vous-même, nous sommes très probablement épiés. Même si vous parvenez à me suivre discrètement, votre absence à l'auberge, elle, risque de ne pas passer inaperçue. Notre énigmatique correspondante peut s'en alarmer et décider de ne pas venir au rendez-vous.

Henri de Comballec tordit le nez. Comme souvent, Héloïse était dans le vrai. Toutefois, il ne pouvait se résoudre à la laisser affronter seule d'éventuel périls.

— Votre remarque est judicieuse, Héloïse. Aussi voici ce que je vous propose, et je préfère vous prévenir tout de suite que la chose n'est pas négociable : Robin restera ici. Il veillera à maintenir une chandelle allumée et à faire régulièrement du bruit, par exemple en remuant des meubles ou en parlant à haute voix. De cette façon, on croira la chambre occupée par plusieurs personnes. Quant à moi, je vous escorterai à distance. Sitôt que vous arriverez au pigeonnier, j'imiterai le cri de la chouette. Ainsi vous saurez que je suis à proximité. Au moindre danger, appelez ! J'accourrai dans l'instant !

Le ton était sans réplique et, au fond d'elle-même, Héloïse se sentait rassurée de savoir qu'en cette expédition, elle pouvait compter sur un ange gardien efficace. Elle souscrivit donc sans réserve au plan suggéré par le baron.

Un peu moins d'une heure plus tard, ils pénétraient tous les deux, à quelques minutes d'intervalle, dans les jardins de l'archevêché. La nuit était claire en dépit des nombreux nuages qui masquaient la lune par intermittence. Une bruine glacée tombait sans discontinuer depuis le milieu de l'après-midi. Ajoutée à l'obscurité, elle avait contribué à vider les rues de la ville de la plupart des habitants. Cela avait grandement facilité la tâche d'Henri de Comballec qui avait pu suivre Héloïse à distance, sans risque de la perdre, tout en s'assurant qu'aucune personne suspecte ne le prenait lui-même en chasse.

Le vieux pigeonnier se situait tout au fond des jardins, sur une petite butte adossée à un haut mur de pierre. Pour le rejoindre, Héloïse dut traverser un vaste espace découvert qui était un verger à l'abandon. Les maigres arbres fruitiers dépouillés de leurs feuilles n'offraient aucune cachette possible. Le baron resta donc en lisière de la prairie où il put s'embusquer derrière une rangée d'aubépines et de mûriers. À l'abri de cette haie naturelle, il progressa à couvert et parvint jusqu'à environ trente toises de la petite tour isolée. De son poste de guet, situé à l'opposé du mur, il avait une vue parfaite sur la seule porte du pigeonnier. Toute personne désirant entrer ou sortir de celui-ci devait nécessairement passer devant lui. Satisfait de la situation, il porta ses mains à sa bouche et imita par deux fois l'ululement de la chouette.

Héloïse, qui s'était immobilisée dans l'attente du signal convenu, rejoignit la porte de la tour.

La main tendue en avant, elle donna l'impression d'hésiter un bref instant avant de se ressaisir et de pousser l'huis vermoulu.

L'instant d'après, sa silhouette claire disparaissait à l'intérieur du bâtiment.

Agenouillé sur la terre humide, la main sur le pommeau de son épée, Henri de Comballec se tint prêt à intervenir au moindre cri. Mais le tambourinement de la pluie continua seul à troubler le silence de la nuit. Rassuré de n'avoir entendu aucun appel, le baron ramena contre lui les pans de sa cape et s'apprêta à prendre son mal en patience. Pour une âme aussi bouillante que la sienne, cette attente forcée s'annonçait une épreuve redoutable.

Les minutes s'écoulèrent en effet avec une lenteur exaspérante. Plus le temps passait, plus l'inquiétude du baron croissait. Au bout d'un moment, n'y tenant plus, il lança à nouveau le cri de la chouette. Mais son espoir de voir réapparaître Héloïse – ne serait-ce que pour le rassurer – fut déçu. Aucun mouvement, aucun bruit n'émanait du pigeonnier.

Un mauvais pressentiment envahit alors Henri de Comballec. Pestant contre l'entêtement de la jeune femme et se reprochant de l'avoir laissée s'exposer bêtement, il abandonna son abri et se rapprocha de la tour à pas de loup.

La porte était munie d'un simple loquet. Sans trop se poser de question, Le Breton l'enfonça d'un coup de botte et fit irruption dans le pigeonnier, la lame brandie.

L'intérieur du bâtiment consistait en un espace dénué de tout meuble. Le sol nu était en terre battue. Les parois d'argile présentaient, en hauteur et sur toute leur circonférence, de minuscules niches qui avaient servi, jadis, à accueillir des centaines de pigeons. La porte mise à part, il n'existait aucune issue, excepté les trous dans la toiture qui permettaient aux oiseaux de regagner leur logis. Mais il était rigoureusement impossible de les atteindre, à moins bien entendu d'être muni d'une paire d'ailes et doué de la faculté de s'envoler.

Pourtant la tour était vide. Héloïse s'était tout bonnement évaporée.

XXV

Mère Jeanne

À environ trente-six pieds de profondeur[1], Héloïse marchait avec précaution sur le sol inégal d'une galerie souterraine. Elle était précédée d'une jeune femme portant un flambeau, celle-là même probablement qui lui avait envoyé ce garçon dégourdi en guise de messager. Entre elles, peu de mots avaient été échangés. Et Héloïse ne pouvait s'empêcher de se demander si elle n'avait pas commis une folie en acceptant de suivre l'inconnue sans prévenir Henri de Comballec. À l'heure qu'il était, le baron devait être mort d'inquiétude !

Quelques minutes plus tôt, au moment où elle avait pénétré dans le pigeonnier, Héloïse avait été prise d'un doute. Ce rendez-vous nocturne n'était-il qu'une mauvaise farce ? Ou avait-on cherché délibérément à les éloigner de leur chambre à l'auberge ? Car la tour était déserte. Il n'y avait pas âme qui vive à l'intérieur et aucun endroit pour se dissimuler.

_____

1. Soit à peu près douze mètres.

Elle allait repasser la porte et faire signe au baron de la rejoindre, lorsqu'un brusque raclement dans son dos l'avait fait sursauter. Un pan entier de mur supportant un râtelier de paille venait de pivoter sur des gonds invisibles! Une jeune personne aux traits gracieux était apparue dans le passage ainsi dévoilé et lui avait fait signe d'approcher. Comme elle hésitait, l'inconnue lui avait assuré qu'elle ne risquait rien et devait la suivre sans crainte.

Sans savoir elle-même pourquoi, Héloïse avait été persuadée d'emblée qu'elle pouvait lui faire confiance. Elle s'était exécutée.

Aussitôt franchie, la porte secrète s'était refermée. Les deux femmes, l'une derrière l'autre, avaient descendu un escalier en colimaçon ménagé dans la paroi et les fondations du pigeonnier. Les marches débouchaient en contrebas dans une petite salle voûtée, à partir de laquelle prenait naissance un souterrain aux multiples ramifications.

Pendant quelques toises, le sol du tunnel suivait une pente descendante. Quand enfin il avait semblé s'aplanir, son mystérieux guide avait soufflé à Héloïse :

— Nous sommes exactement à la verticale du palais des archevêques. Surtout gardez le silence, car ces galeries font chambres d'écho et l'on risquerait de nous entendre.

L'intrépide rousse s'était demandé qui d'autre pouvait bien hanter ce terrier en forme de labyrinthe, mais elle s'était abstenue de faire la moindre remarque. Son instinct lui disait qu'elle marchait au-devant d'une incroyable révélation et que plus elle se montrerait docile, plus vite le moment fatidique arriverait.

Si l'on exceptait l'odeur de moisissure évocatrice de quelque vilaine catacombe, leur progression dans la semi-obscurité s'avérait d'ailleurs moins pénible qu'elle ne l'avait d'abord redouté. Le souterrain était doté de parois épaisses qui permettaient de rester au sec et d'arcs en pierre situés assez haut pour les autoriser à avancer sans avoir à se baisser. Il était en outre suffisamment large pour que des dames puissent le parcourir sans abîmer leurs toilettes.

Privée de tout repère, Héloïse était toutefois incapable d'estimer le temps passé à arpenter ainsi les entrailles de la terre, encore moins la distance parcourue. Les galeries étaient de toute façon assez tortueuses pour que la femme à la torche ait pu dix fois revenir sur ses pas sans qu'elle eût la possibilité de s'en apercevoir.

Finalement, après avoir emprunté sur une courte distance un couloir latéral, elles gravirent un second escalier et pénétrèrent dans une crypte aux dimensions remarquables. Un large pilier central à colonnettes et corniche sculptée en soutenait la voûte de pierre. Tout au long des murs, des niches étaient ménagées, qui abritaient des tombeaux de marbre richement ornementés.

— Où sommes-nous ? demanda Héloïse en tournant sur elle-même pour mieux observer le décor.

— Dans la principale crypte de la cathédrale Saint-Étienne. Voyez sur votre droite ces marches qui montent. Elles vous permettront de rejoindre le chœur. La personne qui souhaite vous parler se trouve auprès du vitrail de l'Annonciation. Moi, je vous attends ici. Quand vous aurez terminé, vous n'aurez qu'à redescendre et je vous ramènerai au pigeonnier.

Intriguée, Héloïse refréna son impulsivité et se plia docilement aux instructions reçues. Le vitrail de l'Annonciation. Cela ne pouvait pas être un hasard ! Ce mystérieux rendez-vous était apparemment bien en rapport avec leur enquête et la traque des verriers.

À cette heure de la nuit, les portes de la cathédrale étaient normalement verrouillées et nul ne pouvait y pénétrer. Pourtant, en émergeant par une poterne située tout à côté du chœur, Héloïse fut surprise de constater que des cierges et des lampes à mèche éclairaient le sanctuaire. Elle dirigea ses pas vers la chapelle construite sur l'ordre de Jacques Cœur. Sa porte entrouverte laissait filtrer une belle lumière mordorée. Le cœur battant, la jeune femme repoussa le battant et pria intérieurement pour que la Vierge lui accorde sa protection.

Le lieu était tel qu'elle l'avait découvert l'après-midi même en compagnie du baron de Conches et de son écuyer. Toutefois, la clarté des cierges ne parvenait pas à restituer toute la splendeur du magnifique vitrail. L'autre différence tenait au fait qu'une femme, emmitouflée dans une épaisse houppelande, se tenait agenouillée sur le prie-Dieu situé en face du petit oratoire voué à la mère du Christ.

L'inconnue tournait le dos à Héloïse. Elle paraissait plongée dans un profond recueillement, car elle ne réagit pas à l'arrivée de la jeune femme. Celle-ci dut toussoter pour attirer son attention.

La femme au manteau prit le temps de se signer avant de se retourner. Son visage enserré dans un voile de religieuse était des plus agréables. Aux ridules marquant le coin de ses yeux et de ses lèvres, on devinait qu'elle devait être âgée d'une quarantaine d'années. Il se dégageait de toute son apparence une impression de douceur et de sérénité.

— Soyez la bienvenue en ce lieu de prière, Héloïse Sanglar, dit l'inconnue en souriant avec bienveillance. Je suis heureuse de pouvoir enfin faire votre connaissance.

Sa voix était à son image, calme et posée.

Désarçonnée par un tel accueil, Héloïse salua machinalement en inclinant la tête mais, le premier instant de surprise passé, elle demanda :

— Qui êtes-vous ? Comment connaissez-vous mon nom ?

Son interlocutrice abandonna le prie-Dieu, révélant sa petite taille et son allure des plus chétives. D'un léger mouvement d'épaule, elle laissa choir à terre son ample manteau. Dessous, elle portait un habit de moniale : voile noir, guimpe blanche, robe sombre pourvue d'un surplis cramoisi.

236

— Dans une autre vie, je fus appelée Jeanne de France ou, moins charitablement, Jeanne l'estropiée. Mais aujourd'hui vous pouvez me nommer mère Jeanne, tout simplement.

Frappée de stupeur, Héloïse tomba à genoux et s'inclina avec respect devant la religieuse en marmonnant :

— Votre Majesté !

Car la femme qui se tenait devant elle n'était autre que Jeanne de Valois, fille cadette du roi Louis XI, éphémère reine de France et présentement duchesse de Berry, fondatrice de l'Ordre de l'Annonciation de la Vierge Marie.

Héloïse était tellement stupéfaite de se retrouver en si prestigieuse compagnie qu'elle tardait à se relever. Ce fut la princesse de sang royal qui s'approcha d'elle en claudiquant et la prit par les bras pour l'aider à se redresser.

— N'usez point de ce terme de majesté, je vous prie, dit-elle d'un ton empreint d'humilité. Reine, je ne l'ai été que l'espace de huit mois et je n'en garde guère de bons souvenirs.

De près, dans la pleine lumière des cierges, Héloïse distinguait mieux les difformités qui accablaient l'ancienne souveraine. Celle-ci avait une épaule plus haute que l'autre et sa colonne vertébrale déformée lui faisait une vilaine bosse dans le dos. À cela s'ajoutait un boitement disgracieux qui lui avait valu ce surnom moqueur d'«estropiée» qu'elle venait de rappeler avec une simplicité désarmante et une absence totale d'acrimonie.

— J'avoue ne pas comprendre, risqua Héloïse. Je ne m'attendais pas à rencontrer ici une personne de votre rang. Et le fait que Votre Majesté connaisse mon nom est tout aussi troublant.

La religieuse dodelina de la tête d'un air de reproche. Mais sa voix n'avait rien perdu de sa douceur :

— Pas majesté, mère Jeanne. Encore une fois, je vous en prie.

— Pardonnez-moi, ma mère, fit Héloïse qui peinait à garder les idées claires. Mais je suis perdue. Pourquoi ce rendez-vous nocturne ? Qu'attendez-vous de moi ?

La duchesse Jeanne eut un sourire teinté de mélancolie.

— C'est une longue histoire, dit-elle. Venez, suivez-moi. Nous serons mieux, assises dans la nef, pour l'évoquer.

Les deux femmes quittèrent la chapelle de l'Annonciation et se dirigèrent vers la partie centrale de la cathédrale. Là, elles prirent place sur un banc de la première travée, face à l'autel.

— Les filles de la noblesse, et plus encore les filles de roi, ne peuvent choisir leur époux, reprit la frêle moniale. Leurs noces sont arrangées par leur famille. Elles sont l'occasion d'alliances qui obéissent à de complexes stratégies politiques et où les sentiments n'entrent pas en ligne de compte. C'est ainsi que dès ma naissance, mon père, le défunt roi Louis le onzième, décida que j'épouserai un proche cousin alors âgé lui-même d'à peine deux ans. Il n'est guère étonnant que de

238

telles unions ne soient pas des plus heureuses. Mes épousailles avec Louis d'Orléans ne firent malheureusement pas exception...

Comme de nombreux habitants d'Amboise, Héloïse avait suivi de près, cinq ans plus tôt, les péripéties qui avaient accompagné l'annulation du mariage royal. Elle se remémorait les détails de la vie de la malheureuse princesse, rendus publics à l'occasion. Fiancée au berceau, mariée à douze ans, la fragile Jeanne n'avait été qu'un instrument au service de la politique de son père. Comptant sur sa stérilité, Louis XI avait accordé sa main à Louis d'Orléans uniquement pour affaiblir cette branche collatérale de la famille royale et placer sous sa coupe celui qui serait son successeur s'il venait à décéder sans enfant mâle.

Peu soucieux de complaire à une épouse difforme et qu'il n'avait pas choisie, Louis d'Orléans avait vite déserté le lit conjugal et mené pendant sept ans une existence dissolue. À la mort de son royal beau-père, et dans l'attente de la majorité du dauphin Charles, il avait vainement manigancé pour obtenir la régence du royaume. Supplanté par la fille aînée du roi, sa belle-sœur Anne de Beaujeu, il avait fini par entrer en rébellion ouverte et être emprisonné.

Avec un dévouement sans faille, Jeanne avait été alors l'une des rares à le visiter dans les différentes geôles qu'il avait occupées, tout au long de ses trois années de captivité. Elle avait aussi plaidé sa cause avec succès auprès de son frère, devenu le roi Charles VIII.

Peu soucieux de lui témoigner sa reconnaissance, Louis, sitôt libéré, avait repris sa vie de plaisirs et de débauches. Puis, au décès brutal de Charles VIII, à peine monté sur le trône, il s'était empressé de demander au pape l'annulation de son mariage, afin de pouvoir épouser Anne de Bretagne, la veuve de son prédécesseur. Le procès qui s'en était suivi s'était avéré une véritable parodie : tribunal ecclésiastique acquis d'avance à la cause du roi, avocats commis d'office et peu enclins à défendre la malheureuse reine, lamentable défilé de témoins hostiles à Louis XI et déversant sur sa fille de vieilles rancœurs...

Maltraitée, Jeanne avait fait front avec courage et dignité. Peu à peu, l'opinion s'était retournée et le bon peuple s'était mis à plaindre sincèrement celle que tous, au départ, accablaient. Après quatre mois de procédure, des multiples motifs d'annulation évoqués initialement par le monarque, un seul subsistait : la prétendue non-consommation du mariage. Mais sur ce terrain non plus, Jeanne ne s'était pas laissé faire. Bravement, elle avait soutenu que, pour n'être pas la plus belle des épouses, elle n'en était pas moins apte à remplir son devoir conjugal. Puis répondant aux accusations humiliantes des témoins, elle avait évoqué les trop rares étreintes auxquelles son mari avait consenti mais qui avaient fait d'elle pleinement une femme. Enfin, refusant de subir un examen corporel dont il était douteux qu'il puisse être réalisé par des personnes de confiance, elle avait déclaré s'en remettre à la parole du roi. Ainsi, pour rompre une union de vingt-deux années et se séparer d'une épouse aussi bonne que dévouée, Louis XII avait été contraint de jurer sur l'évangile qu'il n'avait jamais connu celle-ci charnellement.

Jeanne la disgracieuse était sortie grandie de cette épreuve. Le roi avait voulu le divorce, elle le lui avait offert. Mais tout en restant digne et sans transiger sur sa foi qui lui interdisait de mentir pour rompre un sacrement.

— J'ai pourtant aimé d'un amour sincère celui auquel le destin m'avait liée, continuait la religieuse. Et sans doute serais-je encore aujourd'hui à ses côtés s'il n'avait ceint la couronne de France. Mais je ne regrette rien, car je suis aujourd'hui au service du seul maître qui vaille qu'on lui consacre toute son existence : Dieu le père tout puissant.

Héloïse était déconcertée par le tour que prenait la conversation. En acceptant de se rendre à ce singulier rendez-vous, elle croyait en apprendre davantage sur l'assassinat des trois alchimistes et les sombres desseins poursuivis par Mathurin Loiseul. Mais sa rencontre avec Jeanne de Valois ne s'inscrivait manifestement pas dans cette perspective et elle comprenait de moins en moins la raison de sa présence en ce lieu.

Comme si elle lisait dans ses pensées, l'ancienne reine continuait :

— Je devine que vous vous demandez pourquoi je vous ai fait venir auprès de moi. Pas pour entendre les confidences d'une vieille épouse délaissée, je vous rassure !

Héloïse voulut protester mais Jeanne de Valois l'interrompit d'un geste.

— Je vous ai vue pour la première fois il y a cinq ans, le matin du jour où décéda mon pauvre frère, le roi Charles VIII. Le chevalier Bayard venait de vous dédier sa victoire au tournoi de paume. Quel beau couple vous formiez ! Il était impossible de ne pas vous remarquer. Et puis, sans doute à cause de notre infirmité commune, je n'ai pu manquer de me comparer à vous. Vous incarniez la beauté dont je suis privée et le bonheur qui m'était hélas si cruellement refusé ! Les renseignements que j'ai pris alors à votre sujet m'ont confortée dans l'idée que vous étiez une personne digne d'intérêt et m'ont incitée à former des vœux sincères pour que votre félicité résiste à l'épreuve du temps.

Héloïse rougit. Non seulement par pudeur, en entendant évoquer ses souvenirs heureux avec Bayard, mais aussi en raison de l'allusion à son léger handicap. La boiterie dont elle était affectée, même si elle était somme toute discrète, avait toujours représenté pour elle une source de complexes. Elle se sentait mal à l'aise à chaque fois que quelqu'un y faisait allusion.

— Imaginez ma surprise lorsque je vous ai revue tantôt, ici même, à l'intérieur de la cathédrale, poursuivait mère Jeanne sans paraître remarquer le trouble de son interlocutrice. J'ai aussitôt chargé l'une des deux novices de l'Annonciade qui se trouvaient avec moi de vous suivre afin d'apprendre où vous logiez. Il s'agit de sœur Claire, la jeune femme qui vous a menée ce soir jusqu'ici. Il fallait en effet absolument que je vous parle.

— Je ne comprends toujours pas, ma mère. Qu'avez-vous de si important à me confier? Et pourquoi avoir organisé ce rendez-vous secret? Il eût été plus simple de m'aborder cet après-midi, au grand jour.

— C'était impossible. Je connais bien l'homme qui vous accompagnait. Le baron de Conches est l'un des familiers d'Anne de Bretagne. Je ne pouvais parler librement devant lui.

— Pourquoi donc?

La chétive moniale marqua une courte hésitation. Puis après avoir jeté un regard circulaire autour d'elle, elle reprit à voix plus basse :

— Comme je vous l'ai dit, votre bonheur ne m'est pas indifférent. Or, je le sais menacé. Si le chevalier Bayard s'est éloigné de vous, ce n'est pas par manque d'amour comme vous pourriez être encline à le croire. Il est le dépositaire d'un terrible secret qui pèse sur son âme.

— Comment le savez-vous?

— Celui qui fut mon époux et qui règne aujourd'hui sous le nom de Louis XII a toujours eu tendance à me compter pour quantité négligeable. D'où de fréquentes imprudences de sa part. Comme celle de laisser traîner certain courrier compromettant dans mon antichambre.

— Un courrier qui aurait un rapport avec ce fameux secret que vous évoquiez à l'instant?

— Exactement! Il serait trop long de vous donner tous les détails. Sachez seulement que notre précédent roi, mon regretté frère Charles, n'a pas été victime d'un accident comme il a été annoncé au peuple. Il est mort assassiné. Et Louis – Dieu puisse lui pardonner ses fautes ! – n'est pas étranger à cet horrible meurtre. Si le crime fut exécuté par un autre, il en fut le commanditaire. C'est ce que le chevalier Bayard a découvert, mais la reine Anne lui a fait jurer de garder le secret. L'a-t-elle fait dans l'intérêt supérieur du royaume ou pour protéger un ancien soupirant appelé à devenir son futur mari[1] ? Elle seule le sait ! Mais je suppose que c'est ce serment arraché au chevalier qui l'a éloigné de vous.

— Comment cela ?

— Nul n'ignore la noblesse d'âme du chevalier Bayard. En acceptant de taire la vérité sur l'assassinat du roi Charles VIII, sans doute s'est-il jugé indigne de l'amour de celle qui avait été accusée à tort de ce meurtre.

Héloïse était abasourdie. Les révélations de Jeanne de Valois s'avéraient d'une exceptionnelle gravité. Elles éclairaient aussi d'un jour nouveau le comportement de Bayard à son égard. La jeune femme comprenait à présent les raisons de son éloignement. Le chevalier avait dû se sentir écartelé entre deux serments contradictoires. Le premier était l'engagement pris devant elle de punir

---

1. Avant son union avec Charles VIII, Anne avait été courtisée par Louis d'Orléans. En outre, en vertu de son contrat de mariage et afin de conserver la Bretagne au Royaume, elle se devait d'épouser le successeur de Charles.

les meurtriers de Charles VIII, qui étaient aussi les responsables de la mort de son père, injustement accusé. Le second était cette promesse faite à Anne de Bretagne de taire à jamais le rôle joué par Louis d'Orléans dans cette sinistre affaire. Mais ce qui faisait s'affoler le cœur de la jeune femme dans sa poitrine, c'était surtout la pensée que Bayard n'avait sans doute jamais cessé de l'aimer. Elle avait l'impression d'être libérée brusquement d'un poids immense. Cela faisait des années qu'elle ne s'était pas sentie aussi heureuse. Elle écrirait à Bayard, elle le libérerait de son serment ! Tout serait alors de nouveau possible entre eux !

Elle adressa à l'ancienne reine un regard empli de reconnaissance.

— Je vous remercie de tout cœur, ma mère, s'exclama-t-elle en retenant à grande peine les larmes de joie qui lui venaient aux paupières. Vous ne pouvez savoir le bien que vous me faites !

La frêle religieuse au corps tourmenté lui prit doucement les mains. Son visage si serein exprimait une absolue bonté.

— Détrompez-vous, Héloïse ! dit-elle en la fixant droit dans les yeux. Je ne le sais que trop ! Ce bonheur que je vous rends aujourd'hui est votre bien le plus précieux. Veillez sur lui à chaque instant. Ne laissez plus jamais personne vous le ravir.

XXVI

La lettre

De retour à l'auberge, Héloïse retrouva un Henri de Comballec au paroxysme de l'inquiétude. Se prévalant de sa qualité d'envoyé extraordinaire de la reine, le baron avait tiré le prévôt de Bourges de son lit et déclenché des recherches dans toute la ville afin de la retrouver. Sa chambre était transformée en un véritable quartier général d'où il dirigeait les opérations. En apercevant la jeune femme, il se précipita au-devant d'elle.

— Héloïse! Vous êtes sauve, Dieu merci! Mais où diantre étiez-vous passée?

Encore mal remise de ses émotions, la jeune femme aurait aimé pouvoir bénéficier d'un moment de répit, se retrouver seule avec elle-même. Cependant, au vu de l'état de nerfs dans lequel se trouvait l'ardent Breton, elle comprit qu'il ne lui serait pas possible de différer le temps des explications. Rassemblant ses esprits, elle s'efforça de faire la part des choses et de percevoir dans quelles limites elle pouvait se montrer franche avec lui.

Lors de leur entretien, Jeanne de Valois avait émis quelques doutes sur les motifs qui avaient poussé Anne de Bretagne à étouffer la vérité sur la mort de son premier époux. Venant de tout autre qu'elle, cette allusion eût pu passer pour de la jalousie ou de la rancœur à l'encontre d'une rivale triomphante. Mais après l'avoir rencontrée, Héloïse était persuadée que l'infortunée princesse devenue religieuse était incapable d'éprouver d'aussi bas sentiments. Qui sait? Peut-être en savait-elle davantage qu'elle n'avait voulu le dire sur les accointances possibles entre Anne de Bretagne et Louis d'Orléans. D'ailleurs, n'avait-elle pas organisé une entrevue secrète justement pour pouvoir parler à Héloïse sans crainte d'être entendue par un familier de la reine?

Forte de ces réflexions, la jolie rousse résolut de faire un récit détaillé de son excursion nocturne, sans toutefois souffler le moindre mot du secret confié par la moniale. À l'entendre, Jeanne de Valois s'était prise d'affection pour elle naguère à Amboise et, ayant appris sa présence à Bourges, avait tenu à la rassurer sur l'amour sincère du chevalier Bayard à son endroit. Avant de partir pour l'Italie, ce dernier se serait en effet confié à une lointaine parente à lui, novice au sein de l'Ordre de l'Annonciation de la Vierge Marie.

Prise au dépourvu, Héloïse n'avait pas trouvé mieux. Le mensonge était un peu gros et, surtout, il n'expliquait pas pourquoi l'ancienne reine avait entouré leur rencontre de tant de précautions. Mais Henri de Comballec parut s'en contenter, même si la jeune femme crut lire de la contrariété dans son regard. Finalement, il se contenta de déclarer qu'il était soulagé de la retrouver indemne car il avait, un temps, craint le pire.

Une fois les hommes de la prévôté remerciés, Héloïse put prendre congé du baron et regagner enfin sa chambre. Elle tombait de fatigue, mais se sentait bien trop excitée pour trouver le sommeil. Il fallait qu'elle écrive sur-le-champ à Bayard. Cette fois, elle n'allait pas se contenter d'un court billet expédié par pigeon voyageur. Elle avait tant de choses à lui dire ! D'abord lui conter sa rencontre avec Jeanne de Valois et expliquer au chevalier qu'elle comprenait les raisons l'ayant poussé à lui marquer une si soudaine froideur. Ensuite, elle lui écrirait qu'elle ne lui en tenait pas rigueur et qu'elle le délivrait de son serment. Peut-on exiger d'un gentilhomme qu'il s'en prenne à son roi légitime, quand bien même celui-ci posséderait une âme fourbe et criminelle ? Non, bien sûr ! Nul n'était en droit de reprocher à Bayard d'avoir cautionné un mensonge d'État. Elle encore moins qu'un autre, car elle savait de quel prix il avait payé ce dévouement à la Couronne. Enfin, elle lui promettrait d'attendre patiemment son retour tout en lui avouant que son vœu le plus cher serait de devenir sans tarder – et s'il se trouvait dans une même communion de sentiments – son épouse dévouée.

Elle qui avait toujours apprécié la poésie et maniait la langue avec une grande habileté, elle dut s'y reprendre toutefois à plusieurs reprises pour coucher ses sentiments sur le papier. Son cœur battait si fort et son émotion était si intense que les mots se bousculaient sans qu'elle parvienne à les ordonner avec justesse. En définitive, une grisaille annonciatrice d'aurore pointait déjà à sa fenêtre lorsque, satisfaite mais épuisée, elle put abandonner sa plume et gagner enfin sa couche.

À son réveil, elle s'empressa de cacheter sa lettre et rejoignit Henri de Comballec dans sa chambre. Celui-ci la salua avec une certaine raideur.

— Ma chère, enchaîna-t-il un peu sèchement, je commençais à me demander si vous alliez parvenir à vous arracher à votre couche ! Il est presque midi ! Vos rêveries d'amour ne sauraient, je l'espère, vous détourner de notre mission commune !

« Quelle mouche l'a donc piqué ? » songea Héloïse qui avait presque oublié combien le baron avait pu se montrer désagréable au début de leur aventure. Elle choisit cependant de ne pas ajouter d'huile sur le feu et d'ignorer ce que les propos de son compagnon avaient de déplaisant.

— J'étais bien trop lasse pour rêver à quoi que ce soit, dit-elle. J'ai dormi d'un sommeil de plomb et cela m'a fait grand bien.

— Tant mieux ! réagit le baron en se radoucissant quelque peu. Nous allons avoir besoin de toutes vos capacités de réflexion. Figurez-vous que tant qu'à déranger la prévôté, j'en ai profité hier soir pour poursuivre notre enquête au sujet des verriers. Mathurin Loiseul et l'Angelot sont bien passés à Bourges. Ils ont participé il y a environ un mois à la réfection de vitraux dans la cathédrale. Mais personne ne les a revus dans les environs ces dernières semaines. Cela signifie que nous devons absolument rejoindre la prochaine étape de leur périple. Et pour cela, il nous faut découvrir au plus vite ce que représente « l'émule de Rome ».

— Vous avez raison. Le temps d'avaler quelque chose et je me remets à l'étude de la deuxième strophe du poème.

Le capitaine des archers afficha un air satisfait.

— C'est parfait ! Je joindrai mes efforts aux vôtres aussitôt après avoir rendu visite au prévôt pour qu'il me fournisse un messager. J'ai profité de votre sommeil pour rédiger une missive à destination de la reine. Je l'informe des progrès de notre enquête et l'encourage vivement à avertir le roi de la probable existence d'un complot.

— En ce cas, pourrais-je vous confier deux lettres ? La première est destinée au compagnon qui tient l'apothicairerie en mon absence. La seconde est pour messire Bayard. Il faudrait qu'elle soit jointe au prochain courrier en partance pour notre armée d'Italie.

La joue du baron se crispa légèrement, mais Héloïse était trop centrée sur ses propres préoccupations pour remarquer pareil détail.

— Ce sera fait, dit Henri de Comballec. Vous pouvez compter sur moi.

Un quart d'heure plus tard, le gentilhomme breton quittait l'auberge et prenait la direction de l'hôtel du prévôt. La pluie des jours précédents avait enfin cédé le pas à un timide soleil de fin d'automne. Il y avait grande presse dans les rues car c'était jour de marché à Bourges. Une foule bariolée s'affairait entre les étals des marchands qui empiétaient allègrement sur une partie de la chaussée. La cité bruissait de mille échos. Elle était débordante de vie, saturée d'odeurs, animée par un flot de visiteurs attirés parfois d'assez loin par la prospérité des boutiques et la profusion des marchandises offertes à la vente.

Henri de Comballec progressait trop lentement à son goût au milieu de cette joyeuse cohue. Il se sentait irrité, prêt à passer sa mauvaise humeur sur le premier badaud venu. La vérité était que, pour la première fois de sa vie, il éprouvait la désagréable sensation de ne plus être maître de sa propre existence. Il en avait pris conscience la nuit précédente, lorsque l'inexplicable disparition d'Héloïse l'avait plongé dans une angoisse indescriptible. Il aurait été prêt à remuer ciel et terre pour la retrouver ! L'intense émotion qui l'avait étreint à l'instant où elle était réapparue saine et sauve dépassait de beaucoup le simple soulagement. Il lui avait fallu se rendre à l'évidence : il était bel et bien tombé amoureux de la jeune femme. Hélas ! Cette révélation avait été aussitôt gâchée par le rappel des doux sentiments nourris par la délicieuse rousse à l'égard de messire de Bayard. Depuis lors, l'ardent capitaine était en proie à une sorte de mélancolie douloureuse qui lui ôtait toute énergie.

Parvenu sur la grand-place, devant la halle aux grains, Henri de Comballec fut stoppé dans sa marche par un attroupement. Au centre d'un large cercle de spectateurs, un bateleur arborant bonnet à grelots et tenue écarlate amusait les badauds en faisant tourner un ours au rythme de son tambourin. L'imposant animal se dandinait, dressé sur ses pattes postérieures, dans une danse à la fois pataude et grotesque.

Le baron se mordit les lèvres. Il lui semblait brusquement qu'il n'était guère différent de cet animal sauvage ravalé au rang de phénomène de foire. Lui naguère si fier de son indépendance et de sa force allait-il accepter d'être le jouet de ses propres sentiments ? Pouvait-il se résoudre à laisser la première femme pour laquelle il ait éprouvé autre chose que mépris ou indifférence se tourner vers un autre ?

En une fraction de seconde, sa résolution fut prise. Il se détourna du navrant spectacle et se réfugia sous le proche auvent d'un tisserand. Là, il tira de son pourpoint la sacoche de cuir qu'il entendait confier au prévôt en vue de son acheminement à Blois. L'étui contenait trois missives : le rapport rédigé à l'intention de la reine, la lettre pour l'assistant d'Héloïse et la missive destinée à Bayard. Il retira la dernière de la sacoche et, après une courte hésitation, la plia en deux avant de la glisser à l'intérieur de son gant.

XXVII

Où Bayard forge sa légende
et la Ficelle boit la tasse

Sur les berges du Garigliano, aux frontières du royaume de Naples, la situation demeurait inchangée. Les armées de France et d'Aragon continuaient de se faire face et de se défier à distance sans engager la bataille décisive. En tenant les ponts et les principaux gués, les soldats espagnols avaient la partie belle et, sans combattre, pouvaient empêcher la progression de leurs adversaires. À la mauvaise saison, le fleuve était en effet d'un accès très difficile. Son cours irrégulier tantôt se resserrait en un lit profond au courant tumultueux, tantôt s'étendait en un vaste marécage où soldats et chevaux se seraient enlisés devenant ainsi des proies faciles. Cette barrière naturelle suffisait donc à elle seule à mettre en échec les bannières frappées de la fleur de lys.

Ces derniers jours, cependant, les Français, contre toute attente, étaient parvenus à jeter, non loin des ruines de Minturnes, un pont de bateaux en travers du fleuve. Cette faille dans le dispositif espagnol était rapidement devenue un enjeu crucial et l'objet d'escarmouches incessantes.

Ce matin-là, Bayard, accompagné de Pierre de Tardes et de la Ficelle, s'était installé tout près du pont. Tandis que ses deux compagnons se disputaient leur maigre solde en une partie de dés acharnée, le chevalier, perché sur un talus, inspectait d'un œil intrigué l'autre rive. Contrairement aux journées précédentes, aucun soldat ennemi n'était visible dans les environs. L'endroit était aussi calme qu'un coin de campagne du val de Loire et le soleil revenu incitait davantage à se lancer dans une séance de pêche qu'à guetter une hypothétique attaque.

— Il semblerait que ces couards d'Espagnols aient déjà renoncé à nous disputer le pont, remarqua le Basco tout en mâchonnant un brin d'herbe.

— Pas étonnant! surenchérit la Ficelle, jamais en retard d'une forfanterie. Ces croqueurs de piment ont dû attraper la chiasse! C'est à l'odeur qu'il faudrait les pister!

— Concentre-toi donc, l'animal! Car à voir fondre ton tas de piécettes, c'est pour toi que cela va sentir bientôt mauvais!

Cet échange venait à peine d'avoir lieu qu'un roulement de canonnade retentit dans le lointain. Bayard porta la main à la garde de son épée, tandis que le Basco bondissait sur ses pieds.

— Vous avez entendu? On dirait que ces maudites arquebuses sont à l'œuvre en amont!

— Pour sûr! C'est comme si je sentais la poudre d'ici!

La Ficelle, qui venait de profiter de la distraction des deux hommes pour retourner les dés en sa faveur, s'efforça de tempérer leurs ardeurs :

— Bah ! Ce sont sûrement les nôtres qui s'entraînent sur quelque poule d'eau, histoire de ne pas perdre la main... Double six ! Le Basco, tu as vendu la peau de l'ours un peu trop tôt !

Mais au grand désappointement de l'adolescent, ses aînés ne lui prêtaient plus la moindre attention. Raflant sa mise, le Basco rejoignit Bayard au sommet du talus.

— Tu vois quelque chose ?

— Non. Mais si j'en crois l'intensité du bruit, cela vient du gué situé environ à deux lieues d'ici.

Comme pour confirmer ses dires, une escouade de cavaliers français déboucha du sous-bois et piqua des deux le long de la rive, dans la direction indiquée. Celui qui les menait, un géant à la barbe brune, leur lança au passage :

— Les Espagnols ! Une centaine de cavaliers et des arquebusiers. Ils ont passé le gué et tentent de nous prendre à revers ! Allons, tous à la rescousse !

Les deux vaillants combattants n'avaient guère besoin d'être stimulés. À dire vrai, leur seule crainte était d'arriver trop tard sur les lieux de l'affrontement pour prendre part à la mêlée. Dévalant le talus, ils se précipitèrent vers leurs chevaux qu'ils avaient laissés paître librement dans la prairie.

Ils les avaient déjà enfourchés et s'apprêtaient à partir au galop, lorsque la Ficelle les rappela avec de grands gestes affolés.

— Trahison ! Ces chiens d'Espagnols attaquent le pont !

Bayard et le Basco tournèrent bride et gravirent le talus de concert. Là, une affreuse surprise les attendait. De l'autre côté du fleuve, près de deux cents cavaliers espagnols accouraient à bride abattue vers le pont dégarni.

— Jarnibleu ! jura le Basco. L'assaut sur le gué n'était qu'une diversion !

— La Ficelle ! Vite, monte en croupe ! ordonna Bayard qui avait jugé en un éclair de la gravité de la situation. Quant à toi le Basco, pique des deux et va chercher du renfort. Je vais tâcher de les retenir !

Le Basco aurait bien aimé protester et demeurer au côté de ses compagnons, mais le ton énergique du chevalier n'admettait pas la réplique. Et puis, de toute façon, ils ne pouvaient espérer à eux trois venir à bout d'adversaires aussi nombreux. Il fallait absolument quérir du secours !

Sans un mot, l'impétueux soldat détacha de sa selle une longue hache de guerre et la tendit à son ami. Puis il lança à regret sa monture en direction du campement tandis que, dans son dos, Bayard dévalait en hurlant la pente herbue et courait sus à l'Espagnol.

Le destrier du chevalier atteignit le pont alors que les premiers cavaliers ennemis en achevaient la traversée. Anticipant le choc, la Ficelle sauta en voltige et se rattrapa avec agilité au parapet. Dans le même temps, Bayard bouscula deux cavaliers qui basculèrent dans la rivière et en renversa deux autres en faisant tournoyer l'arme redoutable du Basco.

Compte tenu de l'étroitesse du pont, les soldats espagnols ne pouvaient se présenter à plus de quatre de front, mais ce maigre avantage n'était pas suffisant. Bayard risquait d'être rapidement submergé. Comprenant cela et n'écoutant que son courage, la Ficelle plongea entre les jambes des chevaux ayant déjà perdu leurs cavaliers. En jouant habilement du poignard, il parvint à couper les jarrets de trois bêtes qui s'écroulèrent sur le flanc avec d'horribles hennissements.

— Bien manœuvré, petit! le félicita Bayard en esquivant la lance d'un nouveau cavalier.

Le rempart constitué par les montures abattues suffit à briser l'élan des assaillants. Un seul Espagnol, un gradé à en croire le panache de plumes auréolant son heaume, s'entêta et tenta de franchir le barrage à cheval. Mal lui en prit! Son destrier trébucha sur les corps agités de soubresauts de ses semblables. Déséquilibré, l'attaquant ne put mener son assaut aussi vigoureusement qu'il l'aurait souhaité. Le chevalier français esquiva la pointe de sa lance et lui porta au flanc un coup d'une telle force, que la hache lui entra plus d'un demi-pied dans le corps. Le cavalier vida les étriers dans une gerbe de sang.

À cette vue, les autres soldats aragonais comprirent que leurs montures, loin de constituer un atout dans un espace aussi réduit, risquaient au contraire d'entraver leurs mouvements. Ils mirent aussitôt pied à terre et se précipitèrent sur ce diable de Français qui avait l'audace de prétendre leur interdire à lui seul l'accès à la rive.

De crainte d'être assailli de tous côtés, Bayard s'accula à la barrière du pont et s'efforça de tenir ses ennemis à distance en effectuant d'amples moulinets avec sa hache. L'arme meurtrière se mit à vrombir en l'air, tel un essaim de guêpes en colère. La Ficelle, quant à lui, était remonté prestement sur le parapet d'où, couvert par le chevalier, il jouait de la fronde avec une redoutable précision.

Très vite, le combat devint d'une rare violence. Les Espagnols, vexés de voir un unique homme d'armes et un adolescent les tenir en échec, se jetaient à l'assaut avec une hargne grandissante. Leurs coups y gagnaient en sauvagerie ce qu'ils perdaient en précision. Aveuglés par leur colère, les soldats de Gonzalve manquaient en effet de lucidité et oubliaient de coordonner leurs attaques.

Bayard, à l'opposé, sentait un grand calme régner en lui. Au cours des derniers mois, il était allé plusieurs fois volontairement au-devant de la mort et celle-ci lui était devenue une compagne familière. Cependant, cette fois-ci, son état d'esprit était différent. La perspective du trépas ne lui apparaissait plus comme une possible délivrance. Le billet d'Héloïse avait tout changé. Il ne cessait de se demander quelle mission la reine avait bien pu confier à celle qu'il aimait. Et il tremblait à l'idée que la dame de ses pensées pût être en danger. Cette crainte était sa meilleure raison de vivre. Elle le poussait à se transcender dans la lutte.

Il avait tué ou navré cinq nouveaux ennemis quand les Espagnols commencèrent à refréner leur fougue et à le harceler de tous côtés. Fort heureusement, la Ficelle, en manque de pierre pour sa fronde, avait ramassé une javeline et s'était mis en devoir de repousser les attaquants qui tentaient de le déborder sur sa gauche. Les minutes passaient. Lentes et poisseuses de la sueur et du sang versés. Furieux de perdre un temps si précieux, les soldats d'Aragon hurlaient de rage et lançaient au chevalier des invectives en français.

Un capitaine à la cuirasse niellée d'arabesques dorées finit par bousculer ses propres hommes et bondit à la rencontre de cet adversaire qui se battait avec la fureur d'un lion. Il brandit haut son épée rutilante et l'abattit de toutes ses forces, droit sur le crâne de Bayard. Celui-ci venait à peine de porter une estocade à un autre Espagnol et n'avait pas le temps d'arracher son arme au corps de sa victime pour parer l'attaque. Sans lâcher le manche de sa hache, il plongea donc en avant pour se glisser sous celui-ci. La lame adverse vint heurter violemment la hampe de bois. Sous le choc, celle-ci se brisa mais le coup fut à la fois dévié et ralenti. Le chevalier sentit une douleur fulgurante lui traverser l'épaule gauche. Du sang jaillit de sa cuirasse fendue. Faisant abstraction de la douleur, Bayard dégaina rapidement son épée et frappa son adversaire avant que celui-ci ait eu le temps de se remettre en garde. Le capitaine tomba, la jambe sectionnée au-dessous du genou. Sans perdre de temps, le Français dégagea sa lame et pivota pour faire face aux soldats qui se précipitaient afin de venger leur chef.

La blessure de Bayard était superficielle mais elle le gênait néanmoins pour couvrir les attaques sur son flanc. Surtout, elle avait redonné courage aux Espagnols qui se battaient désormais avec une ardeur renouvelée. Le chevalier était assailli de piques et d'épées, virevoltant autour de lui comme des langues de feu. Peu à peu, son bras gauche devenait insensible et le souffle commençait à lui manquer. Pourtant, étrangement, il ressentait toujours une sorte de détachement. Comme s'il avait revêtu une armure de fatalité qui le rendait presque étranger à la scène. Dans de telles dispositions d'esprit, il comprit rapidement qu'il ne pourrait plus tenir longtemps. Alors, tout en parant les attaques ennemies, il s'adressa à la Ficelle par-dessus son épaule :

— Tu as bien œuvré, la Ficelle. Saute à l'eau à présent. Inutile de leur offrir deux vies !

— Pas question ! riposta l'adolescent qui maniait sa javeline avec fougue. J'y suis, j'y reste !

Sans prendre la peine de discuter, le chevalier recula d'un pas et envoya une rude bourrade dans les jambes de son jeune compagnon. Pris par surprise, celui-ci bascula en arrière et effectua un pitoyable plongeon dans les eaux tumultueuses du Garigliano.

— On ne discute pas les ordres, morveux ! lui lança Bayard en priant pour que l'intrépide adolescent s'en sorte sain et sauf.

Quelques instants plus tard, la situation du héros de l'armée française était devenue désespérée. Privé de sa hache, handicapé par son entaille à l'épaule, Bayard ne pouvait plus contenir les assauts furieux des Espagnols. Il se contentait de parer tant bien que mal les attaques adverses et reculait pas à pas, cédant inexorablement du terrain.

Tout en jetant ses dernières forces dans la bataille, le chevalier se raidissait dans l'attente du coup fatal qui ne pouvait manquer de survenir, lorsque des sonneries de trompettes retentirent soudain dans son dos. À la tête d'une compagnie d'homme d'armes, le Basco arrivait à son secours au grand galop. Dépités par l'échec de leur manœuvre et peu désireux de se frotter à une forte troupe là où un seul ennemi leur avait tenu crânement tête, les Espagnols rompirent aussitôt le combat et se débandèrent en grand désordre.

Le soir même, dans tous les rangs des armées de France et d'Aragon, on sut que le fameux chevalier Bayard avait défendu à lui seul, pendant près d'une heure, un pont contre deux cents Espagnols. Et dans la semaine qui suivit, chansons et récits se multiplièrent pour célébrer l'exploit... Quant au rôle joué par la Ficelle dans ce glorieux épisode, malgré le témoignage du chevalier et au grand dépit de l'intéressé, réchappé finalement de son bain forcé, nul chroniqueur ne sembla vouloir y accorder la moindre attention.

XXVIII

L'émule de Rome

Autun !

L'émule de Rome !

Sans Robin, les envoyés de la reine Anne auraient pu buter sur cette nouvelle énigme durant des jours entiers. L'ingénieux écuyer s'était livré pourtant à un raisonnement élémentaire. La première strophe du poème de Loiseul les avait conduits dans une cathédrale, au pied d'un vitrail. Pour découvrir le lieu suivant, peut-être fallait-il tout simplement demander de l'aide auprès d'un membre du clergé. Sans en informer personne, ni son maître ni Héloïse, il avait donc pris sur lui d'interroger un frère lai qui séjournait dans la même auberge qu'eux. Le moine lettré n'avait pas hésité une seconde. L'expression «émule de Rome» ne pouvait, selon lui, que désigner la ville d'Autun dont la devise était *Roma celtica, soror et aemula Romae*[1].

— La ville a été fondée sous le règne de l'empereur Auguste, leur avait expliqué Robin un peu

---

1. La Rome celtique, sœur et émule de Rome.

plus tard. Elle est devenue rapidement la capitale des Éduens, une peuplade alliée à Rome.

— Cela semble correspondre en effet avec le message que nous avons décodé, avait observé Henri de Comballec. Mais nous devons être certains de ne pas nous engager dans une mauvaise direction.

Héloïse avait approuvé, mais Robin avait balayé leurs hésitations d'un sourire enthousiaste.

— Aucun risque d'erreur possible, tout concorde! La deuxième strophe du poème parle d'une pyramide isolée où repose l'ami du premier César. Or, à la sortie d'Autun, se dresse un monument de ce type qui serait la sépulture d'un druide éduen, ami de Cicéron et de Jules César. Elle se situe à proximité d'une ancienne nécropole baptisée «le champ des urnes». Il s'agit à l'évidence du champ qu'aucun soc ne creusera jamais, évoqué par Loiseul dans le vers suivant!

— Que dit ensuite le poème?

— «Si la camarde maintenant te fait escorte, ce n'est point fortuit mais pour te prêter main-forte. Le nom de son vainqueur, il te faudra rallier pour nommer le sculpteur du Christ en Majesté.» La camarde désigne la mort et il faut donc trouver le nom de son vainqueur. Là encore, mon moine s'est avéré d'une aide déterminante. Selon lui, si l'on se réfère aux Saintes Écritures, seuls deux êtres peuvent être considérés comme ayant triomphé de la mort. Le Christ bien sûr, mais aussi, avant lui, le premier homme à avoir été ressuscité.

— Lazare!

— Exact ! Or, la cathédrale d'Autun se nomme justement Saint-Lazare ! Vous voyez bien : pas un détail ne manque !

Héloïse avait applaudi des deux mains et le baron s'était réjoui de l'heureuse initiative prise par son écuyer. Ils n'avaient plus qu'à reprendre la route, cette fois pour rejoindre Autun.

Ils partirent de bon matin alors que la pluie glacée faisait sa réapparition. Engoncés dans leurs épais manteaux, ils chevauchèrent en silence pour atteindre les bords de la Loire en fin d'après-midi. Leur enthousiasme était retombé. Héloïse ne pouvait s'empêcher de songer à Bayard. Il lui semblait qu'elle avait quitté Amboise depuis des mois et que leur quête ne finirait jamais. Certes, ils avaient découvert le poème de Loiseul et décrypté ses premiers vers, mais ils ignoraient encore tout du mobile ayant présidé au meurtre des alchimistes. Et s'ils avaient présumé l'existence d'un complot, aucun fait précis n'était venu confirmer cette hypothèse. Troublée par les révélations de Jeanne de Valois, la jeune femme se demandait si tous leurs efforts n'étaient pas vains et ne la détournaient pas de la seule chose qui comptait vraiment à ses yeux : l'amour qu'elle portait au chevalier sans peur et sans reproche. Le temps maussade n'arrangeait rien et déteignait sur son humeur. Elle avait désormais la désagréable impression qu'ils ne poursuivaient qu'une chimère et qu'ils étaient condamnés à errer dans des méandres humides dont ils ne sortiraient jamais.

Henri de Comballec, pour sa part, ne doutait pas qu'ils mèneraient à bien la mission confiée par la reine Anne. Il n'en était pourtant pas moins préoccupé. Pour la première fois depuis qu'il était entré au service de la souveraine, la volonté farouche d'atteindre le but assigné n'occupait pas la première place de ses pensées. Celles-ci le ramenaient constamment à Héloïse. Il se sentait tiraillé entre son sens du devoir et ce désir irrésistible qui l'assaillait à chaque fois qu'il posait les yeux sur sa ravissante compagne. Autre chose le troublait. Normalement, il aurait dû éprouver de la honte au souvenir de la lettre qu'il avait conservée par-devers lui. Et pourtant il n'en était rien. Il n'avait pas le moindre remords, comme si ses sentiments cachés suffisaient à légitimer son acte. Comme s'il n'avait fait que défendre son bien. Une telle immoralité ne lui ressemblait pas et cela ne laissait pas de l'inquiéter.

Ces deux-là s'étant enfermés dans une sorte de morosité silencieuse, Robin dut se résoudre à progresser dans un morne tunnel de silence et de pluie. Jusqu'à atteindre le fleuve...

Tout d'abord, ils ne le virent pas. Un couloir de brume s'encastrait entre les berges noyées. Ils sentirent juste une haleine malsaine de vase et d'ajoncs pourris. Puis ils entendirent l'envol lourd de canes qui s'extirpèrent à grand bruit d'ailes des hautes herbes, le long de la rive. Tout de suite après, le grondement du flot grossi par toutes les pluies de ce méchant automne les guida vers les saules, au milieu des nappes de brouillard humide.

Enfin, ils touchèrent au sentier de halage. La lumière du soleil froid se réfractait sur les vapeurs blanchâtres, conférant au paysage une aura d'irréalité. Une brise piquante courait au-dessus des eaux et dévoilait par intermittence l'écoulement métallique de la Loire. Entre les minuscules îlots et les bancs de sable, des franges d'écume marquaient l'emplacement de redoutables tourbillons et le courant, violemment établi, charriait toutes sortes de débris végétaux.

— Il y a un bac en aval, à moins d'une lieue d'ici, dit Henri de Comballec. Nous allons l'emprunter.

— Est-ce bien prudent? hasarda Héloïse. Les pluies ont fait monter le niveau du fleuve et il semble couler avec la violence d'un torrent de montagne.

— La seule autre possibilité consisterait à rebrousser chemin pour rejoindre le premier pont à Nevers. Un détour de près de six lieues qui nous ferait perdre plus d'une heure de marche. Mieux vaut aller au plus court. De toute façon, le propriétaire du bac saura nous dire si la traversée est possible.

Le sifflement du vent dans des branches invisibles et le roulement de tambour des eaux tumultueuses enveloppèrent ces dernières paroles. Sans un mot de plus, les trois voyageurs laissèrent leurs montures aller au pas sur l'étroit chemin de halage, rabaissant leurs capuches sur leurs fronts et resserrant leurs cols pour tenter d'échapper au froid de plus en plus vif.

Quelques minutes plus tard, une masse sombre émergea de la brume, avec un éclat luminescent au centre, tel un œil de cyclope furieux. C'était la cabane du passeur. Une baraque faite de mauvaises planches couvertes de torchis où un feu de tourbe leur offrit, le temps d'une soupe vite avalée, un éphémère réconfort.

Le passeur, un homme immense, aux épaules larges et aux sourcils broussailleux, l'air taiseux et la voix aussi rude que la toile de ses vêtements informes, ne montra guère d'enthousiasme à l'idée de s'exposer aux trombes liquides pour transporter trois malheureux passagers. Mais les pièces d'argent que le baron déversa sur le bois grossier de la table suffirent à vaincre ses réticences.

Ils embarquèrent sur un vieux bac à fond plat dont le bordage craquait de façon lamentable à chaque mouvement un peu brusque des montures, pourtant soigneusement entravées. Le batelier taciturne semblait néanmoins sûr de son fait et, s'armant d'une longue gaffe, il dégagea l'embarcation de sa gangue de vase et l'engagea résolument entre les filins de halage.

Pendant les premières minutes de la traversée, tout alla bien. Dirigé de main expérimentée, le bac fendait les eaux qui le frappaient de travers, larges et fortes. Chacun se taisait. On n'entendait que le clapotis incessant de la pluie, le martèlement nerveux des chevaux sur le plancher et les grincements produits par la traction sur les câbles et les poulies. Poussant sur sa gaffe, à la poupe de l'esquif, le passeur se montrait économe de ses efforts, limitant ses impulsions au strict nécessaire. Sa science des courants faisait le reste.

Lorsqu'ils se trouvèrent environ à mi-parcours, l'averse s'apaisa et la lumière insensiblement changea. Un rougeoiement descendu des hauteurs embrasa les brumes que le vent du soir commençait à disperser. Le fleuve d'acier prit alors des nuances d'incendie et se métamorphosa en une gigantesque coulée de lave en fusion.

Une brusque secousse ébranla soudain l'embarcation, comme s'ils venaient de frôler un récif dissimulé sous le flot impétueux. Un craquement fit trembler le bordage. Il y eut ensuite un sifflement sinistre et le filin de droite passa au-dessus de leurs têtes pour venir cingler l'eau dans une gerbe d'écume.

— Gare à vous ! hurla le passeur en s'arc-boutant sur sa longue perche.

Le bac sursauta d'un bord à l'autre, puis commença à virer lentement. N'étant plus maintenu que par un seul câble, il pivotait dans l'axe de la poulie, se présentant de biais à la poussée tumultueuse du fleuve. Si le batelier ne contrait pas rapidement l'action du courant, la torsion exercée sur le second cordage entraînerait sa rupture et ils seraient livrés corps et biens à la folie des eaux.

L'homme cependant ne paniquait pas. Ses reins fléchirent, ses cuisses tremblèrent. Mais les pieds tenaient bon. Il pesa de toutes ses forces sur sa gaffe et, progressivement, l'embarcation se redressa.

Ce fut alors que Robin s'accrocha à la rambarde et, pointant l'index vers la rive qu'ils venaient de quitter, poussa un cri horrifié :

— Voyez ! Voyez donc !

Tous les regards se portèrent en arrière.

Campée sur l'embarcadère, une mince silhouette se dressait entre les deux pylônes où s'ancraient les câbles du bac. À cette distance, et dans la pénombre du soir, il était impossible de distinguer un visage, ni même d'identifier une tenue quelconque. En revanche, ce que les passagers de la barge ne pouvaient manquer d'apercevoir, c'était l'éclat métallique de la hache avec laquelle l'inconnu s'apprêtait à trancher la seconde amarre.

XXIX

Courants mortels

Malavoise, l'assassin albinos, n'en croyait pas ses yeux !

Cet avorton de moinillon venait de couper l'un des câbles du bac et s'apprêtait à faire de même avec le second. Jamais il ne l'aurait cru capable d'une chose pareille ! Son intervention l'avait pris complètement au dépourvu !

Cela faisait pourtant huit longs jours qu'il lui collait aux basques et il avait eu le temps de le jauger. Il s'était même persuadé que ce jouvenceau malingre ne représentait pas le moindre danger. À tort, manifestement ! Il le suivait depuis l'abbaye de Baume où le drôle s'était lancé sur la piste des enquêteurs de la reine. À Bourges, il avait logé dans la même auberge que lui, à deux pas du lieu où résidaient Comballec et la fille Sanglar. Un soir de vague à l'âme et de beuverie, il était même parvenu à lui tirer les vers du nez sans attirer ses soupçons. Le novice s'appelait Barthélemy. Il était aux ordres de Mathurin Loiseul qui se doutait qu'on viendrait, tôt ou tard, le traquer jusque dans son repaire du Jura et l'avait envoyé sur place pour surveiller ses ennemis.

«Surveiller mais point occire!» gronda intérieurement Malavoise en jaillissant du bosquet de roseaux derrière lequel il avait assisté au départ du bac. S'il n'agissait pas promptement, ce fou allait rompre la deuxième corde et vouer les occupants du frêle esquif à une noyade quasi certaine. Or, cela ne pouvait pas être! Il devait s'y opposer à tout prix! Jamais son maître ne lui pardonnerait la mort du capitaine breton et de la fille Sanglar!

Avec horreur, l'albinos vit le jeune moine lever à nouveau sa hache. Il était encore trop loin de l'embarcadère pour pouvoir s'interposer. Alors, n'écoutant que son instinct de tueur implacable, il dégaina son poignard et le lança de toutes ses forces en direction de la silhouette dressée.

Projetée avec une précision diabolique, l'arme traversa l'air en vibrant et se planta entre les deux omoplates de l'infortuné Barthélemy. Le novice ne comprit pas ce qui lui arrivait. Foudroyé par la douleur, il voulut ouvrir la bouche pour crier mais un flot de sang jaillit de sa gorge. Il tournoya sur lui-même et s'abattit, raide mort, contre le plus proche pylône.

De là où il se trouvait, Malavoise put croire un instant qu'il avait atteint son but. Mais, par malheur, le corps de Barthélemy en s'écroulant avait plaqué le tranchant de la hache contre le filin. Sérieusement entamées, les fibres ne résistèrent pas à la formidable traction exercée par les masses liquides. Dans un claquement sec, le câble se rompit et, là-bas, au milieu du fleuve, le bac fut emporté comme un fétu de paille.

*

Héloïse poussa un cri d'effroi.

Livrée à elle-même, la barge venait de faire une brutale embardée, projetant ses passagers les uns contre les autres et arrachant sa perche au passeur. Cette fois, plus rien ne pouvait les dérober à la furieuse poussée des eaux.

— Cramponnez-vous à moi, Héloïse! hurla Henri de Comballec pour dominer les bourrasques de vent et les coups de boutoir du flot contre la coque.

Le baron avait empoigné le bordage à deux mains et fléchi les jambes pour conserver son équilibre. Rapidement, le bac prenait de la vitesse tout en tournoyant sur lui-même. Le ciel s'était obscurci à nouveau pour former un mur de tempête. À travers les embruns qui lui fouettaient le visage, Henri de Comballec voyait défiler les berges sans rien pouvoir distinguer qu'un fouillis ombreux d'arbres et de hautes herbes. Des volutes de vapeur s'y accrochaient, toisons sinistres derrière lesquelles se devinaient de rudes averses qui frappaient les lointains de leurs pluies grises.

L'étendue liquide en fureur n'était que grondements et rugissements sauvages. Par instants, de brusques poussées d'onde faisaient trembler le plancher de bois et projetaient de biais l'embarcation. Des crêtes écumantes s'abattaient alors

272

sur les hommes et les bêtes qui menaçaient à tout moment d'être emportés.

Soudain, alors qu'il se remettait à peine d'un de ces assauts violents, Henri de Comballec sut qu'ils n'échapperaient pas à la colère du fleuve déchaîné. À cent toises en aval, le courant hérissait, sur des nappes sournoises et rapides, une frange blanchâtre. On eût dit l'aileron d'un monstre formidable qui guettait ses proies pour les entraîner au fond d'un gouffre perfide.

Le bac fonçait droit dessus !

— Un récif ! s'époumona le gentilhomme en lâchant le bastingage de sa main gauche pour enserrer la taille d'Héloïse et la plaquer contre lui. Un récif ! Là, droit devant !

— Mon dieu, nous sommes perdus ! fit la jeune femme, les lèvres bleuies par le froid et la peur.

— Pas encore ! Surtout ne me lâchez pas et retenez votre souffle quand la barque heurtera le rocher !

Il n'eut pas le temps d'en dire plus. Propulsé par des courants insensés, le bac atteignait déjà l'obstacle invisible. Le choc fut d'une incroyable brutalité. Le baron se sentit soulevé dans les airs et réalisa, avec horreur, que des forces irrésistibles lui arrachaient Héloïse. Désemparé, il eut le temps d'entendre la barge se disloquer sur les récifs et les hennissements terrifiés des chevaux avant de plonger dans l'eau glacée.

Sonné par le déferlement liquide, gêné dans ses mouvements par ses amples vêtements de voyage, il éprouva les pires difficultés à remonter à la surface. Lorsqu'il y parvint enfin, ses poumons étaient en feu et il se trouvait au bord de l'asphyxie.

Son premier souci, tandis que les eaux de la Loire continuaient de l'emporter à vive allure, fut de voir ce qu'il était advenu de ses compagnons. Il aperçut presque tout de suite Robin et le passeur. Par chance, les deux hommes avaient pu s'accrocher à une planche arrachée au plat-bord du bateau et glissaient tout près d'un îlot de sable. Là, le courant se brisait et il leur suffirait sans doute de quelques brasses pour aborder et se mettre à l'abri. Mais le baron n'eut pas le temps de vérifier son hypothèse car, pris par le mouvement irrésistible de descente, il les avait déjà dépassés et roulait vers le large du fleuve.

D'Héloïse, en revanche, aucune trace ! Luttant pour garder la tête hors de l'eau, il tenta de l'appeler mais manqua boire la tasse et finit par renoncer de peur de perdre le peu de souffle qui lui restait. La pensée que la jeune femme avait pu être attirée dans les profondeurs le mettait à la torture. Par deux fois, il plongea dans l'espoir de la localiser, mais les alluvions soulevées par les remous limitaient par trop la visibilité. Il allait abandonner et tenter de gagner la rive avant d'avoir épuisé toute sa vigueur lorsque, soudain, il repéra non loin de lui un paquet d'algues rouges flottant entre deux eaux.

Il s'élança dans une brasse puissante pour rejoindre au plus vite la forme indistincte que le fleuve charriait à une vitesse vertigineuse. Mais il lui fallait pour cela gagner de biais sur le courant et ses vêtements gorgés d'eau ne lui facilitaient guère la tâche. Enfin, au bout d'un temps qui lui sembla interminable au regard de la faible distance à parcourir, il atteignit son but. Il s'agissait d'un corps inerte qui flottait à la dérive, le visage dans l'eau, la longue chevelure rousse ondoyant telle une troublante corolle aquatique.

— Héloïse !

Son cri n'avait rien d'humain. C'était un condensé de terreur absolue.

Suffoquant, l'angoisse lui martelant la poitrine, il parvint à saisir une cheville et une épaule et fit basculer le corps de la jeune femme. Son front portait une marque sanglante, mais un mince filet d'air s'échappait encore de sa bouche. Elle respirait ! Elle n'était qu'inanimée ! Cette pensée fouetta l'énergie du baron. Agrippant Héloïse sous les bras de façon à lui garder la tête hors de l'eau, il s'efforça de regagner la rive en nageant d'une seule main.

Il était robuste et entraîné, mais l'exercice exigeait par trop d'énergie. Les courants étaient beaucoup trop forts et, avec un seul bras libre, il parvenait tout juste à les maintenir tous deux à fleur d'eau. S'il ne trouvait pas vite une solution de rechange, il allait s'épuiser et la Loire finirait par les engloutir.

Ce fut alors qu'il avisa en amont, tournoyant au milieu des flots, un peuplier arraché avec ses racines tordues et ses branches brisées. S'il parvenait à s'y accrocher au passage, le tronc pourrait faire office de planche de salut. Malgré le danger qu'il y avait à se placer sur la trajectoire de ce bélier naturel, le risque en valait la chandelle.

Rassemblant ses dernières forces, il fendit la surface de façon à couper la course de l'arbre sur l'arrière. Las ! Au dernier moment, un tourbillon invisible fit dévier l'épave végétale tout en accélérant sa descente.

Henri de Comballec ne put s'écarter à temps. L'extrémité d'une grosse branche le percuta de plein fouet. Il eut le souffle coupé. Une douleur atroce lui déchira le torse. Malgré tout, il tint bon et parvint à s'agripper au branchage. Se servant de cet appui inespéré, il se démena comme un forcené et tira Héloïse à moitié hors de l'eau. Quand il fut assuré que la position de la jeune femme était stable, il se laissa choir à côté, exténué. Du sang coulait à gros bouillons de sa blessure. La tête lui tournait. Pourtant, refusant de prêter attention à sa propre souffrance, il posa l'oreille sur la poitrine de sa compagne. Son cœur battait toujours. Elle était sauve !

Il n'eut guère le temps de s'en réjouir. En effet, l'instant d'après, vaincu par la douleur, Henri de Comballec perdait conscience à son tour.

XXX

Vent de panique

Trois jours plus tard, dans la mystérieuse maison des verriers, Mathurin Loiseul convoquait d'urgence un nouveau conseil des maîtres. Les six personnages présents lors de la première réunion étaient de nouveau là. Les échanges allaient bon train, car, mis à part l'Angelot qui avait reçu ordre de se taire, nul ne connaissait les raisons de cette séance impromptue.

Le brouhaha des conversations dominait encore le craquement des bûches dans la cheminée, lorsque Mathurin Loiseul fit enfin son apparition dans le salon du premier étage. Aussitôt le silence s'établit dans la pièce et tous les regards se tournèrent en direction du moine convers. Écartant le rideau de velours cramoisi, Loiseul s'effaça et laissa le passage à un individu à l'aspect farouche, le corps enveloppé d'une cape noire et le visage dissimulé par le bord abaissé d'un chapeau de feutre.

— Messieurs, l'heure est grave ! affirma sans préambule le bénédictin. Nous ne devions nous retrouver qu'une fois notre but atteint, mais il m'a semblé que vous ne pouviez être tenus dans l'ignorance des plus récents événements.

Quelques chuchotements intrigués accompagnèrent cette déclaration. Toutefois, aucun des maîtres rassemblés ne crut bon de prendre la parole. Tous gardaient le regard fixé sur le mystérieux inconnu qui se tenait deux pas en arrière de Loiseul.

— Tous les six, reprit Loiseul en s'attardant un instant sur chacun des membres de l'assistance, vous avez largement contribué au succès de notre entreprise en acceptant de financer l'arme secrète qui nous débarrassera du tyran. Mais vous n'êtes pas sans savoir que rien n'aurait été possible sans la protection d'un membre de l'entourage royal. Cette personne de haut rang, dont je continuerai à taire le nom pour d'évidentes raisons de sécurité, nous a orientés vers maître Barello, l'alchimiste. Avec le succès que vous savez ! C'est elle également qui nous donnera accès à l'édifice pour l'installation du vitrail.

— Nous savons tout cela, Loiseul. Venez-en au fait ! Pourquoi prendre le risque de nous réunir à nouveau alors que l'échéance approche ?

Celui qui venait d'interrompre ainsi le moine était le gros verrier d'Avignon. Un peu plus de deux semaines auparavant, il avait fait montre déjà d'une certaine impatience vis-à-vis des circonvolutions de Loiseul. Ce dernier darda sur l'importun le feu de ses prunelles sombres.

— Ce que vous ignorez en revanche, c'est que ce mystérieux protecteur veille sur nous constamment et me tient informé de tout ce qui se passe à la Cour. Grâce à lui, nous disposons en permanence d'un coup d'avance sur nos adversaires. Aujourd'hui encore, il nous le prouve en nous envoyant l'un de ses plus fidèles lieutenants.

Disant cela, Loiseul s'écarta et, d'un geste théâtral, invita l'inconnu au chapeau à avancer. Celui-ci pénétra dans le cercle de lumière délimité par les chandeliers sur la table et le feu de cheminée. Cape et chapeau tombèrent alors à terre, dévoilant à tous les cheveux décolorés, le visage livide et les yeux rouges de Malavoise.

— Je vous donne le bonsoir, messieurs, grinçat-il en promenant sur l'assistance un regard où se lisait une sombre ironie.

— Vous pouvez parler librement, dit le bénédictin en désignant une chaise à son interlocuteur avant de s'asseoir à son tour. Nos amis ont le droit d'être informés au même titre que moi.

Malavoise prit ses aises et allongea tranquillement ses jambes sous la table, heurtant quelques chevilles à l'occasion.

— Les nouvelles qu'on m'a chargé de vous transmettre ne sont pas bonnes, dit-il. Maître Barello a été sauvagement assassiné le soir même où il vous a transmis la plaque de verre. Des investigations ont été menées. Les enquêteurs royaux sont sur vos traces. Ils sont passés à l'abbaye de Baume. À Bourges également. Mais il y a encore plus inquiétant !

Loiseul posa sa main sur le bras de Malavoise pour l'interrompre.

— C'est hélas vrai, confirma-t-il. Avant de gagner le refuge où nous nous trouvons, j'avais pris soin d'envoyer à Baume l'un de mes apprentis que vous connaissez tous. Il s'agit de Barthélemy. Il avait pour mission d'assurer nos arrières et d'empêcher quiconque se montrerait un peu trop curieux de nous retrouver.

En entendant prononcer le nom de son camarade, l'Angelot fut saisi d'un mauvais pressentiment. Un peu plus tôt dans la soirée, Loiseul l'avait averti qu'il avait reçu un comparse porteur de nouvelles alarmantes, mais il en ignorait la teneur. La pensée que Barthélemy était directement concerné le plongeait à présent en plein désarroi. Comme si cela pouvait suffire à conjurer le sort, il serra ses poings sous la table, ses ongles déchirant la chair de ses paumes.

— Celui que vous nommiez Barthélemy est mort, annonça Malavoise d'un ton tranquille. Trucidé sur la route d'Autun par le baron de Conches, l'un des hommes envoyés par la reine pour vous traquer. Il est probable qu'on a cherché à le faire parler avant de le supprimer.

L'Angelot accusa le coup. L'annonce du décès brutal de Barthélemy concrétisait ses pires craintes. Quant aux maîtres-verriers, abasourdis, ils s'agitaient sur leurs sièges et semblaient prêts à céder à la panique.

— Du calme, mes amis ! Du calme ! s'exclama le moine convers en levant les mains en signe d'apaisement. Je comprends votre émoi et je le partage. Mais nous ne devons en aucun cas nous affoler.

Ces nouvelles sont certes effrayantes, mais elles ne remettent rien en cause définitivement. Nous devons prendre nos adversaires de vitesse. Je propose que nous quittions ce lieu qui n'est plus sûr et que nous procédions sans plus tarder à l'installation du vitrail.

De nouveau, ce fut l'imposant Méridional qui émit une objection :

— Je croyais pourtant qu'il fallait s'y prendre au dernier moment pour ne pas en amoindrir le pouvoir mortifère !

— Nous n'avons pas le choix ! rétorqua Loiseul en balayant la remarque d'un geste agacé. Une fois en place, le vitrail pourra faire son office, quand bien même nous serions tous arrêtés !

— C'est pure folie ! persista son contradicteur. J'ai accepté de vous suivre jusqu'ici, parce que notre cause me paraissait juste. Mais il n'est pas question que je continue ! Passe encore d'oser attenter à la vie du monarque, mais persister dans une telle entreprise avec les enquêteurs royaux aux trousses, c'est monter à l'échafaud et se passer soi-même la corde au cou !

— Libre à vous de tout abandonner, Lourmières ! clama Loiseul, des éclairs au fond des yeux. Votre couardise n'égale que votre bêtise et je serai bien aise que vous désertiez nos rangs. Puis il se tourna vers les autres pour ajouter : Quant à vous, sachez bien que je ne retiens personne ! S'il y en a d'autres qui souhaitent se retirer si près du but, qu'ils le fassent savoir sur-le-champ. Après, il sera trop tard ! Tout renoncement deviendra impossible !

La voix vibrante du moine semblait mettre au défi les occupants de la pièce. L'Angelot affecta un air soumis mais, en son for intérieur, il priait pour que les verriers osent enfin tenir tête à son maître. Il fallait mettre un terme à ce projet insensé. Sinon, il en était convaincu, lui et tous les autres conjurés connaîtraient la même fin que le pauvre Barthélemy.

Cependant, à son grand désappointement, personne ne se leva pour joindre sa voix à celle de l'Avignonnais. Par conviction ou par peur? L'adolescent n'aurait su le dire mais, au fond, peu importait. Le résultat était le même. Il demeurait, à son corps défendant, prisonnier du délire de Mathurin Loiseul. Et si, par extraordinaire, il parvenait à échapper à la justice des hommes, il serait à tout jamais damné pour avoir comploté contre la vie de son souverain.

— Eh bien, reprit le bénédictin d'une voix triomphale, il semble, mon cher Lourmières, que vous soyez le seul à manquer de courage. Je vous prierai donc de quitter cette pièce sur-le-champ !

— Avec grand plaisir, insensé que vous êtes ! dit le gros homme rougeaud. Vous pouvez compter sur mon silence, mais n'attendez plus rien d'autre de moi. À compter de ce jour, je reprends ma liberté.

Il dégrafa l'écharpe de soie portant les insignes de son art et la jeta en travers de la table. Puis récupérant son manteau, il se dirigea d'un pas résolu vers le rideau de velours.

À l'instant où il passait à ses côtés, Malavoise se dressa, lui attrapa le bras et le força à se retourner. L'autre allait protester lorsque, d'un geste incroyablement rapide, l'albinos lui plongea sa dague dans la poitrine.

— Le seul silence dont on puisse être sûr, commenta Loiseul en ramenant lentement son regard de braise sur les verriers horrifiés, c'est celui du tombeau. Notre compagnon eût été bien avisé de s'en convaincre à temps.

XXXI

Une signature dans la pierre

En haut des marches de la cathédrale Saint-Lazare, à Autun, Héloïse tomba en arrêt devant le splendide tympan qui dominait le double portail d'entrée. Point n'était besoin de pénétrer dans l'édifice pour découvrir le Christ en majesté évoqué par Loiseul. Il siégeait juste là, au centre du bas-relief consacré au jugement dernier! «Il te faudra... nommer le sculpteur du Christ en majesté.» En se remémorant le vers du poème, la jeune femme se demanda comment elle pourrait découvrir le nom de l'artiste à qui l'on devait ce chef-d'œuvre.

Elle hésitait, perplexe, lorsqu'elle avisa un apprenti portant en bandoulière une sacoche d'où dépassaient des outils de tailleur de pierre. Elle accosta l'adolescent avec un sourire engageant.

— Bonjour, mon garçon! Je vois à ton attirail que tu travailles à l'entretien de la cathédrale. Saurais-tu par hasard me dire le nom du maître qui a sculpté le magnifique ornement du grand portail?

L'adolescent haussa les épaules. Son visage aux traits frustes et butés ne laissait pas espérer une grande vivacité d'esprit.

— Et comment le saurais-je? Je n'étais pas né.

— Je m'en doute. La construction de la cathédrale remonte à plusieurs siècles. Mais je me disais que le nom de ce sculpteur était peut-être célèbre par ici.

— Possible mais vous vous êtes adressée à la mauvaise personne, fit l'apprenti en se grattant la tignasse. Un qui pourrait vous renseigner, c'est mon maître. Il répare des chapiteaux abîmés à l'intérieur. D'ailleurs, il faut que je me dépêche de le rejoindre. Il m'a envoyé chercher des outils à l'atelier et je vais l'entendre hucher si je lambine trop en chemin.

— Tu permets que je t'accompagne?

— Bah! Si ça peut vous faire plaisir!

Ils pénétrèrent tous les deux à l'intérieur de la cathédrale. En l'absence d'office, il y régnait un froid propre à transformer les rares fidèles en gisants de pierre. Des coups de marteau retentissaient au fond de l'édifice. Suivant son guide qui hâtait le pas, Héloïse aperçut un échafaudage au croisement de la nef et du transept nord. À plus de dix toises du sol, un solide gaillard agenouillé sur une étroite plate-forme y martelait le sommet d'un pilier.

— Maître Grimard! appela l'apprenti en plaçant ses deux mains en porte-voix. C'est moi, Jacquou! J'ai rapporté vos outils!

L'artisan garda le dos tourné et ne prit même pas la peine d'interrompre sa besogne. Sa voix seule descendit jusqu'à eux, amplifiée par les voûtes en ogive.

— Te voilà enfin, méchant drôle! Tu en as mis du temps! Grimpe vite ici avant que je te botte les naches[1]!

— C'est que... il y a là une dame qui souhaiterait vous parler!

— Me parler? fit l'homme en suspendant en l'air son bras armé du marteau. Si c'est pour me passer commande, dis-lui de s'en venir tantôt à l'atelier. Car je gage qu'elle ne montera pas jusqu'à moi et j'ai encore bien trop à faire pour interrompre mon labeur.

— Ce n'est pas après vous que je cherche, lança Héloïse bien résolue à ne pas se laisser éconduire si facilement. Je voudrais juste connaître le nom de celui qui a sculpté le Christ du Jugement dernier.

Elle vit l'homme se redresser et se pencher par-dessus la rambarde de l'échafaudage. Des cheveux blonds, une face jeune et plutôt agréable. Il avait la peau tannée par la vie au grand air et les pommettes rubicondes de qui aime trop bien boire et bien manger. Quand il la découvrit à ses pieds, son regard s'illumina et il lui offrit son sourire le plus enjôleur.

— Ciel! Une apparition! Voilà que les anges descendent du ciel pour se mêler à nous autres, pauvres mortels! À moins que vous ne soyez la divine récompense qui m'est accordée pour m'être échiné à inscrire dans la pierre la plus grande gloire de Dieu!

1. Les fesses.

L'emphase comique du propos arracha un petit rire à Héloïse. Elle entra dans le jeu du beau parleur, histoire de gagner ses bonnes grâces :

— Daignerez-vous me rejoindre sur terre? Depuis que l'on m'a rogné les ailes, les bras d'un beau garçon sont mon unique recours pour gagner le paradis céleste!

— Et en plus elle a de l'esprit! Charmante! Attendez-moi, dans un instant, c'est moi qui serai à vos pieds, mon ange!

Aussitôt dit, le tailleur de pierre dégringola de son échafaudage, virevoltant entre les cordes et les échelles avec une incroyable agilité. D'un dernier bond, il se propulsa sur le dallage juste devant Héloïse et la dévisagea avec un air effronté.

— Encore plus jolie vue de près! Madame, permettez que je me présente : André Grimard, maître-bâtisseur, joyeux compagnon et accessoirement patron de ce niaiseux qui vous a menée jusqu'à moi. Je suis votre serviteur!

Sans entrer dans les détails, Héloïse lui expliqua l'objet de ses recherches. Pouvait-il l'aider d'une quelconque manière? L'artisan hocha la tête, une lueur malicieuse au fond des prunelles.

— C'est que ça remonte à Mathusalem votre histoire! Pensez! Les os du bonhomme en question sont depuis longtemps tombés en poussière. Alors son nom! Quoique, à bien y réfléchir...

Il laissa volontairement sa phrase en suspens. Brûlant d'impatience, la belle rousse joignit les mains pour le supplier :

— Je vous en prie. Si vous avez la moindre piste, parlez ! Ce serait trop long de vous expliquer pourquoi, mais ce nom revêt pour moi une importance capitale !

— J'ai souvenance d'une inscription sur le tympan du portail, juste sous les pieds du Christ. Si ma mémoire est bonne, le nom du sculpteur y figure. Évidemment, pour vérifier, il vous faudrait une échelle !

— Qu'à cela ne tienne ! s'exclama Héloïse très excitée par ce qu'elle venait d'entendre. Vous n'en manquez pas ici, ce me semble !

Le dénommé Grimard partit d'un rire sonore. Il s'était préparé bien entendu à la réflexion de la jeune femme.

— Comme vous y allez, la belle ! Distraire une échelle de mon échafaudage, c'est retarder le travail promis à l'évêque ! Cela mérite récompense, pour sûr !

— De quel genre ? demanda la jeune femme, soudain méfiante.

— Rassurez-vous ! Je ne suis pas homme à gonfler le prix de ses services. Un baiser me semble un juste salaire. Qu'en dites-vous ? Marché conclu ?

D'ordinaire, Héloïse n'appréciait guère les fanfarons trop entreprenants avec les femmes mais l'enjeu était tel, cette fois, qu'il justifiait de passer outre. Et puis André Grimard, avec son heureuse nature et sa mine de bon vivant, ne lui était pas antipathique. Elle sourit et lui tendit la main.

— Marché conclu !

Quelques instants plus tard, les dévots d'Autun eurent le loisir de s'esbaudir devant un spectacle plutôt incongru. À l'entrée de leur cathédrale, sur une échelle dressée, une représentante du beau sexe avait retroussé ses jupons et collait son charmant visage contre le tympan du Jugement dernier. Il s'agissait bien entendu d'Héloïse qui, malgré les protestations affolées d'André Grimard, avait tenu à inspecter elle-même la fameuse inscription. Les mots étaient gravés sur le bandeau supérieur du linteau. Ils étaient suffisamment nets et Héloïse put déchiffrer sans difficulté l'incise suivante : « *Gislebertus hoc fecit*[1] ».

— J'ai trouvé ! s'exclama-t-elle dans un radieux élan de spontanéité. Le sculpteur s'appelait Gislebertus !

— Par ma foi ! Il vous en faut bien peu pour vous mettre en joie ! Mais puisque vous avez ce que vous cherchiez, dépêchez-vous de descendre ! Je ne voudrais pas que vous fassiez une mauvaise chute et qu'on me reproche de vous avoir laissée grimper là-haut.

Héloïse obtempéra docilement. De retour sur le sol, elle remit de l'ordre dans sa chevelure et s'appliqua à défroisser ses vêtements.

— Dites ! Vous n'oubliez pas mon petit présent ? s'inquiéta André Grimard. Chose promise, chose due !

Il avança le visage, les yeux à demi clos et les lèvres déjà frémissantes. La jeune femme le

---

1. Gislebertus a fait cela.

contempla d'un œil amusé et s'approcha à le frôler.

— Je ne manque jamais à ma parole, murmurat-elle à son oreille. Nous avions dit un baiser, mais nous n'avions pas précisé où.

Et se haussant sur la pointe des pieds, elle fit remonter ses lèvres le long de sa joue et embrassa son front avant de se détourner prestement et de s'éloigner en lançant par-dessus son épaule :

— La grand merci à vous, maître Grimard ! Puisse ce baiser vous donner juste un avant-goût du paradis !

Le tailleur de pierre la regarda s'éloigner en caressant sa joue d'un air béat. Son apprenti vint se placer à ses côtés et le sortit de son songe éveillé en marmonnant :

— Vous parlez d'un fichu baiser ! La bougresse s'est bien moquée de vous, maître !

Grimard lui balança un violent coup de coude dans les côtes, suivi d'une claque sur la tête.

— Tais-toi donc, sottard ! gronda-t-il en s'en retournant vers son chantier. Tu n'y entends rien du tout ! Va plutôt me quérir cette échelle et rapporte-la dans la cathédrale ! Après quoi, tu t'en iras lessiver l'atelier. Ça t'apprendra à reconnaître un ange quand tu en croises un ! Et surtout à ne pas lui manquer de respect !

Héloïse n'entendit pas la fin de cet échange. Elle se hâtait à travers les rues étroites vers le cœur de la cité. Il lui tardait en effet de retrouver Henri de Comballec pour lui faire part de sa découverte.

Elle espérait que cette bonne nouvelle l'aiderait à affronter plus sereinement sa convalescence.

Cette pensée l'entraîna presque une semaine en arrière lorsqu'ils avaient failli perdre la vie en traversant la Loire. Elle revit l'ombre armée d'une hache, entendit de nouveau le rugissement des flots déchaînés et le cri du baron au moment où le bac se précipitait sur un récif. Après, il y avait eu ce choc formidable, la chute au milieu des tourbillons et elle avait sombré dans le néant. Ce qui s'était passé ensuite, c'étaient Robin et le baron qui le lui avaient raconté. Le gentilhomme breton lui avait sauvé la vie au péril de la sienne. L'arbre sur lequel il l'avait hissée et où lui-même était parvenu à se réfugier en dépit de sa terrible blessure avait fini par s'échouer sur un îlot du fleuve. Ils y étaient demeurés tous deux inconscients jusqu'à ce que Robin et le passeur, après avoir réussi à gagner la rive par leurs propres moyens, aient été quérir le secours d'autres bateliers. Héloïse était revenue à elle au moment où les hommes débarquaient sur l'îlot. Robin lui avait appris qu'une flaque de sang baignait le pied d'un des pylônes du bac, à l'endroit précis où ils avaient aperçu la silhouette de leur agresseur, mais de celui-ci pas une trace ! Mort ou vif, il avait disparu aussi mystérieusement qu'il était apparu.

Les rescapés avaient passé la nuit suivante dans la cabane du passeur. Henri de Comballec était toujours inanimé. Il portait une vilaine blessure au flanc et, en l'examinant, Héloïse avait diagnostiqué au moins deux côtes fêlées et de nombreux hématomes. Malheureusement, dans le naufrage du bac, elle avait perdu sa sacoche de remèdes et se trouvait bien démunie pour lui porter secours. Ce n'était d'ailleurs pas la seule perte qu'elle eût à déplorer. Manquait aussi à l'appel le second pigeon que lui avait confié Bayard. Avec lui s'était envolée toute possibilité de joindre aisément le chevalier. Fort heureusement pour la suite de leur enquête, le parchemin de Loiseul, s'il avait souffert de son séjour dans l'eau, restait lisible. Sur le coup, cela avait été pour elle une bien maigre consolation.

Transporté à Autun dans une chambre de l'évêché, le baron était demeuré deux jours dans le coma, dévoré par les fièvres et l'infection. Héloïse n'avait pas quitté son chevet. Profitant des ressources de l'apothicairerie de l'Hôtel-Dieu, elle avait nettoyé sa plaie avec une infusion de feuilles d'orties aux propriétés antihémorragiques et de feuilles de sauge aux vertus antiseptiques. Puis elle avait appliqué dessus des bandages imprégnés de sels d'alun et d'essence de myrte afin de favoriser la cicatrisation. Une décoction à base de pavot et d'écorce de saule lui avait permis à la fois de lutter contre la douleur et de faire baisser la température.

Ces heures de veille s'étaient avérées éprouvantes pour la jeune femme. Elle ne pouvait s'empêcher de culpabiliser. S'il n'avait pas cherché à la sauver, Henri de Comballec serait sans nul doute parvenu à s'extirper indemne du fleuve. Il lui semblait que la tâche de le remettre sur pied lui incombait donc personnellement et, d'emblée, elle s'était instituée son unique thérapeute. Confiante en sa maîtrise des remèdes, elle espérait bien le guérir, mais une part d'elle-même tremblait malgré tout à l'idée qu'elle pouvait échouer si Dieu en décidait ainsi.

Si elle voulait être tout à fait sincère avec elle-même, Héloïse devait admettre que tout ce temps passé dans l'intimité de la chambre du baron n'avait pas uniquement suscité en elle de l'inquiétude. La dernière nuit surtout, lorsque le blessé avait semblé émerger des limbes et s'était mis à murmurer des phrases indistinctes dans son sommeil, elle s'était sentie troublée. Le visage d'Henri de Comballec, aussi pâle que les draps, exprimait une fragilité nouvelle, presque enfantine. Une fragilité qui contrastait joliment avec ses épaules larges et ses muscles de soldat dont elle éprouvait la dureté à chaque fois qu'elle renouvelait son pansement. Pour la première fois, elle avait pris conscience qu'il aurait pu lui plaire et cette révélation avait provoqué en elle un émoi inattendu. Celui-ci avait encore augmenté lorsqu'un peu plus tard, il lui avait semblé entendre le baron prononcer son prénom. Gênée, elle s'était convaincue qu'il ne s'agissait que d'une illusion. Elle était demeurée trop longtemps sans serrer un homme dans ses bras, voilà tout. Heureusement, cette période appartiendrait bientôt au passé. Même s'il ne lui avait pas encore répondu, Bayard devait avoir reçu sa lettre. Il finirait bien tôt ou tard par quitter les champs de bataille pour la rejoindre !

Le troisième jour, Henri de Comballec avait repris conscience. Il était cependant encore très faible et le moindre mouvement lui causait une intense douleur dans la cage thoracique. Contraint de garder la chambre, il avait rongé son frein deux journées de plus. Mais sa patience touchait à ses limites. Le matin même, il avait insisté pour reprendre l'enquête. À l'entendre, il était remis et ne ressentait plus qu'une légère gêne. Toutefois, quand il avait tenté de se lever, une pointe de feu dans la poitrine lui avait arraché un cri et il était retombé sur les draps. Héloïse l'avait gourmandé mais, devant son obstination, elle avait dû promettre de se rendre le jour même à la cathédrale pour qu'il consente enfin à rester tranquille.

Tout à ses pensées, la jeune femme faillit manquer la rue de l'évêché. Elle obliqua au dernier instant, obligeant un porteur d'eau à faire un brusque écart au risque de renverser le contenu de ses seaux. L'homme la foudroya du regard en grommelant une vague insulte. Héloïse s'excusa et franchit sans s'attarder le portique de la résidence épiscopale. Un jardin jouxté d'un cloître précédait la demeure proprement dite de l'évêque. Il y régnait une paix profonde qui contrastait avec l'animation des rues commerçantes.

La jeune femme était justement en train de se dire qu'en une saison plus clémente, le baron eût trouvé là l'endroit le plus profitable pour un convalescent, lorsqu'elle l'aperçut.

Revêtu d'un bonnet et d'un manteau de laine, Henri de Comballec venait à sa rencontre en prenant appui sur son écuyer Robin. Un pas sur deux lui arrachait une grimace de douleur.

— Que faites-vous donc là, tous les deux? questionna Héloïse d'un ton réprobateur. Avez-vous perdu la raison? Il fait un froid de canard et je vous avais interdit de quitter la chambre!

Le gentilhomme breton eut un geste agacé de la main.

— Je n'en pouvais plus de me morfondre à vous attendre! Avez-vous du nouveau?

— Vous n'êtes pas raisonnable! Comment voulez-vous guérir si vous ne respectez pas mes commandements? Pour vous punir, j'ai bien envie de vous taire ce que j'ai appris à Saint-Lazare.

— Allons, Héloïse! Ne vous faites pas plus sévère que vous ne l'êtes! Avez-vous trouvé le Christ en majesté?

— Mieux que cela! s'exclama la jeune femme qui ne pouvait mimer la colère plus longtemps, tellement elle était heureuse de revoir le baron sur pied. J'ai découvert comment s'appelait le sculpteur évoqué par Loiseul. Il s'agirait d'un dénommé Gislebertus.

— Magnifique! s'enthousiasma Henri de Comballec. Si j'ai deviné juste, ce nom est la clef qui nous permettra de décrypter le deuxième passage codé du poème. Il faut immédiatement vérifier!

XXXII

Où Bayard parle d'occire le roi

Les derniers jours de novembre 1503 ne furent guère favorables aux troupes françaises en Italie. Malgré les prouesses de Bayard et de ses compagnons, l'armée de la reconquête avait échoué à reprendre pied dans le royaume de Naples. L'inhabile marquis de Mantoue avait été remplacé à sa tête par le marquis de Saluces, tout aussi incapable. Lassés d'attendre une bataille décisive contre les Espagnols et abandonnés à eux-mêmes, de nombreux capitaines avaient fait preuve d'indiscipline. Ils s'étaient lancés dans des entreprises individuelles et désordonnées, toutes vouées à l'échec. Les forces de Gonzalve de Cordoue n'avaient eu aucun mal à repousser ces vaines tentatives puis à mettre en déroute des troupes éparses et démoralisées.

Le gros de l'armée française avait fini par se replier de nouveau sur Gaète, poursuivi par les soldats aragonais. Quinze gentilshommes, parmi lesquels se trouvaient Bayard, Bellabre et le Basco, avaient été placés en arrière-garde avec de la piétaille pour s'opposer aux attaques ennemies. Cette poignée de Français harcelée par toute la cavalerie légère espagnole avait déployé un courage exceptionnel et réussi à faciliter le passage de l'infanterie et des bagages. Cependant, ce nouvel exploit avait coûté cher à la compagnie de Louis d'Ars. Le propre neveu du comte de Ligny était mort stupidement au cours d'une des nombreuses escarmouches. Sans aviser aucun autre chevalier, ce jeune homme impétueux avait revêtu les armes de Bayard et s'était dirigé en solitaire droit sur l'ennemi afin de le provoquer. Vite encerclé par des Espagnols étonnés de voir le héros français à leur merci et ravis de l'aubaine, il avait fini par succomber sous le nombre des assaillants. Quatre jours plus tard, c'était Pierre de Tardes dit le Basco qui avait été fait prisonnier au pont de Mola de Gaète, alors que l'arrière-garde s'efforçait de protéger l'entrée de l'artillerie dans le port encerclé.

Ces récents événements avaient assombri l'humeur de Bayard. Le chevalier avait fini par comprendre que cette campagne ne mènerait à rien et il lui tardait désormais de rentrer en France. Ce matin-là, pour tromper son ennui, il avait décidé de bouchonner lui-même son fidèle destrier. Vêtu d'une simple chemise et d'un justaucorps, il avait manié la brosse longuement, la passant et repassant sur les poils soyeux, caressant du plat de la main les muscles puissants de sa monture. Et quand il eut fini, il demeura assis dans la pénombre, environné par les odeurs fortes du crottin, du cuir et de la paille. Il songeait à tous les combats déjà menés, aux nombreux frères d'armes qu'il avait perdus. Pour la première fois depuis qu'il avait embrassé la carrière militaire, il se demandait si tout cela avait vraiment un sens. Et le simple fait de se poser la question le rendait tout chose. Il se sentait sale, déguenillé. Sa flatteuse réputation de paladin lui apparaissait comme une triste imposture. Un manteau de gloire dont il eût aimé pouvoir se débarrasser aussi aisément que de ses atours de chevalier.

Tout à ses pensées, il n'entendit pas la porte s'ouvrir. L'ombre se déchira. Les rayons timides d'un pâle soleil d'hiver firent scintiller le poussier des foins anciens soulevé par un brusque courant d'air. Il se retourna. La silhouette trapue de Bellabre s'avançait à sa rencontre.

— Pierre ? C'est bien toi ? Vergedieu ! J'ai failli te prendre pour un vulgaire palefrenier. Ça fait près d'une heure que je cherche après toi !

— Que veux-tu ? demanda Bayard sans pouvoir masquer son agacement d'être dérangé dans sa retraite.

Le seigneur berrichon fit celui qui n'avait rien remarqué. Il se savait porteur d'une nouvelle propre à distraire son compagnon de tout accès mélancolique.

— Une galiote en provenance de Gênes vient d'accoster au port. Avec du courrier de France !

— Que veux-tu que ça me fasse ? dit Bayard, désabusé, sans bouger d'un pouce. Le roi doit nous avoir oubliés ici. Sinon, au lieu de confier le commandement de ses armées, à des Italiens incapables, il viendrait lui-même se placer à notre tête. Nous emporterions Naples en quelques semaines !

— Il y a une missive pour toi !

À ces simples mots, Bayard sauta sur ses pieds et tendit la main.

— Tu ne pouvais pas le dire tout de suite ! Donne donc, animal !

— Le voilà qui joue l'impatient à présent ! s'esclaffa Bellabre en lui tendant le pli. Crois-tu qu'il s'agit d'une lettre de ton Héloïse ?

Sans répondre, le chevalier déplia la feuille et se dirigea vers la porte pour mieux y voir. Le papier était couvert, à l'encre noire, d'une fine écriture nerveuse quoique malhabile. D'un œil fiévreux, Bayard parcourut les quelques lignes tracées à la plume, tout en commentant :

— C'est un mot de mon frère cadet, Georges... Écrit il y a tout juste une semaine... Il m'informe qu'un pigeon noir est rentré au château de Bayard. L'oiseau était bagué mais ne portait aucun message.

— Et alors ?

— Tu ne comprends pas ! s'enflamma le chevalier. Le pigeonnier de Bayard ne possédait que deux volatiles noirs : ceux que j'ai confiés à Héloïse avant mon départ ! Il a dû lui arriver quelque chose ! Jamais elle n'aurait libéré l'oiseau sans lui confier un message pour moi !

— Que comptes-tu faire ?

— Je rentre immédiatement en France ! répliqua Bayard en froissant la lettre dans son poing crispé.

— Et si le marquis de Saluces s'oppose à ton retour?

Le regard du chevalier était d'une fixité glaçante. Il laissa tomber entre ses dents serrées :

— Je pourfendrai le premier qui tentera de se mettre en travers de ma route. Fût-il le roi lui-même!

XXXIII

Une simple question de bon sens

— La première partie cryptée du poème faisait appel à un code de transposition. Vous vous souvenez que je vous ai parlé d'une seconde méthode, n'est-ce pas ?

Henri de Comballec, émoustillé par la découverte d'Héloïse à la cathédrale d'Autun, semblait avoir oublié pour un temps sa douleur. Les deux enquêteurs royaux avaient regagné la chambre de la jeune femme et se penchaient à nouveau avec fièvre sur le parchemin de Baume.

— La substitution ! répondit Héloïse. Au lieu de mélanger les lettres du message, on les remplace par d'autres.

— Exactement ! Comme je vous l'avais signalé, cette technique conduit souvent à une fréquence élevée de lettres rares dans le message secret. Or, ici, qu'avons-nous ?

Il pointa de l'index le dernier vers de la deuxième strophe.

Uzyel uahjg jmufj kh

— z, y, j k... tout laisse à croire qu'il s'agit bien d'une substitution! s'exclama Héloïse.

Le baron opina du chef.

— Un exemple de ce type d'écriture secrète est donné par César dans sa *Guerre des Gaules*. Il consiste à remplacer chaque lettre d'un message par celle qui la suit trois rangs plus loin dans l'alphabet. Mais on peut aussi effectuer une substitution en utilisant un mot-clef.

— Comment cela?

— C'est un moyen simple et efficace de retrouver aisément la correspondance entre les lettres de l'alphabet chiffré et celles de l'alphabet en clair, expliqua Henri de Comballec en trempant une plume dans l'encrier. Il suffit de convenir d'un mot qui servira de clef de décryptage.

— Comment cela?

— La première étape consiste à supprimer les lettres qui sont répétées dans le mot choisi. Dans Gislebertus, on retire donc le e et le s qui sont doublés à la fin.

— Et ensuite? fit Héloïse, impatiente.

— Après, il suffit d'utiliser la suite obtenue comme début de l'alphabet chiffré. Le reste est le résultat d'un simple enchaînement qui commence où finit le mot-clef, en omettant les lettres qui figurent déjà dans celui-ci.

— J'ai un peu de mal à me représenter la chose.

— Encore un instant... Là! Voici ce que donnent les appariements quand on applique la méthode que je viens de vous décrire.

Le baron désignait les deux lignes qu'il venait de tracer sur une feuille vierge[1] :

```
a b c d e f g h i j k l m n o p q r s t u v w x y z
g i s l e k r t u v w x y z a c d f h j k m n o p q
```

— Il suffit à présent de remplacer chaque lettre du vers codé par celle qui lui correspond dans l'alphabet en clair figurant ici sur la première ligne. Le «u», première lettre à décrypter, devient donc un «i». Le «z» se transforme en «n» et ainsi de suite. Voyons un peu... Mais oui ! Cela fonctionne ! Nous obtenons la phrase latine suivante : *in medio stat virtus*.

— Que l'on peut traduire par : au milieu, se tient la vertu ! enchaîna Héloïse que l'excitation du baron commençait à gagner. Il s'agit à l'évidence d'une indication pour découvrir la troisième étape du périple de Loiseul. Sans doute faut-il la mettre en relation avec le texte de la troisième strophe.

Henri de Comballec écarta la feuille où il venait de transcrire le fruit de ses réflexions et reprit le parchemin original. Suite à leur bain forcé dans la Loire, l'encre avait bavé mais les mots restaient identifiables. La troisième strophe était la plus longue du poème. C'était aussi celle dont les vers semblaient le plus abscons.

---

1. Au xvie siècle, l'alphabet français ne comptait que vingt-deux lettres recensées par Robert Estienne. K, J, V et W n'existaient pas. Pour ne pas perturber le lecteur, ce détail historique est volontairement omis ici.

Si tu as suffisamment de bon sens, crois-moi,
Tu en trouveras sept formant son ancien nom.
Alors, sans perdre le nord, quitte ta maison
Et poursuis ta route entre les fous et les rois.
À partir de là, ne te soucie plus
Du sens mais remets ton destin à la
Seule rose des quatre vents. Trouve le symbole
Perdu de Sa maison. Là, le précieux sang
Attend son maître. Va à la source divine
Et bois le calice qui redonne la vie
En faisant cela tu te montreras digne de
Ceux qui t'ont précédé dans la voie.

— Quel affreux embrouillamini ! soupira le gentilhomme breton. Si je ne me trompe, les dernières phrases font référence à la légende du Saint-Graal, cette coupe dans laquelle aurait été recueilli le sang du Christ, mort sur la croix.

— C'est ce que semblent suggérer les références au «précieux sang», à la «source divine» et au «calice qui redonne la vie». Seulement, je ne vois pas le rapport qu'il peut y avoir entre ce vase mythique et le supposé complot ourdi par Loiseul.

— Je reconnais que les élucubrations de ce fichu moine bénédictin semblent davantage l'œuvre d'un illuminé que d'un criminel sensé. En d'autres circonstances, cette affaire me paraîtrait d'ailleurs relever de la médecine plus que de la police royale. Mais il y a eu ces meurtres d'alchimistes, ce message en forme de menace adressée à la reine, ce verre aux étranges pouvoirs mortifères et, surtout, l'attentement dont nous avons été victimes sur les bords de Loire. Tout porte à croire que nous sommes bien sur la piste de dangereux individus. Mais que le diable m'étouffe ! Je ne vois pas comment, cette fois, nous pourrions résoudre cette énigme extravagante !

Héloïse hocha pensivement la tête et son regard se perdit dans les flammes de la cheminée. Elle n'était pas loin de partager le pessimisme de son compagnon. La troisième strophe du poème imaginé par Mathurin Loiseul n'offrait aucune prise à l'entendement. On eût dit une mauvaise plaisanterie ou le délire d'un prédicateur mystique. Cependant la jeune femme était bien trop fière pour abandonner. Son défunt père lui avait transmis, outre ses connaissances dans l'art de l'apothicairerie, une foi inébranlable dans l'excellence de la raison. Son orgueil naturel faisait le reste. Décrypter le message de Loiseul, c'était le dominer à distance, désarmer les plus sombres ressources de son esprit retors. Elle ne pouvait renoncer !

— Il y aurait peut-être, dit-elle pensive, un moyen de contourner la difficulté...

Henri de Comballec la contempla avec un mélange d'enchantement et d'incrédulité. Non seulement Héloïse était belle à ravir, mais elle possédait une impressionnante force de caractère. Aucun obstacle ne lui semblait insurmontable.

— Pour ma part, j'avoue ma totale impuissance. Autant dire que je m'en remets entièrement à vous !

— Plutôt que de nous acharner sur cette partie du poème, reprit Héloïse, prenons les choses à l'envers. Essayons de deviner quelle ville les verriers peuvent avoir rejointe et voyons si cela correspond, d'une façon ou d'une autre, avec notre mystérieux texte.

— L'idée est séduisante, mais cela me paraît bien hasardeux. Les destinations à envisager sont tellement nombreuses ! Nous ne savons même pas dans quelle direction chercher !

— Appuyons-nous sur ce que nous savons déjà. Mathurin Loiseul et l'Angelot sont appelés sur des chantiers prestigieux. Les deux premières étapes de leur voyage correspondaient à des villes dotées de cathédrales. Nous pouvons peut-être, dans un premier temps, limiter notre examen à des cités comparables. Si nous n'aboutissons à rien, il faudra étendre nos recherches aux basiliques, abbatiales et autres collégiales.

— Voilà une idée qui me paraît excellente ! Nous pourrions aussi nous fixer une distance maximale, disons... d'une cinquantaine de lieues. Qu'en pensez-vous ?

— Cela me paraît juste. Si véritablement Loiseul veut s'en prendre aux intérêts de la Couronne, il ne peut s'éloigner trop de la Cour.

— Bien ! Dans ce cas, nous avons déjà Nevers et Moulins à l'ouest. Clermont, Mâcon et peut-être aussi Lyon au sud.

— S'ils ont continué, au contraire, vers l'est en poursuivant la ligne reliant Bourges à Autun, nous trouvons Chalon et – pourquoi pas ? – Besançon.

— Tandis qu'au nord, conclut le baron, nous pouvons retenir Auxerre, Sens et Langres. Je crains hélas que nous ne soyons guère avancés.

Comment faire le tri entre toutes ces villes? Que je sache, aucune d'entre elles ne prétend détenir le Graal ou même une simple ampoule renfermant le sang du...

Henri de Comballec s'interrompit. Sursautant sur son siège, Héloïse venait de se frapper le front du plat de la main.

— Suis-je bête! se récria-t-elle. C'est toujours la même astuce! Au fil de ses énigmes, Loiseul ne cesse de jouer avec les mots. Que nous dit-il ici dès le début? «Si tu as suffisamment de bon sens...» En fait, il nous donne d'emblée la solution!

— Comment cela?

— Le bon sens, ce n'est pas la logique, ni même la signification cachée du message. Par cette expression, Loiseul désigne tout simplement la ville de Sens.!

Était-ce l'effet de l'excitation? Toujours est-il qu'Henri de Comballec se sentait de nouveau gagner par la fièvre. Il leva la main pour tempérer l'enthousiasme de la jeune femme.

— Doucement! Ne nous emballons pas! Il ne s'agit pour le moment que d'une simple hypothèse. Comme vous l'avez dit vous-même, il faut à présent voir si elle peut s'articuler avec le reste de la strophe.

— «Tu en trouveras sept formant son ancien nom», récita Héloïse. Il suffit, semble-t-il, de découvrir l'ancienne appellation de Sens et de vérifier qu'elle comporte bien sept lettres.

Elle venait de prononcer ces mots lorsque le chanoine ayant en charge l'intendance de l'évêché se fit annoncer. L'excellent homme, qui n'avait pas hésité une seconde à les accueillir en apprenant leurs mésaventures et leur qualité d'enquêteurs royaux, venait leur annoncer l'arrivée de l'évêque pour le surlendemain.

— Il arrive de Blois et se rend à Reims où une entrée du roi est prévue dans une douzaine de jours. Une cérémonie se déroulera dans la cathédrale pour célébrer la reprise des travaux de réfection de la toiture. Monseigneur de Clèves vous prie d'ailleurs par avance d'excuser la brièveté de son séjour parmi nous.

— Monseigneur de Clèves ! se réjouit Héloïse. C'est lui, l'évêque d'Autun ?

— Effectivement ! Mais Son Excellence est aussi en charge de l'évêché de Nevers. C'est un homme de grande culture et qui a, en ses jeunes années, étudié la médecine. Si messire de Comballec en exprime le souhait, je ne doute pas que monseigneur l'examinera volontiers et pourra lui prodiguer d'utiles conseils.

Héloïse s'abstint de toute remarque. Elle avait pourtant veillé jusqu'alors avec jalousie sur les soins apportés au baron. Mais la joie de retrouver son sauveur de Blois l'emportait sur toute autre considération. Elle voulait y voir un heureux présage pour la suite de leurs entreprises.

XXXIV

Retrouvailles

Philippe de Clèves se montra tout aussi heureux
de croiser à nouveau la route de sa jolie protégée.
Il arriva dans sa résidence d'Autun au jour dit, en
début d'après-midi, dans un équipage des plus
simples : une vulgaire litière dépourvue de blason,
avec pour seule suite un cocher crotté et un valet
aux allures de paysan mal dégrossi. Lui-même ne
portait pas sa robe de prêtre, mais une tenue de
voyage anonyme, rehaussée seulement d'une croix
pectorale en or ciselé.

Apprenant que l'évêché hébergeait deux personnes de qualité, recommandées par le prévôt
comme appartenant à la maison de la reine, il
avait tenu à venir les saluer avant même de s'installer dans ses appartements. En reconnaissant
Héloïse, il arbora un sourire amusé.

— Vous ! Mais vous avez un véritable don pour
attirer les ennuis, ma chère ! On vient de me
rapporter qu'il avait fallu cette fois vous repêcher dans la Loire ! J'en viens à redouter les
circonstances dans lesquelles nous pourrions

être amenés à nous retrouver une troisième fois !

La jeune femme exécuta une élégante révérence.

— Le plaisir de vous revoir vaut bien toutes les épreuves, monseigneur, dit-elle en se redressant. Je ne puis oublier la bonté que vous m'avez témoignée à Blois et demeure à jamais votre obligée.

— Ne parlons plus de cela, voulez-vous ? C'était tout compte fait bien peu de chose. Et le plaisir de voler au secours d'une femme ravissante n'a pas de prix.

À ces mots, se souvenant que Philippe de Clèves l'avait vue à demi nue quand il s'était porté à son secours, Héloïse se sentit rougir. Fort heureusement, le sémillant prélat changeait déjà de sujet :

— À ce propos, mon intendant m'a indiqué que la plus grande partie de vos bagages avait été emportée par le fleuve. Est-ce exact ?

— C'est malheureusement vrai ! Des bateliers ont pu repêcher quelques effets, mais le reste a disparu ou a été gâché par l'eau.

— Qu'à cela ne tienne ! Je vais donner des instructions pour qu'on vous accompagne en ville dans les boutiques. Vous pourrez vous y reconstituer une garde-robe et tout un nécessaire de voyage. Non, non, ne protestez pas ! Je ne voudrais pas que vous puissiez conserver un triste souvenir de votre séjour dans ma bonne ville d'Autun.

À cet instant, une voix retentit derrière le couple :

— Son Excellence est trop généreuse ! Il va sans dire qu'elle sera remboursée dès que je pourrai me rendre en ville et visiter le comptoir de mon banquier lombard.

Henri de Comballec, que sa blessure ne gênait presque plus mais qui avait préféré garder la chambre toute la matinée pour reconstituer ses forces, venait de faire son entrée dans la pièce. Apprenant l'arrivée de leur hôte, il s'était levé pour se porter à sa rencontre.

Héloïse le désigna de la main :

— Monseigneur, permettez-moi de vous présenter le baron de Conches, messire Henri de Comballec.

L'évêque inclina la tête en direction du nouvel arrivant qui lui adressa, en retour, un sourire de connivence.

— Monseigneur de Clèves et moi nous sommes déjà croisés plusieurs fois à la Cour. Il est au roi et je suis à la reine, mais fort logiquement, nous œuvrons la plupart du temps pour les mêmes causes.

— Les mêmes causes, certes, réagit l'ecclésiastique, mais pas par les mêmes moyens. Je me verrais mal traquer des conspirateurs par monts et par vaux !

Henri de Comballec et Héloïse échangèrent un regard interloqué. S'amusant de leur surprise, Philippe de Clèves se garda bien d'éclairer immédiatement leur lanterne. Il les invita à s'asseoir sur des fauteuils bas, placés au plus près de la cheminée. Sous ses cheveux argentés, son visage pétillait de malice.

— Allons, mes amis ! Ne faites pas cette tête, voyons ! Le secret de votre mission n'est pas éventé. Il se trouve que la reine a récemment convaincu son époux de renforcer la sécurité autour de sa personne. Elle a fait état d'un possible complot contre la Couronne et d'une enquête menée dans la plus grande discrétion. Le reste n'est que déduction de ma part. À Blois, vous m'aviez confié, chère Héloïse, être en possession d'informations cruciales destinées à la reine. Vous retrouver ici, en compagnie du capitaine de sa garde, m'a laissé penser que vous pouviez être les deux enquêteurs secrets évoqués par Sa Majesté. Mais, rassurez-vous, je ne vous poserai aucune question ! Il est des mystères dont il vaut mieux ne point trop s'approcher et je gage, à en croire votre récente mésaventure, que l'objet de votre quête se range dans cette catégorie.

— Puisque vous nous avez si bien devinés, dit le baron, souffrez malgré tout que nous vous mettions à contribution. Vous êtes sans doute à Autun l'homme le mieux placé pour nous renseigner.

— Si vous pensez que je puis vous être d'une quelconque utilité... Soyez assurés que je ferais de mon mieux pour vous venir en aide.

— Je n'en doute point, monseigneur. Nous sommes à la recherche de deux hommes. L'un est un moine bénédictin du nom de Mathurin Loiseul, l'autre son jeune apprenti. Celui-là se nomme Jean Cousin mais se fait appeler aussi l'Angelot. Nous avons toutes les raisons de croire qu'ils sont venus à Autun ces dernières semaines. Ce sont des verriers et ils auraient pu être employés à la cathédrale ou dans un autre édifice religieux de la ville. Peut-être d'ailleurs se trouvent-ils encore en les murs.

— Rien de plus facile ! S'ils ont été engagés sur un chantier de l'évêché, nos registres en garderont la trace. Je vais faire vérifier cela.

Héloïse se dit qu'il leur fallait profiter des bonnes dispositions du prélat et se risqua à intervenir dans la conversation :

— Pardonnez-moi, monseigneur, mais j'imagine que vous possédez en ces murs une volumineuse bibliothèque. Et parmi celle-ci des ouvrages traitant de l'histoire de la région.

— Dans tout le duché, vous ne trouverez pas collection plus riche de livres et de manuscrits. Pourquoi ? Vous comptez débusquer vos mystérieux comploteurs entre les pages des volumes copiés par mes moines ?

— Vous ne croyez pas si bien dire ! lâcha Héloïse. Notre quête pourrait nous mener prochainement à Sens. Or, il se trouve que nous serions grandement avancés si nous pouvions connaître le nom donné à cette cité au temps jadis.

— Peste ! Vous m'intriguez ! En quoi l'ancienne appellation de Sens pourrait-elle vous être utile pour traquer aujourd'hui d'éventuels assassins ?

Un silence gêné lui répondit. Héloïse se tourna vers le baron et crut lire sur ses traits qu'elle en avait déjà trop dit. Cependant, en fin observateur, Philippe de Clèves choisissait déjà de battre en retraite :

— Voyez comme la curiosité est le plus pernicieux des défauts ! J'avais promis de ne point vous interroger et voilà qu'à votre première demande, je manque à ma parole ! Je vous en prie, faites comme si vous n'aviez point entendu ma question. Quant à la bibliothèque de l'évêché, elle vous est bien entendu grande ouverte !

Sur ces mots, l'ecclésiastique se leva pour prendre congé. Il lui fallait donner des instructions à sa domesticité. Et puis le voyage en litière depuis Blois l'avait éreinté et il avait besoin de s'accorder quelque repos s'il voulait se montrer, ce soir-là, un hôte digne de ce nom.

Cette veillée, entamée dans la clarté des flambeaux et le confort du plus beau salon de l'évêché, allait cependant prendre une bien singulière tournure.

XXXV

Le jeu des fous et des rois

Tout avait pourtant commencé le plus agréablement du monde. Philippe de Clèves avait organisé un souper fin, aux chandelles, ordonnant que l'on élabore les mets les plus raffinés et que l'on puise avec largesse dans sa cave. La nuit était presque tombée lorsque messire de Comballec rejoignit l'évêque pour prendre place à table. En l'absence d'Héloïse, les deux hommes trompèrent leur attente en sirotant une excellente liqueur de citron en provenance d'Italie.

Ils discutaient des récents événements du royaume et commentaient les dernières rumeurs sur la santé fragile du roi, réchauffant leur dos aux flammes qui léchaient la belle cheminée de marbre, lorsque la jeune femme fit enfin son entrée dans le salon. Son apparition alluma un éclat d'admiration dans leurs regards, tant elle avait soigné sa toilette. Elle avait ainsi nettoyé son visage et en avait clarifié le teint en usant d'une liqueur à base d'eau de rose, d'eau de lis, de fleurs de fève, de mie de pain, de blancs d'œufs et d'encens blanc.

Mais elle avait pris soin aussi de rehausser ses pommettes et ses lèvres en les frottant d'un ruban de soie imprégné d'un pigment mêlant poudre de corail et coquelicot. Elle portait une magnifique robe de taffetas émeraude rehaussée de guipure au col et aux emmanchures. Une ceinture brodée soulignait sa taille d'une finesse exquise. Sa chevelure flamboyante, enserrée dans une résille dorée, était relevée en un chignon sur sa nuque et mettait en valeur ses épaules nues, tandis que son corsage profondément échancré laissait voir deux seins opulents, si prêts à jaillir de la robe que c'était miracle de dentelle qu'ils n'aient point encore éclos dans leur majestueuse plénitude.

Philippe de Clèves, en galant maître de maison, se porta à la rencontre de son invitée pour l'accompagner jusqu'à sa place.

— Ma chère, dit-il avec ravissement, vous êtes absolument splendide ! Et vous ne dépareriez pas à un bal donné par le roi lui-même. Qu'en dites-vous, messire baron ?

Henri de Comballec hasarda un mouvement de la main, aussitôt avorté, et avala sa salive avant de pouvoir répondre d'une voix si peu maîtrisée qu'elle paraissait presque chevrotante :

— C'est tout à fait... étonnant ! Héloïse, je peine à vous reconnaître tant vous semblez transfigurée !

Héloïse se sentit flattée d'un tel accueil et, la coquetterie ne lui étant point chose naturelle, fut rassurée sur sa capacité à plaire à d'aussi nobles gentilshommes, plus habitués à fréquenter des princesses et des duchesses que de simples roturières. En effectuant ses achats l'après-midi même, elle avait en effet cédé à la tentation de revêtir une tenue plus féminine que les grossiers vêtements de voyage endossés ces derniers jours. Mais au dernier moment, à l'instant de descendre rejoindre le baron et leur hôte, elle avait été prise d'un doute. N'allaient-ils pas mal la juger? Son reflet dans le miroir lui semblait celui d'une autre et il lui avait fallu faire un effort sur elle-même pour accepter cette image et oser se montrer ainsi accoutrée. Elle avait trop longtemps bridé sa féminité pour ne pas éprouver quelque réticence à briser le carcan. Cinq longues années! Cinq ans à se murer derrière une dureté opiniâtre pour surmonter la mort d'un père, s'imposer dans un métier d'homme et, surtout, tenter d'oublier le seul galant à avoir jamais fait battre son cœur.

— Je tenais absolument à vous faire honneur, monseigneur, dit-elle dans un souffle, mais je craignais d'être un peu ridicule dans ces atours que je ne suis point accoutumée à porter.

— Ridicule! s'exclama Philippe de Clèves. Vous plaisantez, ma chère? Jamais robe ne fut portée avec davantage de grâce. Cette toilette est un juste hommage à votre incomparable beauté.

Ils s'installèrent autour de la table où rutilaient les plats d'argent et de vermeil. Les candélabres disposés auprès de chaque convive mettaient en valeur le plafond aux caissons peints de couleurs vives et faisaient miroiter les murs tendus de rouge foncé et d'or. L'ensemble créait une atmosphère à la fois intime et chaleureuse qui faisait oublier les mugissements du vent glacé contre les carreaux.

— Vous n'êtes d'ailleurs pas seulement un enchantement pour les yeux, déclara Philippe de Clèves en faisant signe aux valets d'entamer le service, mais une remarquable thérapeute qui en remontrerait à bien des médecins. Le baron m'a laissé examiner sa blessure tantôt. La cicatrisation est en bonne voie et le plus exigeant des chirurgiens n'y trouverait rien à redire.

— Je n'ai pourtant fait usage que des traitements strictement nécessaires. Mon père me rappelait souvent les préceptes de Maimonide, un célèbre médecin juif de Cordoue qui exerçait son art il y a trois siècles environ. Il estimait que les médicaments ne servent qu'à soutenir la nature dans sa tâche, mais ne peuvent jamais se substituer à elle.

— La connaissance théorique est une chose, mais la pratique en est une autre. Je le répète : la façon dont vous avez préservé la plaie des méchantes humeurs est absolument remarquable.

— Monseigneur est par trop indulgent. Comme souvent, le succès du traitement doit beaucoup aux propres facultés du malade. En l'occurrence, messire de Comballec peut remercier en tout premier lieu ses géniteurs de lui avoir conféré si robuste constitution.

— Et modeste de surcroît ! Très chère enfant, vous êtes décidément parée de toutes les vertus !

Le dîner se poursuivit dans un climat de légèreté et de raffinement qui devait beaucoup à la personnalité de l'évêque et à sa vivacité d'esprit. Celui-ci mena la conversation avec brio, alternant anecdotes savoureuses et portraits incisifs. Sa capacité à monopoliser l'attention d'Héloïse finit même par agacer Henri de Comballec. Moins beau parleur, le baron ne quittait pas la jeune femme des yeux. Il guettait sur ses lèvres un sourire, espérait dans son regard quelque lueur d'intérêt. Mais la belle ne lui prêtait guère attention, tout au plaisir de cette soirée qui lui faisait oublier pour un temps les récentes épreuves traversées.

Étonnamment, ce fut Philippe de Clèves qui la ramena à l'enquête confiée par Anne de Bretagne. À la fin du repas, lorsque la valetaille se fut retirée en emportant ce qui restait des desserts, l'évêque se pencha vers ses hôtes avec des airs de conspirateur :

— Je préférais ne point parler tant que nous risquions d'être entendus. Je me suis renseigné sur les deux hommes que vous traquez. Hélas ! Leurs noms ne figurent sur aucune liste de maîtres-bâtisseurs employés par le diocèse. Et nul parmi les prêtres et les clercs interrogés n'a eu connaissance de leur séjour en ville. Je suis navré…

— C'est étrange, fit Henri de Comballec visiblement désappointé. Nous sommes presque certains qu'ils sont passés par Autun. Peut-être sont-ils davantage sur leurs gardes…

— Je vais maintenir mes gens sur le qui-vive, mais je ne puis vous donner aucune assurance de succès. En revanche, j'ai du nouveau concernant l'ancien nom de la ville de Sens que vous désiriez tant connaître.

— Déjà ! s'étonna Héloïse en faisant un bond sur sa chaise.

Elle rougit aussitôt de son éclat de voix. Mais la curiosité la démangeait trop. Sans vouloir se l'avouer, elle s'était prise au jeu. Les énigmes de Mathurin Loiseul étaient un défi lancé à son intelligence et elle tenait à en venir à bout.

— J'ai eu de la chance, expliqua Philippe de Clèves. Il existe dans notre bibliothèque une copie d'un ouvrage rédigé à Reims par un père abbé dénommé Grégoire. Le texte original a été composé sous le règne de notre très saint roi, Louis le neuvième. Il dresse l'historique de tous les diocèses du royaume. Concernant Sens, il y a toutefois une petite difficulté...

— Laquelle ? demanda machinalement Henri de Comballec, encore à sa déception d'avoir perdu la trace des deux verriers.

— Ce n'est pas un seul nom que j'ai découvert mais quatre. Durant la période gauloise, Sens s'est appelée successivement Agedincum puis Senones. On trouve ensuite le nom de Senonia pour la période gallo-romaine. Sous la domination franque, le nom change encore. La ville s'appelle alors Senoins.

— Seuls les noms de sept lettres nous intéressent, intervint Héloïse après s'être récité dans la tête les vers du poème qu'elle avait fini par retenir à force de les étudier.

— En ce cas, nous pouvons écarter Agedincum. Mais il reste tout de même encore trois noms. Comment savoir lequel est le bon ? Vous n'avez pas d'autre indication ?

La jeune femme interrogea Henri de Comballec du regard. Mais celui-ci haussa les épaules en signe d'impuissance. À vrai dire, elle ne voyait pas non plus en quoi les obscures références au Saint-Graal apparaissant dans le reste de la strophe pouvaient leur être ici d'une quelconque utilité. À moins que...

Elle se lança sans la moindre assurance :

— J'ignore s'il s'agit d'un indice pour découvrir ce fameux nom, mais nous avons découvert une phrase dont le sens caché nous échappe : *in medio stat virtus*. Cela vous inspire-t-il quelque chose ?

— Au centre se trouve la vertu, traduisit l'évêque songeur. À tout le moins, cela suggère l'idée d'équilibre, d'harmonie. On pourrait imaginer que...

Il s'interrompit brusquement. Les yeux levés au plafond, le front plissé par une intense réflexion, il se mordillait la lèvre inférieure.

— Vous avez pensé à quelque chose ? l'interrogea Héloïse.

— C'est possible dit-il avec un léger sursaut comme s'il s'était, l'espace de quelques secondes, absenté mentalement. Avez-vous remarqué que l'un des trois noms restants est un palindrome ?

— Un quoi ? fit Henri de Comballec en fronçant les sourcils.

— Un palindrome. Ou, si vous préférez, un mot qui peut se lire à l'endroit comme à l'envers. C'est le cas du nom Senones. On retrouve les mêmes lettres de part et d'autre du « o » qui se situe donc au centre d'une parfaite répartition symétrique. *In medio stat virtus* !

Oubliant toute retenue, Héloïse s'enthousiasma :

— Tout cela est d'une implacable logique ! Grâces vous soient rendues, monseigneur ! Vous venez sans doute de nous faire progresser d'un grand pas !

— J'en serais enchanté, mais il est bien tard pour continuer à parler énigmes et complots. Puisque vous appréciez les jeux de l'esprit, que diriez-vous d'une partie d'échecs ?

Héloïse ne pouvait que se soumettre bien qu'elle brûlât du désir de regagner sa chambre pour se confronter à la suite du poème de Loiseul. Peu concentrée, elle perdit deux fois de suite avant de céder sa place au baron. Henri de Comballec se révéla pour le prélat un adversaire autrement plus coriace. À mesure que les positions se tendaient sur l'échiquier, il accompagnait chacun de ses coups d'un regard en direction de la jeune femme, comme pour s'assurer qu'elle ne perdait rien de la belle résistance qu'il opposait au héros de la soirée.

— On a coutume de dire que les échecs sont le roi des jeux et le jeu des rois, fit observer Philippe de Clèves en déplaçant sa dame sur une case où elle se trouvait directement sous la menace d'un cavalier adverse.

Le baron n'en crut pas ses yeux. L'erreur était énorme. C'était pour lui une occasion inespérée de l'emporter et de prouver par la même occasion à Héloïse qu'il était capable de placer sous l'éteignoir le brillant esprit de son adversaire. Il saisit son cavalier et le déposa à la place de la dame tant convoitée.

— Un jeu implacable où les dames ont coutume de s'offrir au vainqueur, commenta-t-il avec une intense jubilation.

En voyant se dessiner un sourire ironique sur les lèvres de Philippe de Clèves, il sut toutefois avec certitude qu'il l'avait sous-estimé. Atterré, il balaya du regard les soixante-quatre cases pour voir quelle faute il avait pu commettre. Observant la main de son rival se déplacer vers la droite de l'échiquier, il comprit immédiatement. En jouant trop vite son cavalier, trompé par le sacrifice adverse, il venait de libérer la diagonale du fou noir qui n'avait plus qu'à avancer pour mater.

— Le jeu des rois, répéta Philippe de Clèves en exécutant le coup fatal. Or un roi ne se déplace jamais sans son fou. À propos, saviez-vous, cher baron, que les Anglais nomment cette pièce bishop, ce qui signifie évêque dans notre belle et bonne langue de France ? Échec et mat !

Dépité, Henri de Comballec se levait pour solliciter la permission de se retirer lorsqu'un valet fit son apparition à la porte.

— Que se passe-t-il ? l'interpella l'évêque. J'avais exigé de n'être point dérangé !

— C'est qu'il y a là un chevaucheur, monseigneur. Il arrive tout droit de Lyon, porteur d'un message urgent de la part du cardinal d'Amboise.

Philippe de Clèves afficha aussitôt une mine préoccupée et s'adressa à ses invités :

— Comme vous pouvez le constater, les devoirs de ma charge ne me laissent guère de répit. Veuillez m'excuser. Je promets de vous revenir le plus vite possible.

L'ecclésiastique n'avait pas plus tôt quitté la pièce qu'Henri de Comballec se retournait vers Héloïse dans l'intention de fustiger la propension de leur hôte à afficher un air de supériorité détestable. Quelle ne fut pas sa surprise de constater que la jeune femme s'était littéralement figée devant la table de jeu ! La mine concentrée, les yeux fixes, elle paraissait subjuguée par le tableau de sa piteuse déroute échiquéenne.

— Ne me dites pas que ce paon un peu trop sûr de lui a réussi à vous impressionner ! se récria-t-il. S'il ne m'avait pas distrait par ses commentaires inopportuns, je ne serais jamais tombé dans un piège aussi grossier. Ma position était gagnante, je puis vous l'as...

— Taisez-vous ! l'interrompit la belle sans lever les yeux de l'échiquier. Vous m'empêchez de me concentrer !

À ces mots, le sang du bouillant Breton ne fit qu'un tour :

— Sang Dieu ! Voilà qui est un peu fort ! Ne voyez-vous pas que ce fendant[1] a passé toute la soirée à faire le joli cœur devant vous ? Tout évêque qu'il est, je gage qu'il rêve de vous mettre dans son lit !

_____

1. Beau parleur, fier-à-bras.

Vexé d'avoir été ravalé au rang de faire-valoir par Philippe de Clèves, le baron n'avait pas pu se retenir. Il enrageait de se voir supplanté par un autre, et ceci le soir où justement Héloïse, laissant libre cours à sa féminité, était la plus désirable. Faute de savoir comment regagner ses faveurs, il se faisait volontairement blessant, cherchait l'affrontement.

Mais la jolie rousse se contenta de lui adresser un sourire indulgent :

— Ne faites donc pas la bête, messire baron ! Je me moque bien de cette fichue partie d'échecs et monseigneur de Clèves est sans doute loin d'éprouver les méchantes pensées que vous lui prêtez. Plutôt que de médire de lui, vous devriez le remercier.

Henri de Comballec manqua de s'étrangler.

— Le... le remercier ? Mais vous divaguez, ma chère !

— Non point ! En vous regardant jouer et en l'écoutant disserter de fous et de rois, un déclic s'est produit en moi. Je viens de comprendre comment résoudre la troisième énigme de Loiseul... Tout est là, sous nos yeux, ajouta-t-elle en désignant les cases noires et blanches.

Immédiatement, le baron oublia sa rancœur jalouse. Il se rapprocha et regarda la position des pièces, s'attardant sur le roi qu'il avait été contraint de coucher en signe de reddition.

— Je ne comprends pas, murmura-t-il. Expliquez-moi.

— Il est vrai que cette fois notre moine s'est surpassé ! Les deux premiers vers de la strophe nous ont livré le nom de Senones. Eh bien, les deux suivants indiquent comment exploiter ce mot : « Sans perdre le nord... poursuivre notre route entre les fous et les rois ». Or, comme par hasard, les lettres de Senones correspondent toutes à des points cardinaux. N pour nord, E pour est... ces directions permettent de tracer un chemin virtuel !

— Comment cela virtuel ? Que voulez-vous dire ?

— C'est là qu'interviennent les fous et les rois, allusion subtile aux échecs. Il faut imaginer un déplacement sur le plateau de jeu. Quel intérêt me direz-vous ? Aucun, à moins que cet échiquier n'ait des choses à nous dire. Vous vous souvenez que la fin de la strophe avec ses références ésotériques nous a d'emblée paru délirante. Or, par quels mots commence-t-elle ?

Henri de Comballec chercha dans sa mémoire.

— Quelque chose comme « à partir de là, ne prête plus attention au sens... ».

— C'est cela ! Contrairement à ce que j'ai d'abord cru, Loiseul ne fait pas de nouveau allusion à la ville de Sens. Ici, il ne joue plus avec les mots. Il veut signifier que les vers suivants ne doivent plus être pris au pied de la lettre. Ils sont là uniquement pour remplir notre échiquier, à raison d'un mot par case. Il ne reste plus alors qu'à déterminer à partir duquel il convient d'appliquer le trajet déterminé par le mot Senones...

— À voir la façon dont vos yeux pétillent, je devine que vous avez la réponse.

— Ce n'était certes pas le plus difficile. Le poème enjoint le lecteur à quitter sa maison et ce mot figure sur l'échiquier. Il faut donc partir de la case correspondante

Joignant le geste à la parole, Héloïse balaya les pièces du plateau et pointa chaque case du doigt en récitant, mot après mot, la fin de la troisième strophe. Puis elle traça les lignes brisées d'une trajectoire sud, est, nord, ouest, nord, est, sud. Attentif, Henri de Comballec la regardait faire en tâchant de se construire une représentation mentale de ce singulier périple.

À	partir	de	là	ne	te	soucie	plus
du	sens	mais	remets	ton	destin	à	la
seule	rose	des	quatre	vents	Trouve	le	symbole
perdu	de	sa	maison	Là	le	précieux	sang
attend	son	maître	Va	à	la	source	divine
et	bois	le	calice	qui	redonne	la	vie
En	faisant	cela	tu	te	montreras	digne	de
ceux	qui	t	ont	devancé	dans	la	voie

— Les mots rencontrés sur notre route forment une phrase, poursuivit Héloïse. «Va à la maison quatre vents, là.» C'est d'évidence le lieu qu'il nous faut rejoindre à Sens.

Le baron allait s'extasier une fois encore sur les incroyables facultés déductives d'Héloïse, lorsque la porte du salon se rouvrit. Philippe de Clèves fit sa réapparition, la mine contrariée.

— Mauvaises nouvelles ? s'enquit Henri de Comballec, pas mécontent de constater que l'autre avait perdu de sa superbe.

— C'est le moins que l'on puisse dire, soupira l'évêque en se laissant choir sur une chaise. Georges d'Amboise, cet incapable, s'est encore fait souffler la tiare papale. Ces diables de Vénitiens ont réussi à faire élire Jules de la Rovère. L'homme se prétend notre allié, mais je le soupçonne de pouvoir varier comme girouette au vent !

— Est-ce si grave pour le royaume ? demanda Héloïse que les subtilités diplomatiques dépassaient quelque peu.

— C'est surtout fort contrariant. Au premier tour de scrutin, il manquait une seule voix à d'Amboise pour être élu. Sur les trente-sept cardinaux, vingt-quatre lui avaient apporté leurs suffrages. Et cet âne bâté a trouvé le moyen de se désister ! Je mettrais ma main au feu que les Italiens ont si bien manœuvré qu'ils ont réussi à lui mettre la tête à l'envers !

— Il est certain que cet échec va contrarier les projets du roi en Italie, fit remarquer le baron.

Le visage de Philippe de Clèves s'assombrit encore davantage.

— Nos adversaires s'en trouvent en effet confortés. Voilà qui ne va pas arranger l'humeur de notre souverain ! Hier, nous apprenions la déroute de l'armée du marquis de Saluces et la mort du chevalier Bayard et, aujourd'hui, l'anneau pontifical nous échappe pour la seconde fois en l'espace de deux mois!

Héloïse blêmit. Elle crut que son cœur s'arrêtait de battre et que ses jambes allaient cesser de la porter.

— Qu'avez-vous dit? marmonna-t-elle. La... la mort de qui?

Sans prendre garde à la soudaine métamorphose de la jeune femme, le prélat reprit d'une voix détachée :

— Messire Pierre Terrail, seigneur de Bayard, un fameux capitaine que ses nombreux exploits avaient fait nommer «sans peur et sans...» Mais qu'avez-vous, ma chère? Vous vous sentez mal?

Héloïse n'écoutait plus. Un voile rouge venait de s'abattre devant ses yeux, tandis qu'elle avait l'horrible sensation de basculer dans un gouffre sans fond.

XXXVI

Abandon

Henri de Comballec frappa doucement à la porte. Pas de réponse. Il hésita mais finit par actionner la poignée et entrer dans la chambre. Il y régnait un froid polaire. La fenêtre à meneaux était grande ouverte et un vent glacial se coulait par l'ouverture. L'hiver s'installait en avance sur la région. Venant des massifs de l'est où la neige et le givre avaient déjà figé les campagnes depuis une dizaine de jours, la mauvaise saison étendait peu à peu son emprise sur les plaines. Le ciel y gagnait en pureté et en transparence. Ses myriades d'étoiles faisaient songer à une crypte où palpiteraient, dans l'obscurité et le silence, des cierges innombrables.

Mais le baron ne s'attarda pas à cette vision. Son attention se fixa sur la silhouette qui se découpait à l'encoignure de la fenêtre. Héloïse lui tournait le dos et semblait perdue dans la contemplation de la cité endormie. Tout à l'heure, quand elle avait appris la terrible nouvelle, elle avait vacillé mais sa fierté lui avait permis de ne pas perdre contenance. Elle avait quitté le salon sans rien confier de son émoi, prétextant l'heure tardive et une brusque fatigue. Mais à présent, dans l'espace clos de sa chambre, la ligne affaissée de ses épaules trahissait son abattement.

Henri de Comballec s'approcha. Quand il parvint juste derrière elle, il demeura un long moment immobile, les bras ballant le long du corps. Elle n'avait pas esquissé le moindre mouvement et il ne savait pas si elle était consciente de sa présence dans la pièce L'envie de la serrer dans ses bras et de la consoler comme on le ferait pour une enfant perdue l'empoignait mais il n'osait pas. Elle avait défait son chignon et lâché ses cheveux couleur d'or rouge. Placé comme il l'était, un peu en retrait, le baron n'apercevait que l'amorce de son profil. La tempe où palpitait une petite veine bleue, la courbe d'une joue, l'avancée du menton. Et ce visage figé, à peine entrevu, lui semblait tout à la fois le comble de la beauté et du désespoir. Doux et triste et désemparé et inaccessible et sacré.

Alors, parce qu'il ne trouvait pas les mots pour exprimer ce qu'il ressentait et parce qu'il lui était impossible de demeurer plus longtemps dans cette chambre sans prononcer une parole ou esquisser un geste, il se déplaça sur le côté, contourna la jeune femme et se pencha pour fermer la croisée.

— Vous ne pouvez pas rester comme cela exposée au froid, Héloïse. Vous finiriez par attraper mal.

Ce fut seulement après avoir parlé qu'il se retourna et croisa son regard. Elle avait les yeux humides et rouges, l'air vulnérable et abandonné. Tout en s'en faisant le reproche, il ne put s'empêcher de la trouver tragiquement belle.

— Je suis désolé, ajouta-t-il dans un murmure.

Et il ne put articuler une autre syllabe, car, tout à coup, il lui semblait que le moindre son était sacrilège, qu'il violait un espace sanctifié. Le silence tout entier lui appartenait à elle seule. Et pas seulement le silence, mais aussi la pénombre, la morsure glacée de l'hiver, la clarté vacillante des étoiles, le sommeil de la ville et tout ce qui participait à l'effacement des êtres et des choses dans le grand néant de la nuit.

Il s'apprêtait à se retirer sur la pointe des pieds lorsqu'elle esquissa enfin un mouvement. Glissant sans bruit sur le parquet, elle se dirigea vers la table où, la veille encore, ils avaient examiné ensemble le parchemin de Baume. Elle entreprit alors de rouler les feuilles où ils avaient inscrit le résultat de leurs tâtonnements, puis de caser une à une les plumes dans l'écritoire. Elle exécutait ces menus gestes de façon machinale, sans y penser. C'était juste une façon pour elle de s'occuper les mains et d'engourdir la douleur qui lui déchirait la poitrine. Quand elle eut fini son rangement, elle se déplaça à nouveau, cette fois en direction du lit. Au passage, elle croisa le baron qui la suivait des yeux sans desserrer les lèvres. Par-derrière ses boucles auburn, elle lui accorda un pâle sourire, juste une fugace attention comme pour lui signifier qu'elle ne l'avait pas oublié, qu'elle savait qu'il était là et que, même si les apparences étaient contre elle, elle n'avait pas encore tout à fait perdu la raison.

Contrastant avec le calme apparent de ses gestes, le cerveau d'Héloïse était en ébullition. Elle ne parvenait pas à aligner deux pensées cohérentes. L'annonce brutale de la mort de Bayard lui avait fait l'effet d'un coup violent sur la tête. Pire que cela ! Elle éprouvait, dans sa chair et dans son âme, un terrible morcellement. Son être tout entier éclatait en morceaux. Et chacun de ces fragments se heurtait à chaque instant à l'invisible mais infranchissable muraille dressée entre l'amour et la mort. Combien de temps resta-t-elle ainsi à lisser dans un geste dérisoire les draps du lit ? Elle n'aurait su le dire. Le temps lui aussi avait volé en éclats, et Héloïse avait déserté la surface des choses. Elle avait quitté ce monde pour celui des profondeurs où les ombres de ceux qu'elle avait aimés formaient une ronde, autour d'elle, comme pour la retenir loin d'une réalité trop cruelle. Cela semblait si tentant ! Il suffisait de se laisser aller. La folie comme échappatoire à la douleur. C'était si facile, comme de se réfugier loin dans un rêve, de s'abandonner à un profond sommeil...

Elle ne sut jamais ce qui vint l'arracher à la fascination du néant. Était-ce l'instinct de survie qu'elle gardait, en dépit de tout, solidement chevillé au corps ? Ou bien l'obscur pressentiment que d'autres lendemains lui demeuraient promis ? Toujours est-il qu'à l'instant de perdre pied, elle lança désespérément les bras en avant, s'arracha à la gangue des ténèbres et tomba dans les bras du baron.

Henri de Comballec la reçut, pantelante et amnésique, contre sa poitrine. Son corps était agité de tremblements et elle poussait un gémissement rauque et continu, aussi déchirant que la plainte d'une bête blessée. Il fallut de longues minutes pour qu'enfin, sous la caresse de ces mains d'homme devenues si légères dans ses cheveux, elle consentît à se calmer. Alors seulement, le gentilhomme breton la souleva avec d'infinies précautions pour l'allonger sur le lit. Lorsqu'il se pencha pour embrasser ses lèvres, elle ne protesta pas. Ses yeux grands ouverts le fixaient gravement, mais semblaient encore tournés vers quelque mystérieuse vision intérieure. Cependant, elle finit par lui rendre son baiser parce que sa chaleur était, à ce moment-là, la seule chose à laquelle elle pouvait se raccrocher et qu'elle sentait encore si affreusement l'appel du vide au plus profond d'elle-même.

Ce fut à peine si elle eut conscience qu'il la déshabillait. Elle se laissa faire comme une somnambule. Mais quand il se dénuda à son tour et vint se glisser à ses côtés sous les draps, elle se coula avec fièvre contre lui, mordillant ses épaules, respirant l'odeur de sa peau, épousant de ses formes épanouies chaque parcelle de ce corps vigoureux et si formidablement vivant.

Le baron savait qu'elle n'était pas dans son état normal et il se maudissait de profiter aussi vilement de la situation. Mais, à cette heure si propice à l'abandon, elle était ce qu'il désirait le plus au monde. Alors tendrement puis avec une fougue passionnée, il lui révéla les chemins d'un plaisir qu'elle découvrait pour la première fois. Et quand, plus tard, elle fut sur le point de s'endormir entre ses bras, comblée et enfin apaisée, ce fut à peine s'il ressentit une pointe d'amertume en l'entendant murmurer deux fois « Pierre, Pierre... », comme une prière offerte à la nuit glacée.

XXXVII

Un visiteur nocturne

La nuit avançait. Étendu sur la couche d'Héloïse, Henri de Comballec tournait et se retournait sans parvenir à trouver le sommeil. Il avait goûté avec délices chaque instant de leur étreinte, y puisant une volupté bien supérieure à celles que lui avaient procurées ses anciennes liaisons. Mais le remords et l'angoisse à présent le rongeaient. Quelle serait la réaction de la jeune femme au réveil? Pourrait-elle lui pardonner d'avoir abusé de son désarroi? Et lui, serait-il capable de lui faire oublier son amour perdu? Parviendrait-il à supplanter le souvenir de Bayard et à conquérir le cœur de cette femme dont il ne pouvait désormais imaginer se séparer?

Il ressassait toutes ces questions dans son esprit enfiévré lorsque, soudain, un bruit de verre brisé le fit sursauter. Son instinct de soldat toujours plus ou moins en éveil le tira du lit. Faisant fi du froid intense qui régnait dans la chambre, il se précipita à la porte, pieds nus sur le plancher gelé. Le plus silencieusement possible, il fit jouer la clenche et jeta un coup d'œil dans l'entrebâillement.

Le corridor était plongé dans une obscurité presque totale. Seule une fenêtre sur la droite laissait passer le faible rayonnement de la nuit étoilée. La vitre en était brisée et des éclats de verre jonchaient le sol. Dans l'étroit couloir, à mi-chemin entre la croisée et la chambre où se tenait embusqué le baron, une silhouette sombre se déplaçait en rasant les murs. L'intrus marquait une pause tous les dix pas environ, prêtant l'oreille aux bruits éventuels de la demeure endormie.

Interloqué, Henri de Comballec referma la porte de la chambre. Qui pouvait se risquer à pénétrer dans l'évêché par effraction? Et dans quel but? Se remémorant l'inconnu à la hache entraperçu juste avant leur mésaventure sur la Loire, le capitaine sentit un frisson désagréable courir le long de son dos. De chasseurs, n'étaient-ils pas en train de devenir proies à leur tour? Leurs ennemis avaient-ils résolu de les neutraliser avant que d'être acculés en leur mystérieuse tanière?

Sans se perdre plus longtemps en vaines conjectures, Henri de Comballec se rapprocha du lit à baldaquin. Ayant repoussé les draps dans son sommeil, Héloïse dormait sur le dos, complètement nue, offerte. Une bouffée de désir envahit le baron mais il se ressaisit et s'habilla vivement sans faire de bruit.

Puis, saisissant une dague qui ne le quittait presque jamais, il referma le rideau sur la belle endormie et se dirigea résolument vers la porte, prêt à en découdre.

Dans le couloir, l'inconnu avait progressé à pas de loup jusqu'à la chambre occupée par l'écuyer Robin. L'oreille collée contre le chambranle, il semblait vouloir s'assurer que son occupant était bien en train de dormir à poings fermés.

— Holà, maraud! Depuis quand pénètre-t-on chez les gens autrement que par la porte?

L'exclamation du baron cueillit l'inquiétant visiteur à l'improviste. D'abord saisi par la surprise, l'homme fut pourtant prompt à réagir. Dans un sursaut d'une incroyable vivacité, il se rejeta en arrière, tout en écartant les pans de sa cape. L'instant d'après, il brandissait dans chaque main deux poignards à l'aspect redoutable. Tout dans son attitude agressive, corps ramassé et prêt à bondir, jambes fléchies et souples, révélait le spadassin rompu aux duels, traquenards et autres escarmouches de nuit sans lune.

Ils se faisaient face, à moins de deux mètres de distance. Et ils se défiaient du regard.

Henri de Comballec était impressionné par le calme apparent de son vis-à-vis. En l'interpellant, il avait espéré le déstabiliser et pouvoir profiter d'un trouble passager pour s'assurer l'avantage. Mais la réaction de l'inconnu avait été stupéfiante d'efficacité. Rien à voir avec la réplique que l'on pouvait attendre d'un simple verrier, fût-il un redoutable comploteur. À présent, l'homme faisait face avec détermination, nullement impressionné par la supériorité procurée au baron par la longueur de sa lame. Ses yeux injectés de sang et son teint blafard de fils de la lune accentuaient encore, s'il était possible, la cruauté peinte sur ses traits.

— Qui que vous soyez, intima le baron, rendez-vous à merci ou je vous plante six pouces de ce bon acier en travers de la gorge.

En guise de réponse, Malavoise – car, bien entendu, c'était lui – tenta une première attaque. Il se fendit à fond, faisant décrire à son bras droit un large demi-cercle en direction du flanc découvert de son adversaire. Sans ses réflexes de soldat, aiguisés par de si nombreuses campagnes, le gentilhomme breton eût été proprement étripé. Il para en seconde et riposta aussitôt en visant la cuisse de son assaillant. Son but n'était pas de tuer, mais de réduire l'homme à merci afin de pouvoir l'interroger.

Malavoise dévia la botte à l'aide de sa seconde lame et repartit en avant. À l'évidence, il recherchait le corps à corps, conscient qu'en raccourcissant la distance il privait le baron de son avantage et augmentait l'efficacité de ses poignards.

Percevant le danger, Henri de Comballec rompit l'engagement et recula d'une dizaine de pas. Cette réaction amena un sourire mauvais sur les lèvres de l'albinos, qui se rua derechef à l'assaut en lâchant un juron.

Les fers se croisèrent à nouveau dans un sinistre tintement. Curieusement, Henri de Comballec eut la sensation que cette nouvelle attaque n'était pas poussée à fond. Sa science du combat lui soufflait que l'autre ne s'était pas engagé avec la même détermination que précédemment. Tout en reculant à nouveau, il scruta son visage. Rien pourtant sur cette face livide et farouche ne révélait l'amorce d'un doute ou d'une quelconque peur. Bien au contraire ! On y lisait cette sorte de morgue que procure la certitude absolue, quelle que soit l'adversité, de parvenir à ses fins.

Quand il heurta du dos la balustrade annonçant la proximité de l'escalier, le baron comprit brusquement la raison du comportement déroutant de son opposant. Faute de pouvoir l'éliminer rapidement, ce dernier devait fuir l'évêché avant que l'alerte ne fût donnée. Or, pressé comme il l'était par le baron, l'homme ne pouvait repartir par où il était venu. Tenter de se glisser par la fenêtre brisée, c'était en effet s'offrir à coup sûr à la pointe de la dague. La fausse attaque n'avait donc pas eu d'autre but que d'obliger le gentilhomme breton à rompre une seconde fois et ainsi se rapprocher de l'escalier.

Ayant réalisé cela, Henri de Comballec se campa résolument en travers du palier, bien décidé à ne plus céder un pouce de terrain. C'était sans compter avec la hargne de son adversaire et la faiblesse induite par sa récente blessure. Voyant sa retraite coupée, Malavoise résolut de tenter le tout pour le tout. Saisissant l'un de ses poignards par l'extrémité de la lame, il le lança en direction du baron. Pour l'esquiver, celui-ci fut contraint d'effacer le torse et d'abaisser sa garde. L'albinos mit à profit cette fugace ouverture pour se précipiter sur lui, l'épaule en avant.

Le choc fut d'une rare violence.

Déséquilibrés, les deux combattants basculèrent dans la cage d'escalier et dévalèrent les marches jusqu'au rez-de-chaussée. Une douleur aiguë déchira alors la poitrine d'Henri de Comballec, tandis qu'une large tache de sang imprégnait sa chemise. Dans la chute, sa blessure venait de se rouvrir. Paralysé par la souffrance, il lui fut impossible de réagir assez vivement. Il cherchait encore à se relever en prenant appui des deux mains sur le sol, lorsqu'il se sentit cloué à terre par le genou de son rival. Dans le même temps, le fil tranchant d'une lame vint se poser tout contre sa gorge.

— Tu as de la chance, murmura à son oreille une bouche à l'haleine pourrie, le maître ne souhaite pas ta mort. Mais ne t'avise plus de te mettre en travers de mon chemin, la tentation pourrait être trop forte...

En dépit de sa position plus que périlleuse, le fier Breton fut sur le point de répliquer mais un coup violent sur la nuque ne lui en laissa pas le loisir. Étourdi, la poitrine en feu, il entendit, comme à travers un épais brouillard, le bruit d'une course précipitée sur les dalles de marbre et l'écho d'une porte claquant dans le lointain.

Il demeura inerte de longues minutes au pied de l'escalier, avant de recouvrer suffisamment de forces pour remonter, en titubant, au premier étage. Son affrontement avec l'énigmatique albinos et la chute qui s'était ensuivie n'avaient pas suffi à alerter l'évêché, et le silence nocturne avait repris possession des lieux. Un silence si total qu'on eût pu croire qu'un charme puissant avait été jeté aux occupants du bâtiment.

Aussi, quelle ne fut pas sa surprise en regagnant la chambre d'Héloïse, de trouver la jeune femme debout, le dos appuyé à l'une des colonnes du lit ! Son visage défait, noyé de larmes, exprimait un tel désarroi que le baron ne vit pas tout de suite la lettre.

Elle était posée contre le rideau du baldaquin, près de son pourpoint dont elle s'était probablement échappée. Quand son regard tomba dessus, il la reconnut aussitôt. C'était la missive qu'il avait détournée, celle qu'Héloïse lui avait confiée pour qu'elle soit remise au chevalier Bayard.

Le baron tressaillit. Son sang se figea dans ses veines. Lentement, ses yeux remontèrent vers le visage dévasté de celle qui, à peine quelques heures plus tôt, venait de s'offrir à lui. Hébétée, Héloïse semblait incapable de remarquer qu'il était couvert de sang. Elle tremblait, comme prise d'un soudain accès de fièvre, et ses paupières semblaient deux papillons affolés.

À l'instant où le baron fit mine de se rapprocher d'elle, la jeune femme sortit brusquement de sa stupeur. Elle eut un mouvement de recul effrayé et ses lèvres se crispèrent en une supplique muette : «Pourquoi?».

Et ce simple mot, sans même être prononcé, accablait davantage Henri de Comballec que tous

les reproches de la terre. Il suffisait à exprimer
tout ce qui désormais séparait les deux amants.

Héloïse se sentait salie, abandonnée. Trompée.
Jamais elle ne pourrait lui pardonner.

XXXVIII

Préparatifs royaux

En ces derniers jours du mois de novembre 1503, le quartier canonial de la ville de Reims bruissait d'une activité et d'une ferveur quelque peu inhabituelles. À la suite du roi Louis XII, tout ce que la Cour comptait de personnages éminents avait déserté les bords de Loire pour rejoindre la capitale champenoise. Au début du mois suivant devait s'y tenir une de ces cérémonies propres à rehausser le prestige de la Couronne et à célébrer la magnificence du monarque aux yeux admiratifs de son peuple. Louis XII s'apprêtait en effet à confirmer solennellement une levée de cinq deniers à prendre pendant dix ans sur chaque minot de sel vendu dans tous les greniers du royaume, ceci afin de financer le chantier de réfection de la cathédrale. Cette taxe avait été octroyée au chapitre par le précédent roi, Charles VIII, suite au grand incendie du 24 juillet 1481 qui avait détruit charpente, couverture et parties hautes de l'édifice.

Les célébrations du présent hiver visaient non seulement à glorifier l'attachement du souverain à poursuivre l'œuvre bienfaitrice de son prédécesseur, mais aussi à lancer la dernière étape des travaux. La nouvelle toiture était achevée depuis peu, ainsi que le pignon du croisillon nord. Restait donc à désigner les maîtres maçons qui achèveraient le labeur en réhabilitant le pignon sud.

Ce retour du roi dans la cité des sacres ne pouvait se faire sans la tenue de festivités à la hauteur de l'événement. C'est la raison pour laquelle nombre de gentilshommes et de gentes dames avaient fait le déplacement depuis Blois. Quant à l'organisation proprement dite des réjouissances, elle avait été confiée au poète Pierre Gringoire qui dirigeait déjà l'exécution des mystères à Paris et rêvait de se voir octroyer la responsabilité des entrées du roi dans les principales villes du royaume.

En cette froide matinée de novembre, ledit poète n'en menait pas large. Il se demandait s'il n'avait pas œuvré pour rien et si ces célébrations de Reims n'allaient pas tout bonnement tourner au fiasco. La faute à la mauvaise santé du monarque qui souffrait d'accès de goutte et de redoutables épisodes d'hémorragies internes. Qu'il était loin le temps où le jeune duc rebelle menait grand train tout en lorgnant sur la couronne de son cousin ! À croire qu'en montant sur le trône, l'impétueux représentant de la banche des Valois-Orléans avait abdiqué sa santé et hérité des malheurs qui avaient clos le précédent règne.

S'efforçant de chasser d'aussi sombres pensées de son esprit, Gringoire s'inclina devant son maître :

— Êtes-vous certain, Sire, de vouloir entendre la suite de mon exposé ? Nous pouvons très bien remettre nos préparatifs à demain ou à tout autre jour qui aura l'heur de plaire à Votre Majesté.

Les deux hommes se faisaient face dans la salle d'apparat du palais de l'archevêque, réquisitionnée pour l'occasion. Prostré plus qu'assis sur une haute cathèdre, Louis XII peinait à masquer sa douleur. En dépit de son épaisse pelisse et du feu nourri que deux valets entretenaient en permanence dans la monumentale cheminée ornée de fleurs de lys, le roi frissonnait de tous ses membres. Il offrait à ses courtisans une mine défaite où se lisaient les ravages de la maladie. C'était pourtant lui qui avait insisté pour entendre son maître de cérémonie décrire en public et par le menu les fastes des jours à venir.

Contrarié de voir le poète faire allusion à son état de fatigue devant si large assemblée, le roi se redressa sur son siège et balaya la proposition de son interlocuteur d'un geste agacé de la main.

— Allons, messire Gringoire ! Épargnez-nous d'inutiles atermoiements et décrivez-nous plutôt ces manifestations dominicales qui doivent clôturer en beauté notre séjour à Reims.

Le poète s'inclina et se mit à déclamer à haute voix, afin d'être entendu de toute l'assemblée :

— Le cortège royal fera son entrée par la porte de Soissons et sera précédé jusqu'au parvis de la cathédrale par les bénédictins du prieuré Saint-Maurice et les menestriers de Montmirail. Là, chaire sera dressée en laquelle se tiendra le gouverneur Estienne de Gannay, habillé en prophète et portant écriteau fort bellement ornementé. Sur celui-ci figurera un cœur peint de vert, tapissé tout autour de blanc et d'un semis de fleur de lys. La ville offrira ainsi au roi de France son amour matérialisé par un cœur à ses couleurs sinople[1] et argent. Par cette offrande, elle le reconnaîtra comme son seul et unique seigneur.

— Cela est fort bien, Gringoire. Mais on m'a aussi parlé d'une autre cérémonie à l'issue de la messe...

— Très juste, Sire. L'office sera célébré dans la cathédrale par le cardinal Guillaume Briçonnet, archevêque de Reims. Après l'eucharistie, face au maître-autel, monseigneur de Clèves vous présentera l'écusson chargé de fleur de lys et tenu par deux anges qui sera ensuite placé à l'extrémité du chevet pour marquer l'attachement de Votre Majesté au sanctuaire des sacres royaux. Alors seulement seront annoncés les noms des maîtres d'œuvre chargés de mener à bien les ultimes travaux de restauration.

— Tout ceci me paraît excellent et je vous en fais compliment, mon bon Gringoire. Vous veillerez toutefois à ce qu'une chaise et un brasero soient placés face à l'autel. Je connais les talents oratoires de mon cousin et ne doute point qu'il souhaitera en faire la démonstration en une si belle occasion. Je ne voudrais pas risquer de prendre racine en l'écoutant. Par ce froid redoutable, ce serait, pour

---

1. La couleur verte en héraldique.

le coup, triste occasion d'attraper la malemort ! Et, en ces temps calamiteux, le royaume ne saurait...

Louis XII ne put continuer. Une toux irrépressible le tordit en deux et le força à dissimuler ses expectorations sanglantes dans les plis de sa fourrure.

Assise légèrement en retrait, Anne de Bretagne tenta de refréner son angoisse en adressant une prière muette à la Vierge. Depuis qu'elle s'était conformée aux conseils du sire de Comballec et avait averti son royal époux de l'existence d'un possible complot, celui-ci avait vu sa santé fragile décliner. Anne ne pouvait s'empêcher de s'en faire le reproche. Tous les soirs, dans une chapelle de la cathédrale, elle faisait brûler un cierge et priait Dieu de soutenir le baron et Héloïse dans leur difficile enquête. Mais jusque-là, ses suppliques étaient demeurées vaines et l'ombre du malheur semblait stagner au-dessus du trône de France.

Non loin de là, au deuxième rang de l'assistance, une femme au teint pâle et au port altier dardait le feu glacé de ses yeux gris sur le monarque en train de s'étouffer. Ses lèvres minces laissèrent échapper tout bas une exclamation venimeuse : « Faites qu'il crève, Mon Dieu ! »

Aussitôt, alarmée par sa propre audace, celle qui avait rang de comtesse jeta sur les côtés des coups d'œil inquiets. Sa crainte d'avoir été entendue s'apaisa à la vue des courtisans qui jouaient des coudes et tendaient le cou pour ne rien perdre de la scène offerte à leur curiosité malsaine. À n'en pas douter, les rumeurs les plus alarmistes sur la santé du roi ne tarderaient pas à se répandre dans la ville et ses faubourgs.

Louis XII ayant repris contenance, la femme décida qu'elle en avait assez vu et s'éclipsa par une porte latérale. Après avoir quitté le palais, elle gagna à la hâte un proche hôtel où l'on avait relégué les membres de la Cour que l'on n'avait pu loger, faute de place, dans la proximité immédiate du souverain. Elle y occupait avec son fils et ses suivantes un appartement confortable mais sans commune mesure avec le luxe déployé dans la résidence épiscopale. L'orgueilleuse comtesse croyait y déceler quelque vexation intentionnelle et ne pouvait s'empêcher d'imputer ce méchant traitement à celle qu'elle avait baptisée une fois pour toutes « la bancale Bretonne ». Son ennemie intime : la reine Anne, en personne !

À la vérité, l'accusation n'avait rien de farfelu. Nul n'ignorait à la Cour la haine que se vouaient mutuellement Anne de Bretagne et la comtesse Louise de Savoie. Ce n'était d'ailleurs pas tant la veuve du comte d'Angoulême que la reine détestait, mais bien plutôt la mère de l'héritier du trône. Tant qu'elle-même ne mettrait pas au monde un garçon viable, la couronne de France resterait promise au rejeton de Louise, ce François qui affichait, à neuf ans, une santé insolente.

Reléguée à Amboise en résidence surveillée, la comtesse, quant à elle, rongeait son frein en appelant de ses vœux l'avènement de celui qu'elle nommait « son petit César ». Il est vrai qu'elle était à peine âgée de treize ans lorsqu'au cours d'un pèlerinage à Plessis-lez-Tours, l'ermite François de Paule lui avait annoncé qu'elle aurait un fils et que celui-ci, un jour, deviendrait roi. Prédiction insensée à l'époque mais qui, depuis le décès brutal de Charles VIII, était devenu une réalité presque tangible.

Louise de Savoie fronça les sourcils. Dieu ! Que l'attente était éprouvante, rythmée par les grossesses de la reine et les décès successifs de sa progéniture mâle ! Afin de mieux supporter la chose, elle ne cessait de consulter mages et astrologues, dans l'espoir de s'entendre confortée en ses ambitions. Jusqu'ici leurs avis avaient été unanimes : les astres demeuraient favorables au jeune François. Rien ne pourrait contrarier sa grandiose destinée. Oui mais voilà ! Son heure n'était pas encore venue ! Il fallait patienter. Patienter encore et encore ! Et Louise était lasse d'attendre. De plus en plus souvent, elle songeait que le temps était peut-être venu de forcer le destin. Compte tenu de la fragilité affichée par Louis XII, qui pourrait s'étonner d'une issue rapidement fatale ?

La comtesse d'Angoulême en était là de ses réflexions lorsqu'elle pénétra dans son antichambre. Quelqu'un l'y attendait, confortablement installé sur une banquette garnie de coussins brodés.

Louise de Savoie sursauta, comme prise en faute :

— Vous ? Ici ? Mais personne ne m'a prévenue...

— Gardez-vous d'en faire le reproche à vos gens. Nul ne sait que je suis céans et la prudence commande que l'on continue d'ignorer ma visite même après mon départ.

— Que voulez-vous?

— Avec tout autre que vous, madame, il serait préférable de finasser, de s'assurer que nous partageons bien les mêmes vues, mais je sais que vous êtes une femme résolue. Nous sommes de la même trempe. Quand l'enjeu est d'importance, nous ne nous arrêtons pas à la nature des moyens à mettre en œuvre.

— Encore une fois : que voulez-vous?

— Mais tout bonnement la même chose que vous! Le trépas de ce mauvais roi qui semble d'ailleurs avoir déjà un pied dans la tombe, et bien sûr l'avènement de votre fils.

Pourtant accoutumée à dominer ses sentiments, Louise de Savoie ne put masquer sa surprise. Elle ouvrit la bouche sur une exclamation muette et écarquilla les yeux. L'instant d'après, elle se reprenait déjà et affichait un air faussement indigné.

— C'est insensé! commença-t-elle. Je ne vois pas ce qui vous autorise à...

— Je vous en prie! Je vous en prie! Épargnons-nous toute vaine comédie car nous disposons de peu de temps et j'ai des choses d'importance à vous confier.

La comtesse examina d'un œil nouveau l'élégante silhouette en face d'elle, s'attardant sur la robe somptueuse dont les dentelles lui évoquaient tout à coup la toile d'une monstrueuse araignée.

— Fort bien, dit-elle après un ultime temps de réflexion. Puisque vous avez tant à me dire, je vous écoute. Parlez !

— Je puis vous assurer que Louis le douzième ne survivra pas à son séjour en cette ville. Il trépassera durant la messe solennelle qui sera célébrée dimanche, dans exactement dix jours.

— Comment pouvez-vous affirmer cela ?

— Disons que j'ai pris mes dispositions pour hâter ce que la Nature eût mis en œuvre elle-même dans les semaines ou les mois à venir. Seulement convenez que ni vous ni moi ne saurions attendre. Après tout, même un grand malade peut être capable d'engendrer...

— Un meurtre ! s'exclama Louise de Savoie. Mais on cherchera inévitablement à qui le crime profite ! On traquera les assassins !

— Assurément ! Je puis même vous affirmer qu'on les arrêtera dans les heures qui suivront. J'ai sous la main quelques méchants drôles qui feront d'excellents boucs émissaires.

— C'est pure folie ! Ces hommes seront soumis à la question. Ils protesteront de leur innocence et pourraient bien livrer certains noms, dont le vôtre, à leurs tortionnaires.

— C'est là que réside toute la subtilité du plan que j'ai imaginé. Même exposés aux pires sévices, ces gens ne confesseront que leurs propres fautes, car ils seront sincèrement convaincus d'avoir causé la mort du roi.

— Comment cela ?

— Je n'ai malheureusement pas le temps de vous confier tous les dessous de l'affaire. D'ailleurs, moins vous en saurez, plus légère sera la charge pour votre conscience.

— Qu'attendez-vous donc de moi?

Dans la pénombre qui gagnait progressivement la pièce, un sourire carnassier dévoila deux rangées impeccables de dents blanches.

— À la mort de Louis, votre fils François héritera de la couronne. En raison de sa minorité, la régence vous sera aussitôt confiée. Pour seul prix de mes services, j'entends que vous interrompiez alors immédiatement les travaux de la cathédrale de Reims.

Louise de Savoie s'attendait à bien des exigences, mais cette demande incongrue la laissa bouche bée.

— Je ne comprends pas, dit-elle, le visage fermé. Et je déteste cela. Si vous souhaitez mon appui, il va falloir m'en dire davantage. Quel profit espérez-vous tirer de l'arrêt de ces travaux?

Il y eut un temps de silence, pendant lequel la personne installée sur la banquette sembla peser le pour et le contre. Puis elle écarta les bras, paumes ouvertes, comme pour signifier qu'elle acceptait de se livrer tout entière à la mère du futur roi.

— La cathédrale recèle un formidable trésor. Voilà près d'un an que j'ai entrepris des recherches pour le mettre au jour et je touche enfin au but. Mais le chantier que s'apprête à lancer Louis risque de tout compromettre.

— Quelle est la nature de ce trésor qui justifie à vos yeux le meurtre d'un roi?

— L'un des objets les plus précieux dont l'Histoire ait conservé la trace à travers les siècles. Celui qui le possédera y gagnera un pouvoir sans égal.

— Cessez de tourner autour du pot! De quoi s'agit-il exactement?

Un nouveau silence. Bref. Et la réponse fusa d'une voix exaltée :

— Rien de moins que l'Arche d'Alliance! Le tabernacle sacré renfermant les lois de Dieu!

XXXIX

La maison des Quatre Vents

La maison semblait inhabitée. Les volets étaient hermétiquement clos et aucun mouvement n'était venu animer la façade depuis qu'Héloïse, embusquée derrière la carriole à bras d'une marchande d'oublies, inspectait les lieux en s'efforçant de prendre son mal en patience.

Arrivée à Sens au petit matin, après quatre jours d'un cheminement solitaire depuis Autun, elle n'avait rencontré aucune difficulté pour localiser la maison des Quatre Vents évoquée par Loiseul. Tout le monde la connaissait en ville. Cette demeure récente, édifiée dans le quartier le plus commerçant de la cité, se distinguait de ses voisines par ses nombreux ornements. Le plus remarquable d'entre eux était un imposant poteau d'angle représentant un arbre de Jessé. À intervalles réguliers, le regard d'Héloïse retournait se poser sur la sculpture, tandis qu'elle ressassait les premiers vers de la quatrième strophe composée par le moine verrier : «Ajoute à ton tracé, de l'arbre, les grands rois et rends à César ce qui lui revient de droit.» Suivaient deux mots de toute évidence codés, selon l'exécrable habitude du bénédictin : «Kitdca.uwya».

Si elle n'avait écouté que son impatience, Héloïse se serait déjà approchée du fameux poteau pour en examiner les détails. Mais elle était seule désormais et ne pouvait plus compter sur la protection du baron de Conches. L'attentat sur la Loire et la rixe nocturne ayant opposé Henri à un mystérieux albinos ne pouvaient que l'inciter à la prudence. Avant de se risquer à découvert, elle voulait être certaine que Loiseul et ses acolytes ne menaçaient pas de lui tomber dessus à l'improviste.

Ce sentiment d'isolement et de vulnérabilité la ramena en arrière par la pensée. Elle revécut cette nuit singulière où elle avait cru perdre la raison en apprenant la mort du seul homme dont elle ne fût jamais tombée amoureuse. Elle se souvenait d'un froid intense, à la fois autour d'elle et à l'intérieur même de ses entrailles. Et puis il y avait eu aussi cette sensation d'extrême confusion, la tentation de s'abandonner au vide, de disparaître à son tour. Ah, ne plus souffrir, ne plus sentir, ne plus espérer, s'alléger, s'effacer, devenir une ombre parmi les ombres...

Elle ne comprenait toujours pas comment les choses, ensuite, avaient basculé. Elle avait senti cette chaleur contre son corps, cette vie bouillonnante, ces bras solides autour de sa taille... Une onde de désir l'avait traversée, courant de sa nuque jusqu'au bas de son dos, balayant tout sur son passage. Elle avait renoncé à lutter. Elle était bien trop lasse pour cela. Le flot tumultueux l'avait emportée, bousculée, déchirée, la mettant au monde une seconde fois, faisant d'elle une femme...

La plus misérable des femmes...

Elle avait compris cela aux toutes premières lueurs de l'aurore. Quand elle s'était éveillée, solitaire et nue, dans le grand lit à baldaquin. Cherchant à reprendre ses esprits, elle avait aperçu la lettre échappée du pourpoint de celui dont elle était désormais l'amante. En reconnaissant sa propre écriture, les mots qu'elle avait tracés pour Bayard, elle avait cru que son cœur cessait de battre. Étrangement, ce n'était pas la colère qui l'avait envahie mais une sorte de stupeur faite de tristesse et de résignation. Elle avait pensé : «Voilà, il était écrit que le bonheur me serait petitement compté. Ma part d'espérance en ce monde s'est épuisée en une brève nuit.»

Elle avait aussitôt pris la décision de quitter Henri pour reprendre la route d'Amboise. Celui-ci n'avait pas eu le loisir de s'y opposer. Sa blessure s'était rouverte au cours de son affrontement avec le mystérieux intrus de l'évêché. Aussitôt l'alerte donnée, il avait été confié aux soins de plusieurs médecins qui lui avaient intimé l'ordre de garder la chambre. Ce fut donc Philippe de Clèves, très étonné – et pour cause ! – d'apprendre qu'Héloïse désirait s'en retourner sans attendre le rétablissement de son compagnon, qui avait tenté vainement de la retenir. Il avait eu beau insister, mettre en avant les périls auxquels s'exposait une femme voyageant seule, elle ne s'était rendue à aucun de ses arguments. Elle avait même refusé l'escorte qu'il offrait généreusement de lui octroyer.

En définitive, elle avait quitté Autun en début d'après-midi. Pendant trois heures, elle avait cheminé sur sa mule en direction de l'ouest. La route suivait une rivière qui serpentait entre collines et bois. Une épaisse couche de givre recouvrait les prés et des nappes de brume stagnaient entre les arbres réduits à l'état de spectres. La jeune femme avait l'impression d'évoluer dans un espace très vieux, dépourvu d'autres couleurs que les diverses nuances du gris. En d'autres circonstances, elle aurait trouvé cela d'une monotonie désespérante mais là, c'était différent. La nature s'accordait au repli de son âme et elle se plaisait à cette connivence à la fois douce et triste. Mais cet effacement du paysage rendait nerveuse sa monture qui renâclait et tirait de plus en plus rudement sur sa bride.

Ayant parcouru près de cinq lieues, Héloïse avait avisé une grange au toit pour partie éventré et décidé d'y faire halte. Elle avait déchargé la mule, l'avait apaisée d'une caresse sur ses naseaux humides et lui avait donné une ration de picotin. Puis, elle avait entrepris l'inventaire de ce que contenaient les deux sacs de chanvre qu'elle avait bourrés à la hâte au moment du départ. Ce fut seulement à ce moment-là qu'elle réalisa avoir emporté avec elle le parchemin de Loiseul. Elle n'y avait pas pris garde en bouclant ses affaires et avait raflé le rouleau en même temps que son écritoire. La seule copie qu'ils en avaient faite reposant au fond de la Loire, Henri allait se retrouver dans l'incapacité de poursuivre sa mission. Elle avait considéré cette situation nouvelle durant de longues minutes sans parvenir à déterminer si elle en tirait de la satisfaction ou du regret. À moins que tout ce qui se rapportât au baron n'ait plus suscité en elle qu'une froide indifférence...

Elle était à ce point égarée en ses propres sentiments qu'elle n'avait pas gardé en mémoire trace du cheminement intérieur qui avait été alors le sien. Elle ne se souvenait pas notamment d'avoir arrêté une quelconque résolution. Mais au moment de reprendre sa route, elle avait pourtant tourné le dos à Amboise et dirigé fermement sa mule à travers bois, en direction du nord-ouest, afin de rejoindre la voie vers Sens.

À présent qu'elle se trouvait peut-être rendue devant l'antre des conspirateurs, elle eût été bien en peine de fournir une explication logique à ses agissements. Que lui importait au fond le sort de ces mauvais sujets qui fomentaient complot contre la Couronne! Qu'ils réussissent ou qu'ils échouent, le cours de son destin à elle ne serait pas modifié pour autant. À moins que... à moins qu'il ne leur faille se débarrasser d'elle pour parvenir à leurs fins. Était-ce cela qu'elle était venue chercher jusqu'ici? Marchait-elle au-devant du danger parce qu'elle n'aspirait plus qu'à une mort rapide, n'ayant plus rien à espérer en ce monde?

Secouant la tête, elle refoula cette pensée qui lui donnait le vertige et reporta son attention sur la maison des Quatre Vents. Toujours aucun signe de vie. Si les verriers s'abritaient à l'intérieur, ils prenaient garde à ne point trahir leur présence.

Dans tout le quartier, les maisons de plâtre et de bois se dressaient étroitement serrées les unes contre les autres. Par un décalage étrange, chaque étage débordait de celui qui le soutenait, tendant à rejoindre en hauteur la demeure qui lui faisait face. Il en résultait une pénombre perpétuelle qui rendait incertaine l'estimation de l'heure. Toutefois, à en juger par l'animation qui gagnait la halle couverte, toute proche, la matinée était à présent bien avancée. Le risque d'être agressée en pleine rue devenait infime. Héloïse décida qu'elle pouvait s'avancer à découvert.

Quittant son abri, elle dirigea ses pas droit sur le poteau sculpté. L'arbre de Jessé représentait la Vierge et les principaux rois de la généalogie supposée du Christ. Héloïse en dénombra huit, dont les visages et les corps s'entrelaçaient aux rameaux et aux colonnettes pour soutenir l'angle de la demeure à colombage. Tant qu'elle y était, elle colla son œil à la fente du plus proche volet pour tenter de voir à l'intérieur.

— Si c'est maître Megissier, le verrier, que vous cherchez, il n'y est plus ! Lui et ses amis ont décampé il y a une semaine environ !

Héloïse se retourna. C'était la marchande d'oublies qui venait de l'apostropher ainsi. Une femme rougeaude, bien en chair, le corps engoncé dans une robe brune en futaine et les mains recouvertes de mitaines noires.

— Un verrier dites-vous?

— Il a son atelier un peu plus loin, dans la rue des grands caimands. Mais là non plus vous ne trouverez personne. Envolés, je vous dis, comme une volée de moineaux aux premiers frimas.

— Vous parliez d'amis. Vous voulez dire que ce Mégissier abritait des hôtes en sa demeure? Vous les avez aperçus?

— Si fait! Comme je vous vois. Il y en a surtout deux qui sont restés chez lui plusieurs jours. Un damelot beau et blond comme un ange. Si mignonnet qu'il m'est arrivé, deux ou trois fois, de lui offrir une galette. Mais avec ça, farouche comme une pucelle en carnaval! Pas moyen de lui arracher trois mots! Il y avait aussi un moine chauve, avec un regard halluciné qu'on l'aurait dit possédé de l'intérieur. Celui-là, rien que de le croiser, j'en avais les poils qui se dressaient de partout. Et puis il y avait les autres...

— Les autres?

La vendeuse ambulante se pencha au-dessus de sa carriole et fit signe à Héloïse d'approcher.

— C'est que ça allait et venait pas mal ces derniers temps, murmura-t-elle sur le ton de la confidence. Et toujours à la nuit tombée. Des ombres furtives, des fantômes comme qui dirait. Il y aurait eu quelque truanderie là-dessous que ça ne m'étonnerait point. Enfin, tout ce méchant monde s'est ensauvé! Qu'ils aillent tous au diable!

Héloïse remercia la commère et s'éloigna sans un regard en arrière. Aucun doute n'était permis : elle avait retrouvé la trace de Loiseul et de l'Angelot. Et la piste était fraîche ! Tout juste une semaine ! À condition de ne pas s'attarder à Sens, elle avait toutes les chances de les retrouver à la prochaine étape !

Car la jeune femme, désormais familière des astuces et ruses du moine bénédictin, savait déjà où poursuivre sa traque. Et, comme par un caprice du destin, c'est à Henri, désormais réduit à l'impuissance, qu'elle devait d'avoir si vite résolu l'énigme de l'arbre de Jessé.

XL

De vrais faux coupables

Remis enfin de sa blessure après cinq jours de réclusion dans l'évêché d'Autun, Henri de Comballec avait aussitôt entraîné son écuyer Robin à la poursuite d'Héloïse afin de récupérer le fameux parchemin de Baume. D'abord égarés sur la route d'Amboise, les deux hommes avaient vite compris en interrogeant les habitants des hameaux traversés que la jeune femme avait changé de direction. Tournant bride, ils avaient trouvé trace de son passage dans une auberge de Vézelay. Cela ne pouvait signifier qu'une chose : Héloïse poursuivait la traque des verriers. Il fallait donc sans tarder se rendre à Sens. Car le temps pressait. Si la jeune femme leur échappait et parvenait à quitter la ville pour rejoindre la prochaine étape, ils risquaient fort de la perdre définitivement. C'est pourquoi, dès son arrivée à Sens, le baron avait sollicité l'aide de la prévôté. Tant pis pour la discrétion ! Il fallait passer la ville au peigne fin. Contrôler entrées et sorties, fouiller les auberges, interroger les marchands. De nombreux gens d'armes avaient été mobilisés pour mener à bien ces recherches, mais le résultat après deux jours était décevant. Héloïse, pour l'heure, demeurait introuvable.

Le troisième jour, en fin de matinée, Robin quitta l'hôtel du prévôt et gagna le quartier commerçant de Sens en empruntant la rue de Saint-Antoine Égyptien. Son maître l'avait chargé de traîner aux abords de la maison des Quatre Vents et d'interroger le voisinage sans l'effaroucher. Qui sait? Les langues se délieraient peut-être plus facilement pour lui que pour la police du prévôt.

L'écuyer se hâtait, tant pour se prémunir du froid mordant que pour se ménager le temps d'un détour par une taverne de la rue des Dix Sols, proche du faubourg nord de la ville. Son empressement ne l'empêchait pas toutefois de se retourner à intervalles irréguliers comme s'il tenait à s'assurer que nul ne collait à ses basques.

Robin pénétra dans l'estaminet qui sentait la vinasse et repéra rapidement une table dans un recoin sombre situé en contrebas de la salle principale et auquel on accédait par une volée de marches.

Le chapeau de feutre rabattu sur le visage, Malavoise y guettait les allées et venues tout en affectant un air de morne indifférence. En voyant s'approcher le jeune homme, le spadassin se força à sourire, vaine tentative qui eut pour effet de dévoiler ses dents gâtées et de conférer

à sa physionomie si particulière un aspect grimaçant.

— Pile à l'heure ! Voilà qui est bien, mon coquin !
Mais as-tu au moins pris le temps de vérifier que
tu n'étais pas suivi ?

— N'ayez point de craintes à ce sujet. Je risque
trop gros en cette affaire pour prendre le moindre
risque.

— J'aime t'entendre parler ainsi. Cela m'évi-
tera d'avoir à te rappeler ce qu'il en coûte de
faillir à ses devoirs envers la personne qui m'envoie. Nous y gagnerons toi et moi un temps précieux. La vie est souvent si courte qu'il est par
trop navrant d'en gaspiller la plus infime parcelle !

Cette menace à peine voilée installa aussitôt
une sourde tension entre les deux hommes. Ils
durent toutefois interrompre leur conversation
et attendre le départ d'une servante venue leur
apporter une cruche de vin jaune.

Malavoise reprit la parole en laissant de côté les
lourds sous-entendus :

— Il était urgent que je te voie. L'autre nuit, l'intervention de ton fichu baron m'a empêché de te
transmettre de nouvelles instructions. Mais bast !
Tout ça n'a plus guère d'importance. Maintenant
que cette fille Sanglar a déguerpi en emportant le
parchemin, la donne a changé. Il nous faut prendre
des mesures d'urgence.

— Je croyais au contraire que le danger s'éloignait. Sans le parchemin, messire de Comballec ne
peut rien faire. Et ce n'est pas une femme solitaire

qui pourra menacer votre entreprise. J'imagine que...

— Garde-toi de penser, l'ami! Trop de choses échappent à ton entendement! D'ailleurs, nécessité faisant loi, je suis ici pour te dessiller en partie les yeux. Tu n'en seras que plus efficace. Du moins, nous l'espérons!

— Je vous écoute.

— Pourquoi crois-tu que nous t'avons demandé d'inventer cette heureuse rencontre à Bourges avec un moine lettré? Sans les éléments que nous t'avons transmis pour que tu les répètes à ton maître, lui et sa jolie rousse auraient pu lanterner des jours entiers avant de découvrir que l'émule de Rome désignait la ville d'Autun. Cela ne t'a pas paru étonnant que nous facilitions ainsi la tâche de nos propres adversaires?

Robin préféra s'en tenir à une réponse prudente :

— L'or que j'ai reçu en quittant Blois m'incite à ne point trop me poser de questions.

— Sage attitude! Mais comme je te l'ai dit : la situation a évolué. Il est bon à présent que nous te dévoilions davantage notre plan. Sache donc que ces verriers après lesquels vous courez depuis bientôt un mois ne sont qu'un leurre. Un os à ronger pour les chiens de garde de la Couronne.

— Comment cela?

— Il se prépare dans le plus grand secret un acte susceptible de changer la face du monde. Son exécution entraînera nécessairement une vive réaction du pouvoir royal. Ses auteurs, s'ils venaient à être découverts, subiraient les pires châtiments. Voilà pourquoi il a été décidé de leur substituer de vrais faux coupables.

— Je ne suis pas certain de bien vous suivre.

— Je veux parler de ces verriers qui projettent d'attenter à la vie du roi. Nous les avons convaincus qu'ils disposaient d'une arme imparable et avons facilité leurs préparatifs. Mais tout ceci n'est qu'illusion, funeste comédie.

— Vous voulez dire que vous aviez connaissance du complot dès son origine?

— Mieux que cela! C'est nous qui l'avons fait surgir du néant. Une belle petite conspiration, avec à sa tête un fou furieux qui fera une parfaite tête de turc. Et tout cela dans un seul but : fournir à la justice les coupables qu'elle ne manquera pas de traquer quand nous aurons accompli notre œuvre. Seulement voilà! Pour atteindre ce but, il fallait lancer les limiers du roi sur la fausse piste préparée à leur intention.

Malavoise regarda les buveurs, dans la grande salle. Quelques-uns – des marchands attirés par la foire hebdomadaire – commentaient le renforcement des contrôles aux portes de la ville. L'albinos avisa quatre poulardes qui rôtissaient dans l'âtre :

— On a l'esprit plus délié quand le ventre est plein. Allons! C'est mon jour de bonté : tu es mon invité!

On passa commande. Les deux hommes furent rapidement servis. Le vin aidant, les joues blafardes de Malavoise prirent une teinte ardoisée, mais tout observateur avisé n'eût pas manqué de remarquer qu'il demeurait sur le qui-vive, à l'affût de tout mouvement suspect.

— Où en étais-je? dit-il en mordant dans un pilon avec voracité. Ah oui! Notre petite mascarade! Il a suffi d'occire trois alchimistes en apprêtant les corps de façon à frapper les esprits, puis de faire parvenir à la reine un message lourd de menaces pour déclencher une enquête discrète. Une fois identifiés les limiers, quelques bourses judicieusement distribuées aux bonnes personnes ont suffi à animer notre théâtre d'ombres. Ici, la servante et l'apprenti de la dernière victime et c'est notre ami l'Angelot qui entre en scène. Là, un père abbé et un vieux moine doué pour la comédie et voilà que se trouve révélée – mais en apparence seulement – la trame de notre fable!

— Vous faites allusion au manuscrit dissimulé par Loiseul?

— Un leurre lui aussi! Ni caché ni même écrit par Loiseul. Cet illuminé en serait bien incapable! Il nous fallait contrôler à distance l'enquête royale. Faire en sorte que nos naïfs comploteurs ne tombent pas trop tôt dans les mailles du filet, mais seulement après que nous sommes nous-mêmes passés à l'action. Rien de tel pour cela qu'un savant jeu de piste. Des énigmes subtiles et complexes dont on pourra, si le besoin s'en fait sentir, alléger la difficulté en offrant à nos ennemis de généreux indices.

— C'est diabolique!

— C'est suprêmement ingénieux, veux-tu dire !
Sur la scène de notre théâtre, toi, tu tiens le rôle
du souffleur. Celui qui reste en coulisses et vient
en aide aux acteurs défaillants.

Malavoise reposa l'os nettoyé de sa chair dans
son assiette et se lécha méthodiquement les doigts.

— Par toi, reprit-il, nous étions assurés de garder la maîtrise de la pièce jusqu'à son dernier acte.
Mais aujourd'hui tout menace de nous échapper.
Le départ de cette Héloïse peut avoir des conséquences désastreuses. Elle a le parchemin. Elle
possède une intelligence des plus remarquables.
Si elle franchit trop vite les dernières étapes, elle
peut ruiner tout notre plan. Il faut à tout prix
empêcher cela !

— Je ne vois pas très bien ce que je peux faire.

— Toi ? Rien ! Du moins en ce qui concerne
Héloïse Sanglar. Elle, j'en fais mon affaire. Si
elle s'approche un peu trop rapidement de la
vérité, j'ai ordre de la faire taire à jamais. Mais
pour la retrouver, je vais être obligé de laisser le
baron libre de ses mouvements. Je compte sur
toi pour épier ses moindres faits et gestes. S'il
découvre quoi que ce soit, tu dois m'en informer
aussitôt.

— Comment le pourrais-je si je ne sais pas où
vous êtes ?

Malavoise vida son verre de vin et regarda
l'écuyer droit dans les yeux :

— Tu n'auras qu'à laisser pendre un linge blanc
à ta fenêtre. On m'avertira dans les plus brefs
délais.

Robin hocha la tête tout en réprimant un frisson. Les dernières paroles de l'albinos signifiaient qu'il se trouvait lui-même sous surveillance permanente. Et cette seule pensée lui glaçait le sang.

XLI

Meurtre sur le mont chauve

Ajoute à ton tracé, de l'arbre, les grands rois
Et rends à César ce qui lui revient de droit.
Kitdca.uwva
Souviens-toi de qui t'a conduit céans
Et trouve dans la pierre son pendant.
Dans la tourelle ajourée
Elève-toi de trente degrés
Et vise droit pour aller de l'image sainte
Au lieu où, depuis, la couronne fut ceinte.

Aussitôt arrivée à Chaumont, ancienne place forte des comtes de Champagne perchée sur un éperon abrupt dominant les vallées de la Suize et de la Marne, Héloïse déplia le parchemin de Baume et sourit en songeant à la facilité avec laquelle elle avait percé le secret de cette nouvelle strophe.

Lors de leurs précédentes séances de décryptage, Henri avait évoqué l'écriture secrète de César. À l'entendre, il s'agissait d'un chiffre de substitution obtenu par un décalage des lettres dans l'alphabet. Huit, le nombre des rois figurant sur l'arbre de Jessé de la maison des Quatre Vents, correspondait-il à l'espacement utilisé par Loiseul dans son énigme? Le nom de l'empereur romain figurant dans le poème avait suffi à suggérer cette possibilité à la jeune femme. Sa première tentative avait brillamment confirmé son intuition. Si on remplaçait chaque lettre de l'expression «kit-dca.uwva» par celle qui la précédait de huit rangs dans l'alphabet, on obtenait les mots latins «calvus mons». Ce qui signifiait le mont chauve, étymologie du nom de Chaumont.

Convaincue d'avoir découvert l'étape suivante de son périple, Héloïse avait oublié sa fatigue et parcouru en moins de trois jours la quarantaine de lieues séparant Sens de l'ancienne cité médiévale. À présent, la suite du poème l'incitait à découvrir le pendant de ce qui l'avait conduite jusque-là, autrement dit un nouvel arbre de Jessé. Mais sculpté cette fois dans la pierre.

Les murailles de la vieille ville franchies, elle dirigea sa mule vers la collégiale Saint-Jean-Baptiste qui lui semblait l'endroit idéal pour entamer ses recherches. Édifié trois siècles plus tôt, l'édifice religieux était sans doute le lieu de Chaumont le plus propice à abriter une sculpture glorifiant la généalogie du Christ. Si elle faisait chou blanc, elle aurait toujours la possibilité d'arpenter au hasard les rues de la cité.

En cette fin de journée, l'intérieur de la collégiale était peuplé d'ombres grises. Des cierges brûlaient sur l'autel et dans le chœur, éclairant les stalles des moines. Mais leurs lueurs échouaient à repousser l'obscurité qui enveloppait les murs et les bas-côtés. Une vague odeur de moisi flottait dans l'air et baignait l'édifice d'une étrange atmosphère d'abandon.

Héloïse avança avec circonspection en direction des flammes ténues. Ses pas résonnèrent sous la haute voûte, réveillant les échos d'un monde depuis longtemps assoupi.

— Il m'avait bien semblé entendre grincer le portail. Puis-je vous aider, ma fille ?

La voix douce, presque fluette, fit néanmoins sursauter la jeune femme. Elle tourna la tête sur sa gauche. Une silhouette en robe de bure émergeait de la pénombre, au niveau de la nef latérale.

— J'espère ne pas vous avoir fait peur, reprit la voix. Il est si rare que des fidèles fréquentent la collégiale en dehors des offices.

Héloïse vit venir à sa rencontre un petit homme au visage affable, surmonté d'une couronne de cheveux filasse.

— Pardonnez-moi, dit-elle. Je ne voulais point vous déranger. Je suis à la recherche d'un arbre de Jessé gravé dans la pierre. On m'a assuré qu'il y en avait un exemplaire remarquable en ce lieu.

— On ne vous a point menti. Vous le trouverez sous la forme d'un haut-relief dans la chapelle absidiale la plus proche du croisillon. Nous possédons aussi une magnifique mise au tombeau en pierre polychrome. Les personnages en sont tout à fait saisissants de vérité et l'on ressent, à les contempler, toute l'affliction du monde. La promesse de la résurrection ne nous en apparaît que plus précieuse. Des bancs ont été installés dans la chapelle du Saint-Sépulcre pour permettre aux fidèles de se recueillir devant cette merveille.

À l'entendre vanter ainsi spontanément les mérites du lieu, Héloïse devina que son interlocuteur n'était pas mécontent d'avoir un peu de compagnie. Elle décida d'en profiter :

— Si je ne craignais d'abuser de votre précieux temps, mon père, je vous poserais bien une ou deux questions.

— Vous vous méprenez ma fille en m'appelant «père», rectifia l'homme avec un air modeste. Je ne mérite point autant de déférence, moi qui ne suis qu'un modeste diacre. Mais je vous en prie, je vous en prie, posez vos questions.

— N'accueillez-vous pas en ce moment plusieurs verriers qu'on aurait chargés de la réfection ou de la conception de vitraux ?

— Pas que je sache. La chose serait d'ailleurs étonnante. Notre abbé souhaite au contraire ouvrir la collégiale à la lumière, car il a récemment passé commande de fresques pour le chœur.

— Pouvez-vous me dire au moins si des étrangers se sont installés à Chaumont ces derniers jours ?

Le frêle ecclésiastique parut intrigué par l'interrogation, mais ne se départit pas pour autant de son amabilité polie :

— La chose ne m'est point venue aux oreilles. J'en suis navré pour vous, car je crois deviner que vous espériez retrouver ici quelque personne de connaissance. Vous savez, en cette mauvaise saison, les voyageurs se font rares sur les routes. Il faut une raison impérieuse pour braver le mauvais temps et monter jusqu'ici.

Pour être formulée avec tact, l'allusion à la propre situation d'Héloïse n'en était pas moins transparente. D'évidence, l'homme se demandait ce qui avait bien pu amener cette belle inconnue dans son église.

Peu encline à satisfaire sa curiosité, la jeune femme préféra rompre là leur conversation :

— Grand merci pour votre patience, mais je m'en voudrais de vous distraire plus longtemps de vos devoirs. Vous dites que l'arbre se trouve dans la chapelle du croisillon ?

— La chapelle Saint-Nicolas, là-bas, derrière le chœur.

Héloïse le remercia à nouveau et remonta la nef centrale. Tout en avançant lentement, elle fouillait la pénombre des yeux à la recherche de la tourelle ajourée mentionnée par Loiseul. Il lui était cependant impossible d'inspecter à loisir l'édifice, car le diacre, demeuré immobile dans son dos, ne la quittait pas des yeux.

Parvenue devant l'autel, la jeune femme ne put s'empêcher de tressaillir. Dans l'angle du bras nord du transept, un escalier à vis s'enroulait dans une cage en dentelle de pierre qui se détachait en surplomb du mur. Sans ralentir sa marche afin de donner le change, Héloïse détailla l'architecture du bâtiment. La tourelle de l'escalier à encorbellement se prolongeait sur le côté par une coursière qui filait, entre les grandes arcades et les baies hautes, tout au long du chœur et du transept. Une porte située dans le bras sud semblait pouvoir donner accès à toutes ces parties hautes.

Tremblante d'excitation, Héloïse s'engagea dans le déambulatoire qui donnait accès aux chapelles absidiales. Dès qu'elle fut certaine de ne plus être vue de la nef, elle se plaqua contre la paroi et revint silencieusement sur ses pas.

L'ecclésiastique se tenait toujours planté au milieu de la travée centrale. Le regard fixé en direction du chœur, il paraissait plongé dans un abîme de perplexité. Puis, comme si tout à coup le souvenir lui était revenu d'une tâche urgente à accomplir, il haussa les épaules et disparut à l'intérieur d'une chapelle latérale.

Aussitôt, Héloïse s'élança vers le transept sud en priant pour que la porte repérée un instant plus tôt ne soit pas fermée à clé. Ses vœux furent exaucés. Le battant céda à la première sollicitation et la jeune femme s'engagea dans un étroit escalier en colimaçon. Comme elle l'avait imaginé, ce dernier permettait d'accéder à la galerie du triforium qui courait tout autour du chœur. Même en progressant prudemment, il ne lui fallut que quelques minutes pour gagner la tourelle ajourée, de l'autre côté du bâtiment. Là, elle grimpa les trente premières marches de l'escalier à vis et colla son visage à l'ouverture, en forme de large meurtrière, creusée dans la pierre.

Juste en face d'elle, entre deux arcades supérieures de la nef, se découpait un splendide vitrail représentant saint Rémi en train de baptiser Clovis.

«Vise droit pour aller de l'image sainte au lieu où, depuis, la couronne fut ceinte.» Pour une fois, l'indication du moine verrier s'avérait lumineuse. La prochaine destination d'Héloïse serait la ville dont Rémi avait été l'un des premiers évêques, l'un des lieux les plus prestigieux du royaume des lys. Reims! Reims et sa cathédrale Notre-Dame à l'intérieur de laquelle, depuis 987, presque tous les rois de France avaient été sacrés!

Toute à la joie de sa découverte, Héloïse parcourait en sens inverse la coursive du triforium, lorsqu'elle entendit des pas résonner dans le chœur. Elle s'approcha prudemment d'une partie de la galerie non incluse dans la muraille mais ouverte sur l'intérieur de la collégiale par le biais d'un garde-corps à colonnettes de pierre.

À ses pieds, probablement étonné de ne pas la voir reparaître, le diacre s'était engagé dans le déambulatoire et s'arrêtait devant chaque chapelle rayonnante pour en inspecter l'intérieur. De crainte qu'il ne l'aperçoive en levant les yeux, la jeune femme se rejeta dans la pénombre du mur. Pour rejoindre le transept sud, il lui fallait traverser trois segments à découvert de la galerie. Même si elle se baissait, la rambarde ajourée ne lui offrirait qu'un bien piètre abri.

Elle hésitait encore à se lancer, lorsque l'écho d'une cavalcade s'éleva du dehors. Aussitôt après, le portail de bois fut repoussé avec violence. Un rai de lumière grise balaya horizontalement l'ombre poussiéreuse de l'église. Une silhouette massive se profila dans l'ouverture. Des éperons sonnèrent sur les dalles de la nef. Le fourreau d'une épée tinta contre un pilier.

Le diacre s'était signé avant de se porter à la rencontre du nouvel arrivant. Il lui fit face au niveau de la dernière travée, juste avant la croisée du transept.

— Où est-elle? Où est la femme?

L'homme avait aboyé plus que parlé. Sa voix grave et forte avait profité de la résonance du lieu et empli l'édifice tout entier. Lui-même ne devait pas s'y attendre, car il enchaîna en baissant d'un ton :

— Sa mule est attachée là, devant le porche. Où est-elle?

De la galerie où elle était perchée, Héloïse perçut un tressaillement chez l'ecclésiastique. Elle le devina à deux doigts de se retourner en direction du chœur. Mais quelque chose le retint au dernier moment.

— Que cherchez-vous en ce lieu, mon fils?

— Es-tu sourd, le moinillon, ou complètement demeuré? Je viens de te demander où se trouvait la femme qui est arrivée ici à dos de mule?

— Cela, je l'ai entendu, dit le diacre de sa voix tranquille et douce. Mais ce que je voudrais savoir, c'est la raison de cette recherche. Venez-vous en paix dans la demeure de Dieu ou pour y apporter le tumulte?

La question parut désarçonner le visiteur, car il ne réagit pas tout de suite. Pivotant sur lui-même, il fouilla du regard les profondeurs du bâtiment. Puis son regard revint se planter dans les yeux de son vis-à-vis.

— Et que t'importe, pauvre fou! Je n'ai guère de temps à perdre en vaines parlotes. Si tu as vu cette femme, si tu sais où elle est, je te conseille de ne point lanterner davantage et de passer à confesse.

— De telles menaces sont déplacées en un lieu de prière. Mieux vaudrait faire demi-tour et vous en...

Sans le laisser achever, l'homme bouscula le frêle religieux et s'avança d'un pas résolu jusqu'à l'autel. La clarté des cierges fit surgir alors ses traits de l'ombre. Malgré la distance, Héloïse acquit la soudaine conviction qu'elle connaissait ce visage. Ce teint anormalement livide, cette absence de sourcil, cette expression fermée... Elle était certaine de les avoir déjà remarqués dans un passé récent. Mais où? Quand? Perturbée de se savoir traquée, elle ne parvenait pas à faire coïncider ces détails avec un souvenir précis.

En contrebas, la situation était en train de prendre un tour dramatique. Sans se soucier du danger, le petit diacre s'était précipité pour rattraper l'intrus. Il s'accrochait à présent à son casaquin en cuir et l'apostrophait d'une voix que la colère faisait déraper dans les aigus:

— Sortez! Sortez, vous m'entendez! Sinon, j'en référerai à notre chanoine!

Cette fois, l'inconnu ne se donna même pas la peine de répliquer. D'un geste extraordinairement rapide, il se baissa en avant et tira un poignard de la tige de sa botte. Dans le même mouvement, il se redressa, pivota sur ses talons et déplia son bras de bas en haut.

La lame pénétra profondément dans la gorge de l'ecclésiastique. Puis, ripant contre la mâchoire inférieure, elle ressortit, sanglante, par la bouche qui s'ouvrait sur un dernier cri silencieux. Le diacre sembla se ratatiner sur lui-même avant de s'écrouler au ralenti sur le sol où, agité de convulsions, il ne tarda pas à expirer.

— *Ite missa est!* gronda son meurtrier avant d'essuyer sa lame sur la nappe de l'autel.

XLII

Où Héloïse trouve refuge
sous une cloche

Frappée par la brutalité de la scène, Héloïse dut se mordre la main pour ne pas crier. Sa stupeur atteignit son paroxysme lorsque, dans les secondes qui suivirent l'horrible crime, elle parvint enfin à identifier son auteur. Celui-ci n'était autre que l'officier royal qui était venu la chercher, un mois plus tôt, dans son apothicairerie pour la mener auprès de la reine !

C'était complètement fou, mais le doute n'était pas permis. L'homme avait perdu son chapeau au moment de poignarder le pauvre diacre sans défense. Son visage était parfaitement visible, de même que ses cheveux d'un blanc neigeux. Elle comprenait mieux pourquoi elle avait été frappée, à l'époque, par son teint livide et ses yeux rougis. Un albinos ! Il n'y avait pas d'erreur possible. Il s'agissait bien du même homme. Et c'était probablement lui aussi qui s'était infiltré de nuit dans l'évêché d'Autun et avait affronté Henri à l'épée.

Comment expliquer cela ? À la limite, elle admettait qu'on puisse la rechercher. Remis de sa blessure, Henri avait dû alerter tous les prévôts et les baillis des environs. Il avait en effet besoin d'elle pour récupérer le parchemin de Loiseul. Mais c'était justement là que l'esprit de la jeune femme achoppait. Puisqu'il ne disposait pas du précieux manuscrit, comment le baron avait-il pu envoyer quelqu'un à Chaumont ? Et si l'albinos lui obéissait, comment expliquer leur duel nocturne dans l'évêché d'Autun ? Enfin, pourquoi un soldat aux ordres de la reine aurait-il assassiné froidement un paisible membre du clergé ? Non, décidément, quelque chose lui échappait ! Son unique certitude était qu'elle ne devait à aucun prix tomber entre les mains de l'assassin.

Cette pensée en amena aussitôt une autre. Angoissante. Réfugiée dans la galerie du triforium, Héloïse se trouvait comme prisonnière au fond d'une nasse. La seule issue, c'était la petite porte du transept sud. Cependant, même si elle l'atteignait sans se faire remarquer, la jeune femme n'aurait aucune chance de pouvoir traverser toute la nef pour fuir par le portail. Au moindre bruit, le tueur aux cheveux blancs, qui avait entrepris l'exploration méthodique des chapelles absidiales, serait sur elle.

Comprenant que ses options étaient plus que limitées, elle rebroussa chemin et rejoignit la tourelle ajourée et son escalier en spirale. D'abord vaguement éclairées par les ouvertures donnant sur la nef, les marches finissaient par s'enfoncer dans la muraille et s'élevaient dans une épaisse obscurité. À tâtons, Héloïse entreprit leur ascension en étant bien consciente qu'elle ne faisait, peut-être, que reculer une funeste échéance.

Au sommet, elle déboucha dans un passage exigu, encadré sur le côté droit de petites arches en bois. À l'autre extrémité, une étroite ouverture cintrée donnait accès aux combles. Ces derniers ne recevaient comme lumière que le peu de jour parvenant à filtrer entre les ardoises et les plaques de plomb du toit. C'était un décor presque irréel fait d'un enchevêtrement de madriers, de poutres, de solives et de chevrons. Dans la pénombre grise, on eût dit une forêt dénudée et pétrifiée sous un lit de lave.

Le cœur palpitant, l'oreille attentive aux bruits éventuels en provenance de l'escalier, Héloïse écarquilla les yeux, à la recherche d'une possible cachette. Ce fut alors qu'elle distingua une grosse cloche remisée dans un coin. L'instrument de bronze faisait près d'une toise de haut. Elle s'en approcha et en fit le tour. Du côté du mur de soutènement, la cloche était fêlée à sa base et même gravement ébréchée. Il manquait un large fragment de métal. En se contorsionnant, la jeune femme parvint au prix d'un effort incroyable à se faufiler par l'ouverture. Il ne lui restait plus qu'à prier en espérant que celui qui était à ses trousses n'aurait pas l'idée de la chercher là.

Combien de temps resta-t-elle aux aguets dans son refuge improvisé? Elle eût été bien en peine de le dire. Dans l'impossibilité de se tenir debout, elle attendit longtemps, courbée en deux, les épaules et les genoux meurtris par la dureté du métal. Durant un moment particulièrement angoissant, il lui sembla entendre craquer, sous un pas pesant, le plancher en bois correspondant au plafond en voûte de la nef. Elle imagina que l'albinos était en train de fouiller les combles, mais ne put en acquérir la certitude. La chape de bronze qui l'enveloppait rendait impossible l'identification des rares échos qui parvenaient jusqu'à elle. Elle se raidit. S'attendant à être, d'un instant à l'autre, démasquée. Mais le bruit finit par s'éteindre.

Après ce qui lui parut une éternité, elle eut la sensation que la pénombre s'épaississait autour d'elle. Elle baissa les yeux. Elle ne distinguait plus la faille à ses pieds. Sans doute, le soir était-il en train de tomber.

Avec d'infinies précautions, elle se glissa hors de son abri. Un noir d'encre avait envahi les combles. Pas un bruit, si ce n'est le glissement furtif de quelque rongeur. La jeune femme résolut alors de tenter sa chance. Elle frotta ses membres ankylosés et entreprit de refaire, en sens inverse, le chemin qui l'avait conduite dans les hauteurs de la collégiale.

Lorsqu'elle atteignit l'escalier à vis, elle comprit qu'elle n'avait plus rien à craindre du meurtrier aux cheveux de neige mais que tout danger n'était pas, pour autant, écarté.

L'intérieur de l'édifice était violemment éclairé et une rumeur grondante montait jusqu'à elle. Héloïse risqua un regard par l'un des nombreux opercules de la tourelle Une foule nombreuse munie de bougies et de torches se pressait dans la nef. On eût dit que toute la population de Chaumont s'était réunie dans l'église pour clamer son indignation. Les gens s'agitaient, plusieurs hommes levaient un poing vengeur. La dépouille du malheureux diacre avait été déposée sur une planche placée devant l'autel et un prêtre en soutane exhortait vainement ses ouailles au calme.

Héloïse comprit qu'elle aurait peu de chances de se faire entendre de cette assistance en colère. Étrangère à la ville, présente sur les lieux du crime, elle ferait une suspecte idéale. Mieux valait s'esquiver sans demander son reste. Fort heureusement, l'indignation des fidèles lui offrait le meilleur moyen de passer inaperçue. Car les gens n'avaient d'attention que pour la dépouille exposée. Ils tendaient le cou vers l'autel et se pressaient pour mieux voir, laissant libres les bas-côtés de la nef.

Ce fut néanmoins avec le ventre noué que la jeune femme parcourut la coursière du triforium, se glissa par la poterne du transept sud et contourna discrètement la masse agglutinée des habitants.

Dehors, la fraîcheur de la nuit lui fit l'effet d'une gifle salutaire. Mais le soulagement fut de courte durée. À peine se fut-elle éloignée pour gagner l'abri d'une haie que la peur lui vrilla de nouveau les entrailles. Elle repensait aux moments angoissants qu'elle venait de passer sous sa cloche. Pire encore ! Les images de l'assassinat du malheureux diacre défilaient au ralenti dans sa tête. Jamais encore, elle n'avait assisté à un meurtre perpétré de sang-froid. La vision du sang sur les dalles, du visage convulsé du mourant et des traits impassibles de son agresseur la glaçait d'horreur.

Hébétée, Héloïse fit quelque pas pour s'éloigner encore davantage de la collégiale mais ses forces la trahirent. Succombant à une brutale nausée, elle se plia en deux et vomit tripes et boyaux. Il lui fallut s'agenouiller ensuite sur l'herbe pour reprendre son souffle. Dans quelle folie s'était-elle embarquée ? Comment pouvait-elle échapper à tous ces dangers qu'elle sentait s'accumuler au-dessus de sa tête ? Elle avait beau examiner la situation dans tous les sens, elle ne parvenait pas à discerner la moindre issue. Alors qu'elle avait cru pouvoir pister seule Loiseul et l'Angelot, c'était son tour à elle d'être traquée. Et par un ennemi résolu et prêt à commettre les crimes les plus abominables.

Paradoxalement, ce fut cette prise de conscience qui l'aida à surmonter sa défaillance. Elle ne pouvait se permettre la moindre faiblesse. Quels que soient les adversaires qui cherchaient à l'atteindre, elle devait leur compliquer la tâche. Elle serait désormais sur ses gardes et s'ils voulaient l'approcher, il leur faudrait d'abord se découvrir. Après tout, qu'avait-elle à redouter vraiment ? Dans cette aventure, elle avait déjà presque tout perdu, à commencer par sa foi en l'amour et l'avenir. La mort, si elle devait advenir, serait pour elle une sorte de délivrance.

Et ce fut avec cette triste pensée en tête qu'elle s'éloigna dans l'obscurité...

XLIII

Résurrection

Henri de Comballec était découragé. Cela faisait à présent presque deux semaines qu'Héloïse avait disparu et elle demeurait introuvable. Depuis son arrivée à Sens, cinq jours plus tôt, il avait pourtant remué ciel et terre pour lui mettre la main dessus.

En vain !

Sous sa direction, les hommes du bailli avaient fouillé la ville, visité les auberges et les hôtelleries des couvents, interrogé les principaux commerçants. La récolte des indices était demeurée bien maigre. Une marchande ambulante, exerçant habituellement aux environs de la maison des Quatre-Vents, avait toutefois pu leur confirmer le passage de la jeune femme le jour de la Saint-Clément, de même que le séjour sur place de Loiseul et de l'Angelot. Mais c'était à peu près tout. Les verriers comme la jeune femme semblaient s'être évaporés dans la nature. Et la surveillance étroite de la demeure par Robin n'avait rien donné. Il fallait se rendre à l'évidence : Héloïse avait probablement déjà quitté la ville pour rejoindre le lieu suivant désigné par le moine bénédictin dans son parchemin. Mais sans ce dernier, le baron était dans l'impossibilité de l'imiter. La piste était irrémédiablement coupée.

Ce constat le mortifiait. Jamais encore il n'avait failli à une mission confiée par la reine. Sans la survenue d'un miracle – et il se demandait bien quelle forme celui-ci pourrait prendre – il lui faudrait bientôt se résoudre à reprendre la route de Blois pour rendre compte de son échec. Mais là n'était pas l'essentiel. S'il voulait se montrer tout à fait sincère envers lui-même, Henri de Comballec était forcé d'admettre que la traque des conjurés était passée au second rang de ses préoccupations. Ce qui le tourmentait vraiment, c'était la pensée que, peut-être, jamais plus il ne reverrait la splendide rousse. Sa poitrine se serrait à cette éventualité. Il se sentait impuissant, misérable et malheureux. Aussi démuni qu'un nourrisson privé de la douceur du sein maternel. Pour un peu, lui, l'orgueilleux Breton, le soldat intrépide, aurait abdiqué toute dignité et versé de chaudes larmes.

«C'est comme si elle m'avait ensorcelé», songeait-il ce soir-là en regagnant le logis que lui avait attribué le bailli dans un faubourg paisible de la ville. «Je devrais lui en vouloir, la maudire d'avoir fait de moi ce pantin tout juste bon à s'apitoyer sur lui-même. Et cependant je n'arrive pas à la détester. Je voudrais tant pouvoir au contraire la serrer à nouveau dans mes bras! Me laisser prendre à ses charmes! Oui, je donnerais jusqu'à ma liberté pour qu'elle soit définitivement mienne!»

Il franchit la porte de la maison de mauvaise humeur. Une colère qui n'était pas dirigée contre Héloïse mais plutôt contre lui-même. La fierté masculine le disputait en effet en lui aux tendres sentiments qu'il éprouvait pour la belle et cet affrontement intime le plaçait dans un état d'indécision qui ne lui ressemblait pas.

La servante mise à sa disposition pour la durée de son séjour se porta à sa rencontre :

— Il y a là un gentilhomme qui a demandé à vous voir. Il patiente pour l'heure à côté.

— Un gentilhomme, dis-tu? T'a-t-il donné son nom?

— Non et je n'ai pas osé le lui demander. Mais il a fort belle allure. C'est là une personne de qualité, il n'y a pas le moindre doute!

Intrigué, Henri de Comballec passa dans la pièce attenante. C'était une salle de dimensions modestes mais fort bien agencée. De belles tapisseries qui représentaient les travaux des champs aux différentes saisons couvraient les murs passés à la chaux. Des peaux de mouton et des coussins agrémentaient les nombreux bancs et fauteuils. Dans la cheminée de pierre, plus haute qu'un homme et qui occupait la moitié d'un mur, brûlait un grand feu de frêne, d'ajoncs et de fougères sèches. Il s'en dégageait une agréable odeur de grand air. Face au foyer, tournant le dos à la porte, un homme solidement charpenté et bien campé sur ses jambes se réchauffait les mains. Il était enveloppé dans un grand manteau brun, de coupe militaire, qui tombait en plis raides sur ses bottes de cavalier, laissant voir l'extrémité garnie de cuivre d'un fourreau d'épée.

— On me dit que vous cherchez après moi, commença le baron après avoir toussoté pour attirer l'attention de son visiteur. Est-ce le bailli qui vous envoie?

L'inconnu se retourna lentement. Un sourire fatigué vint éclairer ses traits fins et volontaires, mais que l'on devinait éprouvés par de récentes épreuves.

Pour l'avoir croisé plusieurs fois à la Cour de Blois, Henri de Comballec le reconnut au premier regard. Il se figea aussitôt et laissa échapper une exclamation stupéfaite :

— Messire Bayard! Vous, ici! Mais nous vous croyions trépassé au siège de Gaëte!

— Décidément, tout le monde me voudrait mort dans cette maison! s'exclama le chevalier en s'inclinant pour saluer son hôte. Votre écuyer m'a accueilli tantôt par les mêmes mots. Et avec une mine des plus lugubres! À croire que la nouvelle de ma résurrection le chagrinait ou qu'il croyait tout de bon faire face à un fantôme!

— Comment? Robin était ici à votre arrivée et il ne m'a pas aussitôt fait quérir!

— Mais n'êtes-vous point ici à sa demande? Il m'a pourtant assuré qu'il s'en allait vous chercher avant de me laisser lanterner plus d'une heure devant ce feu.

Henri de Comballec fit la moue. Une ride soucieuse marquait son front, signe d'une profonde contrariété.

— Je ne l'ai point vu, dit-il. Sans doute me cherche-t-il encore quelque part en ville. Mais tout de même, chevalier! Comment se fait-il que vous soyez devant moi en chair et en os, alors que l'annonce de votre décès a récemment attristé toute la Cour?

— Rassurez-vous, je n'ai rien d'un nouveau Lazare! s'exclama Bayard qui sourit de façon fugace à cette pensée. L'explication est fort simple et illustre la perfidie de nos adversaires en la Péninsule. Lors des nombreux affrontements qui jalonnèrent notre repli sur Gaète, l'un de mes malheureux compagnons eut la funeste idée d'emprunter mes armes et mon armure pour courir sus à l'Aragonais. Ayant succombé sous les assauts d'un fort parti ennemi, il fut dépouillé sur place et ses vainqueurs exhibèrent leurs prises comme autant de trophées, clamant haut et fort qu'ils avaient enfin défait le champion du roi de France. La nouvelle fut rapidement relayée jusqu'à l'entourage de Gonzalve de Cordoue. L'esprit de propagande et la volonté d'affaiblir le moral de nos troupes firent le reste. Et voilà comment la fausse nouvelle de ma mort s'est répandue un peu partout comme une traînée de poudre!

— Fort heureusement, vous êtes sauf! réagit le baron en s'efforçant de masquer la confusion provoquée en son esprit par la soudaine apparition de son rival. Vous me voyez ravi d'apprendre cette excellente nouvelle, chevalier! Et de votre propre bouche! Mais oserais-je vous demander les raisons de votre retour en France et ce qui me vaut le plaisir de votre visite pour le moins inattendue?

Le visage de Bayard se rembrunit.

— J'ai appris que la reine vous avait confié une délicate enquête dont pourrait dépendre le sort du royaume. Je sais aussi qu'elle vous a adjoint, pour vous épauler en cette entreprise, une jeune femme prénommée Héloïse Il se trouve que je suis lié à cette personne par certain serment d'honneur et je souhaiterais pouvoir lui parler. Pourriez-vous me conduire auprès d'elle?

— Je ne demanderais pas mieux que d'accéder à votre demande, chevalier. Mais cela est impossible, hélas! Voilà près de deux semaines que je n'ai plus la moindre nouvelle d'Héloïse Sanglar!

Bayard sursauta.

— Comment est-ce possible? On m'a assuré qu'elle voyageait en votre compagnie.

Le baron ne répondit pas tout de suite. Face à celui qui était pourtant son cadet de quelques années, il sentait son assurance naturelle le fuir et se demandait comment satisfaire sa curiosité sans trop lui-même se dévoiler. Pour dissimuler son embarras et se donner le temps de la réflexion, il alla jusqu'à la porte et donna l'ordre à la servante de leur apporter du vin. Puis il tira un fauteuil devant l'âtre et s'installa, invitant d'un geste son visiteur à l'imiter.

— C'est une longue histoire, finit-il par lâcher dans un soupir. Or je suppose que vous avez effectué un éprouvant voyage pour me rejoindre ici au plus mauvais de la saison. Que diriez-vous de remettre à demain le temps des explications ? Après une bonne nuit de repos, vous serez dans de bien meilleures dispositions pour ouïr ce que j'ai à vous dire.

— Messire, répliqua Bayard, j'ai quitté Gaète il y a exactement seize jours. Il m'a fallu affronter la plus terrible des tempêtes pour rallier Marseille par la mer. Un véritable enfer qui m'a fait rendre, deux jours durant, tripes et boyaux. Aussitôt retrouvée la terre ferme, j'ai sauté en selle. Depuis lors, sans guère m'accorder de repos, je crève monture sur monture pour vous rejoindre. Comprenez donc qu'il me soit pénible de différer et souffrez que j'insiste auprès de vous. Durant tout ce long périple, je n'ai pu m'ôter de la tête quelque sinistre pressentiment au sujet d'Héloïse. Pour parler net, je la crois en danger et voilà que vous me dites être sans nouvelle d'elle depuis plusieurs jours ! Vous comprendrez que je brûle d'en savoir plus... Songez qu'il y va peut-être de ce qui pourrait faire le bonheur de mon existence.

— Êtes-vous à ce point attaché à cette jeune personne ?

— Plus que je ne saurais le dire, reconnut Bayard non sans une intense émotion.

XLIV

Un foulard à la fenêtre

Henri de Comballec se mordit les lèvres. Il eût fallu être aveugle pour ne point discerner la passion de Bayard pour Héloïse. Et ce constat aggravait le malaise du gentilhomme breton. Il ne pouvait refouler de son esprit les circonstances qui lui avaient permis de faire de la jeune femme sa maîtresse. La lettre dérobée, l'annonce erronée de la mort du chevalier... À cette évocation, un vague dégoût envers lui-même remontait en travers de sa gorge.

D'un doigt fébrile, il ouvrit son col sous lequel il se sentait étouffer. L'arrivée de la servante avec un pichet de vin de Beaune lui offrit fort à propos le répit dont il avait besoin pour recouvrer ses esprits. Quand elle les laissa à nouveau seuls, les deux hommes trinquèrent puis le baron put entamer son récit d'une voix suffisamment ferme pour masquer son trouble.

Il commença par informer le chevalier des singuliers événements qui avaient conduit la reine Anne à diligenter une enquête secrète, avant de lui expliquer comment Héloïse les avait mis sur la trace des mystérieux verriers. S'ensuivit l'évocation de leur court séjour à l'abbaye de Baume et de la découverte du parchemin codé.

— Je reconnais bien là toute la finesse d'esprit d'Héloïse! commenta Bayard en apprenant avec quelle facilité la jeune femme avait déjoué les astuces déployées par Loiseul pour dissimuler son poème.

Henri de Comballec poursuivit sa narration en décrivant dans le détail les étapes qui avaient mené les enquêteurs royaux de Baume à Autun. Bien entendu, il passa sous silence la raison du départ précipité d'Héloïse. À l'entendre, celle-ci avait disparu inexplicablement lors de la dernière nuit passée à l'évêché d'Autun.

— Ce mystérieux albinos que vous avez dû affronter pourrait-il l'avoir enlevée? demanda Bayard qui sentait croître son angoisse. Il sera à nouveau revenu de nuit pour s'emparer du parchemin. Elle l'aura surpris. Contraint d'improviser, il l'aura emmenée en otage afin d'avoir prise sur vous.

— C'est une hypothèse qui se tient, admit le baron. Mais nous ne pouvons en avoir la certitude. Nous ignorons tout de cet homme. Est-il de mèche avec Loiseul? Fait-il lui aussi partie de la conspiration? Mystère!

Bayard fit claquer ses mains sur les bras de son fauteuil. Il s'arracha à celui-ci et commença à arpenter nerveusement l'espace devant la cheminée.

— Et vous dites, gronda-t-il entre ses dents, que toutes les recherches entreprises depuis sont restées infructueuses? Que vous n'avez pas découvert le moindre début de piste pour retrouver Héloïse?

— C'est la triste vérité, chevalier. Je comprends combien elle vous est pénible à entendre. Cependant croyez que, si la chose eût été possible, j'aurais donné ma propre vie afin de récupérer Héloïse saine et sauve.

À ce moment-là, il y eut dans le vestibule un vacarme de bottes, une bousculade accompagnée de protestations étouffées. L'instant d'après, la porte volait sous l'effet d'un violent coup de pied. Dans l'ouverture, s'encadra un Robin à la mine défaite, les mains croisées derrière la nuque, qui roulait des yeux effarés. Suivait immédiatement derrière un adolescent aux cheveux blonds et hirsutes, au visage tavelé de taches de rousseur. La fronde passée dans sa ceinture et les deux dagues dont il piquait les reins de l'infortuné écuyer lui conféraient une allure farouche que démentait l'éclat rieur de ses yeux clairs. En arrière-plan, on apercevait la servante affolée, bouche ouverte, qui s'appuyait à une console du couloir pour ne pas s'écrouler de stupeur.

L'apparition de ce trio figea momentanément Bayard et Comballec dans la position où ils se trouvaient. Le chevalier qui, par réflexe, avait mis la main à l'épée en entendant claquer la porte, resta la lame à demi dégagée comme s'il craignait, en achevant son geste, de déchaîner quelque cataclysme. Quant au baron de Conches, il demeura assis dans son fauteuil tandis que ses paupières papillonnaient, à la façon d'un linge battant au vent. Mais il récupéra très vite, plissa le front tandis que sa figure, déjà hâlée par l'exercice au grand air, s'empourprait sous le coup de la colère.

— Qu'est-ce que cela signifie? rugit-il. Qui êtes-vous et de quel droit terrorisez-vous mes gens?

— Permettez, messire baron, intervint Bayard, ce jeune rustre appartient comme moi à la compagnie de Louis d'Ars. Il m'a suivi depuis Gaète. J'ai l'honneur de vous présenter la Ficelle, valet d'armes, grand chapardeur devant l'Éternel, terreur des sergents fourriers, grande gueule mais noble cœur. Aussi habile à manier la langue que le poignard ou la fronde.

Henri de Comballec s'était dressé de son siège et dévisageait à présent alternativement Bayard et les nouveaux arrivants. Semblant hésiter sur la conduite à tenir.

— La Ficelle, dites-vous? Voilà qui ne sonne guère comme un nom chrétien. Et j'aimerais tout de même que l'on m'explique ce qui justifie qu'un simple valet s'en prenne ainsi à mon écuyer, sous mon propre toit!

— Je vous en prie, messire, délivrez-moi de ce fou furieux! geignit Robin sans oser toutefois bouger d'un cheveu. Ce méchant drôle s'est jeté sur moi sans raison, avec une sauvagerie inouïe. C'est un démon!

Oubliant son éternel sourire, La Ficelle assena du pommeau de sa dague un violent coup entre les omoplates de l'écuyer. Celui-ci tomba à genoux en poussant un gémissement de douleur.

— Silence, vipère ! gronda l'adolescent. Tu attendras que j'aie fini de parler pour cracher ton venin. Si tu oses encore ouvrir la bouche à ce moment-là !

Bayard rengaina sa propre épée et leva les bras en signe d'apaisement.

— Tout doux, la Ficelle ! Je ne doute point que tu aies de solides raisons pour agir de la sorte, mais toute brutalité est superflue. Il vaudrait mieux que tu t'expliques calmement. Enfin, si messire le baron le permet, bien entendu !

Henri de Comballec approuva d'une inclination de tête.

— Non seulement j'y consens, mais je l'exige ! dit-il avec fermeté. Mais d'abord range tes armes, le lentilleux[1], car la vérité ne saurait découler de la contrainte.

La Ficelle eut une moue contrariée mais finit par glisser à contrecœur ses dagues sous la ceinture de sa casaque en peau de buffle.

— Voilà qui est mieux ! commenta Henri de Comballec. À présent, je t'écoute. Et tâche de te montrer convaincant, car il me tarde d'y voir plus clair dans tout ce chamaillis.

— Mais je ne demande pas mieux que d'éclairer votre grâce ! se lança la Ficelle en retrouvant d'un coup sa verve naturelle. Voilà en deux mots toute l'histoire. Messire Bayard m'avait donné instruction de l'attendre devant votre demeure. J'étais

_____

1. Personne semée de taches de rousseur.

donc là en train de faire les cent pas pour tromper mon ennui lorsque je vois passer sous mes yeux la plus délicieuse des lingères. Des cheveux bruns et bouclés, un teint de porcelaine, des chevilles d'une finesse à rendre jalouses toutes les princesses des contes. Pour moi, elle était comme une étoile égarée dans cette rue où les roues des voitures et les pattes des mules éclaboussaient de boue tous les passants. Je me suis dit qu'il serait galant de lui proposer de l'aide, tant son panier de draps paraissait lourd. Seulement, le temps que je me décide, elle avait déjà tourné le coin de la maison.

— Au fait! gronda Henri de Comballec. Au fait! Que m'importe tes divagations de puceau lubrique! À moins que tu ne prétendes que faute d'avoir coincé la donzelle, tu aies choisi de te rabattre sur ce pauvre Robin!

— Dieu m'en garde! rétorqua la Ficelle en jetant un regard dédaigneux en direction de l'écuyer. Pour soulager mes humeurs, je préférerais encore ma pogne à sa vilaine trogne!

— Suffit, la Ficelle! Épargne-nous tes méchantes saillies et va droit au but, ou bien c'est moi qui te ferai tâter du plat de mon épée!

L'adolescent déluré encaissa la menace du chevalier Bayard en grimaçant.

— Ne vous fâchez point, messire! Comme vous l'allez voir à présent, cette accorte passante était un véritable don du ciel. Rien de moins! Comme je le disais à l'instant, je ne me suis pas décidé tout de suite à la suivre. Aussi, quand j'ai fini par rejoindre la ruelle où elle s'était engagée, elle

avait disparu. Pas une trace! Pfuitt! Évaporée
ainsi qu'une céleste apparition! J'étais si désappointé que je suis demeuré un moment à tourner
sur place à la manière d'un limier en défaut[1] . Et
c'est là que j'ai aperçu celui-là en train de nouer
un foulard à une fenêtre du premier étage.

La Ficelle désignait du menton l'écuyer qui ne
s'était toujours pas relevé mais avait rampé pour
s'éloigner progressivement de son tourmenteur.

— Robin? À une fenêtre de l'étage? Mais je le
croyais sorti à ma recherche! Es-tu certain de ne
pas faire erreur?

— Assurément! Sur le coup, mon sang n'a fait
qu'un tour. J'ai imaginé quelque rendez-vous
galant entre ma jolie lingère et ce bellâtre. C'était
plus fort que moi, il fallait que j'en aie le cœur net!
Je ne vous apprendrai rien, messire baron, en vous
disant que votre jardin est séparé de cette ruelle
par une simple haie dont même un enfant pourrait
se jouer. En deux temps trois mouvements, j'étais
dans la place. Profitant de l'abri des buissons, je
me suis approché de la maison. J'en étais encore
éloigné de sept ou huit toises quand je vis tout à
coup un coquin en guenilles émerger d'une char-
mille. Son teint basané de cigain[2], ses allures de
goupil en maraude m'ont incité à ne point départir.
Bien m'en a pris! Le nouveau venu s'est approché
prudemment de la maison, les sens visiblement en
alerte. Parvenu sous la fenêtre au foulard, il s'est

_____

1. Se dit d'un chien qui a perdu la trace du gibier.
2. Tzigane.

baissé pour ramasser du gravier qu'il a ensuite lancé contre la vitre.

— Cet homme, tu pourrais le reconnaître? demanda Bayard.

— Rien de moins sûr! Il portait un chaperon qui lui masquait en partie la face. Quant à sa vêture, c'était celle de n'importe quel bonimenteur de foire.

— Tu disais que cet inconnu avait cherché à signaler sa présence, relança Henri de Comballec tout en commençant à jeter des coups d'œil appuyés en direction de Robin.

— C'est cela même, messire! Puis il s'est dissimulé derrière la margelle d'un puit pour attendre. Il n'a d'ailleurs pas eu à patienter longtemps. Une porte s'est ouverte sur la façade arrière et votre écuyer s'est aventuré dans le jardin. L'autre est aussitôt sorti de sa cachette pour venir à sa rencontre.

— Tu as pu entendre ce qu'ils disaient?

— Si fait! J'avais profité de ce qu'ils me tournaient tous deux le dos pour bondir à mon tour derrière le puit. À en croire sa mine défaite, votre écuyer venait de croiser le diable en personne. Il semblait en proie à la plus vive agitation. Je l'ai entendu s'adresser à son compère avec des accents de panique. Les mots se bousculaient dans sa bouche. J'ai réussi néanmoins à saisir l'essentiel. Il prétendait qu'il y avait du nouveau et qu'il fallait d'urgence prévenir un certain albinos. Comme l'autre se déclarait peu convaincu, votre Robin a glapi : «*Vous ne comprenez pas? Le chevalier*

Bayard est ici ! Cela ne peut être un hasard ! Vous lui direz Bayard ! Bayard, vous avez compris ?» Il a répété deux fois cette dernière phrase avec une sorte de rage désespérée. C'était assez pour me décider à intervenir. Les dagues à la main, je me suis rué sur les deux hommes. Comme je m'en doutais, le cigain a été prompt à s'escamper mais j'ai réussi à saisir celui-là au collet. Comme il ruait et hurlait ainsi qu'un pourceau, j'ai dû lui frotter un peu les côtes pour l'amener à raison.

— Es-tu bien certain de l'avoir entendu parler d'un albinos ? questionna Henri de Comballec, qui s'efforçait de conserver une calme apparence alors même que son esprit bouillonnait.

— Aussi sûr que deux et deux font... Par la malepeste ! Cette canaille va s'ensauver !

L'exclamation soudaine de la Ficelle doublée d'un bris de verre fit l'effet d'un coup de tonnerre.

Comprenant qu'il était perdu, Robin venait de tenter le tout pour le tout. Empoignant un tabouret, il l'avait projeté contre la plus proche croisée et se précipitait déjà vers l'issue ainsi ménagée. Malheureusement pour lui, Bayard se tenait sur ses gardes. D'un bond, le chevalier rattrapa le traître et le plaqua au sol d'une poigne vigoureuse.

— Un instant, mon coquin ! dit-il d'un ton qui ne laissait rien présager de bon pour l'intéressé. Ta compagnie ne nous est pas si désagréable qu'il te faille ainsi nous en ôter le plaisir. Et il me paraît que ta conversation pourrait nous être des plus instructives !

XLV

Le secret du labyrinthe

Héloïse n'était encore jamais venue à Reims. Quand elle entra dans la ville, elle fut frappée par l'atmosphère de liesse qui régnait dans la cité des sacres. Le quartier de Vesle, niché le long de la rivière du même nom, était tout entier pavoisé aux armes de France et de Champagne. Une fois franchi le vieux rempart, les rues gagnaient encore en animation. Toutes les maisons étaient décorées. Selon la fortune des propriétaires, tapisseries, soieries, brocarts ou simples draps se déployaient devant les fenêtres. De la paille et des branches de houe jonchaient le pavé. Les habitants arboraient pour la plupart une mine réjouie et manifestaient une bonne humeur communicative.

D'abord décontenancée par cette ferveur générale, Héloïse finit par se souvenir qu'à Autun, Philippe de Clèves lui avait parlé d'une cérémonie devant se dérouler à Reims. Il s'agissait de célébrer la reprise du chantier de la cathédrale. Le roi lui-même avait fait le déplacement. Cette pensée la fit frémir. Le roi était là ! Là où s'achevait le jeu de piste imaginé par Loiseul! Cela ne pouvait être une simple coïncidence. Tout s'agençait trop bien. Aussitôt l'impression de fête s'estompa. Ne restait plus que le ciel gris et bas qui pesait sur les toits comme une menace.

Le temps pressait. Les réjouissances devaient connaître leur apothéose le lendemain, dimanche, lors d'une célébration solennelle à l'intérieur de la cathédrale Notre-Dame. L'occasion paraissait trop belle. Héloïse acquit la conviction que le drame devait se dénouer lors de cette fameuse cérémonie. Mais elle aurait été bien en peine de dire exactement d'où viendrait le danger et de qui il faudrait se méfier le plus. Car depuis les tragiques événements de Chaumont, elle avait beaucoup réfléchi. Se découvrir traquée par l'officier royal qui l'avait conduite à la Cour, le voir commettre un meurtre de sang-froid dans une enceinte sacrée l'avaient incitée à reconsidérer sous un jour nouveau toute son aventure. Même si trop de choses lui échappaient encore, elle était persuadée d'avoir été manipulée.

Pour commencer, elle ne croyait plus à cette fable du poème destiné aux éventuels complices de Loiseul et de l'Angelot. Beaucoup trop compliquée, trop aléatoire aussi. Si le but poursuivi était de permettre aux conspirateurs de pouvoir se retrouver tout au long des étapes de leur périple, il y avait tout de même des moyens plus simples! Car enfin il leur avait fallu à elle et à Henri près d'un mois pour venir à bout des énigmes et atteindre l'ultime destination. Et encore! Ils avaient bénéficié à plusieurs reprises d'une aide précieuse. Dès la découverte du parchemin, c'était Robin qui les avait mis sur la voie en amorçant le premier décryptage des vers. C'était encore lui, à Bourges, qui avait déniché ce moine savant et leur avait permis de découvrir ce que signifiait l'expression «émule de Rome». La chance, elle aussi, avait été de leur côté. Si Philippe de Clèves n'avait pas proposé au baron une partie d'échecs, ils n'auraient peut-être jamais compris comment exploiter l'hermétique strophe consacrée au Saint-Graal. Sans cet heureux concours de circonstances, la piste aurait pu s'interrompre là. Dès lors, comment croire que Loiseul eût pu recourir à un stratagème aussi hasardeux? Et si tel n'était pas le cas, alors qui avait bien pu écrire ce poème codé et le dissimuler à l'abbaye de Baume-les-Moines? Et surtout dans quel but?

«Ce n'est pas tout, songea Héloïse. Il y a eu aussi cet attentat sur les bords de Loire et l'irruption nocturne de ce mystérieux officier albinos dans l'évêché d'Autun.» À croire que ce n'étaient pas eux les chasseurs mais qu'ils constituaient plutôt le gibier! Tout laissait penser en effet que les enquêteurs royaux avaient été, tout au long de leurs pérégrinations, placés sous étroite surveillance. Par qui? Pourquoi? Là encore, la jeune femme ne pouvait que se perdre en vaines conjectures.

En définitive, sa seule certitude était de ne pouvoir compter que sur elle-même pour découvrir la vérité. Elle devait faire preuve de prudence et d'obstination. Il lui fallait aller au-delà des apparences, comprendre enfin qui tirait les ficelles de ce théâtre de marionnettes où elle jouait un rôle qu'elle n'avait pas choisi.

Pour commencer, elle se mit en quête d'une chambre d'auberge. Elle avait besoin de calme pour arrêter un plan d'action. Ce n'était pas si facile. La fête qui se préparait avait attiré beaucoup de monde en ville. Des invités prestigieux, les membres de leur suite, des curieux et aussi de nombreux marchands qui espéraient profiter de l'aubaine et réaliser de bonnes affaires. Les tavernes et les hôtelleries étaient prises d'assaut.

Après s'être heurtée à de nombreux refus, la jeune femme finit par trouver une place dans un établissement situé à l'écart du centre, au-delà de la porte Bazée. Là, elle révisa les quatre vers qui concluaient le poème du parchemin de Baume :

Entre troisième et quatrième, place tes pas
Et suis les noires pierres.
Des quatre, délaisse la corde et l'équerre,
Alors au centre de l'O, tu trouveras.

S'étant fait apporter une plume et de l'encre, elle rédigea ensuite au dos du parchemin un court billet où elle rendait compte de tout ce qu'elle avait appris depuis son départ d'Amboise. Elle témoignait également du meurtre commis dans la collégiale de Chaumont et confiait tout ce qu'elle savait du meurtrier. Quand elle eut fini, elle plaça le document dans une pochette en cuir qu'elle confia à l'aubergiste. Elle lui fit promettre, si jamais elle n'était pas de retour avant la nuit, de faire porter l'objet à monseigneur de Clèves qui devait loger au palais archiépiscopal. L'homme fronça les sourcils. Il ne semblait guère goûter la perspective de voir l'un de ses hôtes disparaître dans la nature. Pour calmer ses inquiétudes, Héloïse lui paya deux nuits d'avance et lui octroya en sus une généreuse gratification. Devant un tel pécule, les inquiétudes de l'aubergiste se dissipèrent comme fumée au vent. Il se déclara même prêt à faire la commission en se déplaçant sur les mains !

Ayant ainsi assuré ses arrières, Héloïse prit à pied la direction de la cathédrale. Elle avait hâte de vérifier si elle pouvait trouver sur place quelque indice du drame qui se fomentait dans l'ombre. Tout en marchant, elle ne put s'empêcher d'imaginer que des ennemis invisibles étaient en train de l'observer. Si elle avait deviné juste, ils étaient déjà là, à pied d'œuvre, résolus à passer bientôt à l'action. Elle se doutait que son arrivée risquait de déranger leurs plans. Il était probable qu'ils chercheraient à la neutraliser. Malgré l'angoisse qu'elle sentait monter en elle, elle se prit même à espérer leur intervention. Pour la réduire au silence, ils seraient forcés de s'exposer. Elle espérait qu'ils commettraient alors une erreur qui leur serait fatale.

Dans la lumière froide de ce matin d'hiver, la majestueuse façade de la cathédrale Notre-Dame resplendissait de toutes les couleurs de sa statuaire polychrome. Au sud, se dressait le palais du Tau, résidence de l'archevêque. Selon la coutume féodale, c'était là qu'en sa qualité de suzerain le roi devait normalement résider. La foule des courtisans et des prélats qui se pressait dans la première cour du palais lui confirma que Louis XII avait bien établi ses quartiers en ce lieu. Une compagnie d'archers écossais entourait la clôture et en défendait l'accès. Armés de pied en cap, ils arboraient une mine farouche. Même si elle se doutait que la force ne suffirait pas à détourner la menace qui pesait sur la personne royale, Héloïse en éprouva un certain soulagement. Louis était bien gardé. Pour l'heure, il ne risquait pas grand-chose.

De l'autre côté de la cathédrale, au nord, s'étendaient les principaux bâtiments du cloître. Il s'agissait d'un vaste enclos dont les portes étaient fermées la nuit mais ouvertes le jour à la population. Cette véritable cité dans la cité abritait les édifices canoniaux, les maisons des chanoines, mais aussi une bibliothèque, un pressoir, un cellier et d'autres bâtiments plus profanes. Ceux-ci s'ordonnaient autour de la cour Chapitre. On y trouvait une grange, des écuries, une forge, une boulangerie, et même une prison. L'endroit regorgeait de recoins et de passages étroits. Si quelqu'un était dans la nécessité de fuir précipitamment la cathédrale, c'était sans doute en passant par le cloître qu'il aurait le plus de chances de semer d'éventuels poursuivants.

Tout en gravant ces détails dans son esprit, Héloïse contourna l'imposante cathédrale et pénétra à l'intérieur par le portail sud de la façade occidentale. Surmonté d'un Jugement dernier, celui-ci illustrait à profusion les visions apocalyptiques de saint Jean. Devait-elle y lire un funeste présage? Cette pensée effleura la jeune femme mais elle la rejeta aussitôt avec vigueur. Si elle voulait se montrer efficace, elle ne devait pas se laisser envahir par la peur de l'échec.

Bien qu'aucun office ne fût célébré à cette heure matinale, le vaste vaisseau de pierre bruissait d'une agitation fiévreuse. Dans le grand chœur, en prévision de l'hommage qui devait être rendu au roi le lendemain, des sacristains disposaient les ornements du maître-autel et renouvelaient les cierges du jubé. D'autres silhouettes se profilaient le long des stalles désertées par les chanoines et accrochaient au-dessus de celles-ci de chatoyantes tapisseries. La nef, quant à elle, résonnait de coups de marteau et de grincements de scie. Des ouvriers s'occupaient à démonter un échafaudage ancré à la hauteur du triforium et qui permettait d'accéder aux vitraux des fenêtres hautes. Héloïse fixa sur ces dernières un regard inquiet.

Dans les dix travées de la nef, en haut des murailles de la cathédrale, se déployait un double cortège de verre. Chaque fenêtre était en effet scindée en deux et permettait de superposer un roi et un archevêque. La jeune femme se remémora, non sans effroi, la phrase par laquelle tout avait commencé : «*Qu'en ce vitrail, le lys défaille!*». Elle se souvint aussi de la scène étrange qui s'était déroulée plusieurs semaines auparavant à Blois, dans l'atelier de maître Barello, l'alchimiste. Ce fragment de verre aux propriétés létales, ce rayon lumineux qui avait permis de foudroyer un jeune chien. Ses solides connaissances de la nature et des opérations alchimiques avaient beau lui souffler qu'un tel prodige était impossible, elle ne pouvait s'empêcher de frémir à la pensée que ces vitraux, face à elle, recelaient peut-être un terrible pouvoir.

Avisant un charpentier aux bras chargés de planches, elle se renseigna. L'homme lui confirma que des verriers avaient récemment réparé certains vitraux de la nef, ceux dont la lumière inondait le chœur. Il désigna du doigt une fenêtre montrant un roi tenant le glaive de justice et un évêque portant un agneau au cœur écarlate. Affolée, Héloïse le remercia. À présent, elle en avait la certitude : Loiseul et l'Angelot avaient déjà mis en place leur piège mortel! Il fallait donner l'alerte sans tarder!

Mais un doute aussitôt l'envahit.

Qui pourrait-elle convaincre? Comment pourrait-on prêter foi à des accusations aussi fantaisistes? Elle disposait de si peu d'éléments concrets! Sa nature réfléchie reprit peu à peu le dessus. Elle devait conserver son calme. Après tout, la cérémonie n'aurait lieu que le lendemain. Cela laissait quelques heures de répit pour tenter d'en découvrir davantage.

Et pour commencer, il lui fallait trouver «les noires pierres» évoquées dans les derniers vers du parchemin...

La tâche s'avéra bien plus aisée qu'elle ne le redoutait. Elle n'eut besoin que de quelques minutes pour en venir à bout. Entre la troisième et la quatrième travée de la nef, des pierres ardoisées dessinaient sur le dallage un imposant labyrinthe de trente-quatre pieds de côté. Dans ses angles octogonaux, des effigies présentaient les quatre principaux maîtres d'œuvre qui s'étaient succédé, tout au long du XIIIe siècle, pour édifier le sanctuaire des sacres royaux. «Des quatre, délaisse la corde et l'équerre, alors au centre de l'O, tu trouveras.» Héloïse plaça ses pas à la suite de tous les pénitents qui, depuis des générations, avaient parcouru à genoux le dédale de pierre. Dans l'imagerie médiévale, le labyrinthe symbolisait, elle le savait, le chemin de Jérusalem, ce passage obligé par la mort pour atteindre le royaume céleste. Elle se fit la réflexion que l'auteur du poème – Loiseul ou quelque autre esprit malfaisant – ne manquait ni de finesse ni de perversité. Il clôturait son jeu de piste par l'annonce symbolique de la mort qu'il s'apprêtait à infliger.

Tournant dans le sens de la rotation du soleil, Héloïse croisa un premier dessin représentant une silhouette munie d'une corde à nœuds, occupée à dresser le plan de l'édifice. Dans l'angle suivant, le maître d'œuvre était représenté avec une équerre à la main, ce qui acheva de convaincre la jeune femme qu'elle avait vu juste. La troisième effigie cependant n'était toujours pas la bonne. L'architecte ne tenait aucun instrument et se contentait de pointer l'index comme pour donner un ordre.

Héloïse ne se découragea pas. Elle pressa même le pas pour rejoindre le dernier angle du labyrinthe. Là, elle dut retenir une exclamation de joie. Compas en main, l'ultime bâtisseur était figuré en train de tracer un cercle sur le sol. Une inscription à demi effacée indiquait que Bernard de Soissons avait dirigé le chantier de la cathédrale pendant trente-cinq ans et ouvert l'O de la rosace.

Et c'était tout !

Héloïse se redressa, désappointée. Fallait-il comprendre que le fameux verre fabriqué par Barello avait été inséré au centre de la grande rose qui ornait la façade occidentale ? Prenant appui sur le pilier le plus proche, elle se renversa en arrière et scruta l'impressionnant vitrail circulaire. C'est alors qu'elle sentit une légère excroissance sous ses doigts. La jointure entre deux blocs de pierre avait été élargie au couteau et un morceau de vélin s'y trouvait inséré.

Tremblante d'excitation, la jeune femme dut s'y reprendre à deux fois pour extirper le billet de sa cachette. Une fois dépliée, sa trouvaille lui offrit une nouvelle énigme, comme un ultime défi lancé à sa sagacité :

Enfin ton périple achèveras
En remettant ton pas dans tes pas.
Ce qui te contemple est sous tes yeux
Et son nom, ton bien le plus précieux.

La première idée d'Héloïse fut que l'auteur de ces lignes avait voulu faire allusion à son cheminement le long du labyrinthe. Celui qui la contemplait et qui se trouvait aussi sous ses yeux serait donc logiquement Bernard de Soissons. Cela signifiait-il que c'était dans cette dernière ville que les verriers s'étaient réfugiés, une fois achevée ici leur sinistre besogne? C'était une possibilité. Mais un détail chiffonna Héloïse. Il était écrit *« en remettant ton pas dans tes pas »*, ce qui suggérait un retour en arrière et incitait à s'intéresser plutôt au premier bâtisseur rencontré. Mais alors tout le raisonnement tombait à l'eau, car celui qui avait conçu l'énigme ne pouvait deviner à l'avance par quel angle du dédale son lecteur entamerait son parcours.

Et si le périple était en fait celui qu'elle avait accompli en suivant les indications du parchemin? Revenir en arrière consisterait à se remémorer tout ce voyage, ainsi que les étapes qui l'avaient jalonné. Bourges, Autun, Sens, Chaumont et Reims. Si on devait relier ces cités par des lignes droites à la manière des segments d'un labyrinthe, qu'obtiendrait-on? La réponse s'imposa à son esprit telle une évidence. La lettre W! Un W qui ne serait pas seulement sous ses yeux mais aussi au-dessus d'elle pour pouvoir la contempler. Les rudiments d'astrologie que lui avait enseignés jadis son père lui revinrent alors en mémoire. Elle se souvint qu'il existait en effet une constellation d'étoiles en forme de W. C'était même l'une des premières qu'elle avait appris à reconnaître. Mais elle ignorait que son nom deviendrait un jour son *« bien le plus précieux »*.

Cassiopée !

Était-ce là l'ultime révélation ? Et comment l'exploiter ? Malgré tous ses efforts et l'entêtement qui était le sien lorsqu'il s'agissait de confronter son intelligence à un problème en apparence insoluble, Héloïse dut admettre son impuissance. Les réponses à ces questions lui échappaient encore. Elle allait avoir besoin d'aide si elle voulait contrecarrer à temps les plans de ses mystérieux adversaires.

XLVI

Cassiopée

— Collot, fichu maladroit, prends garde à ce pot ! Tu tiens dans les mains le plus remarquable des remèdes ! La thériaque d'Andromaque ! Une véritable panacée !

En franchissant la porte de l'apothicairerie du Grand Cerf, Héloïse eut l'impression d'effectuer un bond dans le temps. Le maître des lieux avec sa baguette à la main et son allure docte lui fit penser à son propre père. Pour l'heure, il était en train de rabrouer son apprenti qui, perché sur un escabeau, s'efforçait de ranger tout en haut d'une étagère un grand vase aux anses en forme de serpent. Cependant, dès qu'il aperçut sa jolie cliente, l'apothicaire oublia ses précieuses drogues et se porta au-devant de celle-ci avec empressement.

En gagnant cette boutique repérée un peu plus tôt sur le chemin de la cathédrale, Héloïse avait préparé une fable qui ne brillait guère par son originalité mais qu'elle espérait convaincante. Elle commença d'emblée par se présenter comme la fille de maître Étienne Sanglar, apothicaire établi à Amboise. À son grand étonnement, son interlocuteur s'inclina avec déférence :

— Soyez la bienvenue dans mon modeste ouvroir. Si quelqu'un m'avait dit qu'un jour, la fille d'un des plus fameux façonneurs de remèdes qui fut en le royaume me ferait la grâce d'une visite, je l'aurais volontiers traité de farceur. Votre père possédait comme nul autre la science des compositions. Je conserve d'ailleurs ici même une copie des commentaires en latin qu'il fit sur la *Subfiguratio empirica* du grand Galien. Un travail en tous points remarquable !

— Je savais mon père estimé au sein de sa corporation, dit Héloïse, mais j'ignorais que sa renommée s'était étendue jusqu'en Champagne !

— Si fait ! Et les qualités de sa fille ne nous sont pas non plus inconnues. Si l'on en croit la rumeur, vous avez été autorisée exceptionnellement à prendre la suite de votre géniteur. C'est là faveur rare qui témoigne de la haute estime que l'on vous manifeste en haut lieu. «*Mens sana in copore sano.*» Je constate en outre avec ravissement que les appas dont vous a généreusement doté la nature méritent eux aussi les plus vives louanges.

Ayant prononcé ces paroles, l'apothicaire partit d'un petit rire graveleux et plongea les yeux de façon éhontée dans le décolleté de la plantureuse rousse. L'espace d'un instant, hypnotisé, il rougit jusqu'aux oreilles et sembla sur le point de succomber à une crise d'apoplexie. Pour le coup, malgré ses cheveux blancs et sa baguette de *magister*, Héloïse ne lui trouvait plus la moindre ressemblance avec son défunt père. Elle avait plutôt l'impression de faire face tout à coup à un satyre de la pire espèce. Mais qu'importe ! Il pouvait bien la dévorer du regard, du moment qu'il lui apportait le secours dont elle avait tant besoin !

Elle expliqua qu'elle était venue en ville pour assister aux célébrations dans la cathédrale et qu'elle devait mettre à profit son séjour pour rencontrer un marchand génois et passer avec lui un important marché. Seulement, elle avait égaré la missive où l'homme lui indiquait comment le retrouver. Elle se souvenait seulement qu'il y était fait mention de Cassiopée.

L'apothicaire afficha aussitôt une expression ironique.

— Voilà bien les femmes ! s'exclama-t-il avec gourmandise. Aussi peu faites pour les affaires que douées pour les transports de l'Amour ! Je ne demanderais pas mieux que de vous aider, ma belle ! Mais Cassiopée... non, vraiment, cela ne me dit rien ! Cependant, si vous vouliez vous donner la peine de passer dans mon cabinet, nous pourrions chercher le moyen de vous secourir.

Il cligna de l'œil et esquissa déjà le geste d'enlacer la jeune femme pour l'entraîner vers l'arrière-boutique. Ce fut alors qu'une voix gouailleuse sembla filtrer du plafond :

— Y a bien une auberge, dans la paroisse de Saint-Hilaire-hors-les-murs. Le relais de Cassiopée que ça s'appelle. Mais ça m'étonnerait que ça soye ça. L'endroit est guère reluisant. Une gargote mal famée. C'est crève-la-faim et compagnie, de par-là !

C'était l'apprenti qui venait de parler. Ayant enfin réussi à se débarrasser de son pot à thériaque, il profitait de la hauteur du tabouret pour lorgner lui aussi le corsage d'Héloïse. Le spectacle semblait le mettre en joie car il arborait un sourire rayonnant.

Dépité de voir s'éloigner l'excitante perspective d'un tête-à-tête avec sa visiteuse, l'apothicaire tourna vers son employé un visage furibond :

— Qui t'a demandé quoi que ce soit à toi ! Au lieu de raconter n'importe quoi pour faire l'intéressant, tu ferais mieux de filer dans la réserve ! Il y a tout un tas d'instruments à récurer !

Joignant le geste à la parole, le maître des lieux attrapa son apprenti par la manche et lui fit dégringoler les marches de l'escabeau. Puis il l'expédia vers le fond de la boutique d'un violent coup de pied dans les fesses.

— Surtout ne faites pas attention à ce que raconte cet imbécile ! Il ne sait pas quoi inventer pour...

La suite de sa phrase lui resta en travers de la gorge. Car en se retournant, il venait de constater que sa ravissante cliente avait déjà disparu. La porte de l'officine achevait de se refermer avec un bref couinement qui sonna à ses oreilles tel un ricanement moqueur.

*

Héloïse ne perdit pas de temps. Par le premier passant venu, elle se fit indiquer le chemin de Saint-Hilaire-hors-les-murs et s'élança dans la direction indiquée en priant pour que cette piste fût la bonne. En se hâtant à travers les rues encombrées, il lui fallut tout de même près de vingt minutes pour atteindre son but.

De la vieille église située au-delà de la porte septentrionale des remparts, il ne restait rien. Elle avait été rasée pour éviter qu'elle ne puisse servir de poste avancé aux Anglais, quand ces derniers étaient venus assiéger la ville au début de la guerre de Cent Ans. Le quartier conservait d'ailleurs les stigmates de ces temps troublés. C'était un faubourg malcommode où les maisons semblaient comme jetées pêle-mêle au milieu de jardins en friche et de venelles malodorantes. Les passants y étaient rares et leur apparence dépenaillée n'inspirait guère confiance. On croisait là des portefaix sans emploi, quelques gagne-deniers, des faux mendiants et des bandes de gamins faméliques et crottés des pieds à la tête.

Autant pour se protéger du froid piquant que pour éviter d'attirer l'attention de cette faune inquiétante, Héloïse avait resserré contre elle les pans de sa houppelande et rabattu sa large capuche sur ses boucles flamboyantes. Elle préférait se débrouiller seule plutôt que d'avoir à demander à nouveau son chemin. Mais la chose ne fut pas si aisée. Elle se vit contrainte de faire plusieurs fois le tour du quartier avant de localiser la fameuse auberge. Quand elle y parvint enfin, elle avait le cœur au bord des lèvres tant le remugle qui sourdait des façades sombres et de la fange des rues rendait l'atmosphère irrespirable.

Le relais de Cassiopée était une habitation de deux étages, tout de guingois, qui poussait, telle une mauvaise herbe, en bordure d'un terrain envahi de ronces. Une méchante enseigne délavée par les pluies et les affres du temps se balançait en grinçant dans le vent. On peinait à y reconnaître l'orgueilleuse reine de la mythologie…

En prenant garde d'éviter le milieu de la chaussée où stagnait une eau malsaine, Héloïse s'approcha avec prudence du bâtiment. De la toiture, rapiécée en maints endroits, aux murs de torchis, lépreux et rongés d'humidité, la maison tout entière donnait l'impression de s'affaisser sous le poids d'une douloureuse culpabilité. Elle semblait littéralement se défaire par le bas, comme aspirée par la boue qui l'avait vue naître.

Au rez-de-chaussée, deux larges fenêtres étaient déjà allumées. Après s'être assurée qu'il n'y avait personne aux environs, Héloïse colla son visage contre l'une des vitres à croisillons. Le verre était épais, avec des bulles d'air enchâssées à l'intérieur. Difficile dans ces conditions de distinguer quelque chose. La jeune femme pourtant ne se découragea pas. Elle changea plusieurs fois d'endroit, avant de repérer enfin un carreau un peu plus translucide que les autres. La salle de l'auberge paraissait exiguë et cette impression était renforcée par la fumée qui refoulait d'une cheminée encrassée. Des buveurs aux trognes rubicondes étaient attablés aux rares tables occupées. Une servante d'un volume presque monstrueux se déplaçait de l'une à l'autre en remuant ses chairs flasques sous le nez des clients goguenards. Il devait y avoir aussi un joueur de cistre quelque part, car des notes de musique parvenaient, étouffées, jusqu'à Héloïse.

La jeune femme hésita sur la conduite à adopter. Pénétrer à l'intérieur de ce bouge, c'était risquer de se jeter dans la gueule du loup. Mais avait-elle vraiment le choix? Elle ne pouvait rester dehors indéfiniment, le nez collé à la fenêtre. Quelqu'un allait finir tôt ou tard par la remarquer. En dépit du danger, elle était tout près de céder à la tentation de franchir le seuil, lorsqu'un bruit de porte qui claque attira de nouveau son attention vers la salle. Il devait y avoir une galerie en surplomb, qui dominait les tables. Car même si elle ne voyait rien, Héloïse put suivre à l'oreille la progression de quelqu'un qui marchait en hauteur, sur toute la longueur de la pièce. Les pas résonnèrent ensuite dans un escalier, sur sa droite. En tournant la tête à s'en démancher le cou, Héloïse parvint à apercevoir les dernières marches qui débouchaient face à la porte d'entrée.

Devant ses yeux ébahis, apparurent alors progressivement des sandales en cuir, le bas d'une robe noire qui s'avéra très vite être un habit de moine bénédictin. Encore quelques secondes et Héloïse découvrit un homme sec, le crâne chauve, les traits sévères. Un adolescent blond l'accompagnait, légèrement en retrait. Autant le premier inquiétait par son expression tourmentée, autant le second dégageait une impression de douceur angélique.

Fascinée, Héloïse ne put détacher son regard de la double apparition. Cela faisait un mois qu'elle courait après eux et découvrir enfin leurs visages lui causa un émoi intense.

Mathurin Loiseul et l'Angelot, là, presque à portée de main.

Elle l'avait tant attendu ce moment, tant redouté aussi, qu'il lui paraissait presque irréel. Elle avait envie de se pincer pour y croire.

Fort heureusement, son trouble ne dura pas. Il fallait cueillir les oiseaux tant qu'ils étaient encore au nid ! Après s'être assurée que les deux verriers avaient l'intention de s'attabler pour déjeuner, elle tourna les talons et reprit en hâte la direction du quartier épiscopal.

Quand elle atteignit le parvis de la cathédrale, elle éprouva le besoin de marquer une pause. Elle avait marché si vite que son pied déformé était douloureux et qu'une pointe acérée lui transperçait le flanc. Mais il en fallait davantage pour l'arrêter dans son élan. Dès qu'elle eut repris son souffle, elle se dirigea résolument vers la tour d'Éon qui contrôlait la première enceinte du palais. Un garde écossais lui en barra l'accès :

— On ne passe pas !

Héloïse avait eu le temps de réfléchir en chemin. Solliciter une entrevue avec la reine était beaucoup trop aléatoire. On risquait de l'éconduire. De plus, l'entourage d'Anne de Bretagne n'était pas sûr. Tant qu'elle n'en saurait pas davantage sur le meurtrier de Chaumont, cet officier albinos venu la chercher à Amboise sur ordre de la souveraine, la jeune femme devait faire preuve d'une extrême méfiance. Ne s'en remettre qu'à des personnes de confiance.

— Je désire parler à monseigneur Philippe de Clèves, dit-elle au factionnaire en s'efforçant d'afficher une conviction qu'elle était loin d'éprouver en vérité.

Le soldat la toisa d'un air dédaigneux. Héloïse prit alors conscience de l'état déplorable de sa tenue. Ses bottines en daim et le bas de sa robe étaient maculés de boue. Des mèches défaites collaient à son front en sueur. Elle devait passer pour une vulgaire souillon.

— C'est qu'on ne dérange pas messire l'évêque comme ça! grommela l'homme. D'ailleurs, nous avons reçu des ordres pour ne laisser entrer personne!

— Je vous conseille de l'avertir sans regimber plus outre ou bien il pourrait vous en cuire! Vous n'aurez qu'à lui dire que maîtresse Héloïse Sanglar souhaite l'entretenir de toute urgence.

Le garde hésita un court instant. On lisait sur son visage qu'il aurait bien aimé envoyer au diable cette péronnelle trop sûre d'elle mais qu'il craignait de commettre une bévue. En définitive, il opta pour la prudence, haussa les épaules et invita la jeune femme à lui emboîter le pas.

L'un derrière l'autre, ils pénétrèrent dans la première cour du palais. L'endroit comprenait des communs, une salle de doléance et des geôles appelées prisons de Bonne Semaine. Le soldat demanda à Héloïse de l'attendre là et franchit seul une seconde enceinte, crénelée comme la première. De l'autre côté, c'était la cour du palais proprement dit. Un espace ecclésiastique où étaient situés les bureaux de l'officialité[1] et divers services de la curie.

Héloïse trompa son attente en contemplant la façade de la résidence archiépiscopale. La pensée que le roi et la reine logeaient derrière ses élégantes croisées, si proches et si lointains à la fois, la laissait songeuse. À la lumière de ce qu'elle venait de vivre ces dernières semaines, elle imaginait mieux la somme de menaces et de jalousies qui se cristallisait dans l'entourage des grands. La Cour lui apparaissait désormais non plus comme le centre d'un pouvoir fascinant mais comme le lieu possible de tous les complots. Cette pensée l'affligeait. Il lui tardait de rendre compte de sa mission à Anne de Bretagne et de reprendre enfin sa liberté.

Une réflexion en entraînant une autre, la jolie rousse commença à s'inquiéter du temps qui passait. La première cour du palais était fréquentée par toutes sortes de gens. Des soldats, des serviteurs, des écuyers de la suite royale, des prélats. Tout ce petit monde affairé allait et venait autour d'elle ou se rassemblait pour commenter les nouvelles du jour. Seule, immobile dans ses vêtements souillés, elle craignait qu'on ne finisse par

---

1. La justice épiscopale.

la remarquer. Qui sait si l'albinos – ou quelque autre adversaire encore inconnu – n'était pas en train de l'observer par une des nombreuses fenêtres du palais? Un frisson désagréable lui parcourut le dos. Tirant sur sa capuche, inclinant la tête, elle trouva refuge derrière la toile d'un auvent d'où elle continua de fixer le portail de la seconde cour.

Les minutes s'écoulèrent. Interminables. Héloïse était sur le point de perdre confiance lorsqu'enfin une silhouette familière se découpa sous le vaste porche surmonté d'une statue de cerf en bronze. Poussant un soupir de soulagement, la jeune femme se précipita en avant.

— Vous voici enfin, monseigneur! Je commençais à redouter que vous soyez absent du palais! Par bonheur, Dieu a entendu mes prières!

Philippe de Clèves lui adressa un sourire chaleureux.

— Héloïse, vous ici? Et dans quel état! Je vous croyais tout de bon repartie pour Amboise...

— Comment l'aurais-je pu quand mon roi se trouve en danger de mort imminente?

— Toujours ce fameux complot! s'exclama l'évêque, la mine soudain assombrie. Auriez-vous retrouvé la trace des deux conspirateurs que vous recherchiez à Autun?

Héloïse jeta des coups d'œil inquiets autour d'elle. Plus que jamais, la sensation de se trouver sous la menace directe de ses ennemis la tenaillait. Par peur des oreilles indiscrètes, ce fut dans un murmure qu'elle répondit à l'ecclésiastique:

— Vous ne croyez pas si bien dire ! Ils sont ici même, à Reims ! Et j'ai malheureusement toutes les raisons de croire qu'ils ont ourdi un piège diabolique afin d'occire notre souverain. Tout devrait se passer demain, lors de la cérémonie dans la cathédrale.

Héloïse entreprit alors d'instruire son allié du détail de l'enquête confiée par la reine et des péripéties qui avaient émaillé sa traque des verriers.

— Même si cela semble incroyable, conclut-elle, je suis persuadée que l'arme du crime est un des vitraux de la nef. Il faut avertir la reine sans délai. Elle seule peut donner l'ordre d'arrêter Loiseul et ses complices.

Philippe de Clèves posa une main apaisante sur l'avant-bras d'Héloïse :

— Ne vous inquiétez pas, ma chère. Vous avez toute ma confiance, vous le savez bien. Je vais vous mener moi-même auprès de notre bien-aimée souveraine. Depuis son arrivée ici, elle a pour habitude d'écouter l'office de sixte dans la chapelle basse du palais. Elle y demeure ensuite un bon moment, seule, recueillie dans la prière. Vous pourrez lui parler là-bas sans crainte d'être dérangée.

— Monseigneur, pour la seconde fois, vous m'êtes du plus grand secours ! Je ne sais comment vous témoigner ma reconnaissance !

Le sémillant évêque adressa à son interlocutrice un sourire empreint d'un charme indéfinissable.

— J'ai fait bien peu au regard de tous les efforts que vous avez vous-même déployés. Et si vous avez vu juste, c'est le royaume tout entier qui devra vous manifester sa gratitude. Mais venez à présent! Suivez-moi! Il n'y a pas une minute à perdre!

Philippe de Clèves entraîna Héloïse vers l'aile orientale du palais, dont l'étage formait la salle dite «du Tau». Selon la coutume, c'était cet endroit qui abritait le banquet de clôture des sacres. Toutefois, au lieu de gravir l'escalier qui menait à la pièce prestigieuse, l'évêque ouvrit une porte à demi enterrée donnant accès au sous-sol de l'édifice.

Cette partie du palais était déserte et plongée dans la pénombre. Au sortir des deux cours grouillantes de vie mais propices aux éventuelles mauvaises surprises, Héloïse ressentit un vif soulagement. Elle profita du répit qui lui était accordé pour choisir en son esprit les phrases qu'elle devrait adresser à Anne de Bretagne.

Philippe de Clèves ouvrit une seconde porte et précéda sa compagne dans une grande salle voûtée, aux deux nefs séparées par des colonnes à chapiteaux sculptés. Dans la maçonnerie se devinaient des arcs de pierre, témoins d'une ancienne construction carolingienne. Un nouveau vantail. Un étroit couloir. L'évêque s'arrêta enfin devant un seuil au tympan orné d'une Vierge à l'Enfant. Sans prendre la peine de frapper, il en ouvrit la porte délicatement ouvragée.

— La chapelle Saint-Pierre, dit-il en s'effaçant pour laisser passer Héloïse.

La jeune femme s'avança. Un candélabre aux cierges allumés baignait d'une douce lumière dorée l'autel de marbre blanc et trois rangées de prie-Dieu à la couleur de miel. Une odeur d'encens imprégnait l'espace et procurait un agréable sentiment de quiétude, propice au recueillement... mais nul n'était là pour en profiter.

Car la chapelle était vide.

Déconcertée, Héloïse amorça un mouvement pour se retourner. Mais elle n'eut pas le temps de pivoter complètement. Un bras vigoureux se saisit d'elle par-derrière tandis qu'une main se plaquait sur sa bouche. Et la voix de Philippe de Clèves, métamorphosée, étonnamment glaçante, murmura à son oreille :

— Je suis navré, très chère Héloïse, mais je crains que la reine n'ait eu quelque empêchement.

XLVII

Tant de noirceur sous une robe de soie

— Ôte-lui son bandeau, Malavoise !

Héloïse était allongée sur une litière de paille. Ses jambes étaient entravées, ses mains liées derrière son dos. Un foulard lui bâillonnait la bouche, un autre lui aveuglait les yeux. Quand enfin on la débarrassa de ce dernier, elle cligna plusieurs fois des paupières. Il lui fallut un peu de temps pour que ses prunelles se réhabituent à la lumière. La première chose qu'elle distingua, ce fut le visage cruel de l'albinos, penché sur elle. Elle sentit aussi son haleine fétide sur sa peau. Puis l'homme s'écarta. Son mouvement dévoila un cachot aux murs suintant d'humidité.

Excepté la porte de gros bois clouté, l'endroit ne possédait pour toute ouverture qu'un étroit soupirail en demi-lune, obstrué par deux barreaux en croix et placé au ras du plafond. Pas la moindre lueur ne filtrait par celui-ci. Héloïse en déduisit que la nuit était déjà tombée. Mais elle n'avait aucune idée du temps qui s'était écoulé depuis qu'on l'avait faite prisonnière.

Dans la chapelle Saint-Pierre, Philippe de Clèves l'avait ligotée, réduite au silence et plongée dans le noir. Puis il avait disparu sans une explication. Elle avait attendu longtemps, couchée à même les dalles de pierre, en proie à un sentiment d'intense confusion. Deux hommes étaient ensuite venus la chercher. Évitant de prononcer un mot, ils l'avaient saisie sans ménagement, l'un par les pieds, l'autre par les épaules, et l'avaient emportée à travers ce qui lui avait semblé être un souterrain. La jeune femme avait estimé la distance parcourue à environ une centaine de toises. Puis ils l'avaient déposée sur cette méchante paillasse et s'étaient retirés. Elle avait entendu claquer un verrou dans le noir.

Aussitôt, furieuse de s'être laissé surprendre et entraver, elle s'était efforcée de desserrer ses liens. Au mépris de la douleur, elle avait frotté ses poignets et ses joues contre la muraille. Mais les nœuds étaient trop bien serrés. Elle n'avait réussi qu'à s'écorcher la peau.

Brisée par ces efforts inutiles, découragée, elle était sur le point de céder à la résignation lorsque des bruits de pas s'étaient à nouveau fait entendre. La porte s'était rouverte. La voix autoritaire de Philippe de Clèves avait retenti, ordonnant qu'on lui rende la vue.

À présent, Héloïse se tortillait sur sa couche. Elle cherchait à apercevoir celui qui l'avait trahie. Elle aurait voulu croiser son regard, qu'il puisse lire sur ses yeux le mépris qu'elle ne pouvait exprimer. Mais elle avait beau faire, l'évêque demeurait en dehors de son champ de vision.

— Notre invitée ne semble guère à son aise, commenta la voix désormais honnie. Redresse-la donc, que nous puissions échanger aussi confortablement que le permettent les circonstances.

L'officier au visage livide revint vers elle, la souleva par les aisselles et l'assit sur la paille, le dos calé contre le mur humide. Ainsi installée, elle parvint à voir enfin le cachot en entier.

Philippe de Clèves se tenait debout dans l'angle opposé. Il ne portait plus comme tantôt une simple soutane mais une ample robe sacerdotale, richement ornée de dentelles. Une mauvaise torche fichée au mur projetait une ombre dure sur son visage. Mais un sourire se dessina sur ses lèvres quand il croisa le regard empli de colère de sa captive.

— Ah ! Héloïse... Je retrouve en vous toute la fureur de notre première rencontre. Vous en souvenez-vous ? Votre beauté mais aussi votre imprudence vous valaient déjà bien des déboires. La leçon, hélas, n'aura pas servi.

La jeune femme aurait voulu lui dire à quel point il n'était qu'un misérable traître. Elle ne pouvait que secouer la tête avec rage.

Philippe de Clèves s'amusa de cette attitude qui lui fit songer à une cavale rétive. Il s'approcha lentement et s'inclina au-dessus d'Héloïse. Au moment où il tendit la main pour la toucher, la belle rousse amorça un brusque mouvement de retrait, comme pour éviter la piqûre d'une bête venimeuse. Mais elle fut vite bloquée par le mur dans son dos. L'évêque secoua la tête d'un air réprobateur. Il saisit dans ses mains le visage tuméfié de la prisonnière. Son index courut sur l'arcade sourcilière, glissa le long de l'arête du nez, puis caressa une joue écorchée.

— Quelle pitié ! S'être mise dans un état pareil pour un si piètre résultat ! Malavoise que voici est un véritable expert. Vous n'aviez aucune chance de vous libérer de vos liens, très chère. Cependant, si vous promettez de ne pas crier, je puis lui ordonner de vous débarrasser de votre bâillon.

Héloïse laissa entendre une série de grognements étouffés.

— Que vous promettiez ou non est d'ailleurs sans importance, reprit l'ecclésiastique. À la moindre tentative de rébellion, Malavoise se fera un plaisir de vous trancher la gorge. Un conseil : ne le provoquez pas ! Il y prendrait bien trop de plaisir !

Philippe de Clèves recula de quelques pas et fit un geste impérieux de la main. Aussitôt, l'albinos s'agenouilla au côté d'Héloïse et tira un poignard de sa botte. D'un geste rapide et sûr, il coupa le bâillon avant de poser sa lame sur la gorge dénudée de la jeune femme. Cette dernière frémit en songeant qu'il s'agissait probablement de l'arme avec laquelle l'homme avait froidement assassiné le diacre de Chaumont.

— C'est donc vous qui manœuvriez en secret pour perdre le roi, gronda-t-elle en foudroyant le prélat de ses yeux verts. Faut-il que vous manquiez de courage pour agir ainsi dans l'ombre ! Vous êtes l'être le plus abject que je connaisse !

Philippe de Clèves arbora un air faussement offusqué et reprit la jeune femme d'une voix douce et profonde :

— L'injure ne sied guère à une aussi charmante personne que vous, Héloïse. Qui plus est, elle ne vous mènera à rien. Et puis il me déplairait de vous voir gâcher la belle image que je veux garder de vous.

— Je me moque bien de vous complaire !

— Comme c'est désolant ! J'ai pris tant de plaisir à nos précédentes rencontres ! Vous êtes une personne si rare, si pleine de ressources... Trop sans doute ! Il eût été préférable pour tous que vous ne retrouviez pas si tôt ce pauvre fou de Loiseul.

Héloïse était angoissée à l'idée du sort sans doute funeste qu'on lui réservait mais elle brûlait de connaître enfin toute la vérité. Pour cela, elle devait se montrer habile, provoquer l'évêque pour l'amener à se dévoiler plus encore.

— Loiseul ! s'exclama-t-elle avec dédain. Un vulgaire pantin entre vos mains ! C'est vous qui l'avez manipulé pour qu'il agisse à votre place ! Au fond, vous n'êtes qu'un lâche !

— Charmante Héloïse ! Charmante mais ô combien naïve ! Vous avez compris beaucoup de choses, mais vous êtes encore loin d'avoir saisi toute la subtilité de mon plan. Ce n'est pas un fantoche comme Loiseul qui supprimera le roi. Quand bien même il a pu, grâce à moi, installer son précieux vitrail dans la cathédrale. Oh ! Non ! Louis périra de mes propres mains !

Héloïse ouvrit de grands yeux.

— Comment? Mais le vitrail... je croyais que...

Philippe de Clèves éclata d'un rire enjoué.

— Qu'un simple rayon de soleil, en traversant un bout de verre, pourrait gagner un pouvoir mortel et foudroyer un roi? Allons donc! C'est là une fable pour les simples d'esprit. Ou bien pour les illuminés. Convenons que Loiseul trouve naturellement sa place dans la seconde catégorie. Mais vous, Héloïse, valez mieux que cela!

— Je croyais pourtant que Barello, l'alchimiste, avait réussi un tel tour de force.

— Vous faites allusion à cette expérience dans son atelier, le mystérieux trépas de ce chien? Troublant, n'est-ce pas? J'aurais donné beaucoup pour voir la tête de notre fichu moine lorsqu'il a cru voir ses fantasmes les plus morbides se matérialiser sous ses yeux. Mais ce n'était qu'illusion, ma chère! Un joli petit tour à la portée du premier bateleur venu!

— Comment cela?

— Juste avant d'exposer l'animal au rayon supposé fatal, ce gredin de Barello avait pris soin de le toucher avec une paire de gants que nous lui avions remise au préalable.

— Du poison?

L'évêque fit mine d'applaudir.

— Bravo! Je reconnais bien là votre vivacité d'esprit, chère Héloïse. Du poison, oui, c'est exact! Une drogue d'une redoutable efficacité et d'une rapidité d'action stupéfiante. C'est la même qui enduira l'écusson de pierre que je présenterai demain au roi. Est-il vraiment utile de préciser que je porterai des gants, ce qui ne sera pas le cas de Louis ?

— Vous vous êtes donné décidément bien du mal ! Car il vous a fallu aussi inventer ce poème codé pour nous lancer sur la fausse piste des verriers ! Pourquoi une telle mystification ?

— Montrer pour mieux dissimuler, masquer pour mieux dévoiler. C'est en cela que réside l'habileté suprême. Je favorise un complot, je persuade ses auteurs qu'ils sont responsables de la mort du roi, puis je les livre à la justice. Imaginez la suite : ces pauvres sots vont revendiquer haut et fort le régicide que j'aurais moi-même commis ! Il y a là une sorte d'élégance, de raffinement dans le crime, vous ne trouvez pas ?

La jeune femme ne put s'empêcher de réagir. Elle tendit brusquement la tête et le buste vers l'avant et cracha en direction de l'ecclésiastique, sans toutefois l'atteindre. Aussitôt, la pointe du poignard s'enfonça sous sa veine jugulaire. Un filet de sang se mit à couler.

Contrainte de se laisser retomber en arrière, Héloïse sentit la rage bouillonner en elle. Malgré sa soif de comprendre qui l'incitait plutôt à se montrer docile, elle ne put retenir le flot de dégoût et d'incompréhension qui la submergeait :

— Vous êtes encore pire que je ne pensais ! Vous vous apprêtez à commettre le forfait le plus abject qui se puisse imaginer et vous parlez de raffinement et d'élégance ! Mais quelle sorte de monstre êtes-vous donc ?

Philippe de Clèves, qui s'était rencogné à la hâte contre la muraille pour échapper au jet de salive, épousseta négligemment la soie de sa robe épiscopale. Puis il s'avança à nouveau vers sa captive. Il avait beau avoir plaisante allure avec ses traits réguliers, son assurance naturelle et sa tenue somptueuse, Héloïse remarqua pour la première fois une étrange lueur au fond de ses prunelles. Cruauté ou trouble mental? De quelle tare secrète, ce minuscule feu follet était-il le signe précurseur?

— Pour accomplir de grandes choses ici-bas, déclara le prélat d'un ton sentencieux, il faut être prêt à perdre jusqu'à son âme. La fin justifie les moyens! Et la fin, en cette affaire, dépasse tout ce que vous pouvez imaginer!

XLVIII

Le trésor des templiers

La façon cynique dont Philippe de Clèves croyait pouvoir justifier ses crimes hérissait Héloïse. Elle rétorqua d'un ton cinglant :

— Rien ne peut légitimer le mensonge et le meurtre !

L'évêque haussa les épaules. Une excitation longtemps contenue déforma ses traits.

— Ah, Héloïse ! Ma chère et douce Héloïse... Comme vous, j'ai longtemps cru à de vieilles lunes, tous ces idéaux qui n'ont plus cours de nos jours. L'honneur, la fidélité, le devoir... Balivernes ! Le monde appartient à ceux qui osent s'affranchir de telles entraves !

— Le monde ? Rien que ça ! Vous pouvez toujours vous gausser de Loiseul ! Vous êtes encore plus dérangé que lui !

— Vous parlez sans savoir, ma pauvre amie ! Mais tenez, je vais être magnanime ! Étant donné tous les efforts que vous avez déployés en cette affaire – en pure perte d'ailleurs, notez-le bien – je vais vous révéler le but ultime de mon entreprise.

Vous comprendrez alors qu'un tel enjeu justifiait que j'abatte, sans la moindre hésitation, tout obstacle susceptible d'entraver ma route.

» Tout a commencé il y a un peu plus d'un an. Je fus appelé une nuit au chevet d'un vieil ami mourant. Dernier rejeton d'une noble famille bourguignonne, il s'était retiré dans un monastère, après avoir mené une vie dissolue et tout entière vouée à la quête du plaisir. Entre deux râles, il me fit le récit le plus singulier qu'il me fût donné de recueillir en confession. À l'entendre, il était le dépositaire d'un formidable secret qu'il ne se sentait pas le droit d'emporter dans la tombe. Il me révéla donc que l'un de ses ancêtres, André de Montbard, avait été l'un des premiers compagnons d'Hugues de Payns.

— Le premier maître de l'ordre du Temple ?

— Lui-même ! En 1129, André participa, au côté d'Hugues, au concile de Troyes qui décida la création officielle de l'ordre et lui donna une règle propre. Selon mon ami, une décision autrement importante mais demeurée secrète fut prise à cette même occasion. Il s'agissait de dissimuler le trésor du Temple, celui-là même dont Philippe le Bel chercha en vain à s'emparer quand il abattit l'ordre deux siècles plus tard. Une poignée d'hommes seulement fut mise dans la confidence. Il y avait là Hugues et André bien sûr, mais aussi des membres de la haute noblesse et du clergé dont Thibaut IV de Blois, comte de Champagne, et Raymond de Martigné, archevêque de Reims.

» Sur la nature de ce fameux trésor, le mourant ne pouvait rien me dire. Il prétendait que son père, de qui il tenait lui-même toute l'histoire, était toujours demeuré muet à ce sujet. En revanche, il m'affirma que ce fameux jour de 1129, décision avait été prise de bâtir un écrin pour accueillir le mystérieux dépôt. Il fallait un lieu à la fois hautement symbolique et inviolable. Le choix s'arrêta sur Reims, emblème depuis le baptême de Clovis de l'alliance entre l'Église et le pouvoir royal, mais aussi capitale de la province dont Hugues de Payns était originaire. Un plan fut alors arrêté, si audacieux qu'il fallut attendre près d'un siècle pour le mener à bien !

Philippe de Clèves s'interrompit, comme pour ménager ses effets. Ses yeux brillaient d'un éclat encore plus intense. Quand il reprit, sa voix vibra d'une tension difficilement contenue :

— Ce plan nécessitait en effet de commettre des actes que le commun des mortels jugerait sacrilèges, et pour cela il fallait patienter jusqu'à ce que les esprits fussent mûrs. Le temps vint enfin au printemps 1210, alors que Guillaume de Chartres, quatorzième grand maître des templiers, venait de prendre la tête de l'ordre. L'église de Reims, lieu du sacre royal, brûla le même jour qu'une éclipse de lune. Un an plus tard, l'archevêque Albéric de Humbert posait la première pierre de l'édifice devant servir de châsse au trésor.

— La cathédrale Notre-Dame ! s'écria Héloïse dans un sursaut.

— Telle était en effet la révélation finale de mon ami. Toutefois, avant de rendre son âme à Dieu ou plus vraisemblablement au diable, il eut encore le temps de me confier un document tracé de la main de son père. Ce papier, le voici !

Avec un mouvement grandiloquent, Philippe de Clèves tira de sous sa robe un vélin qu'il déplia sous les yeux intrigués d'Héloïse. Celle-ci reconnut sans peine le plan de la cathédrale :

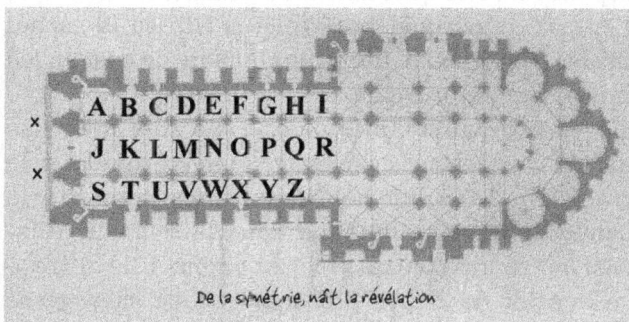

De la symétrie, naît la révélation

— Intelligente comme vous l'êtes, poursuivit l'évêque, je ne doute pas que vous sauriez, à la longue, tirer parti comme moi de ce singulier message. Mais le temps nous presse. La reine a voulu entendre messe ce soir en la cathédrale et je suis attendu pour officier. Aussi vais-je vous livrer, sans délayer plus outre, le fruit de mes réflexions.

» Comme vous le constatez, deux emplacements sont marqués d'une croix sur la façade du bâtiment. Ils correspondent à des statues qui occupent une position privilégiée, de part et d'autre du porche central. Qui représentent-elles? Le roi Salomon et la reine de Saba. Pour Salomon, rien d'étonnant. Les maîtres d'œuvre de Notre-Dame ont souhaité suggérer une proximité d'ordre divin entre les souverains de France et les rois les plus prestigieux de la Bible. On trouve bien d'autres représentations de David et de Salomon à divers endroits de la cathédrale. Mais la reine de Saba? Pourquoi lui attribuer une telle préséance? La réponse à cette question est évidente, dès lors que l'on sait dans quel but réel fut édifiée la cathédrale. Il s'agissait tout simplement de mener les initiés au trésor caché.

» Quand j'ai compris cela, je me suis intéressé aux traces laissées par cette souveraine dans la tradition. La Bible hébraïque nous rapporte la venue de la reine de Saba dans le royaume d'Israël et sa rencontre avec Salomon. Elle offre à ce dernier de riches présents et loue sa sagesse et celle de Dieu avant de s'en retourner dans son lointain pays. D'autres textes sont plus explicites. J'ai pu notamment consulter le *Kebra Nagast* ou livre de *La Gloire des Rois*, découvert il y a peu par les Portugais dans les montagnes de la Corne de l'Afrique. Cet ouvrage écrit par des chrétiens coptes relate que, pendant son séjour à Jérusalem, la reine Makeda serait devenue la maîtresse de Salomon. Elle serait retournée enceinte dans son pays pour y accoucher d'un fils nommé Ménélik. Une fois atteint l'âge adulte, ce prince serait revenu à Jérusalem et aurait dérobé l'Arche d'alliance à l'intérieur du Temple pour l'emporter à

Aksoum, l'une des grandes cités du royaume de Saba.

Héloïse n'en croyait pas ses oreilles. Si elle devinait bien où voulait en venir Philippe de Clèves, son récit était la plus stupéfiante révélation qui se pût concevoir.

— Vous prétendez que le trésor secret des templiers ne serait autre que l'Arche d'alliance? Ce réceptacle sacré, aux pouvoirs mystérieux, dans lequel reposeraient les tables de la loi confiées par Dieu à Moïse?

L'exaltation s'empara du corps de Philippe de Clèves tout entier. Sa voix se fit plus enfiévrée encore :

— Je ne prétends rien du tout, rétorqua-t-il en frappant le parchemin du dos de la main. Tout est écrit là! «De la symétrie naît la révélation.» Les deux statues sont positionnées dans le prolongement exact des rangées de piliers soutenant la nef. Or, si on s'attache aux lettres composant les noms les plus importants du mythe de l'Arche, on remarque qu'elles s'inscrivent toutes dans un parfait rapport de symétrie avec le double axe des piliers. Il en va ainsi pour Salomon et Aksoum que l'on peut écrire aussi avec un C. Quant au mot Saba...

— Là, ça ne marche pas! le coupa Héloïse qui était tellement fascinée par les confidences de l'ecclésiastique qu'elle en venait presque à oublier la précarité de sa situation. Les trois lettres qui forment ce nom, S, A et B, ne sont pas réparties de façon symétrique le long de la nef!

— Erreur, ma chère ! Le nom de ce royaume varie selon les sources consultées. On le trouve aussi écrit Séba ou Sabat avec un T final. Si nous prenons cette dernière graphie, vous pouvez constater que les quatre lettres utilisées se font face, par paire, au niveau des deux premières travées de la nef.

— Effectivement, concéda la jeune femme qui s'efforça néanmoins de retrouver sang-froid et lucidité. Je reconnais que c'est assez troublant. Mais cela ne prouve aucunement que l'Arche d'alliance ait été cachée par les templiers à l'intérieur de la cathédrale.

Philippe de Clèves sourit avec indulgence.

— Vous doutez encore ? Mais après tout, je ne peux vous en vouloir. Moi-même, j'ai éprouvé quelque difficulté à admettre que j'étais sur la piste du plus fabuleux des trésors. Voici qui va achever sans nul doute de vous convaincre.

» Les statues de Salomon et de Makeda présentent un point commun qui ne peut être le fruit du hasard. Vus de face, on dirait que le roi tient sa ceinture et que la reine s'appuie sur un bâton. Mais il n'en est rien ! Il suffit de se déplacer sur le côté pour comprendre qu'il s'agit d'une même illusion d'optique. Les deux personnages agrippent en fait les plis de leur robe. Je ne vous apprendrai rien en vous disant que rober est un ancien vocable d'origine germanique signifiant voler. Les statues nous mettent donc sur la piste d'un double larcin. Celui perpétré d'abord par Ménélik, puis par Hugues de Payns et ses compagnons. Le vol de l'Arche !

» J'en étais arrivé à cette conclusion quand une intuition géniale m'a permis non seulement d'obtenir la preuve qui me manquait mais aussi de localiser l'endroit où chercher. Il suffisait d'appliquer la technique dévoilée par le parchemin à une autre partie du plan de la cathédrale. Et voici ce que j'ai obtenu !

Philippe de Clèves retourna la feuille qu'il tenait dans ses mains. Une expression triomphale irradiait ses traits.

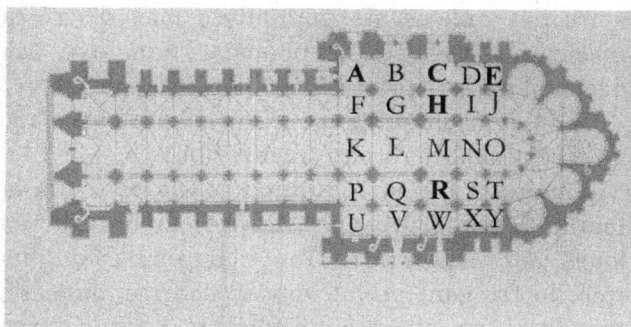

— C'est à peine croyable ! murmura Héloïse sans parvenir à détacher son regard du nouveau plan et surtout des lettres qui apparaissaient sur l'équivalent d'un damier de vingt-cinq cases.

A	B	C	D	E
F	G	H	I	J
K	L	M	N	O
P	Q	R	S	T
U	V	W	X	Y

— Cette fois, il n'y avait plus le moindre doute dans mon esprit, commenta l'évêque. L'Arche d'alliance était là ! Dissimulée quelque part dans le chœur ou dans l'un des transepts de Notre-Dame ! Dans le plus grand secret, j'ai fait entreprendre des sondages de la maçonnerie. Il ne me restait qu'à explorer le transept sud quand Louis XII a décidé de rouvrir le chantier de la cathédrale. Une catastrophe ! Cette reprise des travaux signifiait la présence sur place et en permanence d'une foule d'ouvriers. Il serait impossible, durant des mois voire des années, de poursuivre mes discrètes recherches. Cela, je ne pouvais l'admettre. Ma décision fut vite prise : Louis devait disparaître !

— Un si grand crime pour faire main basse sur un trésor hypothétique ! Quelle folie !

D'un geste furieux, Philippe de Clèves replia la feuille de vélin. Une vive colère empourpra ses joues, déforma ses traits. Tout à coup, il n'avait plus rien du fringant prélat dont le charme, naguère, ne laissait pas Héloïse indifférente. Sa voix et ses yeux hallucinés étaient ceux d'un dément.

— Hypothétique ! gronda-t-il entre ses dents serrées. Comment pouvez-vous dire cela ? Je croyais que nous étions vous et moi de la même trempe, des esprits forts, bien au-dessus du commun ! J'espérais même pouvoir vous convaincre de vous joindre à moi. À nous deux, nous aurions pu réaliser de grandes choses. Mais je m'aperçois que je me suis trompé. Vous n'êtes qu'une petite sotte, incapable de s'affranchir de valeurs rancies et de principes éculés. Malavoise ! Bâillonne-moi

446

donc cette bouche stupide ! Qu'elle cesse de proférer ses inepties !

L'albinos ne se le fit pas dire deux fois. En dépit des ruades qu'Héloïse tenta de lui opposer, il eut tôt fait de la réduire à nouveau au silence. Philippe de Clèves vint se planter alors au-dessus d'elle. Son visage avait retrouvé un semblant de sérénité. Mais les paroles qu'il prononça glacèrent le sang de la jeune femme :

— Puisque que je n'ai pas l'assurance que vous êtes venue seule à Reims, je préfère vous laisser en vie... Du moins, tant que tout ne sera pas accompli. Car dans quelques heures le royaume va pleurer son roi et vous, Héloïse, le suivrez aussitôt dans la tombe !

XLIX

Rédemption

Les pieds et les mains toujours liés, la bouche muselée, Héloïse croupissait dans son cachot, tandis que lentement s'écoulaient les heures. Un faible filet de lumière finit par s'infiltrer à travers l'étroit soupirail. Si ténu qu'elle comprit que l'ouverture ne donnait pas directement sur l'extérieur mais plutôt sur une sorte de conduit d'aération. Même libre de ses mouvements, jamais elle n'aurait pu s'échapper par là.

Épuisée par une trop longue veille, accablée par le poids de la fatalité, elle ne trouvait plus la force de lutter. Son sort était scellé. Ce n'était plus qu'une question d'heures, de minutes peut-être. Elle s'était résignée à devoir quitter ce monde pour toujours. Mais ce qu'elle ne parvenait pas à se pardonner, c'était d'avoir par son inconséquence ruiné tout espoir d'empêcher le meurtre du roi. Si elle n'avait pas laissé son orgueil et sa colère prendre le dessus sur sa raison, elle serait demeurée auprès d'Henri. Avec le baron à ses côtés, Philippe de Clèves n'aurait pas eu la partie si facile.

L'évocation de celui qui serait à jamais son premier et unique amant la ramena par la pensée à cette nuit de glace et de feu où elle s'était abandonnée dans ses bras. Elle n'était pas vraiment elle-même et Henri avait profité de ce moment de faiblesse. Mais les sentiments de l'ardent Breton à son endroit n'étaient pas simulés. Il y avait dans ses caresses et ses baisers une vraie délicatesse. Comme s'il craignait de la meurtrir, de briser ses rêves fragiles. Et même si le cœur d'Héloïse ne pouvait répondre à cet amour non partagé, son corps avait vibré malgré elle. Cette réalité, elle ne pouvait l'effacer. Le souhaitait-elle seulement ? Puisqu'il fallait mourir bientôt, elle pardonnait le mensonge, elle oubliait l'amertume de la trahison. Elle ne voulait conserver d'Henri que le meilleur, cette expression d'intense bonheur sur son visage à l'instant où le plaisir les avait unis dans un même embrasement. Elle espérait de tout son être qu'il ne souffrirait pas trop en apprenant sa mort et qu'il saurait trouver l'oubli auprès d'une autre femme. Ses pensées la portèrent aussi vers Bayard. Il était le seul homme qui l'avait vraiment bouleversée, qui avait su toucher son âme. Elle aurait tant aimé le revoir en ce monde ! Pouvoir embrasser à nouveau ses lèvres, sentir son souffle sur elle. Pour lui seul, elle aurait accepté de renoncer à sa liberté. Le destin en avait décidé autrement. Elle se consolait en imaginant qu'elle s'apprêtait à le retrouver ailleurs, dans ce royaume de Dieu où l'amour ne connaît pas de limite.

Son cœur était à la fois empli de tristesse et étrangement serein.

Un grattement contre la porte de la geôle l'arracha à ses pensées. Elle songea un instant que sa dernière heure était venue. «Il doit être encore plus tard que je ne pensais. Le roi est mort à présent, c'est mon bourreau qui s'en vient», songea-t-elle. L'étrange raclement se répéta. Héloïse se redressa sur sa paillasse. Une voix juvénile traversa le lourd battant :

— Il y a quelqu'un ?

Le sang de la jeune femme ne fit qu'un tour. Malgré son bâillon, elle poussa une série de gémissements étouffés. Puis elle marqua une pause. Pas de réponse. Le silence avait repris ses droits. L'espace d'un instant, elle se demanda si elle n'avait pas été victime de son imagination. Mais un choc sourd ébranla soudain la porte cloutée. Dans la seconde qui suivit, cette dernière pivota sur ses gonds. Héloïse leva la tête et aperçut des jambes fluettes, des mains qui tenaient encore une grosse pierre et enfin un visage familier, de ceux qu'on ne peut oublier quand bien même on ne les aurait vus qu'une seule fois.

— L'Angelot !

L'exclamation stupéfaite ne franchit pas le morceau de tissu qui obturait sa bouche. Sa surprise alla grandissante quand l'adolescent s'approcha d'elle et entreprit de défaire son bandeau.

— Que fais-tu là ? chuchota-t-elle aussitôt qu'elle eut retrouvé l'usage de la parole.

450

— Je vous cherchais, répondit le blondinet qui s'affairait maintenant dans son dos pour la libérer de ses liens. Je me doutais qu'il vous était arrivé malheur.

— Tu sais qui je suis?

— Vous êtes l'un des deux enquêteurs royaux chargés de nous traquer. On nous a fait de vous une complète description. Aussi je n'ai pas manqué de vous reconnaître hier, quand je vous ai aperçue derrière la fenêtre de l'auberge. Vos boucles rousses passent difficilement inaperçues...

Avec une dextérité stupéfiante, l'Angelot était déjà venu à bout des cordes qui entravaient les jambes d'Héloïse. Il s'attaquait maintenant à celles qui nouaient encore ses mains.

— Comment pourrais-tu m'avoir remarquée? J'ai bien pris garde de rester embusquée.

— Le fait est que je vous ai vue. Cela faisait plusieurs jours que je redoutais votre venue... ou que je l'espérais. Je ne sais plus très bien moi-même. Enfin, peu importe! Je vous ai repérée et c'est tant mieux sinon vous auriez pu finir vos jours dans ce trou à rats.

— Où sommes-nous?

— La prison de la cour Chapitre. À l'occasion de la visite du roi, les chanoines ont libéré tous les prisonniers. Les autres cellules sont vides et les gardes, comme à peu près la moitié de la ville, sont massés sur le parvis de la cathédrale pour tenter de profiter de la cérémonie ou au moins d'apercevoir le roi.

La dernière corde tomba sur la paille. Encore mal remise de sa surprise, la jeune femme massa ses poignets et ses chevilles ankylosés.

— Par quel miracle as-tu deviné qu'on m'avait enfermée ici?

— Aucun miracle à cela. Hier, en cachette de mon maître, je vous ai suivie de l'auberge jusqu'au palais de l'archevêque. J'étais persuadé que vous alliez nous dénoncer. Alors j'ai attendu pour voir. Mais vous n'êtes pas reparue. Je ne comprenais plus. Cette nuit, pour en avoir le cœur net, j'ai épié l'albinos. C'est l'homme qui nous a conduits ici, moi et mon maître. Il a ses entrées au palais.

— C'est un officier renégat. Il se nomme Malavoise.

— Je l'ai vu entrer ici en compagnie d'un évêque. Ils sont restés à l'intérieur un bon moment. J'ai trouvé ça curieux, un aussi grand personnage dans un tel lieu! Qui plus est, supposé désert! Ce matin, j'ai donc attendu le début des célébrations pour avoir le champ libre et me voici!

— Pourquoi prendre un tel risque? Ne me considères-tu pas comme une ennemie?

L'adolescent rougit jusqu'aux oreilles et secoua négativement la tête.

— Mon maître n'a plus toute sa raison. Il a conçu le projet insensé d'assassiner le roi. Je ne peux me faire le complice d'un pareil sacrilège! Quelqu'un doit l'arrêter avant qu'il ne commette l'irréparable!

— Hélas! Loiseul bénéficie de solides appuis dans l'entourage même du roi. Ce sont ses complices qui m'ont réduite à l'état dans lequel tu m'as trouvée.

— Il doit bien exister un moyen de les neutraliser !

— Que proposes-tu ? chuchota Héloïse.

— Pour l'heure, il faut sortir d'ici, dit l'Angelot. Je prends les devants. On ne sait jamais. Vous me rejoindrez si tout va bien.

Il disparut par la porte et réapparut trois minutes plus tard.

— La voie est libre, articula-t-il à voix basse. Allons-y ! Et en silence !

Héloïse et son sauveur franchirent l'un derrière l'autre la porte dont l'énorme cadenas gisait brisé par terre. Attentifs à ne pas faire d'autre bruit que celui produit par le frôlement de leurs chaussures sur le sol, ils parcoururent un étroit corridor éclairé par des flambeaux.

— Il existe un souterrain qui relie directement la prison au palais, expliqua l'Angelot. Mais l'accès est verrouillé et la serrure renforcée. Il nous est impossible de l'emprunter. Nous allons devoir passer par la cour. C'est risqué mais il n'y a pas d'alternative.

Héloïse se tint coi. Elle n'avait pas d'autre choix que de faire confiance au jeune verrier.

Après de longues minutes d'un prudent cheminement, ils atteignirent un escalier. Celui-ci débouchait sur une pièce qui servait visiblement de salle de repos aux gardes. L'Angelot fit signe à Héloïse de demeurer en arrière et se dirigea à pas de loup vers la porte opposée. Quand il l'entrouvrit, un rai de lumière glissa sur le dallage.

— Personne en vue! dit le blondinet. Nous pouvons y aller!

L'instant d'après, les jeunes gens se retrouvèrent en plein jour, au cœur de l'enclos canonial. La cour Chapitre, d'ordinaire si vibrante d'activités, était étrangement vide. De la cathédrale, parvint, étouffé, l'écho de magnifiques chants liturgiques.

— Ils sont tous accaparés par la cérémonie. C'est notre chance! Il ne nous reste plus qu'à rejoindre la rue des Tapissiers. Par-là, nous pourrons contourner l'Hôtel-Dieu et le parvis pour rejoindre le palais. Vous y donnerez l'alarme.

Mais Héloïse semblait ne plus écouter son jeune compagnon. Le front plissé, la main placée en visière, elle fixait le pâle soleil d'hiver.

— Quelle heure peut-il bien être? s'inquiéta-t-elle à voix haute.

— Pas loin de midi. Nous devons faire vite. L'office va bientôt toucher à sa fin.

Héloïse le retint par l'épaule.

— Non! Nous n'avons plus le temps! Il est peut-être même déjà trop tard! Je dois absolument rejoindre la cathédrale!

— Vous n'y pensez pas! On ne vous laissera pas entrer. Et même si vous y parvenez, vous ne pourrez pas approcher le roi.

— Il faut essayer! insista la jeune femme. Si les meurtriers parviennent à leurs fins, nous en aurons toi et moi notre part de responsabilité.

Une lueur inquiète traversa le regard de l'apprenti verrier. On le sentait tiraillé entre des sentiments contradictoires. Puis une résistance intérieure céda. Il se décida enfin :

— C'est bon, mais nous devons d'abord nous travestir. Je vais vous guider jusqu'au revestiaire. Prions pour ne pas rencontrer quelqu'un de trop curieux.

Le revestiaire était une vaste salle meublée de hautes armoires en chêne et de coffres à tiroir où se trouvaient conservés les ornements liturgiques. Elle était accolée à la partie de la cathédrale située au nord-est, symétrique du palais du Tau implanté de l'autre côté de l'édifice. Pour y accéder à partir de la cour Chapitre, il fallait longer un étroit passage, entre les cuisines et le cellier, et traverser le petit cloître, bordé de colonnettes à chapiteau.

Sur leur trajet, Héloïse et l'Angelot croisèrent quelques chapelains et serviteurs. Mais tous étaient bien trop affairés pour leur prêter attention. Le revestiaire, quant à lui, était désert. Parmi les vêtements ordinaires que prélats et enfants de chœur avaient laissés sur place pour revêtir de riches habits sacerdotaux, les jeunes gens mirent la main sur deux coules de bure à large capuche. Les ayant endossées et Héloïse ayant noué ses cheveux pour plus de discrétion, il ne leur resta plus qu'à rejoindre le portail Saint-Calixte, ouvert au milieu du transept nord, qui permettait aux bâtiments canoniaux de communiquer avec la cathédrale.

L'intérieur de Notre-Dame était saturé d'odeurs d'encens et inondé de lumière. Des centaines de cierges faisaient danser leurs flammes sur l'or des autels et le vernis des statues. Quant au soleil froid de décembre, il semblait se réchauffer en traversant les vitraux dont il projetait les couleurs vives, en larges tapis de lumière, sur les dalles de pierre. Partout où le regard se posait, ce n'étaient que vêtements magnifiques, tentures de prix et ornements en métal précieux.

— Mieux vaut que tu me laisses à présent, dit Héloïse en se retournant vers l'Angelot. Je te remercie grandement pour ton aide mais il est inutile que nous soyons deux à prendre des risques.

L'adolescent hésita. D'un geste discret, la jeune femme effleura du bout des doigts son visage angélique.

—Va, je te dis! Qu'au moins la folie de ton maître épargne une âme innocente!

Le jeune verrier la fixa avec intensité. On aurait dit qu'il cherchait à percer l'ombre de la capuche, à graver dans sa mémoire le visage de celle qu'il avait voulu sauver. Puis, brusquement, sans dire un mot, il pivota sur ses talons et franchit le portail en sens inverse.

Une fois seule, Héloïse s'avança en direction du chœur. Des bancs supplémentaires avaient été installés dans le transept pour accueillir les gens de Cour. Les chanoines et les autorités ecclésiastiques occupaient leurs stalles à l'abri du jubé, cet enclos de bois sombre et sculpté, largement ouvert sur le chœur, mais bien séparé de la nef où se tenaient les notables de la ville et leurs familles. En dépit du froid, l'imposant portail de la cathédrale était maintenu grand ouvert et la rumeur de la foule massée sur le parvis s'intercalait entre les chants religieux.

En s'efforçant de rester le plus possible dans l'ombre des piliers, Héloïse était parvenue à rejoindre la croisée du transept sans attirer l'attention. Le cœur battant, elle découvrit l'estrade qui avait été montée juste devant l'autel. Sous un dais fleurdelisé, Louis XII se tenait assis sur un petit trône pliant. Engoncé dans une pelisse velue, le roi faisait plutôt grise mine mais il était bel et bien vivant! Héloïse en éprouva un intense soulagement.

Mais celui-ci ne dura pas.

Face au monarque, deux prélats se dressaient dans la lumière multicolore émanant des vitraux de la nef. Le premier, paré d'une mitre et d'une chasuble somptueusement brodées de fils d'or, était sans nul doute l'archevêque de Reims. Quant au second, elle dut attendre qu'il fasse un pas en avant pour mieux le distinguer. Son sang se glaça alors dans ses veines. Elle venait de reconnaître Philippe de Clèves. L'évêque félon tenait dans ses mains gantées un bloc de pierre sculpté.

À ce moment précis, les cloches de la cathédrale se mirent à carillonner. À la suite des enfants de la maîtrise installés sur la tribune du jubé, l'assistance entonna en chœur un vibrant *Alléluia*. C'était le moment fatidique. Philippe de Clèves s'apprêtait de toute évidence à présenter au roi l'offrande de ses sujets.

Héloïse ne prit pas le temps de peser le pour et le contre. D'un bond, elle fendit l'assistance et se précipita vers l'estrade.

L

Où il s'avère finalement qu'un vitrail peut tuer

L'effet de surprise fut total.

Héloïse avait agi avec une telle assurance que les deux gardes en faction au pied de l'estrade n'avaient pas compris ce qui se passait. En voyant venir à eux un moine encagoulé, ils avaient cru que celui-ci jouait un rôle quelconque dans la célébration. Le temps qu'ils réalisent leur erreur, Héloïse avait déjà gravi la volée de marches.

Sur la plate-forme, Philippe de Clèves s'était avancé en direction du trône. Le roi s'était levé à sa rencontre. Il tendait déjà les bras pour apposer les mains sur l'écusson de pierre. Héloïse n'eut pas le choix. Plus par réflexe que pour suivre un plan réfléchi, elle plongea dans les jambes de l'évêque et exécuta un magistral roulé-boulé. Pris au dépourvu, Philippe de Clèves perdit ses appuis. Il tourna sur lui-même et laissa échapper le bloc de pierre. Dans un effort désespéré, il écarta les bras pour tenter de retrouver son équilibre. Peine perdue! Héloïse avait croché fermement ses chevilles au passage et ne les lâchait plus.

En poussant un cri de rage, l'évêque s'écroula et roula avec son assaillante jusqu'au bord de l'estrade. Les deux corps emmêlés s'agitèrent quelques secondes à la limite du vide. Puis ils basculèrent et tombèrent quatre pieds plus bas, sur le dallage du chœur.

Masquée par l'imposant jubé, la foule des fidèles n'avait rien remarqué et continuait de chanter. Seuls les membres de la Cour assis dans les transepts avaient pu suivre toute la scène des yeux. Un brouhaha s'élevait des rangées de sièges. Certaines personnes se dressaient pour mieux voir.

Étourdi, le dos meurtri par sa chute, Philippe de Clèves fut tout de même le plus prompt à reprendre ses esprits. Repoussant la masse qui s'était abattue sur lui, il se redressa sur ses deux pieds et arracha la cagoule de son agresseur. Un flot de cheveux roux cascada sur le sol. Le prélat identifia immédiatement Héloïse.

— Vous! C'est vous! rugit-il, de l'écume aux lèvres. Comment avez-vous fait pour vous échapper? Maudite sorcière!

Mais la nécessité du moment l'emporta sur sa fureur. Détachant son regard de son ennemie, il scruta le désordre de l'assistance. Aussitôt, son sang se figea. Au milieu des courtisans en tenue de fête, il venait d'apercevoir, surgissant de derrière un pilier, deux hommes qui se précipitaient vers lui, l'épée à la main. Ces hommes, il ne les connaissait que trop bien.!

Henri de Comballec et le fameux chevalier Bayard!

Comprenant que la partie était perdue, l'évêque ne pensa plus qu'à sortir de ce guêpier sain et sauf. Laissant parler son instinct de conservation, il saisit Héloïse au col et l'obligea à se relever pour la placer en bouclier entre lui et ses assaillants. De sa main libre, il arracha la partie inférieure de sa croix pectorale, dénudant la lame acérée d'un stylet. L'instant d'après, la pointe d'acier vint effleurer le cou de la jeune femme.

— Un seul geste brusque, une seule tentative pour te dégager et je te saigne comme une truie! gronda-t-il à l'oreille de sa proie.

De leur côté, Bayard et Henri de Comballec avaient stoppé net leur élan. Décontenancés par la tournure des événements, ils échangèrent un bref regard où se lisaient stupeur et indécision.

Les deux chevaliers avaient rejoint Reims le matin même, suite aux aveux extirpés à Robin. Celui-ci leur avait révélé que le complot contre le roi devait connaître son dénouement dans la cité des sacres. Il leur avait aussi appris que la piste des verriers n'était qu'un faux-semblant et que le vrai danger viendrait d'ailleurs. Mais il avait été incapable d'en dire plus. Dès leur arrivée sur place, les deux hommes avaient sollicité une audience auprès de la reine. L'imminence de la cérémonie les avait empêchés d'obtenir cette faveur. C'était donc en désespoir de cause qu'ils s'étaient installés dans la cathédrale, prêts à intervenir au moindre incident.

Au moment où le supposé moine encagoulé s'était précipité sur l'évêque d'Autun, ils avaient cru avoir affaire au véritable assassin. Leur sang n'avait fait qu'un tour et ils s'étaient rués en avant. Mais la vision qui s'offrait maintenant à eux avait de quoi les déconcerter. La capuche repoussée venait de leur révéler le visage crispé d'Héloïse et ils distinguaient à présent nettement l'arme avec laquelle Philippe de Clèves menaçait la frêle jeune femme.

— Qu'est-ce que cela signifie? gronda Bayard entre ses dents.

Le baron fit la grimace. Ses yeux étaient braqués sur la lame qui brillait à la lueur des cierges.

— Je n'en sais foutre rien, mon ami! La situation est en train de nous échapper. Que proposez-vous?

Bayard n'eut pas le temps de répondre. Philippe de Clèves s'adressa à eux par-dessus l'épaule de sa captive :

— Au large, messires, laissez-moi passer! Si vous tentez quoi que ce soit, j'égorge cette femme!

Alors, tout en maintenant fermement Héloïse contre lui, l'évêque commença à se diriger vers le transept sud. Les membres de l'assistance, ébahis et ne comprenant rien à la tragédie qui se jouait devant eux, s'écartaient lentement sur son passage. Personne n'osait s'interposer. Arrivé à une toise des deux chevaliers qui lui barraient encore la route, l'ecclésiastique répéta sa menace :

— Place! Place ou je lui ouvre la gorge!

Bayard et Henri de Comballec comprirent que l'autre ne plaisantait pas. Perdu pour perdu, il n'hésiterait pas à sacrifier Héloïse plutôt que de se rendre. Sans se concerter, ils abaissèrent dans un même mouvement la pointe de leurs épées et libérèrent le passage. À leurs mâchoires crispées, à leurs poings serrés, il était aisé de deviner combien cette attitude résignée leur coûtait. Leur impuissance les mettait à la torture.

Philippe de Clèves avait repris sa marche en avant. À l'instant où il dépassa les deux chevaliers, Héloïse ancra ses pieds au sol et se bloqua sur place. Elle dévisagea Bayard avec, au fond des yeux, une intense stupéfaction. Il y avait aussi sur son visage une expression d'infinie douleur. En une fraction de seconde, elle avait oublié tous les autres protagonistes du drame. Elle ne voyait plus que le chevalier. Elle aurait voulu pouvoir lui parler, trouver des mots pour lui dire tout son amour, sa joie de le revoir vivant, ses regrets de l'avoir cru trop vite disparu. Mais rien ne lui vint. Ses lèvres demeurèrent obstinément closes. Déjà, d'une pression dans son dos, Philippe de Clèves la contraignait à repartir en avant.

Pendant ce temps-là, les chants des fidèles s'étaient tus. Des soldats avaient fait irruption dans la nef et s'étaient organisés en cordon autour de l'estrade pour protéger le roi. Une intense confusion régnait dans le chœur. Aucun officier n'avait réellement vu ce qui s'était passé et des ordres contradictoires fusaient de tous côtés.

Profitant de ce répit inespéré, Philippe de Clèves et son otage avaient rejoint, à l'angle du transept, une petite porte qui desservait les étages de l'édifice. À leur approche, le battant pivota sur ses gonds et deux hommes postés là par l'évêque pour protéger ses arrières firent leur apparition. Le premier n'était autre que Malavoise, aisément reconnaissable à ses cheveux blancs. Quant au second, débarrassé du maquillage et des hardes bariolées qui avaient si bien abusé la Ficelle à Sens, il n'avait plus rien d'un cigain. Héloïse venait en effet de reconnaître d'Entraygues, le sinistre individu qui l'avait agressée dans les jardins de Blois.

D'une méchante bourrade, Philippe de Clèves projeta la jeune femme dans les bras de l'albinos et disparut dans la cage d'escalier sans attendre ses acolytes. Malavoise sembla vouloir lui emboîter le pas, mais Héloïse émergea tout à coup de l'état d'hébétude où l'avait plongée la vue de Bayard. Elle se débattit, donna des pieds et des poings pour tenter de desserrer l'emprise du tueur. Sa voix retentit sous les voûtes en un appel déchirant :

— Pierre ! Au secours ! Pierre !

Ce cri remua Bayard aux tripes. Sans hésiter, il se jeta de nouveau en avant. Aussitôt imité par Comballec.

Voyant cela, Malavoise se résolut à employer les grands moyens. Il assena un coup violent sur la nuque de sa prisonnière, ramassa dans ses bras le corps inerte et disparut à son tour par l'ouverture. Plutôt que de le suivre immédiatement, son complice se rua quant à lui sur un candélabre tout proche.

En le voyant traîner vers la porte le massif objet, Bayard comprit le but de la manœuvre. Mais il était encore trop loin pour pouvoir s'y opposer.

— Ce misérable veut bloquer la porte ! À toi, la Ficelle !

Car le baron et le chevalier n'étaient pas seuls. L'habile valet d'armes les avait accompagnés à l'intérieur de la cathédrale. Tandis que les deux hommes se mêlaient discrètement à la foule, le garçon s'embusquait à l'intérieur d'un confessionnal. Ayant jailli de sa cachette dès les premiers désordres, il avait suivi à distance le déroulé des événements et comprit aussitôt ce que Bayard attendait de lui. Aussi vif qu'un faucon, il eut tôt fait d'armer sa fronde et de viser d'Entraygues à la tête.

La précipitation lui fit perdre toutefois un peu de son habituelle précision. Au lieu de frapper l'homme juste entre les deux yeux, sa pierre le heurta au niveau de la pommette.

Étourdi malgré tout par le choc, d'Entraygues vacilla et lâcha le candélabre. Il lui fallut une bonne poignée de secondes pour reprendre ses esprits. Il porta alors la main à la poignée de sa dague, bien décidé à vendre chèrement sa peau. Mais Bayard ne lui en laissa pas le loisir. En quelques enjambées, il fondit sur son adversaire et lui enfonça son épée droit dans le cœur. L'homme vomit un flot de sang et s'écroula lourdement sur le sol. Ralentissant à peine sa course, le chevalier dégagea sa lame, sauta par-dessus le corps de sa victime et franchit à son tour la porte étroite.

Dans l'escalier qui montait en spirale à l'intérieur du mur, il fut vite rejoint par Henri de Comballec. Au-dessus d'eux, dans la pénombre, on entendait la cavalcade des fuyards.

— C'est pure folie ! s'exclama le baron. Comment peuvent-ils espérer s'échapper par là ?

— Détrompez-vous ! De nombreux escaliers desservent les hauteurs. Si nous les perdons, ils peuvent ressurgir à peu près n'importe où dans la cathédrale et se fondre dans la foule.

Aiguillonnés par leur volonté d'arracher Héloïse aux griffes de ses ravisseurs, les deux hommes accélérèrent l'allure. Le bruit des pas qui les précédaient dans l'escalier se faisait plus proche. Ralenti par le poids de la jeune femme, Malavoise perdait rapidement de son avance. Ils l'auraient bientôt rejoint.

Trois spirales plus haut, l'albinos fit le même constat. S'il ne se débarrassait pas rapidement de son fardeau, ses poursuivants allaient lui tomber dessus. C'étaient des soldats aguerris. Face à de tels adversaires, il lui serait impossible de se défendre efficacement dans un espace aussi exigu. Les nerfs à vif, le front en sueur, il tendit l'oreille vers le haut. Plus aucun écho ne lui parvenait de la fuite éperdue de son maître. Ce maudit évêque était en train de se défiler sans se soucier le moins du monde du sort de ses comparses !

En poussant un juron rageur, Malavoise rejeta les épaules en arrière et laissa choir sur les marches le corps toujours inanimé d'Héloïse. Puis retrouvant toute sa vélocité, il se rua en avant bien décidé cette fois à semer ses ennemis. La première porte qu'il atteignit dans son ascension frénétique lui parut correspondre à la galerie du triforium. Il fit jouer le loquet. Sans succès. Le battant était bien trop résistant pour tenter de l'enfoncer d'un coup d'épaule. Tant pis ! Il lui fallait monter encore plus haut. Fort heureusement, ses poursuivants semblaient avoir perdu du terrain. Comme il l'escomptait, la découverte du corps de la garce rousse avait dû les retarder. Ce n'était pas le moment de lambiner.

Il lui fallut à peine une minute pour atteindre le palier suivant et déboucher enfin à l'air libre. Il se retrouva sur *la voie céleste*. Des quatre coursières qui permettaient de faire le tour de l'édifice à différentes hauteurs, c'était la plus improbable. Elle passait sous les arcs-boutants, en longeant les fenêtres hautes à l'extérieur. Sur la gauche, dominant le toit pentu du collatéral, se dressaient les contreforts élancés qui abritaient des anges aux ailes déployées. Avec ceux du chevet, ils formaient une garde céleste autour de Notre-Dame et expliquaient le nom que les bâtisseurs avaient donné à ce passage perché à des hauteurs vertigineuses.

Philippe de Clèves se tenait lui aussi sur la mince corniche. Il achevait d'ôter son encombrante robe épiscopale pour retrouver sa liberté de mouvement. En voyant venir à lui son âme damnée, il tordit le nez et l'apostropha avec colère :

— Tu en as mis du temps, Malavoise ! Et d'abord qu'as-tu fait de la fille ?

L'albinos haussa les épaules.

— Balancée dans les escaliers. C'était ça ou ces maudits chiens me rattrapaient. La peste les emporte !

— Retourne la chercher !

Malavoise crut avoir mal entendu. Il écarquilla les yeux.

— Vous n'y songez pas ! Ils ont déjà dû la récupérer. Ils seront là d'un instant à l'autre. Si vous m'en croyez, oubliez cette péronnelle. Le temps nous est petitement compté.

— Depuis quand discutes-tu les ordres que je donne ? répliqua l'évêque d'une voix glaciale. Je te paye, tu exécutes ! Tes avis m'importent peu ! Va et ramène-la-moi !

La morgue affichée par Philippe de Clèves cingla l'albinos aussi cruellement qu'une lanière de fouet. Son regard se durcit. Ses lèvres minces se retroussèrent sur ses dents pourries.

— Vous avez raison, monseigneur, je suis un mercenaire. Je m'offre au plus offrant. Et vous n'avez plus guère à m'offrir.

— Que veux-tu dire ?

Malavoise s'était rapproché de l'évêque. Son allure farouche, sa large carrure avaient de quoi impressionner même les plus aguerris. En dépit de sa suffisance naturelle, l'arrogant prélat pressentit le danger. Il effectua instinctivement deux pas en arrière et se retrouva adossé à l'une des hautes fenêtres de la nef.

— Vous avez échoué, monseigneur. Demain, vous ne serez plus qu'un proscrit recherché par tous les prévôts du royaume. Je le répète : vous n'avez plus rien à m'offrir.

Philippe de Clèves était trop orgueilleux pour accepter qu'un individu de sac et de corde lui tienne tête. Il tenta de réaffirmer son autorité :

— Il suffit! Retourne chercher cette fille! Peu importe les risques! Tu as reçu assez d'or pour me suivre jusqu'en enfer!

L'albinos cracha avec dédain et dégaina son épée. Il la pointa sur la poitrine de l'évêque. Celui-ci tenta de se dérober mais il était coincé contre la fenêtre.

— Qu'est-ce qui te prend? protesta-t-il d'une voix où perçait une frayeur soudaine. Tu ne vas tout de même pas...

Malavoise ne le laissa pas achever. Écartant sa lame, il fit mine de se détourner... mais ce fut pour mieux prendre son élan. D'une bourrade aussi violente qu'inattendue, il projeta brusquement son ancien maître contre la vitre.

— Prenez donc les devants! lâcha-t-il avec un ricanement sarcastique. L'enfer vous tend les bras!

Philippe de Clèves fut totalement pris au dépourvu. Il n'esquissa pas le moindre geste pour se retenir. Le choc le propulsa contre le vitrail qui explosa sous son poids. Dans un formidable fracas de verre brisé, l'évêque tomba à la renverse, tournoya à l'intérieur de l'édifice et finit par s'écraser, dix toises plus bas, sur le pavage de la nef.

Les reins rompus, le crâne fracturé, Philippe de Clèves ne mourut pas sur le coup. À travers le voile de sang qui s'étendait sur son visage, il eut encore le temps de voir ce qui restait du vitrail représentant un agneau au cœur écarlate se défaire lentement. Le plomb des jointures céda et ce fut une pluie d'éclats acérés qui vint cribler son corps désarticulé.

Plus haut, Malavoise ne put profiter de son nouveau crime pour s'échapper. Quand il se redressa, ce fut pour voir le chevalier Bayard et le baron de Comballec surgir à leur tour sur la corniche, en compagnie d'Héloïse qui avait recouvré ses esprits. Aussitôt, il se mit en garde. Par chance, l'étroitesse de la coursière empêchait ses poursuivants de l'assaillir à deux de front.

Ce fut Bayard qui s'avança le premier. Les deux rivaux engagèrent le fer avec détermination. Très vite, le chevalier comprit qu'il avait affaire à forte partie. L'albinos était un fin bretteur qui maîtrisait à la perfection l'art des feintes et des attaques composées. Lui tenir tête exigeait de mobiliser toute ses ressources.

Le duel semblait parti pour durer. Et ceci d'autant plus que le risque élevé de mauvaise chute interdisait aux deux adversaires de se livrer à fond. Tout en ferraillant, Malavoise réalisa que le temps jouait contre lui. S'il ne se débarrassait pas rapidement des deux hommes, tous les environs finiraient pas être bouclés et il lui serait impossible de fuir la cathédrale.

Il lui fallait absolument abréger l'affrontement. Faisant mine de trébucher, il mit un genou à terre. Sa main gauche préleva une poignée de poussière sur la corniche. Puis il profita de ce que Bayard tergiversait, répugnant à attaquer un adversaire en position inférieure, pour lui lancer au visage le contenu de son gant.

Aveuglé, le chevalier recula en maintenant sa garde haute, mais son épée ne lui offrait plus qu'une protection dérisoire. Heureusement, sa science du combat et une sorte de sixième sens lui firent anticiper l'estocade de son ennemi. Dans une esquive désespérée, il effaça le corps et fit un pas de côté. Toutefois, au moment où il sentit la lame adverse passer à deux doigts de son corps, le sol se déroba sous ses pieds. Il perdit l'équilibre, roula sur le toit du collatéral et disparut, comme happé par le vide.

Bien résolu à ne plus perdre une minute, Malavoise dégaina alors le poignard dissimulé dans sa botte et visa en direction du baron et d'Héloïse.

Henri de Comballec avait compris le danger. Il n'eut que le temps de placer son corps en protection devant celui de la jeune femme. La lame projetée avec vigueur pénétra de toute sa longueur dans sa poitrine. Sursautant sous le choc, il ouvrit une bouche immense, tenta de porter son bras à son torse et s'affaissa lentement.

Héloïse poussa un cri horrifié. Elle agrippa Henri aux épaules et l'accompagna tant bien que mal dans sa chute. Puis elle s'agenouilla près de lui, plaça sa tête sur ses cuisses et lui tapota les joues avec le fol espoir de le garder conscient.

Le baron parvint au prix d'un immense effort à tourner la tête vers elle. Il la fixa de ses yeux écarquillés. Son teint était livide.

— Par... pardonne-moi..., parvint-il à articuler dans un râle de souffrance. Je... je ne voulais pas te faire de mal... jamais... jamais je n'aurais cru pouvoir tant... aimer.

Un dernier hoquet l'ébranla tout entier et lui fit recracher un caillot de sang noir. Ses paupières se fermèrent et sa tête roula doucement sur le côté.

— Charmant tableau! ironisa Malavoise qui avait rengainé son épée et prenait le temps d'apprécier le renversement de la situation. Les hommes décidément semblent prêts à tout pour vos beaux yeux!

Sûr de sa supériorité, l'albinos se rapprochait à pas lents d'Héloïse. On aurait dit un fauve qui savourait à l'avance le plaisir qu'il allait prendre à fondre sur sa proie. Sa voix se fit plus dure :

— Hélas pour vous, je ne suis pas coutumier de ce genre d'aveuglement. Quant à mon plaisir, je me contente de le prendre au lit des putains. Cela évite de s'encombrer de sentiments et de s'amollir jusqu'à en perdre la vie, comme ce pauvre imbécile.

D'un geste négligent de la main, Malavoise désigna le cadavre d'Henri de Comballec.

— Vous n'êtes qu'une sombre brute, un ignoble assassin! jeta Héloïse en le toisant avec mépris.

Malavoise sourit méchamment.

— Cela, je vous l'accorde bien volontiers. Et comme tout bon artisan, je mets toujours un point d'honneur à achever ma besogne.

Ayant prononcé ces paroles, il se pencha sur le corps sans vie, arracha le poignard et en promena la lame ensanglantée sous les yeux effarés de la jeune femme.

— On prétend que des amants très épris l'un de l'autre se plaisent à échanger leurs sangs. Que diriez-vous de tenter l'expérience ?

Alors d'un geste brusque, Malavoise saisit Héloïse par les cheveux, la contraignit à se redresser et leva son poing armé du couteau dans l'intention de lui porter un coup fatal. Cependant à l'instant où il abaissait son bras, une poigne de fer l'attrapa par-derrière et fit dévier le mouvement vers sa propre poitrine.

Hébété, le tueur albinos vit sa propre main refermée sur la garde de l'arme venir buter contre ses côtes. Dans le même temps, une pointe de feu lui déchira les entrailles. Frappé à mort, il s'effondra sans vraiment avoir eu le temps de comprendre ce qui lui arrivait. Son vainqueur surgit alors de derrière un pilastre. Et ce n'était autre que Bayard.

Héloïse n'osait pas en croire ses yeux. Elle se précipita au-devant du chevalier.

— Pierre ! Je croyais qu'il t'avait tué !

— Il s'en est fallu d'un rien ! Si je n'avais pas réussi à me rattraper *in extremis* à la corniche, c'en était fait de moi.

La jolie rousse se serra encore davantage contre lui. Sa voix tremblait d'une exaltation qui ne lui était pas familière :

— Alors j'aurais accueilli la mort comme une véritable délivrance! Jamais je n'aurais pu supporter de vivre à nouveau séparée de toi!

Puis comme si tous les périls affrontés au cours des dernières heures avaient fini par vaincre sa résistance, comme si elle consentait enfin à n'être qu'une frêle jeune femme vaincue par la fatigue et les émotions, elle s'évanouit dans les bras de son amour retrouvé.

LI

Un enterrement et des accordailles

C'était une petite église bordée d'un cimetière, à une lieue de Reims, perdue au milieu de la plaine champenoise. L'édifice semblait crouler sous un ciel de grisailles confuses que le vent tourmentait. La lumière maussade donnait aux murs, à la toiture et au clocher la même teinte cendrée et froide qui sentait la malemort. Les coteaux d'alentour étaient tout blancs et comme figés sous le givre. Les seuls mouvements venaient d'une bande de corbeaux qui s'abattaient en piaillant dans un champ tout proche, à la recherche du moindre vermisseau.

Par cette froide matinée du mois de décembre, les fossoyeurs avaient éprouvé la plus grande peine à creuser la terre gelée. Le prêtre venait d'achever la lecture du cantique d'Ézéchiel et la maigre assemblée, après avoir chanté le «*Miserere*» et récité le «*De profundis*», se recueillait en silence. Au premier rang de l'assistance, entre la reine Anne de Bretagne et Bayard, Héloïse s'abandonnait de tout son poids contre l'épaule du chevalier.

Depuis qu'on avait descendu en terre le cercueil d'Henri de Comballec, elle luttait pour contenir ses larmes. Des sentiments contradictoires bataillaient en elle. La douleur d'avoir perdu un être cher qui, par deux fois, avait exposé sa propre vie pour sauver la sienne. L'amertume d'avoir été trompée par ce même homme, en un cruel moment d'égarement. La joie d'avoir pu revoir vivant son seul amour sur cette terre. La honte de n'avoir pas su se conserver intacte pour lui. La culpabilité de devoir cacher la vérité à Bayard au risque, sinon, d'avoir sans doute à renoncer à ce bonheur qu'elle n'avait jamais senti si proche. Cela faisait trois jours qu'elle se torturait ainsi vainement, depuis les dramatiques événements qui avaient endeuillé les cérémonies de Notre-Dame de Reims. Mais ses tourments intérieurs semblaient à présent exacerbés par le gouffre qui séparait le cercueil à ses pieds, déjà captif de la terre glacée, et la chaleur du corps de Bayard qu'elle sentait tout contre elle.

— ...*et benedictus fructus ventris tui, Jesus! Sancta Maria, mater dei, ora pro nobis, peccatoribus, nunc, et in ora mortis nostræ. Amen.*

Le prêtre aspergea le cercueil d'eau bénite, puis il tendit le goupillon à son enfant de chœur et lui fit signe d'aller l'attendre sous le porche de l'église.

— Avec votre permission, Majesté, dit-il en s'inclinant respectueusement devant la souveraine, je sollicite de votre bienveillance l'autorisation de m'en retourner à Reims. Même en marchant d'un bon pas, je crains de devoir faire attendre mes paroissiens pour la messe.

La reine Anne était engoncée dans une épaisse houppelande doublée de martre. Une coiffe de velours noir encadrait son visage rougi par le froid. En dépit du mauvais temps, elle avait tenu à assister en personne aux funérailles du sire de Comballec.

— Vous n'y songez pas, mon père, déclarat-elle en faisant signe au prélat de se redresser. Je vous suis reconnaissante d'être venu jusqu'ici pour célébrer l'office des morts. Le baron de Conches était homme à vouloir reposer en pleine terre et je suis certaine que ce lieu, à défaut de notre chère lande bretonne, aurait recueilli son assentiment. Aussi ce serait bien mal vous payer de vos efforts que de vous contraindre à regagner la ville à pied. Vous me tiendrez donc compagnie en ma litière.

— C'est trop d'honneur, Votre Majesté.

Anne de Bretagne lui signifia d'un geste que la chose était entendue et donna aux gens de sa suite les instructions nécessaires pour le retour. Puis, tandis que le prêtre s'éloignait en compagnie de la dizaine de gentilshommes bretons venus accompagner le baron de Conches en sa dernière demeure, la reine revint auprès de Bayard et d'Héloïse. Bien que les fossoyeurs eussent commencé à combler la fosse, les deux jeunes gens étaient demeurés figés dans une attitude de recueillement affligé. Héloïse regardait les pelletées de terre recouvrir l'une après l'autre le bois du cercueil et il lui semblait que chacune venait marteler son âme et ajouter à sa confusion.

— Mon chirurgien a prélevé et embaumé les viscères du sire de Comballec, annonça Anne de Bretagne en se signant avant d'étreindre la médaille de la Vierge pendue à son cou. Mon époux m'a promis qu'aux premiers beaux jours nous irions rendre grâce à Sainte-Anne-la-Palud d'avoir préservé le royaume de l'abomination qu'une poignée d'insensés appelaient de leurs vœux. Nous en profiterons pour confier l'urne de plomb aux Carmélites de Vannes. Il ne sera pas dit que les restes de celui qui nous a si bien servis ne seront pas honorés comme l'exigent la grandeur de son sacrifice et la sincérité de son dévouement à la couronne.

— J'ai malheureusement fort peu connu le baron de Conches, commenta Bayard. Mais pour le peu que j'ai pu en juger, c'était un noble cœur. Et je conçois combien sa perte doit douloureusement affecter Votre Majesté.

La reine acquiesça légèrement de la tête. En dépit des exigences de l'étiquette et de la maîtrise de soi qu'elle affectait en toute occasion, une ombre passa dans son regard qui disait assez la peine que lui causait la perte de son plus fidèle confident.

— Les égards que l'on doit aux morts ne sauraient toutefois nous détourner des vivants, dit-elle en parvenant à adresser un pâle sourire à Héloïse. Je suis consciente des épreuves que vous venez de vivre, mon enfant. Mais, à votre âge, le temps est un allié qui efface bien des choses. Je gage que le chevalier saura vous faire oublier les vicissitudes par lesquelles vous êtes passée.

La reine marqua une pause. Elle retira de son annulaire une bague ornée d'un magnifique rubis et la logea dans la paume d'Héloïse.

— Soyez assurée que, pour ma part, je garderai souvenance de ce que vous avez accompli pour la sauvegarde du royaume. Que ce bijou puisse vous marquer non seulement la reconnaissance de la reine de France mais aussi l'amitié d'Anne de Bretagne. Les deux vous sont désormais et pour toujours acquises.

Sur ces mots, la souveraine unit les deux jeunes gens dans un même regard où se lisaient l'affection mais aussi, plus confusément, l'affleurement d'un désir nuancé de nostalgie. Puis elle prit congé d'eux et s'en alla rejoindre son escorte.

Tandis que le cortège s'ébranlait en direction de Reims, Héloïse se tourna vers Bayard :

— Quel étrange compagnon de jeu que le destin ! Il nous mène à sa guise et n'a de cesse de nous prendre à rebours. La reine de France vient de m'offrir son amitié. Mon cœur devrait s'en réjouir et cependant je ne sens nulle gaieté en moi. Seulement de la peine et du désarroi. Je donnerais tellement pour ne pas avoir été mêlée à ces terribles événements !

Bayard tressaillit en percevant une gravité inattendue dans la voix de la jeune femme. Il prit les deux mains d'Héloïse dans les siennes et plongea son regard dans les prunelles émeraude de sa bien-aimée. Elle était plus belle que jamais et la fragilité qu'elle lui dévoilait en cet instant ne la lui rendait que plus chérissable.

— N'es-tu point heureuse de m'avoir retrouvé?

Elle leva les yeux, mais ne put soutenir son regard et détourna la tête avec cet air coupable qu'ont les enfants redoutant qu'on lise le mensonge en eux.

— Si, bien sûr! Quand on m'a annoncé par erreur ta mort, j'ai cru que l'on m'arrachait une partie de moi-même. Que le monde se figeait sous la glace. Mais aujourd'hui je me reproche d'avoir admis si facilement l'inacceptable. Quelque chose en moi aurait dû sentir que tu étais encore vivant. Et je me dis que je ne suis peut-être pas digne de ton amour.

Bayard lui releva le menton du bout des doigts. Il fit semblant de la rabrouer, mais la tendresse au fond de son regard exprimait tout l'amour du monde :

— Comment pareille folie peut-elle loger dans une tête si joliment faite? Je ne veux plus rien entendre de tel. C'est promis?

Héloïse contempla les traits réguliers du chevalier. Il émanait de lui une telle sérénité qu'elle ne savait plus très bien où elle en était elle-même. Après tout, en dépit des nombreux obstacles sur leur chemin, peut-être tout était-il encore possible...

Ses yeux verts brillaient. Elle sourit et fit deux pas pour se coller à lui. Quand elle sentit de nouveau la chaleur de ce corps vigoureux irradier sa

poitrine et son ventre, les mots lui manquèrent.
Elle se haussa sur la pointe des pieds et lui tendit
ses lèvres. Il les baisa avidement et le charme de
cette étreinte la fit tressaillir.

— À la bonne heure ! se réjouit Bayard lorsqu'ils
s'écartèrent l'un de l'autre pour reprendre haleine.
Ces beaux yeux sont faits pour la lumière et non
pour l'ombre.

— J'avais si peur que ces longs mois de sépara-
tion nous aient changés ! Nous avons traversé tant
d'épreuves !

— Le passé ne compte pas, affirma-t-il d'une
voix péremptoire. Songeons plutôt aux jours à
venir. La reine aurait souhaité que nous demeu-
rions plus longtemps auprès d'elle, mais je lui
ai fait comprendre qu'il te tardait de rentrer à
Amboise. Quand elle a su que nous envisagions
de prendre la route dès demain, elle a spontanément offert de nous prêter sa litière ainsi qu'une
escorte de sa garde personnelle.

Héloïse ne put retenir une moue contrariée.

— Cela n'a pas l'air de te faire plaisir, remarqua
Bayard. C'est pourtant un privilège rare et dont
beaucoup aimeraient bénéficier.

— Eh bien, pour dire la vérité, fit Héloïse en rougissant comme si elle était surprise de sa propre
audace, j'aurais mille fois préféré faire ce voyage
seule à tes côtés.

Le premier mouvement de Bayard fut pour lui
faire comprendre qu'ils ne pouvaient décliner
l'offre généreuse sans risquer d'offusquer leur
protectrice, mais la déception d'Héloïse était à la

fois si évidente et si touchante qu'il n'eut pas le cœur de la raisonner.

Voilà pourquoi, le lendemain, lorsque le royal équipage se présenta dans la cour de l'auberge où logeaient Bayard et Héloïse, les oiseaux s'étaient déjà envolés. Faisant fi des convenances, les jeunes gens avaient discrètement quitté la ville à l'aube, montés sur le même cheval.

Installée en croupe derrière Bayard, vêtue à la diable d'habits masculins, Héloïse, enserrait étroitement la taille du chevalier. Savourant son bonheur tout neuf, elle avait l'impression d'enlacer le monde en son entier. Et, en dépit de ses récentes pérégrinations à dos de mule, elle aurait voulu que cette chevauchée hors du temps ne prît jamais fin.

*

La semaine suivante, la chapelle du couvent de l'Annonciade, à Bourges, resplendissait d'une lumière inhabituelle. Des dizaines de cierges avaient été allumés en prévision de la cérémonie d'échange de promesses. Toutes les sœurs de la congrégation se trouvaient réunies dans le chœur et les plus jeunes moniales, assemblées en une chorale magnifique, entonnaient des psaumes aux accents angéliques.

Frappée par la solennité du moment, Héloïse progressa à pas lents dans l'allée centrale jusqu'à rejoindre Bayard qui l'attendait devant l'autel. Faisant face au jeune couple, assise sur une cathèdre, se tenait noblement une vieille femme autrefois nommée Jeanne de Valois ou Jeanne la difforme mais qui ne répondait plus qu'à la tendre appellation de Mère Jeanne. Ce soir-là, dans la douce clarté des cierges, le regard que l'ancienne reine de France posait sur les deux fiancés était si radieux qu'il faisait presque oublier ses disgrâces physiques.

C'était Héloïse qui avait insisté pour que Bayard et elle fassent ce détour par Bourges afin de célébrer leurs accordailles[1]. D'abord surpris, le chevalier s'était vite rangé à ses raisons quand elle lui avait narré le détail de sa première rencontre avec l'ancienne souveraine.

Parvenue face à l'autel, la jeune femme saisit la main que Bayard lui tendait. Ce simple contact la fit frémir de la tête aux pieds. Elle marqua une légère hésitation mais aperçut du coin de l'œil l'inclination de la tête que lui adressait Mère Jeanne. Ce discret signe d'encouragement vainquit ses ultimes réticences et elle prononça les paroles d'engagement que tous – et Bayard le premier – attendaient impatiemment.

En même temps, elle se revit trois heures plus tôt dans la cellule de la fondatrice de l'Ordre de l'Annonciation. Pauvre cellule en vérité, d'une modestie qui ne rappelait en rien les très nobles origines de son occupante. Un bat-flanc recouvert d'une simple paillasse, un coffre, une table et une chaise de bois brut, un prie-Dieu aux garnitures de velours usées. Le seul ornement digne de ce nom

---

1. Fiançailles.

était une icône de la Vierge au dessin et aux couleurs d'une rare délicatesse. Héloïse avait sollicité d'être entendue en privé par la mère supérieure et celle-ci avait accédé bien volontiers à sa demande. À vrai dire, la belle rousse n'avait souhaité venir à Bourges que pour ce moment qu'elle appelait de ses vœux autant qu'elle le redoutait.

Lorsque les deux femmes s'étaient retrouvées seules, l'une en face de l'autre, Héloïse s'était agenouillée et, comme on confesse ses fautes, elle avait confié à Mère Jeanne ce qui pesait tant sur son cœur. Le terrible secret de cette nuit où, croyant son amour perdu à jamais, elle s'était abandonnée entre les bras d'Henri de Comballec.

— Dieu merci, ce n'est que cela ! avait soupiré avec soulagement la frêle religieuse lorsqu'elle avait achevé son récit. Depuis votre arrivée ce matin, je voyais bien que quelque chose vous tourmentait et je commençais à m'imaginer le pire.

— Mais vous ne comprenez pas, ma mère ! C'est terrible ! J'ai beau me répéter sans cesse que nous nous aimons, que nous pouvons enfin vivre heureux ensemble, je ne parviens pas à oublier. Le souvenir de ma faute est là, toujours présent. Je sais que rien ne l'effacera.

— De quelle faute parlez-vous, mon enfant ? avait demandé Mère Jeanne d'une voix incroyablement apaisante. À vous entendre, je n'ai rien perçu de tel. J'ai seulement vu une jeune femme brisée par le chagrin, emportée par un torrent d'événements tous plus dramatiques les uns que les autres. Une jeune femme qui s'est raccrochée comme elle a pu au monde des vivants. Qui pourrait le lui reprocher? Personne et pas même elle.

— Et Pierre? Puis-je lui cacher la vérité sans le tromper une seconde fois?

— Pour qu'il y ait une seconde fois, encore faudrait-il qu'il y en ait eu une première. On ne peut tromper un mort.

— Mais Pierre n'est pas mort! Ce n'était qu'une fausse nouvelle!

— Il n'appartient certes qu'à Dieu de sonder les corps et les âmes, mais nous savons vous et moi que, cette nuit-là, le chevalier Bayard n'était bel et bien plus de ce monde. Ou plutôt du monde tel qu'il vous apparaissait. Je répète donc : quelle faute avez-vous commise?

Héloïse n'avait pas répondu. La paisible assurance de Mère Jeanne lui faisait l'effet d'un baume salvateur. Les choses paraissaient si simples, si naturelles quand elles étaient énoncées par cet être chétif mais d'une sagesse infinie. Comme si de l'apparente fragilité rayonnait une force inouïe, une énergie propre à renverser des montagnes.

— Croyez-vous, chère Héloïse, reprit la moniale en effleurant de sa main parcheminée la joue de la jeune femme, que les hommes s'embarrassent de scrupules tels que les vôtres? Rares sont ceux, même les plus aimants, qui se réservent pour leur future épouse. Et ce monde est bien hypocrite, qui voudrait que seules les femmes portent le poids du péché de chair. Cessez donc de vous torturer, mon enfant. Aimez le chevalier Bayard de toute votre âme et faites-lui de beaux enfants. Ce faisant, vous travaillerez à votre propre bonheur et pour la plus grande gloire de Dieu.

Ces paroles si réconfortantes résonnaient encore aux oreilles d'Héloïse lorsqu'elle reprit conscience du moment présent et s'aperçut que Bayard la dévisageait d'un air incertain. Elle lui sourit alors avec tout l'amour dont elle était capable. Aussitôt, le visage du chevalier se rasséréna et il prononça à son tour les mots du serment qui les lieraient désormais, dans l'attente de leur future union :

— Moi, Pierre Terrail seigneur de Bayard, je te reçois, Héloïse Sanglar, comme ma promise et, devant Dieu et les hommes, je t'engage ma foi.

Ravalant l'émotion qui montait dans sa gorge, le chevalier enfila à l'annulaire de sa bien-aimée la bague ancienne dont il avait pris soin de se munir, lors de son retour d'Italie, en passant à Pontcharra, le berceau de sa famille. Tandis qu'il embrassait les doigts délicats, serrés dans ses mains rendues rugueuses par le maniement des armes, Bayard sentit un délicieux frisson courir de ses reins à sa nuque. Il lui tardait de pouvoir goûter enfin aux fruits épanouis du jardin de sa mie mais, dans le même temps, il appréciait chaque instant de cette chaste attente sur laquelle l'un et l'autre s'étaient naturellement accordés, sans même avoir à en parler.

Dans la chapelle vibrante de lumière, le chant des moniales retentit à nouveau et pour les deux jeunes gens enlacés, il s'élevait comme une enivrante promesse d'éternité.

LII

Où Héloïse disparaît à nouveau

En cette fin d'après-midi, la Vipère Couronnée bruissait telle une ruche en pleine activité. Du préparatoire où elle élaborait un sirop de limaçons composé, Héloïse percevait le caquetage d'une nombreuse clientèle moins attirée par ses remèdes que par l'écho de ses récents exploits. Malgré ses recommandations maintes fois répétées, ce bavard d'Aurèle n'avait pas su tenir sa langue et l'apothicairerie ne désemplissait pas. En temps ordinaire, cette curiosité exacerbée aurait rapidement irrité la jeune femme. Mais depuis son retour à Amboise, elle nageait dans une telle félicité que l'admiration un peu trop pressante du voisinage ne suscitait en elle qu'un étonnement amusé.

Voilà six semaines que Bayard et elle ne se préoccupaient en fait que des préparatifs de leur mariage. Ils imaginaient une cérémonie toute simple, avec des rires et des danses, des chants et des serments lumineux. Tous les après-midi, le chevalier venait chercher Héloïse au seuil de sa boutique. Qu'il vente ou qu'il neige, ils effectuaient, main dans la main, la même promenade, revisitant les lieux où leur amour avait éclos cinq ans plus tôt. Ils formaient un couple si merveilleusement assorti que les gens des alentours s'imaginaient, à tort, croiser deux amants déjà complices de cœur et de corps.

Le temps avait filé ainsi, dans une attente à la fois délectable et fiévreuse, et l'on était à présent à la veille du jour fixé pour les noces. La nuit précédente, on avait fêté la Chandeleur et les futurs époux voulaient voir comme un heureux symbole dans cette fête où tous célébraient la purification et la fertilité, au sortir de l'hiver. Seul point noir à ce tableau idyllique : les fréquents malaises qui assaillaient Héloïse depuis quelque temps. Au début, elle y avait accordé peu d'importance, mettant ces troubles sur le compte de ses récentes émotions et de la fatigue accumulée durant la longue traque des verriers. Cependant, les jours passant, elle avait fini par s'inquiéter. Le sommeil la fuyait et de brusques accès de faiblesse, qui se doublaient parfois d'irrépressibles nausées, l'accablaient quotidiennement sans prévenir. Elle n'en avait pas parlé à Bayard pour ne pas l'alarmer inutilement mais avait résolu de consulter le jour même un médecin, vieil ami de son père, dans l'espoir qu'il puisse la rétablir pour la cérémonie du lendemain.

Dès qu'elle eut achevé sa préparation, la belle détacha son tablier de drap et passa dans la boutique. Une dizaine de clientes patientaient derrière le comptoir en conversant à mi-voix. À l'apparition d'Héloïse, tous les regards se tournèrent vers elle et les papotages montèrent d'un cran. Elle n'y prêta guère attention. Une belle lumière dorée pénétrait à l'intérieur de l'apothicairerie et faisait resplendir les boiseries en noyer et les vases en faïence de Nevers. Les quatre étagères d'angle étaient décorées de trumeaux peints qui reproduisaient les symboles de l'alchimie, de la botanique, de la médecine et de la pharmacie. Gravées dans le bois d'un meuble vitré à arcades, de fines guirlandes florales entouraient une inscription latine : *dolorem sedare divinum opus est.*

La jeune femme contourna Aurèle qui était en train d'extraire diverses plantes séchées de silènes[1] au décor polychrome. Un parfum délicat de mélisse et de violette vint agréablement chatouiller ses narines. C'était là tout son univers. Un monde savant, entièrement voué à l'étude de la nature et au soulagement des corps débiles ou malades. Elle s'y sentait tellement bien ! C'était dans ces murs qu'elle aspirait à passer le reste de son existence, loin de tous les tumultes et des entreprises hasardeuses. Bayard lui avait promis qu'elle pourrait poursuivre son activité même après leur mariage. Il lui eût été pourtant si facile d'exiger d'elle, comme tant d'autres l'auraient fait à sa place, qu'elle devienne une épouse

---

1. Les silènes étaient des boîtes en bois destinées à la conservation des plantes médicinales et souvent ornées de décorations pittoresques.

attentionnée et qu'elle remise pour toujours ses alambics et ses mortiers ! Mais il la respectait trop pour chercher à lui imposer quoi que ce soit. Elle ne l'en aimait que davantage. Bien sûr, elle comprenait que lui-même ne pourrait adopter une existence de simple boutiquier. Car il avait chevillé à l'âme et au corps le goût de l'aventure et de la guerre. Mais elle savait leur amour assez fort pour s'affranchir des modèles du temps. Même si elle redoutait par avance les longues périodes où ils seraient séparés, elle était convaincue que leur passion demeurerait intacte tant que chacun d'eux continuerait de poursuivre ses propres rêves.

— J'ai quelques petites courses à faire, lança-t-elle à Aurèle en passant de l'autre côté du comptoir. Ne m'attends pas pour fermer la boutique. Nous nous reverrons demain à l'église. Et surtout sois à l'heure ! N'oublie pas que je compte sur toi comme témoin !

Son assistant acquiesça docilement. Quand il avait appris les fiançailles d'Héloïse et du chevalier, le brave garçon n'avait pu dissimuler sa déception, mais sa mauvaise humeur n'avait pas duré. Son heureuse nature avait rapidement pris le dessus. Il était ravi à présent du rôle officiel qu'on lui avait réservé lors de la cérémonie religieuse.

Songeant au plaisir qu'il y a à voir sa propre joie gagner tous ceux qui vous sont chers, Héloïse s'éloigna d'un pas léger à travers les ruelles commerçantes encombrées d'êtres humains et d'animaux en liberté. La demeure de maître Flanchet, médecin proche de la famille Sanglar et qui l'avait naguère mise au monde, n'était distante que de quelques pâtés de maisons. En y pénétrant, il lui sembla qu'une bouffée d'enfance lui remontait au visage et elle songea avec émotion à la joie qu'aurait éprouvée son père de la savoir bientôt mariée. Comme elle aurait désiré qu'il fût encore de ce monde ! C'était finalement la seule ombre qui venait ternir quelque peu son bonheur.

Toujours vêtu de noir, Jacques Flanchet avait des allures de vieux sage austère. Sa maigreur extrême et ses rares cheveux blancs lui conféraient un faux air de fragilité, démenti par la sûreté de ses gestes et l'acuité de son regard. Praticien avisé, il ne s'était jamais pardonné de n'avoir pu sauver, malgré tous ses efforts, l'épouse de son meilleur ami lors d'un accouchement particulièrement délicat. Sa culpabilité s'était muée en une profonde affection pour l'enfant dont il était devenu le parrain attentionné.

Quand Héloïse lui eut expliqué les raisons qui l'amenaient à le consulter, l'homme se mit en devoir de l'ausculter avec méticulosité et l'interrogea en détail sur la nature et la fréquence des symptômes ressentis.

— Je ne comprends vraiment pas ce qui m'arrive, soupira la jeune femme tandis que le médecin, songeur, se rinçait les mains à l'eau claire. J'aurais compris si ces malaises avaient suivi immédiatement mon périple, mais je n'ai rien ressenti jusqu'à ces douze derniers jours. Il y a des moments où je me sens épuisée. Comme ça, sans raison particulière. Pourtant, tu me connais, je suis plutôt résistante !

Flanchet revint vers elle en s'essuyant soigneusement. Il mordillait sa lèvre inférieure, comme si quelque chose l'amusait et l'embarrassait tout à la fois.

— Tu sais, dit-il avec une douce ironie, se sentir fatiguée n'a rien d'étonnant pour une femme, quand elle est dans ton état...

Héloïse sursauta et ouvrit de grands yeux effarés.

— Dans mon état, que veux-tu dire ?

Cependant, avant même que le vieux médecin ne reprenne la parole, elle avait compris. Elle se demanda même si elle ne savait pas déjà la vérité en son for intérieur et si, au fond, elle n'avait pas retardé le plus possible le moment de s'y confronter.

— À quand remontent tes dernières menstrues ?

— Je... je suis... enceinte. C'est cela, n'est-ce pas ?

Jacques Flanchet lui sourit avec attendrissement.

— Le chevalier et toi, vous ne serez pas le premier couple de fiancés à vous présenter à trois devant l'autel. Et si Dieu le veut, tu nous feras un beau bébé pour la fin des prochaines moissons.

Héloïse ne sut jamais comment elle avait réussi à prendre congé de son parrain sans lui laisser percevoir son désarroi. Mais dès qu'elle fut de retour dans la rue, elle se sentit accablée par le plus sombre des désespoirs. Elle avait été folle de croire que les voiles de l'oubli pourraient couvrir sa faute, folle de céder à l'affectueuse insistance de Mère Jeanne. Voilà que brusquement toutes ses belles illusions s'écroulaient. Un enfant! Elle allait mettre au monde un enfant! L'enfant d'Henri de Comballec! Cette pensée à elle seule l'anéantissait. Elle signifiait la mort de son amour, la fin de son histoire avec Bayard. Jamais elle ne pourrait reparaître devant celui-ci en sachant qu'elle portait le bébé d'un autre!

Désemparée, le cœur au bord des lèvres, elle s'éloigna en titubant dans la rue, heurtant les rares passants qui ne s'écartaient pas à la vue de cette femme à l'expression hagarde et qui semblait porter sur ses épaules toute la misère du monde.

*

Le lendemain, en fin de matinée, Bayard se présenta avec témoins et amis à la Vipère Couronnée pour conduire sa fiancée à l'autel. À sa grande surprise, il trouva porte close. Ayant appelé puis tambouriné en vain, il se résolut à enfoncer l'huis. Le cœur battant, il s'élança dans l'escalier, hurlant le prénom de son aimée à s'en faire éclater les poumons. La chambre d'Héloïse était vide, le long coffre débarrassé de la plupart de ses vêtements. Sur le lit défait, le chevalier trouva sa bague et une boucle de cheveux roux déposées sur une feuille de vélin. Celle-ci portait des traces de larmes et une seule ligne formée d'une écriture tremblée :

«Mon doux amour, je ne suis pas digne de toi. Ne m'en veux pas et, surtout, pardonne-moi.»

En lisant ces mots, le chevalier crut défaillir. Il demeura un long moment prostré avant d'éclater en un accès de désespoir impuissant. Frappant les montants du lit à grands coups de poing, des sanglots dans la voix, il ne cessait de répéter: «Pourquoi? Pourquoi? Pourquoi?» Ses amis vinrent à lui et s'efforcèrent de le calmer. Quand ils y parvinrent, Bayard se précipita au-dehors pour interroger les plus proches voisins. L'un d'eux lui affirma qu'il avait vu Héloïse, la veille, pénétrer chez un médecin des environs. Le chevalier s'y fit conduire séance tenante. Devant son désarroi si poignant, Jacques Flanchet ne fit aucune difficulté pour lui confier les motifs de cette consultation ainsi que son diagnostic. Héloïse était grosse et accoucherait probablement avant la fin de l'été.

Ce fut comme un coup de massue qui s'abattit sur la tête de Bayard. Au moment même où il croyait atteindre aux rives du bonheur, il perdait Héloïse pour la seconde fois. Sans prononcer un mot, hébété, il s'en retourna à la Vipère Couronnée, gravit à nouveau l'escalier et s'écroula de tout son long sur le lit, où demeurait la trace du corps de celle qui, à cette heure précise, aurait dû devenir son épouse.

Longtemps, on entendit ses appels éplorés déchirer le silence de deuil qui s'était abattu sur l'apothicairerie.

Épilogue

Qu'advint-il en définitive des autres protagonistes de cette stupéfiante affaire?

Le sort de Loiseul et de ses comparses fut scellé une heure à peine après la tentative ratée de régicide et le décès de Philippe de Clèves. Une compagnie d'archers écossais investissait l'ancienne paroisse de Saint-Hilaire-hors-les-murs et se présentait à la porte du relais de Cassiopée. Mathurin Loiseul était capturé alors qu'il tentait de s'enfuir, déguisé en valet, par une fenêtre donnant sur l'arrière du bâtiment. Il écumait et grognait comme un goret quand les soldats du roi le couvrirent de chaînes. Le surlendemain, il n'était nul besoin de le soumettre à la question pour lui faire avouer le nom de tous ses complices. À la seule vue du bourreau et de ses instruments de torture, il se liquéfiait et livrait sans se faire prier les moindres détails du complot.

Les maîtres-verriers qui avaient commis la folie de le suivre dans ses criminelles entreprises étaient à leur tour appréhendés, aux quatre coins du royaume, dans la semaine qui suivit. Enfermés au secret, les conspirateurs ne devaient jamais comparaître devant un tribunal. Louis XII avait éprouvé une trop vive émotion en la cathédrale de Reims pour ne pas souhaiter un prompt châtiment. Mais l'attentat n'ayant pas été ébruité, il ne ressentait nul besoin de faire un exemple. Peu après l'an neuf, les six conjurés étaient discrètement égorgés au fond de leur geôle respective, sans avoir revu la clarté du jour. Ainsi, dans le secret et les ténèbres, fut-il mis un terme sanglant à cette pitoyable conjuration de la lumière.

Guillaume Saquenay, le père abbé de Baume-les-Moines, figurait lui aussi en bonne place sur la liste des agents royaux. Coupable d'avoir cédé à l'appât du gain et prêté son concours à la supercherie du poème codé, il refusa d'ouvrir les portes de son abbaye aux soldats venus l'arrêter et, certain de son impunité, se réfugia dans son église. Conformément aux ordres reçus, les hommes du prévôt de Lons-le-Saunier passèrent outre les prérogatives de la communauté des moines et forcèrent l'enceinte sacrée. Voyant cela, le vénérable abbé préféra se précipiter dans le vide du haut du clocher plutôt que de donner à ses ouailles le navrant spectacle de sa déchéance. Les hommes du roi reprirent le chemin de Lons avec, pour seule prise, un vieillard souffreteux et à demi aveugle. Frère Justin ne devait pas résister longtemps à la rigueur de l'emprisonnement. Dix jours après son arrestation, il rendait son âme à Dieu, sans avoir jamais perçu les tenants et les aboutissants de la piètre comédie que son abbé l'avait contraint à jouer.

Robin, l'écuyer indélicat, ne connut pas destin plus enviable. Bien au contraire ! Il fut marqué au fer rouge et transféré à Marseille pour être embarqué sur une galère de la flotte royale du Levant. La malchance voulut que, dès le premier voyage, son navire fût arraisonné par des chébecs de pirates barbaresques. Fait prisonnier à l'issue d'un combat aussi impitoyable qu'inégal, le damoiseau fut vendu comme esclave sur un marché d'Alger au premier conseiller de l'émir. Le vieillard se prit d'estime pour ce jeune homme vif et débrouillard. Il en fit son intendant. Mais Robin avait décidément la trahison chevillée à l'âme. Convaincu d'avoir honteusement séduit la fille de son maître, il fut condamné à être écorché vif et à avoir la tête tranchée. Le vieux conseiller qui possédait une heureuse nature lui permit d'avoir la vie sauve, à la condition qu'il puisse répondre correctement à une énigme de son invention. Hélas pour Robin, il n'y eut personne cette fois-ci pour lui souffler la solution. Et sa tête, en roulant sur le sable de la grande place d'Alger, rendit un son désespérément creux.

Louise de Savoie, comtesse d'Angoulême, vécut quelques jours d'angoisse après la brutale disparition de Philippe de Clèves. Ignorant ce que l'évêque avait pu confier au chevalier Bayard avant de trépasser, elle trembla à l'idée que son imprudence pouvait lui valoir une disgrâce définitive. Le risque de voir son fils François écarté de la succession au trône lui causa moult cauchemars et lui fit éprouver, pour la première fois de son existence, la fielleuse amertume du remord. Durant près d'une semaine, elle vécut dans de telles affres que quand, le temps s'écoulant, elle acquit la certitude de passer entre les mailles du filet, elle résolut de prendre désormais son mal en patience. Moins par sagesse que par peur, elle était résignée à ne plus chercher à hâter l'avènement de son César adoré. Son attente qu'elle vécut comme un désolant purgatoire devait durer encore pas moins de douze longues années.

En définitive, le seul personnage à avoir prêté son concours aux sombres menées de Loiseul et à en sortir indemne fut le dénommé Jean Cousin. Il est vrai que son surnom de l'Angelot le vouait à être préservé des foudres de la justice divine. L'aide décisive apportée à Héloïse en un moment crucial lui valut la protection de Bayard et le pardon royal. À force de travail et d'études, il devint l'un des plus célèbres créateurs de vitrail de son temps et contribua, bien mieux que l'eût fait son maître s'il avait réussi dans ses entreprises, à en prolonger l'âge d'or. S'étant retiré en un monastère isolé après une belle carrière, il s'accorda le droit de s'essayer à l'art nouveau qui avait supplanté le sien. Au soir de sa vie, il peignit ainsi un tableau admirable où se dévoilait une fort belle jeune femme au teint de lait, aux courbes épanouies et au troublant regard d'émeraude...

Après la venue du roi à Reims, les travaux de réfection du pignon sud furent confiés à trois maîtres maçons : Thierry Noblet, Henri Broy et Guichart Antoine. Six mois après la reprise du chantier, deux ouvriers eurent la grande surprise, en abattant un mur de soutènement de la charpente, de découvrir une cache ménagée dans l'épaisseur de la maçonnerie. Au prix de nombreux efforts, ils en extirpèrent un coffre assez incroyablement vétuste. L'objet présentait des ferrures ouvragées et des restes de dorures éteintes par le passage des siècles. Persuadés d'avoir mis la main sur un trésor oublié de tous, les deux hommes convinrent d'en conserver le secret. Ils dissimulèrent leur trouvaille et revinrent sur place à la nuit tombée, armés de solides barres de fer. L'antique serrure ne résista guère aux élans conjugués de leur impatience et de leur cupidité. Mais au bout du compte, quelle ne fut pas leur déconvenue de constater que le coffre ne contenait que deux grandes plaques de pierre ! Déçus de n'être tombés que sur le dépôt sans valeur d'un précédent maître d'œuvre, ils ne cherchèrent même pas à déchiffrer les curieuses inscriptions qui couvraient l'envers des grandes pierres plates. Le bois du vieux coffre servit par la suite à alimenter les braseros des ouvriers. Abandonnés sur place, les blocs de pierre furent, un temps, employés comme contrepoids pour stabiliser la grande grue du chantier. Une fois le couronnement du pignon sud mis en place, on démonta l'ensemble des appareils et échafaudages. L'une des pierres fut brisée à cette occasion. La seconde demeura longtemps dans un terrain en friche, non loin de la cathédrale. Puis un habitant des environs eut l'idée de s'en servir pour obturer son poulailler...

Nul ne sait ce qu'il en advint par la suite.

Note de l'auteur

Je tiens à remercier pour son aide précieuse Dominique Kassel, conservatrice des collections historiques de l'Ordre des pharmaciens, avec qui je partage une amitié de vingt ans mais aussi une belle complicité d'échanges autour de l'histoire de la pharmacie. Ma reconnaissance va aussi à Patrick Demouy, professeur d'histoire médiévale à l'université de Reims Champagne-Ardenne. Cet éminent spécialiste de la cathédrale de Reims a répondu avec bienveillance à mes multiples questions. Son invitation à me rendre sur place et les nombreuses informations qu'il m'a livrées lors d'une mémorable visite privée de la cathédrale m'ont grandement servi pour l'écriture des derniers chapitres. Quant à son épouse, Annick, elle nous a fait profiter de ses merveilleux talents de cuisinière, ce qui n'a pas peu contribué à nous donner du cœur à l'ouvrage. Qu'elle en soit elle aussi remerciée !

Si toute la trame romanesque de ce livre relève de la pure imagination, son contexte historique et son cadre géographique sont eux tout à fait réels. En particulier, tous les principaux lieux visités par Héloïse au cours de son aventureux périple existent. Il y a bien une ancienne abbaye bénédictine blottie dans la reculée de Baume-les-Messieurs (nom actuel de Baume-les-Moines); une chapelle Jacques Cœur dans la cathédrale de Bourges et son vitrail de l'Annonciation est bien tel que décrit dans le roman; un souterrain dit de Saint-Guillaume qui s'étend, à Bourges, de la cathédrale à l'ancien palais des Archevêques; une pyramide dite de Couhard qui se dresse, non loin d'Autun, à proximité d'une ancienne nécropole baptisé le *Champs des Urnes*; un tympan représentant le jugement dernier et signé de l'artiste Gislebert en façade de la cathédrale Saint-Lazare; une maison à colombage, encore visible à Sens et connue sous les deux vocables de *maison d'Abraham* ou de *maison des Quatre Vents*, dont l'élément le plus remarquable est un poteau cornier représentant un Arbre de Jessé; un arbre similaire mais sculpté dans le mur de la chapelle absidiale de la collégiale Saint-Jean-Baptiste, à Chaumont, ainsi qu'une étonnante tourelle d'escalier située au niveau du bras nord du transept; deux statues représentant Salomon et la reine de Saba encadrant le grand portail de la cathédrale de Reims. En revanche, il n'est plus possible d'admirer le fameux labyrinthe de Notre-Dame. Mis en place en 1286, il était bien conforme à la description qui en est faite dans le roman, mais a été détruit en 1779. Sa représentation stylisée est utilisée de nos jours comme logo pour désigner un ouvrage qui a été classé monument historique. Quant à la théorie selon laquelle la cathédrale de Reims pourrait servir d'écrin à l'Arche d'alliance, elle doit beaucoup à l'imagination fertile et quelque peu débridée de Didier Coilhac. Le lecteur désirant en savoir plus sur ce sujet, pourra se référer au site Internet de cet auteur amateur d'Histoire fantasmée (*cf infra*). Il pourra ainsi se forger librement son opinion. La fable en tout cas était trop belle pour qu'il ne soit pas tentant de la reprendre dans une œuvre de pure fiction.

Par ailleurs, c'est bien au XVIe siècle que s'amorce le déclin du vitrail en Occident, mais il est plus tardif que ce que j'ai indiqué pour les besoins du roman. Il faut attendre en effet 1550-1560 pour voir cet art, jusque-là considéré comme majeur, entrer en décadence. Les mécènes offrent dorénavant pour les églises des retables et des tableaux qui nécessitent un maximum de lumière afin qu'on puisse les admirer. Les vitraux perdent alors de leurs couleurs jusqu'à être remplacés par de simples verrières. Les guerres de religion et les difficultés économiques ont également conduit à l'arrêt de nombreux chantiers.

Jean Cousin dit l'Ancien (et non l'Angelot) fut effectivement un des plus célèbres maîtres-verriers de ce temps-là. Né dans les environs de Sens vers 1490 et mort à Paris vers 1560, il conçut de nombreux vitraux aussi bien pour des édifices religieux que pour des châteaux (Vincennes, Anet...). Mais il est surtout connu pour avoir peint un tableau considéré comme l'une des œuvres majeures de la Renaissance en France. *Eva Prima Pandora*, réalisée vers 1549-1550, est considérée comme le premier nu de la peinture française. Il me plaît d'imaginer que cette œuvre fut peut-être inspirée à Cousin par une jeune femme croisée dans sa jeunesse et répondant au doux prénom d'Héloïse…

Enfin, les lecteurs curieux et férus d'histoire pourront prolonger ce voyage dans le passé en consultant les principaux ouvrages qui m'ont accompagné dans l'élaboration de ce livre :

Jean-Pierre Benézet, *Pharmacie et médicament en Méditerranée occidentale (XIIIe-XVIe siècles)*, Honoré Champion, 1999.

Simone Bertière, *Les Reines de France au temps des Valois : Le Beau XVIe siècle*, Éditions de Fallois, 1994.

Patrice Boussel, Henri Bonnemain et Franck Bové, *Histoire de la pharmacie et de l'industrie pharmaceutique*, Éditions de la Porte Verte, 1982.

Maurice Bouvet, *Histoire de la pharmacie en France des origines à nos jours*, Éditions Occitania, 1937.

Monique Chatenet, *La Cour de France au XVIe siècle*, Picard, 2003.

Jean Delumeau, *La Civilisation de la Renaissance*, Arthaud, 1967.

Patrick Demouy, *La Cathédrale de Reims*, Éditions La Goélette, 1999.

Patrick Demouy, *Notre-Dame de Reims, sanctuaire de la royauté sacrée*, CNRS Éditions, 2008.

Patrick Demouy, *L'Enfant et la cathédrale*, Larousse, 2009.

Sophie Guillier, *Embellir, soigner ou cacher : une histoire de la cosmétologie à la Renaissance*, Th. Pharmacie, Lyon, 2011.

Serge Hutin, *L'Alchimie*, Presses universitaires de France, 2008.

Jean Jacquard, *Bayard*, Fayard, 1987.

Didier Le Fur, *Louis XII*, Perrin, 2001.

Didier Le Fur, *La France de la Renaissance, dictionnaire de curiosités*, Tallandier, 2011.

Yves Monnier et Lionel François, *Rabelais et l'herbier de Besançon*, Néo Éditions, 2008.

Dominique Naert, *Le Labyrinthe de la cathédrale de Reims*, Éditions Sides, 1996.

Bernard Quilliet, *La France du beau XVIe siècle*, Fayard, 1998.

Bernard Quilliet, *Louis XII père du peuple*, Fayard, 1986.

Alfred de Terrebasse, *Histoire de Pierre Terrail, seigneur de Bayart*. Librairie Ladvocat, 1828.

Et les sites Internet :
www.renaissance-amboise.com
http://cour-de-france.fr
www.didier.coilhac.com

Table

Prologue.. 9

    I. – Un Galien en jupons 21
    II. – Le Perche aux Bretons...................... 30
    III. – En lettres de sang............................ 38
    IV. – Entre deux portes 46
    V. – L'Angelot.. 51
    VI. – Une mauvaise rencontre 62
    VII. – Les ennemis du royaume 72
    VIII. – Monseigneur de Clèves 82
    IX. – Deux âmes en peine.......................... 89
    X. – Le départ 101
    XI. – L'embuscade..................................... 109
    XII. – La conjuration de la lumière 118
    XIII. – Les yeux du brouillard................... 131
    XIV. – Un fleuve en Italie 138
    XV. – Où Héloïse vient en aide
        à plus mal en point qu'elle 143
    XVI. – L'abbaye de Baume-les-Moines 152
    XVII. – Sous la protection de la Vierge 157
    XVIII. – Tourments intérieurs..................... 167

XIX. – Fiat lux !...................................... 173

XX. – Le chariot d'Éros 182

XXI. – À cœur vaillant......................... 190

XXII. – Un raid nocturne 203

XXIII. – L'Annonciation.............................. 211

XXIV. – Le pigeonnier mystérieux 220

XXV. – Mère Jeanne................................. 232

XXVI. – La lettre... 246

XXVII. – Où Bayard forge sa légende
et la Ficelle boit la tasse 253

XXVIII. – L'émule de Rome............................ 262

XXIX. – Courants mortels........................... 270

XXX. – Vent de panique 277

XXXI. – Une signature dans la pierre 284

XXXII. – Où Bayard parle d'occire le roi....... 296

XXXIII. – Une simple question de bon sens... 301

XXXIV. – Retrouvailles.................................. 309

XXXV. – Le jeu des fous et des rois.............. 315

XXXVI. – Abandon 330

XXXVII. – Un visiteur nocturne 336

XXXVIII. – Préparatifs royaux.......................... 344

XXXIX. – La maison des Quatre Vents 355

XL. – De vrais faux coupables.................. 363

XLI. – Meurtre sur le mont chauve 371

XLII. – Où Héloïse trouve refuge
sous une cloche............................. 381

XLIII. – Résurrection 388

XLIV. – Un foulard à la fenêtre.................. 395

XLV. – Le secret du labyrinthe.................. 404

XLVI. – Cassiopée 416

XLVII. – Tant de noirceur sous une
robe de soie 430

XLVIII. – Le trésor des templiers 438

XLIX. – Rédemption 448

L. – Où il s'avère finalement
qu'un vitrail peut tuer 459

LI. – Un enterrement et des
accordailles 475

LII. – Où Héloïse disparaît à nouveau 487

Épilogue 495

Note de l'auteur 501

DANS LA MÊME COLLECTION

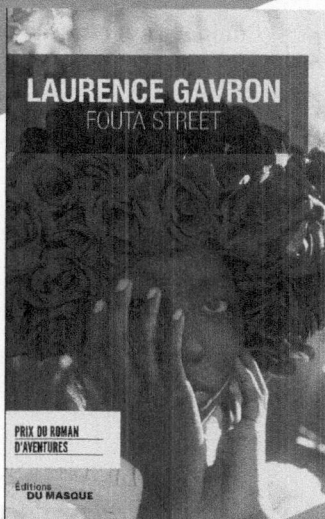

LAURENCE GAVRON
FOUTA STREET

OLIVIER TAVEAU
DEPUIS L'ABÎME

PRIX DU ROMAN
D'AVENTURES

Éditions
DU MASQUE

Éditions
DU MASQUE

MASQUE POCHE

Composition réalisée par LUMINA DATAMATICS, INC.

JC Lattès s'engage pour
l'environnement en réduisant
l'empreinte carbone de ses livres.
Rendez-vous sur
www.jclattes-durable.fr
L'empreinte carbone en éq. CO_2
de cet exemplaire est de Non Calculé

PAPIER À BASE DE
FIBRES CERTIFIÉES

Dépôt légal : janvier 2018

Achevé d'imprimer en France en juillet 2021
par Dupliprint à Domont (95)
N° d'impression : 2021073251 - N° d'édition : 4938174/03